庄有约

徐汉平 著

浙江工商大学 出版社
ZHEJIANG GONGSHANG UNIVERSITY PRESS

·杭州·

图书在版编目（CIP）数据

鲁庄有约 / 徐汉平著. -- 杭州 : 浙江工商大学出版社, 2025. 3. -- ISBN 978-7-5178-6299-4

Ⅰ. I247.7

中国国家版本馆 CIP 数据核字第 2024FT9646 号

鲁庄有约
LUZHUANG YOU YUE

徐汉平　著

策划编辑	郑　建
责任编辑	高章连
责任校对	都青青
封面设计	胡　晨
责任印制	祝希茜
出版发行	浙江工商大学出版社
	（杭州市教工路 198 号　邮政编码 310012）
	（E-mail：zjgsupress@163.com）
	（网址：http://www.zjgsupress.com）
	电话：0571-88904980，88831806（传真）
排　　版	杭州浙信文化传播有限公司
印　　刷	杭州宏雅印刷有限公司
开　　本	880 mm×1230 mm　1/32
印　　张	10.625
字　　数	228 千
版印次	2025 年 3 月第 1 版　2025 年 3 月第 1 次印刷
书　　号	ISBN 978-7-5178-6299-4
定　　价	58.00 元

目　录

1. 男人的队宴

那天我老是打哈欠，从早晨打了个喷嚏开始就打哈欠，一天里打了无数个哈欠。

那天是个庸常日子，队长却赋予其特殊意义。打喷嚏也不是毫无缘由，与村上老木家杀猪有关联。那毛猪也许意识到大难临头，就赖在猪栏里不肯挪窝儿。老木操起破畚箕闯进猪栏驱逐，可是没用；老木的女人在猪栏门口"噢、噢噢妮"地深情呼唤，它也不听，就是不肯挪步。那时节，天空一片清明，天际上一片片白云静静地待着，我坐在自家屋前道坦的古井沿上背数学公式。听见毛猪的嚎叫，我知道老木家要杀猪了，便想起昨晚上乌鸦的号叫。想起乌鸦的号叫，我心里仍旧怕怕的。乌鸦的叫声先是从村后老樟树上传过来，后面又似乎来自村子中央的那棵老槐树。老鸦叫，祸事到，是海棠老娘说的。三年前那个晚上，村里也响起乌鸦的叫声，次日海棠老娘的老屋就被大火焚烧了。一连数日，海棠老娘呆呆地望着墨黑的老屋残骸唠叨着：老鸦叫，祸事到。昨晚上，我确实惶惶然想了好一会儿，村上到底会发生什么祸事呢？是要死人还是发大火？现在我释然了，毛猪虽然不是人，但毕竟也是一条鲜活的生命，挨刀子了，也是祸事一桩，想来不会再发生别的祸事了。人要杀猪，猪是毫无办法的。老木和徐清叔几个男人生生地将它从猪栏里拽出来，然后拽上杀猪案子。毛猪也就无助地嚎叫，叫声越来越嘹亮，越来越尖利，像屠刀一样在澄明的空中划来划去。也许人和猪的腿脚在栏子里闹腾大了，搅得猪尿、猪屎的气味从老木家黑黢黢的瓦片缝隙里钻出，气势汹汹地袭过来，于是我狠狠地打了个喷嚏。还没有完，还想再打一个，却打不出来了。然后，我就开始打哈欠了。我打着哈欠，拿右手在灰黄的数学书上揩去打喷嚏留下的唾沫星子。这时在毛猪的嚎叫声间隙，传来了老木的女人"呷，呷呷妮，去水南村头做相公哎"的吟唱声。老木的女人似是动了感情的，吟唱里携带了些哭腔，听来有些悲壮。这是一种仪式，杀猪时皆要举行。其实也挺简单，屠工在白刀子进入之际，主家女人拿一叠纸，从屋前道坦往外一路烧，嘴里吟唱道："呷，呷呷妮，去水南村头做相公哎。"重来复去，也就这一句。村里人不叫"猪"，叫"呷"，叫"呷呷妮"，很亲切；去水南村头做相公，水南是大地方，是我们县的县城。揣摩起来，也是某种祝愿了，祝愿毛猪下辈子投胎为人，而且去大地方做体面的相公。老木的女人的吟唱声渐远，在毛猪一声垂死挣扎的嚎声过后，我的耳际终于清静下来，一丝血腥味在清明的空中似有若无地游弋，天际上一片片白云依旧待着，白云间似乎有个挂着一双大耳朵、手舞纸扇的相公在踱步。

我又开始背数学公式了。

原本我灰心丧气，而且决定放弃去背那些枯燥乏味的数学公式了。有几个晚上，我跟自己赌气似的，摔下书本，离开阁楼，去跟庖士老司他们玩扑克了。那副脏兮兮的破扑克只有四十九张，缺红桃 A、梅花 3、梅花 8、黑桃 K、方块 J，我在牛皮纸上画好补齐就开玩了，赢一局得一根香烟，记得是八分钱一包的经济牌香烟。徐清叔就找上了我，他相当严肃地说道，你想走出山门就只有这条路子，没别的路子，恢复高考是你们年轻人的福气，一定要抓住机会。徐清叔曾经走出山门，只是后来回来了，带回一个肌肤白腻的女人，我唤她白婶子。徐清叔走出山门先是当兵，后在旧衙门当差。全国解放了，旧衙门也就解散了，徐清叔返回了村子。徐清叔身材颀长，眉骨高隆，眉毛茂盛，不像生产队社员，倒像个绍兴师爷。徐清叔说，你有基础，今年如果还考不上明年再考，明年还考不上后年再考，总会考上的。我说愚公移山啊，没意思了。徐清叔说，愚公移山好，只有立下移山之志才可成事儿。徐清叔以为我有基础，是因为我喜欢说《聊斋志异》里的故事，而且我记忆力挺不错，看了从他家里借来的《三国演义》也能说出个大概。我之所以喜欢说聊斋故事，是因为内心里把聊斋里某些女鬼与白婶子联系起来了。在我眼中，白婶子相貌姣好，气质绝佳，我不敢细看，即便她瞥过来，我也匆忙避闪目光。徐清叔说，不论什么朝代，考学都是好的，读书都是好的，书中自有颜如玉——你知道什么是颜如玉吗？我笑道，知道啊，颜如玉就是白婶子。我确实这样认为，白婶子都四十多奔五十了，仍旧体态轻盈，肤色白皙，她坐在老槐树下青石板上的月色里，素净典雅，走起路来轻飘飘的，颜如玉应该就是这番模样。徐清叔咧下嘴角，然后扇扇长眉毛说道，肌映流霞，足翘细笋，白昼端相，娇艳尤绝。我说，这是《聊斋志异》里的聂小倩啊。徐清叔说，所以说你有基础嘛，千万不要放弃。我信徐清叔，就听他的了，重又咬紧牙关复习功课。徐清叔毛笔字写得极好，村人的箩筐、篾篁都要号上姓名、群属、日期的，均出自他的手笔，他的笔迹苍劲有力，我对徐清叔很是钦佩。

队长从老木家的屋子里走出来，右手提着一条油亮亮的猪肉。

老木家的屋子坐落于村子中央，七间两伙厢的院落，是村里最大的房屋，也是最破败的房屋，住着老木、徐清叔等十来户人家。我们这个小村子，地形犹如豁了一角的倒撑着的破伞，村里其他的屋子紧紧地分立于七间两伙厢三面的斜坡上，有些局促。我们站在自家屋前的道坦上就可以看见村子中央那棵老槐树以及树后的七间两伙厢。夏天傍晚，七间两伙厢飞出许多白蚁，密密麻麻的白蚁在昏黄色的天空来回飞动，然后消失于屋前黑幢幢的老槐树里。白蚁安静下来后，有时便看见白婶子。朦胧月色中的白婶子，月下聚雪，云发丰艳，更有韵味了。队长走出七间两伙厢老屋就开始登石阶。村上几乎每一座屋子都有一小段灰褐色石阶连接着同样颜色的村道。队长登上三节石阶时发现一条黄狗尾随着他，便站下来瞥一眼瘦骨嶙峋的黄狗，然后将手中的猪肉提了提。我望着这一切就又有了打哈欠的感觉，却张了张嘴打不上来。黄狗犹犹豫豫地转过身去，然后倏忽加快步伐踅回老木的老屋。队长来到村道，往我这方走过来。他路过我家屋前的村道，我终于打出了个长长的哈欠。队长说，还没睡醒啊。我说，今天不知怎么啦，哈欠连连的。队长说，不要太熬夜了，太熬夜那些公式记不住的。队长的房屋在我家左边，隔着海棠老娘的老屋基，是一座小三间的岩墙瓦屋。那刀猪肉一晃一晃地消失在长着一株桑树的灰黄色墙角，留下一些清冷的寡薄的引人饥渴的气味。

谁都知道，今晚上全体社员可以大吃一顿了。

我听见母亲喊吃早饭了。灶间铁镬里的番薯煮熟了，吃的是连皮番薯。母亲已不用削皮刨刀了。以前她是拿削皮刨刀将番薯皮削掉的，后来改为用刀背将番薯那层薄薄的苦皮蹭掉了事，现在干脆不用削皮刨刀了，连皮煮着吃。母亲是个精打细算的人，地窖里的番薯越来越少，她心里就越来越慌。这是一个相当尴尬的季节。

我吃了三块番薯，喝了一碗加盐的开水，然后打着哈欠走到屋前的道坦上。

村道上有挑水的女人，也有一些孩子不安地走动着。虽然村里有两眼古井，但从前年开始就基本枯竭了，村里人要到村东坑塘里挑水吃。在村道上晃动的孩子，鼻子里闻到老木家漫出来的猪肉的香味。确切地说，不是猪肉的香味，是猪杂的香味。老木家的猪肉被挑走了，连猪头都被挑走了，挑出村口，挑去水南卖钱。空气里弥漫着的是猪杂的香味。老木家煮猪血汤了。村里一户人家杀猪，全村每人都可以喝上一口猪血汤。这猪血汤，也不单是猪血，还有猪肺、大小肠子和槽头肉，有的主家还加上几片猪肝，将这些都和在了一起，放大镬里煮着，汤香味美之后，一碗碗盛好，分送出去，全村每户一碗。这是村里先人立下的规矩，谁都破不得的。在村道徘徊的孩子，鸬鹚似的伸长脖颈使劲地闻着浓浓的猪杂香气。有几个闻着香味的孩子，喉管里咕噜咕噜响了几下，然后跟我一样打起了哈欠，昏昏欲睡的样子。

太阳出来了。天际上那些白云亮起来，挂在队长家阶沿头屋檐下铁钩上的那刀猪肉莹莹生辉。

我们这个小村子的屋子基本上是同一模式，堂屋外面是阶沿头，阶沿头外面是道坦。队长家的道坦上有一株石榴、一架葡萄，还有一口干涸的老井。我捏着一把草刀转过海棠老娘的老屋基来到队长家屋前的村道，瞥了眼那刀莹莹生辉的猪肉后就又打起哈欠来。队长已出工了，他喊了两嗓子出工就打头先走了。我听到后面的脚步声，徐清叔从后面晃过来了。他穿着及膝的深青色短裤。这样不长不短的裤子村子里唯独他有，并且他有两条，另外一条是麻白色的。穿着这样不长不短的裤子，徐清叔腿脚越发见长了。徐清叔也捏着一把草刀。在徐清叔的后面，庖士老司踢踏踢踏地快步走了过来，手里也捏着一把草刀。这天队里割田埂草，每个社员带的农具都是一把草刀。队长早就捏着一把草刀走了，他总是早出工晚收工的。

庖士老司望着那刀猪肉说，嗨，今晚上可以大吃一顿了。

那年，队长确实是这样说的。队里是整秧田撒谷种，队长在秧田上撒下最后一把谷种，直起脊梁豪情满怀地说道，队里还有八十来斤谷种，早稻开镰之前青黄不接时节，全队社员大吃一顿。田野上响起一片欢呼声。就这样，每年早稻开镰之前，全体社员大吃一顿，便成了规矩。队宴是徐清叔取的，他说国有国宴，队有队宴，就叫队宴吧。所谓队宴，就是生产队社员集体吃一顿，非社员不得享用。村上女人都做家务的，不是社员。这也就成了男人的队宴了。吃一顿，也不是大鱼大肉，是白米饭加人均三四两猪肉。饭是可以放开肚子撑的，头些年的队宴白米饭不够吃，队长一再加米，这些年都有些剩余了——猪肉必定事先在小碟子里分好，不得多要，每人三两或者四两。

徐清叔说，不知又有谁的肚子里会爬出虫子来。庖士老司听不大懂，就有些茫然。我说，这次不会吧，每个人都有一口猪血汤解馋了，队长选择这个日子也许考虑过，每个人喝了口猪血汤，馋虫不会在肚子里闹腾了。徐清叔说，海棠老娘可能没份吧，老木这个人，哈。庖士老司终于听明白了，他说，海棠老娘不会有猪血汤，老木不会送她。经他们一说，我也觉得猪血汤海棠老娘可能没份，我被复习功课确实弄得昏头昏脑了。杀猪人家每户都要送一碗猪血汤是祖宗立下的规矩，尽管老木是个有名的吝啬鬼，这规矩却也是不敢破的，只是汤可能淡薄些，猪肝也许就不放了。不过，这每一户是指家里养猪的人家。海棠老娘没有养猪，她是个五保户，三年前老屋被大火烧了后在我家住了十来天，然后就搬到村西的生产队灰寮里住了。海棠老娘老了，眼目也不大好使，她不能养猪。其实，我小时候海棠老娘就很老了，独自住在我家左边的破老屋里，她好像患有沙眼或者别的什么眼疾，眼睛就不好使了，低着头小心翼翼地走路，我没见她养过猪。我说，老木这个吝啬鬼，海棠老娘可能真的没份。我这样骂一句，有点讨好徐清叔的意思。徐清叔没孩子，老木说他的小鸡鸡当兵时就被枪打掉了，当然不会生孩子。小时候，我好生奇怪，生孩子是女人的事儿，跟男人的小鸡鸡有什么关系呢，它懂什么呀，呆那儿长着个酒壶嘴，只晓得尿尿。稍大后，我才知小鸡鸡挺神奇的，女人生孩子确实需要它的奋力帮忙。有回徐清叔蹲着在篾簟上写毛笔字，我就偷窥他裤裆，小鸡鸡仍在，乌龟似的躲里头，十分孤独的样子。

稻田在村西那边的山坳里。

村西那个灰寮孤零零的。村里的房子都聚集在七间两伙厢周边，房子与房子之间至多也不过数十米间隔，而村西那个住着海棠老娘的灰寮却在几百米开外，看上去就特别孤单，特别凄凉。灰寮披着稻草，有的稻草腐烂了，一摊灰黄，一摊乌黑，长着一些青青的茅草、黑乎乎的菌类。灰寮与村子之间是一些旱地，满是番薯藤，青幽幽一片。肚子里爬出虫子，去年队宴时节海棠老娘肚子里确实爬出了虫子。那天黄昏，村子刮起一些东风，这些乱闯的东风就将队长家队宴上的香气裹挟着走，走进村西灰寮里，海棠老娘肚子里的馋虫就蠕蠕而动了，先是吐出一些灰黄色的水，然后就吐出三条麻白色虫子。这是白婶子目见的。每逢队宴开宴时，白婶子便远远地躲开，她在村子周边轻飘飘地溜达，就到了村西的灰寮旁边，就听见海棠老娘坐在灰寮跟前矮竹椅上面对着如血的夕阳呕呕地吐，就看见吐出一些灰黄色的水，然后就是虫子。那时候村子有些苍茫，那些东风裹挟着香味在苍苍茫茫的空中无所顾忌地乱闯，都有些无法无天了。

我们路过灰寮前面的土路时，海棠老娘坐在灰寮内那把矮竹椅上，苍老而浑浊的目光望着门洞外面土路沿上早晨的太阳。那扇腐朽了四个角的粗木门是海棠老娘搬进之后装上的，她搬进之前，队长起出草木灰，然后在东向泥墙上挖出一口窗子，灰寮里也有一些从窗口斜照进来的阳光，看起来有些轻薄飘忽。我想起虫子，禁不住又打了个哈欠。徐清叔或许也想起虫子了，他说，太残酷了，又会打雷了。庖士老司不知太残酷是什么意思，他没读过书，挂着两筒鼻涕就成了生产队里的小社员，破衣服的前襟、袖管都很脏，就叫他庖士老司了。庖士老司是村人的叫法，其实就是厨师。村上逢着红白喜事，便请邻村那个秃顶的小老头掌勺。秃顶小老头身上的灰色厨师服总是油腻腻的。徐清叔说，什么队宴呀，本该一人一口分而食之。我想起去年吃过队宴回家的情景，那时忽然乌天黑地起来，响起隆隆的雷声。村上老人说，人间有罪孽，上天就打雷，天雷佛心里明镜似的，什么都知道。我想着隆隆的雷声张了张嘴又想打哈欠了，我说今天他妈真是见鬼啦。

走过村西的灰寮，然后转过一个山嘴，就看见山坳里的稻田了。

稻田里的稻子尚未挂穗。队宴比往年提早了，要是老木家不杀猪，肯定在半个月后举行，早稻开镰起码还得二十多天。我望着青青的稻田又打了半个哈欠，里头还有半口气转了几下转不出来。我确实太熬夜了。也许昨晚上乌鸦的叫声全村就我一个人听见。那时节村子非常沉静，可乌鸦叫了起来，忽然叫起来的，似乎在村子夜空盘旋了一阵子，然后歇在村子中央老槐树上号叫。我把脑袋伸出阁楼的窗口，听仔细了，乌鸦确实歇在老槐树上凄然号叫。老槐树下面自然不会有白婶子，但我的目光还是在月影里搜索了下。开始割田埂草时，我又想打哈欠了。每一丘稻田的田埂上都歪着男人，一把把草刀在阳光的照耀下泛白，一闪一闪的白。我张了张嘴，嘴巴里头那团气体转了几下就是转不过来，却毫无感情地流出眼泪了。我们把田埂边的茅草割下来，然后踏进早稻田的烂泥里沤肥，收割了早稻是要插二季稻的。

我一边割田埂草，一边想着老木家的猪血汤。猪血汤海棠老娘有份吗？老木会不会送她呢？我又涌出些眼泪，嘴里也差点掉出口水来。我咽下口水，却闻到了香味，是稻谷的香味，稻田在太阳光照耀下居然飘起稻谷香。实际上，谷子远未成熟，青色的，谷子外面的细毛也是青色的，拧一下是乳白色浆汁。我直起身子，前后左右田埂上的草刀一划一划，白亮亮的，晃人眼目。我揉了揉眼睛，终于打出一个完整的哈欠。

我家中午饭依旧是连皮番薯。

那一张旧木桌上除了一盆连皮番薯，还有一碗猪血汤。也许除了海棠老娘家其他人家的餐桌上都有猪血汤。村上的女人向着男人，待男人回来一起打牙祭。可男人也向着女人，从地上割田埂草回来的男人都不怎么动那碗猪血汤。过几个小时就是傍晚，傍晚举行的队宴，是男人的队宴。碗里的猪血汤果然淡薄，多半是米豆腐，没有发现猪肝的影子。我夹了两片猪血，我父亲也只夹了两片猪血，就决绝地连看都不看了。我发现父亲只吃两块连皮番薯，平时至少吃三块的。凡是队宴当天的中午饭，全村的男人都不肯吃饱，要留下一口粮食，留着空肚子对付晚上丰盛的队宴。这是公开的秘密了，有点心照不宣。庖士老司成为小社员那些年，每逢队宴他就极端兴奋，像打了鸡血一样上蹿下跳。那时节他还是个孩子，全村的孩子唯独他能够享受队宴。那几年的队宴，庖士老司不是少吃中午饭，而是不吃中午饭，他要把胃里的番薯或者番薯干、野菜之类腾空了来盛装香喷喷的白米饭。

下午依旧是割田埂草。

队长喊出工时杨爱珍就张罗开了。也就是一小镬猪肉、两大镬白米饭。队长的女人杨爱珍是个相当能干的女人，这点事儿她独自干得了。她之所以唤白婶子等两个女人来帮忙，是考虑要落个清白，不要让人说闲话，猪肉全下镬的，白米也全下镬，清清白白。白婶子是村上唯一认得字眼的女人，能够为人代笔写信，但体力劳动不行，家里养着的一头猪也多半由徐清叔打理；也不会生孩子，不过也说不明白了，老木说是徐清叔不会生的，当兵时小鸡鸡被枪打坏了。杨爱珍大大咧咧的，看不上不会劳作、不会生孩子的女人，却对白婶子高看一眼。杨爱珍将猪肉过了秤，又将白米过了秤，然后就系上拦腰布切猪肉了。白婶子看过秤星子就没什么事了，另一个女人坐灶前烧火。没什么事了，白婶子就轻飘飘地走出队长的家。帮忙的女人可以吃一碗白米饭，但白婶子不吃，开宴时躲得远远的，她说这是男人的队宴。

　　休工比平时大约早半个来小时。每当休工，大伙犹如矫健的野小子反应极其敏捷，有几个揣摩着将要到点了就在田头待着，一听到队长喊休工拔腿就跑。其实到不到点儿队长说了算，谁都没有手表。队长是习惯性地早出工迟休工的，我们走出老远了他才离开田垄，然后远远地跟在后面。队长矮墩壮实，脚板子贼硬，荆棘也扎不进去，脚底的功夫也了得，发现路上有荆棘或者小石头什么，就踩上去，然后脚脖子只一扭，脚下之物便呼的一声飞路下去了。我们兴冲冲地回到了村西灰寮那儿，此时队长尚未转过山嘴来。

　　西边的太阳有气无力地斜照过来，我们从村西番薯地田埂上往村子走，夕阳将我们的身影拉得悠长，然后就苍白乏力地挂在队长道坦的石榴树、葡萄架上，看上去非常久远、非常古老的样子。村子显出傍晚时分固有的昏黄，在昏黄的色晕里洋溢着猪肉的香味、白米饭的香味。这些浓浓的香味无孔不入，就连苍茫空中的那些小虫子都似乎飞舞得更欢了，兴高采烈地往人脸上乱撞。女人则看管着自家的孩子，以言语甚或武力增强孩子对于香味的抵御力。一些有思忖的女人在阵阵香味肆无忌惮袭来之际，适时地变出半碗猪血汤来。将老木家送来的那碗极其淡薄的猪血汤悄然一分为二然后匿藏半碗是女人的聪明之举。但这般聪明的女人毕竟是少数，在我们吃队宴的时候就传来一些孩子的哭闹声。听出自家孩子哭声的男人，知道发生了什么事儿，忽然被白米饭噎住了，于是僵硬地伸了伸脖颈，然后又埋头大口大口地吞咽起来。

庖士老司吃得太快了，忽然打起嗝来。队长以干部的口吻说道，慢慢吃，白米饭多的是，吃不完。开始办队宴那几年，白米饭老是不够吃，庖士老司便抓住吃队宴的要领，计划吃四碗的，头三碗必定狼吞虎咽地吃得极快，要不然去盛第四碗时镬里就只有饭焦了。队长换以长者的口吻说道，今晚上肯定吃不完，大家慢慢吃，吃得太快容易饱，那不是真饱，是假饱，假饱快饿。庖士老司仍旧打嗝，脖颈一伸一缩的有点滑稽。徐清叔说，按住少商穴试试看。庖士老司没听懂。其实我也不知哪儿是少商穴。徐清叔便放下筷子走了过去，拿起庖士老司的右手，按住拇指指甲下面那儿，然后说，深呼吸，做深呼吸。

庖士老司平静下来后我却又打起哈欠来。其实队宴一开始我就想打哈欠，只是张了张嘴没打完整。队长说，早晨我就看你打哈欠，现在又打了。我说，今天真奇怪，不知打了多少个哈欠了。镬里的白米饭吃不完达成了共识，许多嘴巴就放开饭碗参与说话了。这个说看见我打哈欠了，那个说看见我打哈欠了。我父亲说，他没睡好。我说，昨晚上我听见乌鸦叫了，那时候不知几点钟，乌鸦叫过之后我才睡觉。其他人就都说，没有听见乌鸦的叫声，肯定是凌晨了吧。其实我也不知是几点钟睡觉的，村上只有徐清叔有只小碗口大的闹钟，其他人家都没有，更别说手表了。每逢生了孩子或者老人咽气了，都要去徐清叔家里问时辰。白婶子总是把时辰说到分，并嘱咐要记住，她自己则拿起圆珠笔在一张牛皮纸上记下来。我说，昨晚上可能真的睡得太晚了。我这样说是言不由衷的，感觉上也不是太晚，跟平时差不多。只是跟平时差不多，老打哈欠就无法解释，我不想让大伙继续讨论我的哈欠问题。

镬子里的白米饭果真没吃完。有的人碟子里的四两猪肉也没有吃完。白米饭是真吃不完；猪肉是舍不得吃完，只有老木真吃不完。杨爱珍把白米饭分好，每人分到一浅碗。那些猪肉舍不得吃完的，便把猪肉倒在白米饭上端回家去。老木做得更仔细，他把猪肉倒在饭碗里后又弄些饭粒将猪肉碟子里的丁点油星都沾走了。这真是一次丰盛的队宴，大伙都非常高兴，端着白米饭打着饱嗝儿非常高兴地走了。

满村子都是月光。

我端着一碗白米饭走出队长家树影婆娑的道坦，饭碗立刻被如水的月光笼罩住了。月色里的白米饭白珍珠一样晶莹剔透，闪烁着一层包浆似的乳白色光泽。我端着晶莹剔透的白米饭穿过村道来到村西，就在月色里看见了徐清叔，他拿着一只空碗长手长脚地晃荡过来。徐清叔说，分而食之。我打了个哈欠说，分而食之。灰寮里油灯如豆。海棠老娘坐在那把矮竹椅上吃着白米饭，整个儿被淡黄色灯光笼罩着。矮灶头上有只深褐色木盆，里头盛着白米饭，同样被淡黄色灯光笼罩着。那只深褐色木盆是队长送的，那把矮竹椅子是我家送的，灰寮里一切用具都是村人送的，都被淡黄色灯光笼罩着。我有些恍惚，那淡黄色似乎不是来自油灯，而是来自木盆里的白米饭。那淡黄色似乎不是光线，而是香味，是白米饭的香味。沉浸于淡黄色香味里的海棠老娘喃喃道，好人，好人，爱珍早就送来了，徐清也送来了，还有细琴，好人，都是好人。我把碗里的白米饭扣在木盆里，碗底里的三片猪肉就露在灵光闪烁的白米饭上面，如同一盆白珍珠里头盛开起三只花朵儿。细琴就是庖士老司。徐清叔所说的太残酷了，也许庖士老司听懂了；分而食之，他也懂得了吧。我拿着空碗子一边走一边想，一只瘦骨嶙峋的黑狗在月色朦胧的村道上漫步，拖着一团阴影。村里只有两只狗，另一只是黄毛的，也瘦骨嶙峋。

次日，海棠老娘死了。白婶子估摸着在那张牛皮纸上记下她咽气的时间，只有时，没有分，某年某月某时许而已。

当年我就考上了大学。我接到入学通知书那天，徐清叔把家里的《三国演义》等五本藏书送给了我。次年，我暑假回来听说队宴没有举行，听徐清叔说的，他说太残酷了，搞什么队宴啊，不是诱出馋虫，就是把人撑死，罪孽。再过一年，生产责任制了，也就不可能有队宴了。

2. 蝶庄的爱情

大半天都没发现蝶娘的影子，蝶庄的人就觉得奇怪。每一天，蝶娘都去老屋喂鸡的，如同太阳行空，亘古不变。无论怎么说，蝶娘都是蝶庄一大奇迹。将近一百岁了还能养几只鸡，还能念诵心经。蝶娘的大公鸡、大母鸡圈养在老屋后面的空地里，而她则寡居于村后车路边一座带院子的砖墙瓦屋。这小院子已建成十多年，蝶娘独自居住，从八十多岁住到了将近一百岁。以前，蝶庄的村后是没房屋的，所有的房屋都分布在村后的前下方斜坡上，一色的泥墙瓦屋，看上去灰黄黝黑。十多年前村后凿通了车路，才将车路前后混沌未开的黄土地刨开来，建了些中华民族伟大复兴征程上日益向好的新房屋，一派赭红白亮。从村后至斜坡上的老屋子，盘旋而下的村道粗石头路面上，长满杂草以及合欢树飘零的枯黄叶子。蝶娘挽着盛鸡食的小篮子，踩着杂草丛生的千年老石头，踽踽独行，形单影只，却有几只蝴蝶亦步亦趋。有时，蝶娘抬脸望望对面的酒坛山，天际上一片片白云远远待着；有时，她抡起褐黄色木质拐杖敲下铁青色树干，光秃秃的树枝劲道十足地指向邈远的天空。在村道上缓慢移动的蝶娘，犹如一棵百年老树，仿佛凝聚了蝶庄这方天地的精华与刚毅，很是苍劲有力。这样的情景，留守在蝶庄的人太过熟悉了。每一天蝶娘都要下去、上来，再下去、再上来，一道固有的风景。可这大半天里，太阳从升上来再转过村东大烟囱上头的天空到待在中天俯视蝶庄了，都没发现蝶娘的影子。打破了常规就很奇怪了，奇怪得像青天白日看不见了太阳。

一些人心里就发慌起来。

蝶庄的人气实在太弱了，留守着的人坐不满一张八仙桌。斜坡上老旧的泥墙瓦屋早不住人了，一派房摇楼晃残垣断壁野草萋萋的景象。老屋子尽处是山崖，老樟树掩映着的村殿里头香烟袅袅。斜坡两边的田畴草木茂盛，成了梯级山地，苍苍茫茫。村前的酒坛山则苍黄得愈加苍黄，老绿得愈加老绿，一派深秋景象。荒芜的村落，就这么些个散散淡淡之人，心里头就不够踏实，见不得风吹草动。但这尚在其次，关键是蝶娘其人，她有着太多传说。之所以成为传说，是因为那些见证的人都已相继去世，都埋在西边的乱坟岗上，在野猪的闹腾中飘起一些蓝幽幽的鬼火。说蝶娘是蝴蝶变成的，自然缺乏科学依据了。她左右大腿内侧各有个蝴蝶斑，也许是真的，但也只有她的父母以及她的丈夫胡可人清楚，而篾匠胡可人去世已三四十年，更别说她的父母了。其实，也不单是传说，蝶娘和蝴蝶的关系确实是很诡异，这是人所共睹的事实。自古以来，蝶庄多蝶是百里闻名的，蝶庄彩蝶纷飞的景致是百里闻名的景致。可这十多年来，蝶庄的蝴蝶却越来越少了，几近绝迹。说诡异，是因为蝶娘念诵心经时，几近绝迹的蝴蝶便忽然出现了，三三两两地环绕小院子里头的石榴树飞舞。就是蝶娘去老屋喂鸡，有时也有几只蝴蝶尾随着，不肯离去。诡异得不好解释了。也许蝶娘真是蝴蝶变成的吧——一个人牵扯上是什么变成的，就会让人心生惧怕，况且又活到将近一百岁，似乎活到成精的年纪了。

说起蝴蝶——蝴蝶与蝶庄确实颇有渊源。可以说，有了蝴蝶才有了蝶庄。

这可不是传说，蝶庄《胡氏族谱》上所记载的，黄纸黑字说，唐朝天复二年，始祖胡玉昌贩茶途经于此，忽见彩蝶漫空蔽野，渐次东移，至一山呑，敛翅沉降，须臾，花草树木之间，彩蝶遍布，几无空隙，又见一山，鼓腰平顶，犹如酒坛。始祖以为宝地，遂卜居于斯，伐木造屋，垦荒整地，掘井汲水，灌溉农桑，繁衍生息，造就蝶庄。可见，要是没有蝴蝶就不可能有蝶庄，胡氏家族也就不可能在此繁衍生息，绵延千年。这千百年来，蝶庄人蝶和谐相处，互为添彩。也许吸纳了蝴蝶的灵气，蝶庄产生了些个名士，创造了灿烂的蝶文化。最有名的有画蝶大师胡庚、竹蝶大师胡笛。《胡氏族谱》"一方闻人"中有胡庚传略，"生于明万历廿二年，卒于清康熙十六年，与时画家陈老莲颇有交往，彼此切磋技艺，互赠蝶画"；也有胡笛的记载，"腿瘸，手巧，善织蝶，素称竹蝶大师"。胡庚之画蝶不传；胡笛之"竹蝶"传至蝶娘的丈夫胡可人，又传至外乡人言泽。这是千真万确的事儿。蝴蝶纷飞的景象，有点岁数的蝶庄人，仍记忆犹新，历历在目。那合欢树上，油菜田间，万千蝴蝶，花团锦簇，随风飘曳，犹如天女散花，蔚为大观。可谓名副其实的蝶庄。可是，从十多年前开始，蝴蝶却越来越少了，几近绝迹。有老者说，也许开凿车路时凿断了村子的命脉，蝴蝶便消失了。也有说，是村东那个大烟囱惹的祸，那烟雾的气味多古怪呀，烂鸡蛋一样臭烘烘的，蝴蝶自然逃走了。尽管原因不明，平时鲜见蝴蝶却是事实，只有蝶娘念诵起心经，才飞舞出几只蝴蝶来。蝴蝶竟成了蝶庄的稀罕物。

这老半天不见蝶娘的影子，就有人去村后车路边蝶娘的小院子查看了。

这人就是蝶娘的丈夫胡可人的徒弟言泽。村东大烟囱吐出来的烟雾，不但气味古怪，形状也奇特，如同一朵朵蘑菇云。言泽望着天空中绽放的蘑菇云，在车路上一瘸一拐地走过来，斜投在身后车路上的影子，一探一探地跳跃着移动。原本，应该听见蝶娘念诵心经的声音了。她喜欢盘坐于卧室一张古朴太师椅上念诵心经。那声音苍老，却很有爆破力，像炒豆子一般在小院子里蹦蹦跳跳，且引出几只彩蝶绕着石榴树飞舞，一派岁月静好的样子。言泽听不见心经念诵声，便加快步履向她的小院子拐过来，那影子也愈发探得紧了。

秋天的太阳静静地照在麻白色院墙上。言泽拐到小院子跟前，院门虚掩着，便吱嘎一声推了进去。言泽看见石榴树下聚集着许多麻雀。那些麻雀在斑斑驳驳的秋阳里围着一只白铅碗站成了圆形，叽叽喳喳叫着，就像小客人等待着美味佳肴。它们跟蝶娘很友好，主要是老人对它们很好，每天喂鸡之前都给供食，而且喜欢和它们唠叨，唠叨蝶庄千古流传的轶事。也许经了些世事，麻雀胆子够大的，有点院子小主人的意思，有几只扭头望过来，望了好一会儿才不情不愿地飞走。堂屋门上了锁，右边这间就是蝶娘的卧室，窗户紧闭，且拉上了米黄色窗帘，里头悄无声息。言泽"师母、师母"喊了几嗓子，里头仍阒寂无声。

看不见蝶娘的影子，又听不见她的念诵声，言泽就慌张了。

村里除了瘸腿言泽，也只有忧郁症患者胡小芬和她的奶奶上头婆，智障小胡和他的近视眼爷爷大胡等寥寥数人；周末多几个，胡小牛一家三口会回来。这十多年来，不但蝴蝶大迁移，人口也大迁移了。这是一个大迁移的时代，人口在更好的地方聚集。言泽是外村人，年轻时父母双亡，师从胡可人之后就在蝶庄住下来。胡可人去世不久，言泽便丢弃篾活手艺与村人一道外出打工。篾活手艺也不是言泽丢弃的，是被工业时代所抛弃的，竹器在流水线上成批生产出来。言泽回村时却瘸了左脚，一瘸一拐地回来，又在蝶庄住了下来。这是胡生帮忙的，胡生为言泽办了残疾人证，让他吃着"低保"度日。闲来无事，言泽也编制些竹蝶。不过不能卖钱，编制着玩儿。也不是玩儿，要是编制出中意的，便用小竹篮盛了送给村西的胡小小，不中意的则谁要谁拿去。胡生是蝶娘的儿子，年轻时写了些关于蝴蝶的文章，然后被招聘到县文化馆上班，不过也去世好几年了。

言泽和上头婆一起去老屋查看的。平时，村道上除了蝶娘每天走两趟外，似乎只有野猪了。有时太阳下山不久，野猪就进村来，在村道上行走，一点儿鬼祟的样子都没有。上头婆是去村殿续香烛的，与言泽一起绕下村道。走到蝶娘老屋后面一丈多高的村道上，他俩站住了。这是一座三间泥墙瓦屋，破破败败的，村道与老屋之间有个塌了一半多的猪栏。村道高高的，他们俯视着，就看见屋后的大公鸡、大母鸡，却不见蝶娘的影子。言泽"师母、师母"喊了几声，并无回应。上头婆就慌里慌张地走过去了。村殿在蝶娘老屋前下方，沿着村道往下转过两座老屋、三丘田地，就到村殿了。村殿那儿虽是山崖，却有老樟树护着，看上去安安稳稳的。山崖前下方原本也是田地，梯形排列，只是荒芜多年了，满目是连成一片的茅草荆棘；再下方便是山坑，山坑一侧则是酒坛山麓，坑水断断续续的，却是白亮亮的，哗啦啦地响。酒坛山秋色正浓，一摊苍黄，一摊老绿。上头婆瘦骨嶙峋的，她碎步子匆匆地走进樟树下村殿，续上香烛，然后在佛像跟前极虔诚地为孙女胡小芬祈祷，祈求菩萨保佑孙女，早日会说会笑起来。瘦骨嶙峋的上头婆，操心着孙女胡小芬的事儿，头发加速发白了。

没有蝶娘的回应声，言泽就拐下通向老屋的石阶，他要下去看看。

这些老屋子分布的格局，也是梯形的，几乎每座屋子后面都有一小段灰褐色石阶接连着同样颜色的村道。自然，原本的灰褐色在茅草覆盖下悄然变化着颜色。言泽一边拐下石阶一边侧耳细听，捕捉蝶娘的声息。这座老屋，蝶娘生活了六十多年，从嫁过来到八十多岁，然后才搬到村后的小院子。丈夫胡可人去世后，儿子胡生要她搬到县城一起住。可蝶娘死活不肯，说关了门你爸回来找不着家怎么办。听了让人有些毛骨悚然。胡可人的遗像仍放在老屋，同嫁妆一起搬过来的一木箱竹蝴蝶也仍放在老屋。蝶娘眷恋着老屋，在老屋养鸡似乎是借此来老屋走走、看看。胡生在村后建成小院子的时节，要在左近搭个鸡圈让母亲养鸡，不要去老屋了。可蝶娘不同意，就要在老屋后面养。蝶娘来老屋喂鸡，也不是喂了鸡就上来，她要在老屋里待会儿，有时也盘坐在老屋那张太师椅上念诵心经。那两张太师椅颇有来历，言泽曾听师父胡可人说过，是祖先竹蝶大师胡笛留下来的，老祖宗胡笛坐在太师椅上编制成的竹蝴蝶就格外地栩栩如生，好像有了灵性似的。胡可人希望言泽把编制竹蝴蝶的手艺学过去，然后传下来。胡可人也鼓励言泽像他年轻时一样，把编制的竹蝴蝶送给心爱的人，旷日持久地送，总会博得芳心的。胡可人也是坐在太师椅上教言泽编制竹蝴蝶的，言泽坐在另一张太师椅上学习编制蝴蝶。言泽的技艺长进很快，却并不是坐在太师椅上编制竹蝴蝶技艺就长进得很快，而是给胡小小送竹蝴蝶之后技艺才突飞猛进的。现在，这两张太师椅一张放在村后小院子里，一张仍放在老屋。蝶娘坐在老屋的太师椅上念诵心经的声音，同样苍老，同样像炒豆子一般蹦蹦跳跳，也同样招引些蝴蝶来，在葡萄架上下翻飞。

言泽拐下石阶，看见了几只彩蝶，却听不见什么声息。言泽又"师母、师母"喊了几嗓子，却只有一只母鸡咕咕咕咕地回应了几下。屋前道坦上那口古井淹没在草丛里，葡萄架倒塌了，很颓败的样子。几根朽木上缠绕着一些紫色藤蔓，点缀着一些有气无力的小白花，更显荒凉落寞。以前这道坦可是生机勃勃的，以前胡小小曾经来过，看大公鸡追逐斜日里头蝴蝶的影子。她的睫毛忽闪忽闪的，但眼白纯净宁静。此刻，言泽望着那些小白花，就有些恍惚起来，他抬起瘸脚圆规也似画了个半圆，然后离开老屋子拐上石阶了。

上头婆急匆匆在村道上走过来。她问，有没有？言泽说，没有，到哪去了呢？言泽自言自语着就想好了，返回村子后面再去小院子里看看、喊喊，要是还没有，就去西山师父胡可人的坟头看下，有时师母蝶娘也去师父坟头的，要是仍不见人影，就只得给胡沇源打电话了。胡沇源是蝶娘的孙子、胡生的儿子。十多年前，胡沇源给祖母蝶娘买了只简易录音机，配了《心经》带子，因为二百六十字的《心经》中，祖母蝶娘"蕴、埵、耨"等字音念不准，希望她对照着校正。五六年前，胡沇源的父亲胡生自知余日无多，决心妥善安排老母亲蝶娘，便跟儿子胡沇源以及同住于县城的小妹胡珍商量，动员老母亲搬下来。可蝶娘说，你爸回来的，你爸晚上都回来的，去县城了你爸怎么办呀？仍不肯离开蝶庄。蝶娘活到将近一百岁，好像就活过了界限，打通阴阳两界似的。胡生骨灰盒发回蝶庄时，蝶娘脸上看不出悲戚，更没有掉泪，嘴里说，儿啊，安心去吧，你爸等你了，快去吧，见着你爸说一声，等等我，我会去找他的。说得让人骨寒毛竖。

言泽是在村后车路上给胡沇源打手机的。

村后的车路是从瓯江畔大车路绕上来的，车子从县城出发沿着瓯江畔的大车路开了三十来公里，然后右拐绕了十八公里，就到蝶庄，再往里绕过三个村落就到尽头了。在等待胡沇源的时候，全村人都集中在村后的车路上，就连足不出户的胡小芬也出来了，她站在车路后一块麻白色石头上望着村东大烟囱吐出来的蘑菇云也似的烟幕，目光茫然，面无表情。胡小芬是她老爸从县城送回来散心的，可她始终不肯说话，眼神恍惚，样子痴呆。言泽以为去村殿点香烛是没什么用的，他似乎跟胡小芬有过类似的经历，因而感同身受，以为随着时间的过去，或许就会好起来。一种叫忧郁症的疾病，留守在蝶庄的似乎只有胡小牛知道。上头婆、近视眼大胡，还有言泽都不知道。其实，开小三轮的胡小牛也不算是留守在蝶庄的人，一家三口租住县城，周末回来让陪读的老婆种点蔬菜，给杨梅山除草松土，安置兽猎夹。小三轮的马达声从里头山嘴那儿传过来了，纯净清晰。胡小牛送一拨人去清真寺上香。胡小牛冲车路边的乡亲咧了下嘴，坐在小三轮里的香客也扭过头来望他们笑。清真寺在酒坛山左后方的山坳里，那儿长着一些老树，相当远古的样子。胡小芬机械地转过身来，向清真寺那儿望去，依旧目光茫然，面无表情。

　　将近一百岁的蝶娘失踪了毕竟是蝶庄的大事儿，可没有其他的办法了，只有等待胡沇源上来打开小院子的屋门。这种等待，让人心悬着，惶惶的。在惶惶然中就想说点什么。蝶娘从前那些事儿都是传说，传得玄乎其玄。就是八十多岁的近视眼大胡，关于蝶娘小时候的事也只是听说的。大胡长着一颗光溜溜的黄铜色大脑袋，额门宽阔，耳垂过大，像个颐养天年的大干部，其实是个山间拙朴老夫，说起话来竟稚童一般有些腼腆。大胡说了蝶娘的一些事儿，然后有些腼腆地摇晃大脑袋动着厚嘴唇说，当然是听人家说的啦，那时我还没出生呢。言泽自然不知蝶娘小时候的模样，但他听多了却能够想象得出来。蝶庄的蝴蝶色彩艳丽，舞姿优美，很好看；蝶庄的蝶娘姑娘，穿一件蓝底碎花衣裳，挂着两条黑黑的长辫子，白皙的脸盘，黑溜溜的眼睛，比蝴蝶还要好看。不过，言泽想象中的姑娘，多少有点胡小小的影子。有时他也弄不清楚，是胡小小姑娘呢，还是蝶娘姑娘。言泽给村西胡小小送竹蝴蝶时，就会想象出这番情景来。村西乱坟岗上除了一些灌木还有很多松树，除了野猪出没还有麂子，胡小牛夹住一只麂子，卖了八百块钱。

　　关于蝶娘和胡可人恋爱的事儿，也是近视眼大胡说起来的。

那是二百九十九只竹蝴蝶啊，胡可人每天给蝶娘送一只竹蝴蝶，送了二百九十九只。大胡有些腼腆地摇晃着大脑袋动着厚嘴唇说，当然是听人家说的啦，那时我不知出生了没有呢。言泽自然不知师父胡可人编制竹蝴蝶、给蝶娘送竹蝴蝶的情景，但他也能想象得出来。其实，言泽多次听说过了，听师父胡可人自己也说过。在那老屋的阁楼里，年轻的胡可人坐在太师椅上，一边看着窗外翻飞的彩蝶，一边编制竹蝴蝶。那时节蝶庄的蝴蝶随处可见，有柑橘凤蝶，异天蝶，褐脉棕斑蝶，金斑喙凤蝶，绢粉蝶，朴喙蝶，豆荚灰蝶，黄边酱蛱蝶，蒙蛱蝶，无尾银蚬蝶，枯叶蛱蝶，师父胡可人编制出来的各种各样的蝴蝶，惟妙惟肖，活灵活现，就从阁楼窗口飞出来了，飞到屋前上空，与那些鲜活的蝴蝶一起翩翩起舞，然后就飞到蝶娘的心里去了。师父胡可人说得很浪漫，同样很浪漫地鼓励言泽说，把编制的竹蝴蝶给心爱的人送去，旷日持久地送，总会博得芳心的。可是言泽送了一百三十二只竹蝴蝶，胡小小就发生了意外，他们的故事戛然而止。

午后的蝶庄依旧是薄薄的秋阳照着。出现了这等状况，这么些个散散漫漫之人，在村后车路上说着百年故事，就把蝶庄的面貌说得怪异起来。绳索上的白底蓝花衣物忽然晃动了，那些老屋灰暗的破窗口里头仿佛有物事探头探脑，村道上出现了环绕着一些彩蝶的苍劲有力的蝶娘意象，酒坛山巅上盘旋着一只老鹰，大烟囱里头陆续不断地吐着蘑菇云，西边乱坟岗上仿佛蓝光缥缈。人心惶惶的，莫名惶恐着，巴望蝶娘的孙子胡沇源快快上来。

胡沇源也五六十岁了，跟他一起上来的是七八十岁的小姑妈胡珍。胡珍瘦小，病恹恹的，很老态，好像比她老母亲蝶娘还大几岁。小院子的石榴树下又站了许多麻雀，发觉突然这么多人闯入，它们不知所措，叽叽喳喳飞走了。胡珍掏出钥匙，打开堂屋门，胡沆源立刻"奶奶、奶奶"叫起来。堂屋右边这间就是蝶娘的卧室，左边那间堆放着杂物，厨房里也看过了，楼上也看过了。哪里去了呢？哪里去了呢？胡珍嘟囔着。胡沆源说，不会去爷爷的坟头吧？言泽说，去看过了，没有，老屋里也看过了。胡沆源就蹙起眉头。哪里去了呢？胡珍话里带着哭腔了。言泽想了想说，老屋的堂屋门也关着，我在外面喊都没有回话。胡沆源并不知道祖母蝶娘也去老屋里念心经的，胡珍也不知道，他们以为老人去老屋喂了鸡就上来，不知她还喜欢在那破破烂烂的老屋里待上一会儿，而且还在里头念诵心经。得知后，胡沆源就带头去老屋了，后面跟随着一支小队伍。

蝶庄的老屋前面都有块空地，那块空地叫道坦。道坦三面的泥墙都倒塌了，道坦内的葡萄架也倒塌了，那口古井则淹没于草丛里。以前，胡小小曾经在道坦出现过。彼时，言泽和师父胡可人坐在阁楼的太师椅上编制竹蝴蝶，恰好是个黄昏，言泽从阁楼窗口望出去，就看见道坦上的胡小小，她睫毛忽闪忽闪的，眼白纯净，看着金色的大公鸡追逐斜日里头蝴蝶的影子。当时，胡可人吟诵了白石老人的一首诗：小院无尘人迹静，一丛花傍碧泉井。鸡儿追逐却因何？只有斜阳蛱蝶影。这会儿，言泽是跟在小队伍后头的。他通常不来老屋，来过老屋往往彻夜不眠。

哇塞！胡小芬石破天惊喊了一嗓子。远远望过去，就望见道坦上飞舞着许许多多的蝴蝶。这么多蝴蝶，十多年来未曾见过了。言泽很惊奇，胡沆源、胡珍、上头婆，所有人都很惊奇，似乎昔日光景再现。胡沇源便加快脚步，急匆匆地穿过村道，走下石阶，就"奶奶、奶奶"喊起来。可是，丁点儿回声都没有，只有那些蝴蝶，在古井上头，葡萄架周遭，在整个道坦低空，花团锦簇，呈球状滚动着，让人心头发紧，似乎发生了什么大事儿。

堂屋门虽然是半腐老木门，却从里上了闩。后门虽然也很老旧了，却装了弹子锁。可谁都没有钥匙，胡沇源没有，胡珍也没有。近视眼大胡毕竟多经了些世事的，凭空出现那么多蝴蝶，觉得很是诡异，心里想着一些什么。上头婆在觉得诡异的同时，心里却乐滋滋的，孙女胡小芬猛然喊了那么一嗓子，目光就鲜活起来，沉郁的脸面也现出色彩来。胡沇源操起一段木头击打后门了，那些大公鸡、大母鸡如同见着老鼠狼，战战兢兢地跳跃着逃跑了。

谁都被惊呆了。

堂屋里的太师椅面对八仙桌，靠在太师椅上的蝶娘似乎刚刚睡去的样子。八仙桌上有只老旧的简易录音机，一只黄黝黝的小木盒，还有几叠对角折好的冥币；桌下有只盛满冥币灰烬的大铁镬。八仙桌后头紧挨着照壁那条狭长的香案，正中央搁着胡可人的遗像，两边则放着篾匠工具。而这一切似乎都淹没在竹蝴蝶的海洋里，堂屋里到处都是竹蝴蝶，密密麻麻的展翅欲飞的竹蝴蝶，让整个堂屋氤氲着褐黄色晕。看样子，蝶娘似乎坐在古朴的太师椅上，在这褐黄色晕里念诵着心经，念着念着就睡了过去。

不承想，老屋前道坦上的蝴蝶飞走了。那千百只蝴蝶似乎并不是因充斥了人气而四下飞散，而是结团呈球状滚动着前行，向酒坛山方向飘移过去。在蝶群球状滚动的过程中，酒坛山左侧的山坳里传来鞭炮声，几棵老树后面的清真寺烛光闪烁，香烟缭绕，呈一派清平祥和气象。

3.母亲的弹弓

一

小时候，我对村子中央那棵老槐树相当怨恨，它相当霸道地挡在电影银幕中间，极其残忍地将银幕截成两半。那年月，看一场电影多不容易，老槐树却让人看不完整，我心里该是什么滋味!

那时节，我们村的电影都是在那棵老槐树底下空地上放映的，一个半月两个来月才轮上放一回。每逢轮到的当天下午，大队长许家田派遣两个正劳力，前往公社所在地把发电机、放映机连同放映员阿军接上来。这可是一个美差，每人记半天工分，还额外补贴一包雄狮牌香烟钱二毛二分。不过，雄狮牌香烟必定要买的，不许将二毛二分放进自己腰包。买回的雄狮牌香烟，从踏上放映员阿军家开始便一根一根少下来，在大队长许家田家吃过晚饭，再到放完电影，基本上也就只剩一只空烟壳了。这二毛二分是招待费的一部分。在招待的过程中自然也给自己招待上几根，说是美差确实并不夸张。况且，这使命也非常光荣，全村人都看着他们呢，看着他们去，盼着他们回，这是一桩挺露脸的事儿。

接电影的人捏着扁担非常光荣地走出村子，村子里就有了放电影的意味了。

这意味弥漫至各家各户、村街村巷，最后汇聚在了村子中央那棵老槐树底下的空地上。很快地，那空地上便布满一排一排木板凳，木板凳与木板凳之间活跃着许多小孩。这些跟我差不多大的孩子一边嬉闹，一边往村头张望。明知不会这么快就回，还是早早地张望，好像这种不切实际的张望也挺有意思的。要是揣摩着该到点了，可仍不见接电影的人影，那高兴劲儿就渐渐弱下来，随之而起的是焦虑、烦躁和忐忑不安——我们村派出去接电影的人空手而归的事件曾经发生过——急性子的便跑村头去看了。要是在绵绵群山之间的羊肠小道上看见了，便火急火燎地跑回来朝村子喊：来了！来了！村中央槐树下便"哗"地一阵响，仿佛一爪篱的豆腐落在了油锅里。

我独自待在自家院子前面的村道上。表面上是自寻乐趣，拔一棵小草或者逗一只蚂蚁玩儿，心思却全在槐树下，神情很是茫然，不可能寻到什么乐子。村上有几户人家和我家一样的，很特别。这些很特别的人家，不必匆忙搬凳子争地盘，那儿没我们可争的地盘。因此，我们这些人家的孩子就少了些兴奋。不过，那种要放电影的感觉还是有的，只是跟其他人家大不相同。这好比杀了头毛猪，其他人家可以任意吃肉，我们只许啃骨头，待遇不可同日而语。

母亲提早做晚饭了，父亲吃过晚饭提早上床了。我哥许远明，晚饭后先洗一把脸，再洗脚、穿上鞋子，然后闷声不响地望着院子里那棵大梨树，等待天色黑下来。最早出门的是我姐，最迟出门的是我哥。处在他们之间的是我母亲、我妹和我三人。母亲左手提一把小竹椅，右手搀着我妹，走在前头，我搬一条矮凳子跟在她俩后面。我时不时地扭过头来望望，我哥许远明跟上来没有。却不见人影，村巷空落落的，一派寂静。

老槐树左边有根木柱子，右边也有根木柱子，与老槐树成了直线。银幕拉上了。拉上的银幕，从正面看很平整，是一块白白的长方形；从反面看，长方形被老槐树粗壮的树干无情地截成了两个正方形，仿佛一个横着的"日"字。正面，灯光亮堂，人头攒动，很热闹；反面，光影斑驳，虽然也有了一些人，但三三两两的，落寞得如同银幕底下那口黑黢黢的铁钟。在斑斑驳驳的光影里，我母亲在一处放下小竹椅，坐了下来，我妹猫在她怀里；我挨着母亲放下矮凳子，也坐下来。我们躲在银幕后面，耐着性子等待放映。

放映之前，大队长许家田照例在喇叭里训话。

他先说村上形势一派大好，又说村上多事，前后有些矛盾。他把村上的事一件件列举出来，告诫大伙该怎么做，不该怎么做。在告诫的过程中，他有个口头禅：那怎啦啦办。意思是说，要是不按照他所说的去做，那怎么办。比如他说，一定要跟"四类分子"划清界限，不划清界限，那怎啦啦办。口气极其严肃。

在许家田"那怎啦啦办"的说话声中，我哥许远明晃了过来，空着手晃到银幕后面来。

有人悄声说，才来？

许远明说，我不喜欢听那怎啦啦办，喜欢看电影。

母亲说，勿多嘴多舌！

大队长许家田讲完话，放映员阿军说，开始了啊，坐好，都坐好，勿讲话。

阿军是个精瘦的中年男人。在放映时他有个习惯动作，喜欢拿右手食指抹八字胡。他右边抹一下，左边抹一下，然后开口说上一句两句，兼做电影解说员——看他抹八字胡子，在正面看电影的人便意识到他要开口解说了，于是聚精会神，一边盯着银幕，一边竖起耳朵——阿军要解说的，必定是最精彩的镜头，最好笑的事情。我们待在银幕后面，是看不见阿军抹八字胡的。由于事先缺乏充分准备，再加上发电机在左近轰轰地响着，往往听不清楚他的解说；银幕上精彩的镜头也没看仔细，有时让老槐树挡住压根就看不见——银幕正面"哗"地传来了笑声，我们在莫名其妙地笑了笑的同时，心里头生出了一些怨怼来。

有人说，死槐树。

许远明说，槐树是无辜的。

母亲说，看多少算多少吧。

一个晚上通常放一部电影，偶尔也放两部。我们待在银幕后面，地儿逼仄，离银幕很近，仰着脸看，脖颈酸痛了。但谁都坚持着，不会提早离开，等到放完电影才搬凳子走人。

电影一散场，我哥我姐就打前头走了。我母亲、我妹和我三人一起往回走。母亲照样左手提一把小竹椅，右手挽着我妹，走在前面，我照样搬一条矮凳子跟在后面。村街村巷上晃动着灯光，通向周边村庄的山道上也晃动起了灯光。多的是火把，也有电筒光。随着灯光的晃动，放电影的意味便蔓延开来，蔓延到周边村庄各家各户，余味悠长悠长。

我们回到家都不说话的。其实，我父亲尚未睡去，只是假装睡着了，即便想咳嗽也使劲忍住，房间里静悄悄的。我躺下来后，老想着银幕上的镜头，想着老槐树。在我胡思乱想的时候，父母的房间里传出声音。母亲把电影说给父亲听了。父亲听着听着，便咳嗽一下，又咳嗽一下。父亲之所以假寐，是因为他跟我们说过，他不喜欢看电影，喜欢睡觉。但是我们看了电影返回时他仍然未睡，便有些说不通了，有点自相矛盾。我想，父亲是想看电影的，只是不愿跟子女待在银幕后面看。这么一想，我就从怨恨老槐树转向怨恨大队长许家田了。村子历史上放第一场电影时，许家田说，"四类分子"是反面教材，让他们和他们的家属到银幕反面去看吧，反面教材看反面电影，挺合适的。就他这一句话，我们便只能在银幕的反面看电影了。

一年深秋，我父亲去世了。

父亲一辈子没看过一场电影，只有我母亲给他说过电影。虽然母亲是个识字断文的人，但老槐树挡着银幕，不可能看得扎实，说起来也不可能完整。可父亲溘然长逝了，因为许家田那一句话，他一辈子没看过一场电影。

二

实际上，我父亲去世也不怎么突然的，他卧床将近三个月才去世。

躺在床上的那段日子父亲有气无力，老咳嗽，肤色发黄，人消瘦。父亲患的是什么病呢？当时说是被吓垮的，说是吓破了胆囊。他脸上的那种黄不是一般的黄，而是黄得犹如隔年的柚皮。也许未必就是胆囊破裂，而是肺病加黄疸肝炎吧。可当时确实认定父亲的胆囊被吓破了。不然，肤色怎么这般蜡黄蜡黄的呢？

按当时的说法，父亲是被老槐树上那口铁钟给吓破胆囊的。那口铁钟常年挂在老槐树上，只有放电影时才取下来，放完电影就又挂上去。它哐哐哐地吼叫起来，父亲便被揪去游斗了。跟父亲一起游斗的"四类分子"，每人的头上戴一顶纸帽，脖颈挂一只木牌子，木牌子上写着黑色姓名，黑色姓名上打着红叉。他们沿村道，顺一圈，倒一圈，通常游斗两圈。被游斗的人，有时六七个，有时两三个，而每次都少不了父亲。大队长许家田说，让许德成去银幕的反面看电影，他不去，是跟人民作对，不愿当反面教材。因此，每次游斗就都有我父亲许德成。对那口铁钟，父亲许德成确实惧怕得很。有时，它明明哑默着，但父亲却仿佛听见了哐哐哐的打钟声，于是惊弓之鸟一般慌里慌张起来。说父亲被吓破了胆囊的依据就全在这里了。

在生命最后几天，父亲是喝麻雀汤度过的。

我们家有只木叉弹弓。桃木质地，粗细均匀，无断纹，无结疤，动力系统是牛腿韧带。这只考究的木叉弹弓，据说是母亲的嫁妆。嫁妆为何是弹弓呢？我弄不明白。操弹弓打麻雀我不行，我哥许远明也不行，我母亲行，她可以打下院子里那棵大梨树上的麻雀。实际上，父亲卧床后就开始吃麻雀了，不知吃了多少麻雀。父亲到了生命最后那几日，咽不下麻雀肉，只喝一点麻雀汤。

父亲去世前一天晚上，院子里的大梨树上有只乌鸦叫了好长时间，把自己的嗓子都叫沙哑了，叫得母亲心头惶惶然。次日起床后，母亲交代我们兄弟姐妹都待在家里，不得东走西走。午后，父亲便咽下最后一口气。父亲咽气时，我们都痛哭流涕，唯独我哥许远明扭过头去，将目光放在窗外那棵大梨树上，自始至终没掉一滴泪。那大梨树也没什么好看的，光秃秃的枝干戳在深秋午后阴沉沉的天色中，一动不动，毫无生气。

我耳闻目睹了父亲去世的全过程。先是咽喉里发出微弱的咕噜咕噜声，接着脑袋一歪就没了声息。看起来变化最快的是脸色，大约就一分钟光景，由蜡黄走向青紫，罩上了死灰色。在这过程中，我哥许远明一直把目光放在窗外。透过窗外的大梨树，远处是寥落的田野。田野上有一些社员在烧草木灰，淡淡的烟雾在空中飘游，仿佛父亲西去的幽魂。

父亲去世那年，我哥许远明十六岁了。但他相当天真，也有些愚蠢。他以为父亲许德成去世后他就可以坐在银幕正面看电影了。这点小心思被母亲看破了，她恶狠狠地说，你永远是许德成的儿子，许德成死了你也还是他的儿子。许远明被母亲训斥时，从不还口，他寂寂地站在院子里望着大梨树，样子呆板。

母亲的说法是对的。"四类分子"许德成死了，许远明仍旧是狗崽子。

那晚，我哥许远明是被大队长许家田差人从银幕正面拽出来的，拽到银幕的反面来。母亲说，不听老人言，吃亏在眼前，我早就说过，你永远是许德成的儿子。银幕反面有人的凳子还空出一个凳头，便拉下我哥的衣摆，让他坐下，我哥顺势坐了下来。看起来我哥的上身充满愤怒，铁青着脸色，下身却似乎有些快活，架着二郎腿抖抖，再抖抖。

记得那晚是放映《白毛女》。

在放映的过程中放映员阿军抹起了八字胡。他右边抹一下，左边抹一下，然后大声说，喜儿被恶霸地主黄世仁做生意了。做生意，是指奸污，银幕正面"哗"地传来了笑声。在笑声中，我哥许远明突然站起来喊了一嗓子：喜儿被黄世仁做生意了。在银幕反面看电影的人都被吓住了，怔怔地望着他，不敢言声。母亲说，你会吃苦头的。许远明说，北风那个吹，雪花那个飘。与我哥许远明同坐一个凳子的那人悄声说，坐下吧。我哥照旧站着，他发觉挡住后面人的视线了，便往一边挪了五六步，然后又站住。母亲说，会吃苦头的。

母亲的话被验证了。不久，我哥许远明果真吃了些苦头。

那时节，每当看过一场电影，村里的孩子甚至大人都喜欢学电影台词。看了《上甘岭》，一个说，哎呀，这怎么这么闷啊？另一个说，那边坑道口被炸塌了，不通风了。看了《董存瑞》，一些孩子便在老槐树下边跑边喊：为了新中国，前进！看了《地道战》，便有人竖起大拇指说，高，实在是高。再带上几台抽水机，淹死他们。除了喜欢学电影台词，也喜欢学放映员阿军的解说词。放映《白毛女》次日，阿军的"喜儿被恶霸地主黄世仁做生意了"这句解说词，就在村子上风靡起来。一些很小的孩子不懂得"做生意"什么意思，也学上了嘴。一个小男孩跟一个小女孩说，我是黄世仁，你是喜儿，我们做生意吧。惹得大人们又好笑又好气。我哥许远明吃了些苦头，也因这句话。要是就那晚喊一嗓子，我哥是不会吃苦头的。那晚我哥喊那句话，银幕正面的人没听见。可是次日，我哥许远明也学那句话了，学得起劲。我哥说，喜儿被黄世仁做生意了。不知是故意还是无意，我哥把"恶霸地主"四字省略了。

大队长许家田说，喜儿被恶霸地主黄世仁做生意了，许远明这狗崽子很高兴啊，你看他说那句话时眉飞色舞的。什么是阶级立场？这就是阶级立场。许家田这么一说，我哥就吃了苦头。

我哥许远明被剥夺了吃队宴的资格。

那时节，生产队每年都要举行一次队宴的。所谓队宴，就是在早稻开镰之前生产队社员集体吃一顿，非生产队社员不得享用。吃一顿，其实也不是大鱼大肉，就是白米饭外加人均三两猪肉。饭是可以放开肚子撑的，猪肉却得事先在小碟子里分好，不得多要。吃队宴这天，是社员们兴高采烈的日子，尤其是像我哥那样十几岁的小社员，他们比过年过节还兴奋，在那些和自己年龄相仿的仍在学校念书的伙伴跟前，显出享受特殊待遇的自豪来。我哥许远明已当了几年小社员，吃过几年队宴。可是因为他学着说了"喜儿被黄世仁做生意了"这句话，大队长许家田便通知小队长，不许我哥许远明吃队宴了。

吃队宴那天晚上，生产队收工比平时早一些。社员们一到家洗了洗脚就去小队长家吃队宴了，我哥许远明回到家连脚都不洗就上床了。他饿着肚子躺在床上生闷气。母亲让我去叫我哥起来吃晚饭，我去叫了，他一声不响。我说，不是番薯干，是饭——他仍旧不吭声。父亲去世后，我家一天三餐，不是吃番薯干就是吃野菜。生产队里分来的几百斤稻谷，大部分跟人家换成番薯干了，番薯干耐吃。这晚母亲特别慷慨，做了白米饭。可我哥不吃。

次日起床后，我哥许远明忽然呕吐起来。他吐了好一阵子，没吐出其他秽物，却吐出虫子来，接连吐出三条虫子。它们通体微黄，在地上蚯蚓也似蠕蠕而动。许远明说，活见鬼。他抬起右脚踩了上去，虫子被踩死了，踩没了，就剩下一摊湿地。

我哥许远明踩死肚子里吐出来的三条虫子后，不吃早饭就拿着那只桃木弹弓出去了。他没有跟社员一起到地上挣工分，而是去打麻雀。我哥在田野上逛了老半天，居然打回三只麻雀。他把麻雀煺了毛，然后炒起来，只分一点点给我妹，就独自吃了。我哥吃了麻雀，又吃了三碗番薯干，下午便出工了，他操起锄头跟社员一起出工了。

我哥许远明操起锄头的时候，我母亲吊着的心才落下来。她望着他的背影说，恁倔，会吃苦头的。

我哥许远明跟父亲许德成一样，他也不去看电影了。村里照旧一个半月两个来月放一场电影，可我哥不去看了。我哥不去看电影，大队长许家田像对待我父亲那样对待我哥，他要游斗我哥许远明。那天，纸帽糊好了，一只木牌子也写上了"许远明"。可是，许远明却忽然不见了，他在村里消失了。

以为我哥许远明自杀了。

在村子周围可以自杀的地方是比较多的。有一个水库，有几处山崖，还有一些古树。要自杀的人可以跳水，可以跳崖，也可以上吊。我母亲、我姐和我，就满世界寻找我哥许远明。

在满世界寻找的日子里，母亲变化无常。白天，她带着桃木弹弓，一边寻找我哥许远明，一边打麻雀。夜晚，母亲在家里一边炖麻雀，一边放声大哭。吃了麻雀肉，母亲继续哭。她旺盛的哭声，好像把整个世界都淹没了。

寻找了三天，我哥许远明依然生不见人死不见尸。

母亲说，殁了，肯定殁了。我母亲逢人就说我哥许远明殁了。

可是一年后，我哥许远明寄回了书信。我哥说，他很好。

我母亲明知道我哥许远明仍然活着，但村里的人提起许远明，她依然说，殁了，肯定殁了。要是我哥许远明不给大队长许家田写信，村里的人就真的以为我哥死了，在这个世界上再没有许远明了。许家田收到的信有点像恐吓信。在信上，我哥跟许家田说，要是还欺侮我家的人，我要带炸药包与你同归于尽。

也许大队长许家田被我哥许远明吓着了，我家可以坐在银幕正面看电影了，我们这些特殊人家都可以坐在银幕正面看电影了。虽然仍有一些孩子喜欢到银幕反面去看，但那是出于好奇，看一眼便踅回正面来，意思是完全不同的。在银幕正面看电影，效果不一样，心情也很不一样。一些人就悄悄提起我哥许远明，悄悄提起那封恐吓信。许远明在一些人的心目中似乎成了一个了不起的人物。

三

一年春天，我哥许远明有头有脸的在村头出现了。

大队已改成了村。许家田不可能是大队长了，他也不是村长，是个普通村民了。村子已变好，拉上了电，通上了自来水，还谋划着造机耕路。在春天的太阳光里，村子周围承包到户的田野上，稻苗绿油油的，田头地角野花盛开，彩蝶飞舞。村街村巷一些家禽家畜也胖乎乎起来，快活地迈步。一派田园风光里洋溢着农家乐的气息。就在这明媚的春光里，我哥许远明突然在村头出现了。

我哥许远明以前写给原大队长许家田那封信上提到炸药包，因此他在村头突然出现时，就引起一阵骚动和恐慌。他肩上扛着一只纸板箱，四四方方的，看起来就像一个炸药包。我哥许远明从村头走进来，那只纸板箱仿佛弥漫着一股杀气，让人闻到了火药味。他走到村子中央老槐树下时，许家田已关上了院门。已是普通村民的许家田慌里慌张的，在院子里一边乱走，一边嘟囔，我没有欺侮他家的人，我没有。那样子就像我父亲许德成听到村子中央老槐树上的铁钟声。可是，我哥并没有往许家田的院子走，而是朝自己家走过来，他扛着四四方方的纸板箱走进了自家的院子。

我母亲已经很老了，头发都白了，就像《白毛女》里那个喜儿的头发，雪白雪白的。我哥许远明就是在村子上放映《白毛女》那年消失的，算起来已十多年了。在这十多年里，我母亲的头发一点一点白起来，就雪白雪白了。但满头白发的母亲气色相当好，两腮上有一抹红晕，眼目也依旧精神。日子好起来之后，母亲更加喜好操弹弓打麻雀了。母亲的手法仍旧那样高明，仍旧可以打下院子大梨树上的麻雀。母亲觉得麻雀汤很补身子，她喜欢吃麻雀肉，也喜欢喝麻雀汤。不过，她打回的麻雀不单是自己吃、自家吃，还送一些给村里的人，是白送的。村上很多小孩都吃过母亲打回的麻雀。

我哥许远明扛着纸板箱走进院子时，母亲正在院子里煺麻雀毛。院子里有几只金色的公鸡很大度地走来走去。我哥走进院子，公鸡们也毫无惊慌，照样很大度地踱步。

母亲说，在外面吃苦头了吧？

我哥许远明放下纸板箱，咧一下嘴角说，没。

那只四四方方的纸板箱里不是炸药包，而是一台电视机，一台12寸"昆仑牌"电视机。

这是我们村第一台电视机。村里只有少数人看过电视机，看过电视，大部分人只听说过电视机，听说过电视。我哥许远明放下电视机就忙碌开了。他要在院子里放电视。我哥搬出一张八仙桌，把电视机搁八仙桌上，然后拉电线、接天线，忙乎了老半天。开始是满电视机的雪花点，后来在雪花点里"哧"地晃出人影来。我哥又进行了调试。雪花点消失了，人影清晰起来。只是院子里满是春天的太阳光，荧屏上非常耀眼，我哥便给电视机戴上一顶大草帽。戴着大草帽的电视机试放了一会儿，我哥对前来看电视的乡亲说，白天不好看，晚上好看，晚上来看吧，欢迎大家都来。他将电视机的电源关了。

我哥许远明摘了电源，便把电视机搬回屋子。我哥说，电视机不能晒太阳的。我哥让村里的人晚上来看，村里的人就离开了。离开后人们的心里就生出了期盼，期盼天色早一点儿暗下来。这种心情就有点像以前等待放电影的心情。

村里的人离开后，我哥许远明搬来一架梯子，架在院子那棵大梨树上。

母亲的麻雀杀好了，脸盆里共有五只麻雀，煺了毛，也去了内脏，白白的。母亲直起身子抬头望着架梯子的我哥许远明说，做什么？我哥许远明咧下嘴角，不吭声。母亲就端起脸盆疑疑惑惑地走进厨房。她要炖好麻雀让我哥尝尝，她知道我哥也喜欢吃麻雀。

显然，我哥是计划好的，那只四四方方的纸板箱内还有一面圆镜子，他计划着该怎么做。我哥拿着圆镜子蹬上木梯子，他要把那面圆镜子挂在大梨树上，让圆镜子照在八仙桌上。确切地说，是照在八仙桌上的电视机荧屏上。我哥确实这么计划的，他在大梨树上挂上了圆镜子。

母亲要将麻雀炖得更好吃些。先用姜汁、酱油让麻雀腌十分钟，再放入六成热的油锅内翻炒，然后以温火焖煮，按照常规程序来。在腌制的过程中，母亲准备着调料。黄酒、白砂糖、酱油、味精等调料都有，就缺一些葱。炖麻雀时，放些捶碎的葱白段更佳。

在大梨树上挂上圆镜子，我哥许远明又搬出电视机。母亲去院子旯旮破脸盆里摘葱的时候，我哥正在挪移放着电视机的八仙桌，让八仙桌上的电视机荧屏对准挂在大梨树上的圆镜子。

母亲说，做什么？

我哥许远明嘴角里挂出一抹揶揄的笑意，说，我要让一些人在电视机背面看镜子上的电视。

母亲没说什么，她捏着一把葱走进厨房。麻雀腌制的时间到点了，母亲开始烧火热油锅。

我哥许远明将两者对准后，又把电视机搬进屋子。我哥对自己的计划很满意，他坐在八仙桌后面的木凳上，很满意地望着大梨树上的圆镜子。圆镜子闪烁着春天的太阳光，有些耀眼。我哥想象起来，他想象着让原大队长许家田他们站电视机反面看圆镜子里的电视的情景。我哥仿佛看见了许家田满脸的窘迫和尴尬，他的嘴角就涌出一丝复了仇之后的冷笑。我哥在想象中快乐着，厨房门口飘出的麻雀香味他也毫无感觉。

母亲拿着桃木弹弓从厨房门口探出来。

母亲说，麻雀炖好了，去吃吧。你喜欢吃，我再去打几只来。我哥朝母亲笑了一下，便站起来走进厨房吃麻雀。

母亲没有出去打麻雀，她操起桃木弹弓对准大梨树，一弹弓就打破了我哥许远明的计划，"咣当"一声，那面圆镜子碎在了院子地上。

4. 情人节的钥匙

　　七夕这天早上醒来，李雅娜觉得肚子有点儿不舒服。俗话说，病从口入。她回顾着所吃的食物。昨天晚饭原想回家自己做的，下班路过充满情人节气氛的宝幢街时，却遇上开锁的闫泽清。不远处的电线杆左近，他跨坐在摩托车上一边接手机一边嚼口香糖，李雅娜拎着棕黄色坤包，莫名其妙地施施然迎了上去，他恰好听完电话，叫了声李姐，然后递过一块口香糖。李雅娜摆摆手说，我请你吃饭吧。闫泽清说，刚才接了单生意，不知迟个把小时行不行？说着就回拨对方手机，对方说不急，可以迟点来。两人便右拐，往一品香快餐店走。

　　一品香快餐店也跟风做了布置，提早闪烁起"七夕缘"。李雅娜点了青椒炒牛肉、清炖带鱼、红烧猪蹄、梅菜干炒苦瓜，还有一个西红柿蛋花汤。李雅娜偏素，晚饭尤好清淡，她是揣摩着年轻男人的口味点的。走出一品香，闫泽清笑道，李姐，要是门锁坏了或者钥匙忘拿了，我给你免费服务。李雅娜看着他的方形嘴巴说，快去吧，人家等你开锁呢。李雅娜转过火车站前的大道，在街边买了些水果。套房空荡荡的，她先是在客厅上看会儿韩剧，尔后靠在卧室床上跟"烽火台"微信聊天。看电视、聊天时，她吃了一只红富士苹果、十来粒紫葡萄，仅此而已。什么食物让她肚子不舒服呢，李雅娜想不出来。

烽火台是陌生男，昨晚上聊天后李雅娜睡不着，凌晨一点多才迷糊睡过去。也许肚子太饿了吧，饿极了也会不舒服的。这么一想，肚子就"咕噜咕噜"叫起来，于是李雅娜下床走出卧室。向日葵吊灯下面的客厅有些空旷，天蓝色 L 型清新布艺沙发是小型的，烤漆钢化玻璃茶几也显小巧精致，除了棕黄色推门后面的喷气式熨衣架，整个空间就只有贴在白色墙壁上的电视机。电视机昨晚上忘记关了，静音着，有个唇红齿白的女人正悄无声息地打着牙膏广告。窗外的太阳已然老高，不远处一列火车鸣着车笛缓慢停下来。李雅娜来到厨房却没什么食欲了，便打开冰箱，拿出瓶低脂无蔗糖鲜奶。她喝了杯鲜奶，又踅回卧室。卧室里的空调仍旧开着，窗帘垂地，一派闲寂，冷气似有若无地游弋。李雅娜肚子似乎舒适了点儿，却心神不宁起来，稍稍有些发慌。她做了个深呼吸，然后将脑袋左右各摇摆七次，在米色仿皮床背上靠下来，接着打开手机。她要查看手机微信上的"附近的人"，看看烽火台是否出来了。

烽火台是昨晚上从"附近的人"加上的，李雅娜主动打的招呼。那时，她一见烽火台头像上那张似曾相识的嘴巴就打上"晚上好"，然后加聊。玩"附近的人"已三个多月，李雅娜从未主动打过招呼。要不是认识了开锁人闫泽清，她对男人那种形状的嘴巴不会那样敏感。闫泽清的嘴巴，像老版电视剧《西游记》唐僧扮演者的嘴巴，方正而端庄，李雅娜唤之为"方形嘴巴"。烽火台不但长着这样的方形嘴巴，跟李雅娜也很聊得来。或许也是芝城土生土长的，而且跟李雅娜差不多的年龄。李雅娜小时候，芝城的主色调是一派灰色，静静的空气，灰灰的房屋，青石板街道上的行人慢悠悠走步，岁月静好。他们聊起灰色的芝城，聊起石板街的米豆腐、担水巷的古井、绅士弄的鲤鱼塘，还聊起新年正月山村进城来的采茶舞。聊起采茶舞，李雅娜便看见敲锣打鼓的采茶队，看见小时候扎着两条小辫子的自己跟随采茶队从石板街走到担水巷，又从担水巷跟到绅士弄。李雅娜眼前摇晃出一个男子来，采茶剧里扮演相公的男子，头戴银灰色乌纱帽，身着紫袍，一手纸扇轻摇，一手长袖曼舞地走过来。李雅娜跟随着采茶队走街串巷，是被扮演相公的男子吸引住了，被他的那张方正而端庄的方形嘴巴吸引住了。小时候烙下的记忆确实美好，李雅娜觉得男人的嘴巴就方形嘴巴最好看了。面对有着一张方形嘴巴的烽火台，李雅娜想换个话题。明天就是情人节，她想聊点别的什么。可是，手机屏幕上却出现了"88"。李雅娜愣了下，打上"晚安"，可跳出"对方启用了朋友验证"，他突然退走了。

　　靠在床上，李雅娜换下微信上自己的照片，然后开启定位服务查看附近的人。三个多月前的那天，保险公司伙伴赵丽说，她小区有个猥琐男，冒充陌生人通过"附近的人"搜索加入，同楼上的有夫之妇荤聊，而且还传扬出去，弄得楼上的男人要跟他决斗，要跟老婆离婚。手机微信可以查看附近的人，李雅娜原本不知，于是就好奇，赵丽便手把手地教会了她，然后开玩笑道，你在附近的人里搜索个如意郎君吧。李雅娜脸面一红说，什么如意郎君，老了。开始搜索附近的人，李雅娜就将自己的微信照片拿下，从电脑里下载一张娇艳女人照换上。现在她是查找烽火台。她盯着左边头像，右拇指将荧屏往上撸，一张张地看下来。可是不见烽火台，荧屏撸到了顶端，仍不见烽火台及其头像里长着方形嘴巴的男人照。李雅娜尚记得，那照片上的男人盘腿坐在麻白色石头上，背景是一棵盘根错节的老松树。李雅娜有些沮丧，看来烽火台昨晚上关闭了"定位服务"后就未曾开启。李雅娜心里飘飘忽忽的，眼前则晃动着一张张男人的方形嘴巴，烽火台的嘴巴，采茶剧里相公的嘴巴，还有开锁的闫泽清的嘴巴，这些个嘴巴模样儿相似，棱角分明，方正端庄。尤其是闫泽清的嘴巴，比较真切，真真切切。

在"附近的人"里打招呼总是男人主动的。没几分钟，就有七个人跟李雅娜招呼了，七夕节好，情人节好，有一个还打上"牛郎织女七夕相会，恋人七夕浪漫相约"，等待她"接受"加聊。李雅娜一点儿也不意外，她知道今天是中国传统的爱情节日，昨天下班路过的宝幢街那些花店、餐馆就以彩球、飘带、鲜花营造出浓厚氛围了；她也知道挂在上面的电脑里下载的女人照，娇艳欲滴，魅力无穷。这三个多月，她跟同小区的三个熟悉男聊过，当然对方均不知她是李雅娜。这三个男人现实中看上去道貌岸然的，在微信里却基本是同一套路。先是问跟陌生男聊天老公反对吗，接着就对照片赞美起来，女人味呀，性感呀，你老公幸运呀什么的，然后就往那方面扯。其实，也不仅仅是这三个熟悉男这样子，有的更直接。有个没聊几句的陌生男就像阿Q一样没头没脑地说我要和你困觉，弄得李雅娜一阵恶心，随手拉黑。李雅娜觉得没什么意思，大约半个月没碰"附近的人"了。要不是昨天同闫泽清共进晚餐，她也许不会查看附近的人。李雅娜明白，那些陌生男是向那张挂在上面的娇艳女人照打的招呼，与她没关系，没半毛钱关系。

退出"附近的人"，李雅娜漫不经心打开朋友圈。她心里隐隐地有所期盼，有着找不着对应物而无所着落的感伤。据说苏格兰学究邓巴论证过，一个人的好友不可能超过一百五十个，李雅娜朋友圈里有一百五十二位，绝大部分都谈不上是好友。她性情内敛，不好社交，做保险业务员也不过打发时间。朋友圈里阿秋"分享了一个链接"，标题是"情人节到了，给自己写情书"，打开一看却是"恋人心语"，页面很是浪漫，两个布娃娃，先是献花，接着打伞步行，然后接吻，上下潮湿。伙伴赵丽发了个"游泳"的视频，是芝城山庄露天游泳池，花花绿绿一大片，肉肉的。李雅娜咧下嘴角，关了床前白色墙壁上的挂式空调，然后下床来，拉开垂地窗帘。又有一列火车开过来，震得窗玻璃吱吱作响。李雅娜推开铝合金玻璃窗，一股热浪迎面扑将过来，她便决定冲个凉水澡。看见赵丽的"游泳"视频时她就想冲个凉水澡了。李雅娜嘀咕道，给自己写情书？给自己冲个凉水澡吧。

主卧室内的卫生间装有司诺帝花洒套装淋浴器、椭圆形粉色亚克力浴缸。这是离婚后换新的，换新的还有床和床上用品。那段时间，李雅娜闻着许庆凯的气味就反胃，而那种气味却纠纠缠缠地挥之不去，于是卧室里能换新的都换了。李雅娜又把窗帘拉上，然后脱了银灰色睡衣和蕾丝内裤，一丝不挂地走进卫生间。女儿许衣薇大三了，念的是法律专业，今年暑假没回，在上海参加司法考培训，套房就成为一个人的世界了。蓬头喷出的水花蓬蓬勃勃，将李雅娜整个儿罩住了。李雅娜寡居多年，身体多半处于冬眠状态。她少年时节就爱好阅读，成家后喜欢读点婉约宋词，半老徐娘了，仍有文艺气息，常常面目平静，眼神散淡，有点儿淑女气韵；经济方面也挺不错，当年粮管所安置费好大一笔。凭她的综合条件，明里暗里对她有所觊觎的男人自然不少，只是素养都很一般，有几个钱就牛气哄哄的，特别是年龄都比她大，唤不起她回应的欲望。年龄的问题李雅娜颇为计较，或许受到某种刺激，许庆凯离她而去是贪图吃嫩草，那女的比他小二十来岁。这个情人节的上午，李雅娜在浴室里的时间长了些。她对着镜子打量胴体，发现自己的躯体实际上还是蛮不错的。也许受益于瑜伽吧，她曾经练了半年多，只是没能坚持下来。她摸摸自己的乳房，然后又拍拍小腹，弹性里头蕴含着一股力量，一些部位似乎发出苏醒之后的某些信号。

清洗了换下的内衣内裤，李雅娜把客厅的窗户关上，把窗帘拉上，把女儿卧室门关上，把通向客厅的木门都关上，然后打开客厅立式空调。客厅就有些灰暗了，强烈的太阳光被厚重的窗帘挡在了外面。空调吹出的乳白色冷气在灰暗的空中弥漫开来，燥热随即散去。她调出电视机音量，然后在沙发上团下来。电视上说着"七夕节"的起源，什么自然天象崇拜、时间数字崇拜、生殖崇拜以及妇女乞巧等等。李雅娜又心神不宁起来，心里很是烦躁。沙发前面玻璃茶几上有只名片盒子，她打开来看了下，然后站起来去卧室。卧室里离婚后换上的床是简易木床，两边各有一只床头柜。原来是张大号樱桃色古典实木床，左右各一个心形玫瑰红床靠。李雅娜喜欢心形玫瑰红床靠，也喜欢总体视觉上的樱桃色。樱桃色让人觉得典雅、温馨。可发现许庆凯出轨后，李雅娜看着古典实木床就反感，尤其厌恶心形玫瑰红床靠。婚姻中的男女，都应该像圆规，脚在动，心不变，才得圆满。心变了，一切就都变了。李雅娜拉出右边床头柜的抽屉，拿出一张名片来。名片上一串钥匙的左边是"开锁"，右边是"修锁"，下面是姓名"闫泽清"，然后是电话号码、手机号。李雅娜拿着闫泽清的名片走出来，把它放在名片盒子里，随手将电视调到静音。

　　瑜伽垫是草绿色的，从杂货间搬出在客厅上铺开。以前曾经坚持了一段时间，后来就放弃了，只有无所事事寂寞空虚时节才玩会儿，也无所用心。李雅娜做了个祈祷式，然后展臂、前屈、骑马——做眼镜蛇的时候，腰部扭了一下，有点疼痛，不做了。她屈身揉了揉痛点，然后卷起垫子搬回杂货间，就又在沙发上坐了下来。

　　手机微信里她有三个群。她不喜欢群聊，尤其不喜欢语音，偶尔打点文字——却喜欢点开来看看、听听，尤其是芝粮群。芝粮群里的都是当年芝城粮管所的员工。许庆凯早些时间入群的，李雅娜被群主拉进来就看见他穿着蓝底米黄色条纹长袖T恤的照片，模样呆板，面目冷漠。群里流行发红包。许庆凯发，有时李雅娜也发，但他俩从不互抢。就有人拿他们开玩笑。没多久，许庆凯退了出去。那年，李雅娜就要女儿，别的好说。那女人自然不想做后妈，许庆凯落得两好，且明白过错在自己，将女儿连同这套三室一厅让给了李雅娜，自己则搬到两居室旧房；而各自的"安置费"归各自。粮管所房产多，芝城是个寸土寸金的弹丸之地，安置费好大一笔。那女的李雅娜认识，是体态轻盈、说话嗲声嗲气的那一类，关键是年轻，比李雅娜小十八岁。李雅娜浏览了三个群，点开了八个红包，只抢到四分钱，其中七个都是"手慢了，红包派完了"。李雅娜要退出群时，高中同学"烂人"却突然发出"紧急通知"，说因长期分居，牛郎已经有了小三，织女也傍了大款，因此七夕取消，大家别有非分之想，该上班的上班，该加班的还正常加班，望各位互相转告。落款是情人节办公室"玉皇大帝"。李雅娜心说，对，别有非分之想了，该干吗干吗，于是从沙发里站起来。

李雅娜打开女儿许衣薇的卧室门。刚才，她关上门时就想做点儿什么。这个朝南的小房间仍充溢着孩童气息。一面墙壁弄成花花绿绿的，看上去像一丘当令油菜田；另一面墙壁则粘贴了一些卡通小美人，一些韩国明星剧照。这是许衣薇读高一那年暑假自己布置的，后来没动过。高一那年暑假，许庆凯搬走后，女儿许衣薇就几近闭门不出，除了吃饭，整天关在房间里。那时节她小巧玲珑，像卡通片里出来的一样，尤其是皮肤，上了蜡一般，细腻而光滑。她将自己关在房间里，先是布置墙壁，然后看动画片。布置墙壁大约二十来天，那二十来天房间里毫无声息；二十来天后爱看动画片了，传出了声响，时而是咯咯咯的笑声，时而是哇塞的喊声。李雅娜悬着的心终于落了地。李雅娜打开房间电灯，看见坐在电视机柜上那个毛茸茸的洋娃娃褐黄的眼珠蒙上了一层灰白色尘埃。李雅娜把洋娃娃搬出来，她要给它全身清理一下，然后做件简易的塑料衣服给它穿上。这个洋娃娃也是那年暑假买的，五六年了。

可是搬到客厅李雅娜却改变主意了。她拉开客厅窗帘，推开玻璃窗，把洋娃娃搬到客厅窗台上，靠那儿让太阳晒一晒，然后再清理。街道上有个卖花女孩走着，看上去篮子里有玫瑰、百合和郁金香。暂不清理了，本该做塑料简易衣服的，原料家里就有。可李雅娜似乎把这事忘了，她拉上客厅窗帘，又在沙发上坐下来。她心里仍旧慌慌的，而且有点凌乱，有点烦扰，似乎要发生什么事。电视里出现个标准的方形嘴巴，不过那是动漫男生，动漫男生和动漫女生扮演着牛郎织女。动漫方嘴男生眼睛绿绿的，头发灰灰的，长领服装笔挺笔挺的。采茶剧的相公、微信里的烽火台以及开锁的闫泽清又在眼前浮现了，确切地说是那三张方嘴在电视机与沙发之间晃动，晃得李雅娜恍惚起来，仿佛听到防盗门外面有什么声响，好像是什么铁器碰了下她的防盗门，又好像不是，混混沌沌的。她起身疑疑惑惑地走过去。

那天下午，李雅娜也是团在客厅沙发上看电视。她听见门外的声响，便打开防盗门，就看见一张男人的方形嘴巴，那男人动着方嘴说，啊哈，谢谢大姐送我一阵清凉。李雅娜心里柔了一下，视线从方嘴发散开来，就看见一头一脸的汗水。楼道里确实燠热，李雅娜让防盗门开着，转身返回客厅将立式空调的温度调至最低，然后左拐转进卫生间，面对镜子，抚了抚睡衣前襟，伸出舌头润了下上下唇，重又走出来，靠在门框与吧台之间的玄关拐角，看年轻方嘴男人捣鼓对面人家的门锁。李雅娜性格内向，不善言辞，这会儿却莫名其妙地喜欢说道。约摸弄了二十来分钟，门锁打开了，李雅娜赞许了一句然后说，去空调前吹吹冷气吧，看你一身的汗。他犹豫不决之际，手机却响了起来，他听完手机说，不啦，一个女孩关在房间里出不来了，然后摸出一张名片递过来说，大姐，谢谢你啊，要是门锁坏了或者钥匙忘拿了，我给你免费服务。在开锁的二十来分钟里，李雅娜给方嘴闫泽清送了杯凉水，又送了块冰西瓜。

这时，李雅娜打开防盗门，门外却静悄悄的，楼道上下视线所及空空荡荡。她咳了一声，楼梯下头拐弯处倏忽传来了猫咪的叫声。也许野猫子吧，一只黑白相间的野猫子抓过防盗门。李雅娜驱赶了一下，然后说该干吗干吗去。也不知是说野猫子还是说自己。她随手关上防盗门，在客厅里边转悠边说，我该干吗呢？

客厅上的壁钟过了十二点，李雅娜突然发觉肚子饿了。她推开厨房的木质推门，一股冷气在两腿间漫过去。山粉面爽口，她扳开煤气灶右边壁柜门，拿出一小袋来，浸泡在温水里。她瞥一眼吧台上方壁柜门掉下来的钢制把手，十几天前掉下来的，两端的螺丝都打滑了，拧了几回，吃不住劲。冰箱里有乌贼干、瘦肉，还有嫩南瓜。防盗门外面分明又传来什么声响，李雅娜停下切乌贼干的手仔细听了听，却寂静无声了，于是又动起刀子来。一切都切好了，然后打开煤气灶。吃山粉面时，门外又传来声音。这回听真切了，李雅娜悄悄然打开防盗门，果然是那只黑白相间的野猫子，门一打开它就"喵"的一声逃走了，楼梯拐角却闪出花店送花的小伙子，他提着一篮子康乃馨走上来，朝李雅娜笑了一下继续往楼上走。

吃过午饭，李雅娜想午睡会一儿，就靠在客厅沙发上。

这是习惯了，午睡前她都要看会儿手机。这回有点特别，她又特意查看了附近的人，可查看个遍，依旧没有烽火台。她便浏览了朋友圈，然后又进入群聊。在朋友圈里，她看了"两个男人与漂亮寡妇的一夜"，说的是美国人的故事。又看了"赵本山与小沈阳说情人节"的视频。李雅娜看了两遍视频，然后点开了三个红包，可每个红包都是手太慢了。这么折腾了下，李雅娜不想午睡了，她站起来走向书房，她确实想做点什么事儿。

书房的日光灯管坏了，新灯管早就买回，却尚未换上。浴室毛巾架也已脱落，还有卧室衣柜大门的把手也动摇了。房子住了二十来年，一些小零碎却像中年人的牙齿，都不怎么牢固了。李雅娜早就想请个师傅修一修，包括壁柜门的钢制把手，都要安装上。昨天晚饭时她曾向闫泽清提了提——其实早就想到闫泽清了，那天请他在咖啡吧里喝了杯咖啡，一起的还有他的一个朋友，他的朋友要投保，闫泽清介绍的。李雅娜走出咖啡馆时想到的，她想请闫泽清来家里帮忙修理，开锁的该有修理工具。可她尚未说出来，闫泽清却开口了，依旧说，李姐，要是门锁坏了或者钥匙忘拿了，我给你免费服务。他这么一说，李雅娜就把请帮忙修理的话咽了下去。昨天在一品香快餐店里李雅娜提了出来，什么时候有空给帮个忙。闫泽清说，螺丝打滑了很容易，在原孔里插根火柴就拧住了。李雅娜走进书房，却发现窗外天空上翻滚起乌云来，放眼望去，对面鸽子山巅上还有太阳，而这边却乌云密布了，气势汹汹，从屋顶一团一团地翻滚过去，无法无天。她听见呜呜的风声了，弄堂上一些纸屑漫空飞舞。要下雷阵雨了，传来了沉闷的雷声。李雅娜忽然想起洋娃娃，想起靠在客厅窗台上晒太阳的洋娃娃，便急匆匆地走出书房，来到客厅，拉开窗帘，推开铝合金玻璃窗，洋娃娃却不见了。李雅娜就踮起脚尖前倾上身往下看去，一些行人急匆匆走路，有个挽着一篮红玫瑰的女孩穿插其间，却看不见路面上的洋娃娃。李雅娜脱了银灰色睡衣，穿上紫底红花衬衣、麻白色牛仔裙，一个天雷炸响了，跨出房门时又炸响了一个，李雅娜就沿着楼梯笃笃笃地往下跑去。

毛茸茸的洋娃娃躲在墙角，虽然毫发无损，却很委屈的样子，显然是好心人将它移过来的。李雅娜把它抱起来的时候，豆大的雨点砸了下来，于是她迈步跑起来，跑进弄堂，到了单元门口，然后站住了。李雅娜的长发、衬衣、裙子都被淋得半湿了，脸上满是水珠；洋娃娃褐黄色的眼珠上那层灰白色尘埃模糊着。李雅娜拿起食指去擦拭，擦拭着褐黄色眼珠时，脑子里闪现出"恋人心语"那个浪漫画面，两个布娃娃先是献花，接着打伞步行，然后接吻。弄堂里雨点越来越密集了，风也越来越大，地面上流动着的雨水任由大风恣意驾驭，时而白亮亮地往西，时而白亮亮地往东，有时却不分东西南北，毫无规则地乱闯。李雅娜看着雨幕，若有所思的样子。在雨幕里她看见方形嘴巴，然后看见一辆红色的小车，它犁起的水花渐渐地萎缩了下去，小车停住了。

李雅娜自语道，钥匙忘了带出来了，糟糕。李雅娜尾随车上下来的一对男女走进单元门，然后说钥匙忘拿了。李雅娜说得轻轻的，那男女似乎没有听见，或者没有听清她说些什么，手拉着手上楼去了。外面雨很大，风也很大，李雅娜抱着洋娃娃往上走，耳边满是嘈杂。李雅娜心神不安，她走走停停，停停走走，眼神时而涣散，时而又凝聚。在沙沙的雨声呼呼的风声里，时不时传来隆隆的雷声。楼道的路灯忽明忽暗，一闪一闪的。又一个响雷炸开，路灯忽然灭了，楼道顿时暗了下来。李雅娜抱着洋娃娃终于走到四楼自家门口，她打开手机，拨打闫泽清的手机。手机响了好一会儿才接通。李雅娜说，我是李姐，你嘴巴毒呀，门被大风扇上了，我忘了带钥匙，在门外进不去了。闫泽清说，好，知道了，我马上来，十分钟就到。李雅娜抱着洋娃娃立在楼梯窗口，外面的风雨越发大了，铺天盖地，一片哗哗声，时不时地，闪电像刺刀一样直插过来。李雅娜期待着，心里却惶惶然，好像将要发生什么大事儿。那只黑白相间的野猫子忽然叫了一声，却不见了踪影。

李雅娜望着楼梯窗口下面弄堂的雨幕，却不见闫泽清出现。等待的时间悠长起来，其实还没过去八分钟。闫泽清说十分钟就到的，李雅娜开始数数，从一数到一百二十，已十分钟了——可又从一数到了一百二十，仍不见闫泽清的影子。在茫茫雨幕里，忽然有一些康乃馨飘落下来，一枝枝康乃馨在风雨中飘忽着降落，李雅娜心中忐忑起来，有不祥之感，该不会真的发生什么事吧？过去十五分钟了，李雅娜便拨打闫泽清的手机，可是手机传来忙音。二十分钟了，李雅娜又拨打了一次，仍旧没有拨通。李雅娜抱着洋娃娃眼睛盯着窗外的雨幕，鞋尖在楼梯花岗岩地面一下一下地点着，焦躁不安。雨幕里不见闫泽清，却见又有一辆小车驶进来。车上下来的是七楼的中年夫妇，他们说着什么走进单元门，然后一边说一边往上走。李雅娜听清楚了，他们说着车祸的事，李雅娜听得明明白白，骑摩托的男子撞上了卡车，她手中的洋娃娃一下掉了下来。中年夫妇走近了，李雅娜拾起洋娃娃，然后别过脸去让了让路，他们走过去后楼道安静下来，只有屋外的风雨声。

李雅娜抱着洋娃娃往下走了几步，却又站住了，然后转身往上走。走了几步犹豫了一下，又继续往上走。她走到四楼自家门口，一手抱着洋娃娃，一手拉开麻白色牛仔裙兜子拉链，摸出由紫红色皮筋拴住的钥匙，哆嗦着打开家门。她拔出钥匙跨进去随手关上门，然后将洋娃娃抛向沙发，鞋子也不换，一步一步机械地向沙发走去，嘴上机械地叨唠，我这是干吗呢我，作孽啦，我这是干吗呢我，作孽啦，走到沙发跟前一屁股跌坐了下去，然后抱头闷声痛哭起来。随着沙发的颤动，斜靠在上面的洋娃娃褐黄色的眼珠一轮一轮地转着。

屋外的风雨声渐渐平息下来。李雅娜拿餐巾纸擦拭了脸面，然后打开手机。正要删除拨打闫泽清手机的记录时，手机铃声却突然响了起来。一见来电显示，李雅娜哆嗦了一下。闫泽清说，李姐，不好意思，迟到了。李雅娜愣了好一会儿才说，手机怎么打不进？闫泽清说，车祸了，骑摩托的男人撞上卡车，我打110，又打120，可能占线吧。李雅娜停顿了一下说，我被暴雨也弄得晕头转向了，钥匙带着却以为没拿出来。闫泽清说，这样啊，哦，对啦，你不是说壁柜门的把手掉了吗，我给你装上吧。李雅娜犹豫了一下然后说，以后再说吧，再说，你去忙，去忙吧。闫泽清说，李姐，你不是生气了吧，我在你楼下了。李雅娜含糊不清地嘟囔了句，然后拿起玻璃茶几上拴着钥匙的紫红色皮筋，向门口走去。她按开单元门，打开防盗门，转身去拉开客厅的窗帘，想了想，又走进卧室拉开了窗帘。窗外又有阳光斜照了进来，只是还没有来电，也许变压器遭雷击了，尚未修复。

5. 婴儿的啼哭声

许久之后，许鹤鸣和安子慧决心痛改前非，开始新生活，于是郑重其事签订下若干协议。这些协议束缚和规范各自糟糕的言行，避免彼此伤害。按照协议，每天下班都得及时回家，在三居室过两人小日子。其实，待家里也挺不错，隔壁有个相貌姣好的女孩儿常常弹钢琴，琴声里分明还有婴儿的啼哭声，感觉甚好。安子慧说，许鹤鸣。许鹤鸣说，我听钢琴呢，什么事儿你说。实际上她也没什么事，就喜欢叫一下。夫妻待一起的时间原本就该多点儿，彼此说说话，没事儿叫一下也好。人生苦短，没多少意思。况且女儿走了，更没意思了。好长时间了，他们犹如飘浮于半空的云，无所着落。上班时，各自从巷子出去，下班时，各自从巷子进来，飘飘忽忽，感受着许多怜悯的目光。女儿消失好久了，不大可能出现奇迹，那些目光不怜悯还能怎样呢？

有一天，许鹤鸣说，安子慧，我们再生个孩子吧。

安子慧说，好的，再生一个。

听起来他们似乎很有信心，其实没多少底气。他们生孩子原本就艰难，现在岁数大了，更加不易。可是，女儿走掉之后他们确实很想有个孩子，朝思暮想，魂牵梦萦。协议就这样订下了。除了上班，就都待一块儿吧，多放点儿心思，说不定愿望会实现呢。

可总是怀不上，肚子没动静，一点儿也没有。

一天傍晚，许鹤鸣说，安子慧。安子慧说，我在看电脑呢，说吧。许鹤鸣说，我想请几个人来家里吃饭。安子慧说，怎么想起请人吃饭啦？许鹤鸣说，太寂寞了，家里的空气都凝固了，时常有种窒息的感觉，想热闹下气氛。安子慧说，好的，你安排吧。安子慧看着电脑里的照片，溪边青草地阳光灿烂，女儿拽着粉红色风筝线子，一朵朵白云在天际远远待着，看上去似乎有点儿喜庆。安子慧又道，请哪些人来吃饭你自己定吧。许鹤鸣说，让我想想，请哪些人来吃饭呢？

就想到老同学。

老同学总归是好的。女儿离家出走后，他们非常关心，却不怎么怜悯，倒是别出心裁地想出很前沿的论调来慰藉他们，离奇古怪的。许鹤鸣就打电话给老同学，结果恰好坐满一张圆桌子。家里好久没这般热闹了。

他们围着圆桌子，吃的不是白米饭，主要是吃菜，也不是吃青菜，是吃飞禽走兽和鱼类的肉以及营养丰富的髓。原本，上天赐给人类结籽的作物和果实里有籽的果树，可没有让人类对飞禽走兽和鱼类通吃。现在的人却什么都吃，包括幸灾乐祸的蝉以及相当狡猾的蛇。蝉总是藏匿于夏天茂密的树叶间隙鼓噪，使人愈加燥热，直想吃冰激凌。狡猾的蛇引诱亚当夏娃吃禁果，弄出惊天动地的大事件。吃了烤制的蝉，接下来就是最后一道菜，最后一道菜就是蛇肉。很早以前，人和蛇结下梁子，人踩蛇的头，蛇咬人的脚后跟，现在的人是吃蛇的肉了。吃了蛇肉，每人又喝了一盏减肥茶，然后就都离开了。

屋子又恢复了平日里的死寂，许鹤鸣夫妇要做留下的事情。

隔壁的钢琴声又传来了，像水一样漫过来。也许，钢琴声本来就有的，似乎婴儿的啼哭声原本也就有，只是人多，被噪声淹没了。很早以前，许鹤鸣和安子慧在一座老屋里谈情说爱。老屋很古朴，就是颓败了点。谈情说爱的内涵丰富得很，还做着非常古老的游戏，谁输了就得打谁的手心。总之，在动手动脚的过程中，充满诗情画意。而且，老屋里还有琴声，不是钢琴声，是二胡声。二胡声在潮湿的地面滑翔，在黑黢黢的屋梁萦绕。谈情说爱和打手心未必就要有二胡声，但有二胡声更好。在旋律优美的二胡声中打着手心，就打出了很多似是而非的爱情，然后就匆匆忙忙结婚了。

在钢琴声中他们分配要做的事情。

许鹤鸣说，把圆桌上的东西收拾掉吧。安子慧说，好的。许鹤鸣说，分成两份，一份是洗刷，一份是倒垃圾，你先挑一份。安子慧说，我洗刷。许鹤鸣说，我倒垃圾。就这样，他们把老同学走后要处理的工作分配好了。

圆桌上有很多骨头，有鸽子的、家鸡的、草鱼的、羊腿的。好吃的肉都被牙齿刮走了，有营养的髓也被吸掉了，剩下的尽是骨头。骨头显然是嘴里吐出来的，吐在圆桌上，每一个人都吐一些，拢一起俨然一座小山丘。当然也还有一些别的杂物，比如一些果实的核，一些白色的餐巾纸。但概括起来讲，主要是飞禽走兽和鱼类的残骨。看起来很脏，衔在嘴里不觉脏，吐出来后就又脏了。安子慧把很脏的骨头收拾进垃圾桶里。垃圾桶里有只红色的塑料袋，早就张大嘴巴等候了。

安子慧说，许鹤鸣，把垃圾倒掉。

许鹤鸣从客厅沙发上站起来，迈开脚步。他迈开了左脚，离开客厅，走到厨房拎起垃圾袋子向门口走去。每一起步，许鹤鸣总是先迈开左脚。有些时日了，已成习惯，永不出错。在厨房里，许鹤鸣拎起垃圾袋迈出左脚向门口走去的时候，安子慧就开始洗刷了。锅、盆、碗和筷子皆油腻得很，安子慧的两只手也油腻腻的。她想，肠胃也必定油腻腻的，不喝减肥茶可怎么行呢？安子慧这么想着，不经意间把盆、碗弄出不同寻常的声响。

倒掉垃圾后，许鹤鸣踅回房子。

许鹤鸣说，安子慧，我从沙发走到厨房11步，从厨房走到门口9步，从门口走到棕榈树下的垃圾箱，再从那儿返回是177步，都是单数哎。安子慧说，这样很好，你的左脚多走了4步，坚持下去左脚会好起来的。许鹤鸣很高兴，他从门口玄关那儿迈开左脚回到沙发又是一个单数。许鹤鸣说，我的左脚比右脚又多走了1步，加上前面4步，多走了5步。安子慧说，坚持下去，左脚一定会好的。许鹤鸣脸色红润，很开心。

许鹤鸣的左脚是女儿失踪后变坏的。

一连十多天他都没睡着，结果左脚就发抖了。也不单是左脚，还有左腰、左手，还有左脑。概括起来，左半边身子似乎都发病了。一个医生说，你时常想着身上某个部位，某个部位就病了。许鹤鸣时常想着自己的左半边身子，不想还真不行。平时尚无大碍，喝了酒或者行了房事病症就显现出来。意识到女儿不大可能回家了，他们的房事安排得相当频繁，也格外认真。可房事过后左脚就颤抖起来，左手也有些颤抖，而左腰胀胀的，左边太阳穴也突突突跳得厉害，情况甚是不妙。

许鹤鸣想着左半边身子就想起母亲。

母亲是身子不好去世的。开始是左半边身子不好，后来是右半边身子不好，再后来又转到了左边，转来转去就去世了。老人是中风。生命闯过最后的关头是异常迅速的，不到一分钟母亲的脸色就变成死灰色。许鹤鸣想，自己的左半边身子不好肯定是个很坏的兆头，是个凶兆。这么想了几回，他就跟安子慧一起去看医生了。

因为生育的问题，许鹤鸣夫妇在医院出入相对多些。他们婚后许多年才有了女儿，可女儿却不声不响消失了，弄得前功尽弃。左半边身子的事，许鹤鸣去了好几次医院，却没有查出原因，或者说找不到病因。

医生说，检查的结果都是正常的，缺少活动吧，肯定是缺少活动啦，要加强锻炼，特别是要加强左边身子的锻炼。

许鹤鸣说，我听大夫的，会加强锻炼的。

医院阴沉沉的。秋风纠缠着梧桐树簌簌作响，穿白大褂的大夫匆匆走步，有个披头散发、脸色苍白的女人摇摇晃晃地向厕所走过去，太平间那儿传来嘤嘤哭声，让人心里发慌。许鹤鸣夫妇心里慌慌地想起女儿，把死亡和女儿联系起来。又刮起了一阵秋风，呜呜叫着。许鹤鸣夫妇急匆匆离开医院，头顶上似乎有许多乌鸦漫天飞舞，让人毛骨悚然。

回家路上，他们放缓了脚步。瘦小的安子慧在前，修长的许鹤鸣在后，一前一后拖沓地走着。安子慧说，你一定要加强锻炼，尤其是加强左边身子的锻炼。许鹤鸣说，我也正这么想呢，想到一块了。安子慧说，女儿走了，我们就全靠自己了。许鹤鸣说，我也这么想呢，全靠自己。提起女儿，他们就呜呜地哭起来了。先是安子慧哭，接着许鹤鸣也哭了起来。他们一边走一边哭，涌出很多泪水。脸上挂着泪水怕别人看见，就都用衣袖抹去。回到家，在玄关那儿的镜子里照照，眼睛都红肿了。

许鹤鸣倒掉垃圾回到客厅，又在沙发上坐下来。

钢琴的旋律清脆而美好，婴儿的啼哭声也非常美好。他们结婚那天也有琴声，只是没有婴儿的啼哭声。那是两个人拉二胡，拉的是《茉莉花》，不着调儿。但氛围很好，琴声仍然好听。那是两个乞丐赶喜事儿弄饭吃，操琴的目的就这么简单，可没有隔壁练钢琴那女孩儿的雄心壮志，她是要考上音乐院然后当音乐家的。

安子慧仍在洗刷。

请老同学到家里吃饭就有了额外的家务。额外的家务就该分着做，许鹤鸣的已经做完，而安子慧仍在洗刷。其实，平日里的家务也一分为二，每人做一份。许鹤鸣负责背煤气、买米、清洗换下来的衣物，外加打扫卫生；安子慧负责一日三餐的烹制，包括买菜和洗刷。这样的分配已经很有些时日了，他们成了习惯，谁都不会弄错。

许鹤鸣说，安子慧。

安子慧只顾洗刷，没有接应。

许鹤鸣又叫了一遍，安子慧仍旧不应。

安子慧是听见了，就是故意不应。

许鹤鸣不吭声了。他坐在沙发上架起二郎腿，抖了抖，再抖了抖。他叫安子慧，是想跟她说，明天或者后天，她也应该请她的老同学来家里吃顿饭。许鹤鸣认为这样子才好，上天赐给夫妻的财物应该是两人平分的，不能一方用多了，一方用少了，自己请了老同学，妻子也应该请请老同学。这是一个很好的建议，可安子慧却没有接应。

安子慧不接应，许鹤鸣并不生气。

许鹤鸣想起来了，有一天安子慧叫他，他也没有接应。我不应你一次，你不应我一次，这样子很好，扯平了。许鹤鸣一点儿也不生气，他照旧坐在沙发上架着二郎腿，抖了抖，再抖了抖。

许鹤鸣就喜欢架二郎腿。

他以前架二郎腿总是右脚在上左脚在下，让右脚在上面抖抖再抖抖。听了医嘱以后就改过来了，左脚在上右脚在下，让左脚在上面抖抖再抖抖，而且抖的幅度比先前更大，夸张得有些机械。这项措施与起步首先迈出左脚都是为了加大左脚的活动量。寓运动于生活嘛，坚持着，积少成多。他左手的活动也明显增多，拿筷子、抓牌、涂肥皂、揉衣裤都用左手，打扫卫生也专门用左手拿地拖，有时握笔也改用了左手，甚至跟人握手也习惯性地伸出左手。他也努力地使用左脑，一旦有了问题就下意识地将意念凝聚在了左脑，千方百计开动左脑的脑筋。除了经常拿左手去捶左腰，一有机会就让左腰有所作为，在人群密集的场合，他习惯以左腰去挤、去顶、去撞，就是撞丢了文明也不管不顾。目的就是让左半边身子多运动，争取早日康复，保持左右平衡。有一回，在单位里许鹤鸣伸出左手，以左手与刚来的新领导握手，给新领导留下了极坏的印象，原本他的副科要转正的，结果泡汤了，但他一点儿也不后悔，还有什么事儿比身体更重要呢？

安子慧做完洗刷，离开厨房向客厅走来。

许鹤鸣仍然架着二郎腿抖抖再抖抖，满脸笑容地望着安子慧。

安子慧说，许鹤鸣，你叫我，我不应你，为什么还高兴呀？

许鹤鸣说，以前有一次你叫我，我也没有应你。后来想想心里很难受。这下好了，扯平了，所以高兴。

安子慧说，你因为曾经不应我而心里难受，我也发觉了。丈夫的心思怎么瞒得住相依为命的妻子呢。我就是为了消除你心里的难受，才不应你的。

许鹤鸣说，这样很好，真正的好夫妻呢。

安子慧却因为撒了谎而不好意思起来。其实，她不应许鹤鸣是因为觉得自己的工作量分配多了，尽管自己先选的，心里却仍旧不爽快。许鹤鸣没有察觉安子慧的惭愧神色，他说我知道的，刚才你不应我，完全是为我好，我很幸福。安子慧流出愧疚的眼泪，她很愧疚地说，许鹤鸣，刚才你叫我有什么事吗？

许鹤鸣说，我叫你，是商量一件事。

安子慧说，你说。

许鹤鸣说，你也叫一些同学来吃饭吧，同学都是好的。

安子慧说，我的同学多年没联系了。

许鹤鸣说，所以叫他们来吃饭嘛，再不联系就不是同学了。

安子慧说，好吧，那就叫他们来吃饭吧。

安子慧请老同学吃饭的事就这样定下了。

夜晚，许鹤鸣与安子慧行了一回房事。

医生说，你们都是好好的，怎么就没用了呢。他们自己也想了不少办法，该想的办法几乎都想过，可还是没用，毫无结果。但房事还是要行的，只是不怎么期望什么了。许鹤鸣把窗帘拉拢起来。窗帘是白色的，印了许多荷花，薄薄的，像蝉的翼，有淡淡的月光渗进来。

许鹤鸣说，安子慧。

安子慧说，我在这里。琴声很好听，好像还有婴儿的啼哭声，房间里朦朦胧胧的。

许鹤鸣说，我们同房吧。

安子慧说，好的，我正巴不得你提议呢。

许鹤鸣拉拢窗帘的时候，安子慧已躺在床上开始酝酿情绪了。他们似乎不奢望什么，但准备工作还是要做的。以前是有奢望的，有奢望其实不好，生命的事还是得顺其自然。不过，他们的幻想仍然存在，无心插柳柳成荫也是有可能的，并非毫无可能。

关于同房他们也有慎重的协议的。

协议的内容比较简单，上一次若是安子慧提议，下一次便由许鹤鸣提议，彼此轮流。要是没有特殊情况，一方提出来了，另一方就不应否决。制订协议当晚，由安子慧提议履行协议，行了一回房事，遵循女士优先原则。可那次房事行得有点潦草，也许双方或者某一方心里有点疙瘩。行过房事次日，许鹤鸣将协议打印出来，一式二份。家里没有打字机，在单位办公室打印的。一个科员看见了，却没看明白，许鹤鸣慌忙地收了起来。科员说，张副科长，神秘兮兮的干吗呢？许鹤鸣不吭声。许鹤鸣当副科长许多年了，本来都叫张科长的，新科长来了，科员们就变得谨慎起来。书面协议上，许鹤鸣夫妇都签了字。

这天晚上，许鹤鸣和安子慧行房事的时间相对长些。

房间里薄薄的窗帘，有清风抚摩，还有淡淡的月色洒入，显得有些朦胧，带着虚幻的动感。他们是按约行事，既是义务又是权利，因此格外投入，做得气喘吁吁。那个女孩儿仍在隔壁弹钢琴，琴声像月光一样渗进房间。可是中途琴声戛然而止，只剩下婴儿的啼哭声。婴儿的啼哭声也细弱了，像游丝一样若有若无。行房事的过程可能弄出了不少动静。行了房事，许鹤鸣和安子慧各自洗净了身子，躺在床上休息。钢琴的声音又响起来，和着月色源源不断地渗入点缀了许多荷花的白色窗帘。

许鹤鸣说，安子慧。

安子慧说，我在你的身边呢，你说。

许鹤鸣说，你给我按摩按摩。

安子慧说，好的。

安子慧坐起来，许鹤鸣仍旧躺着。在流动的朦朦胧胧的时空里，展示着安子慧很长的黑发和白的肉，许鹤鸣很短的黑发和白的肉。他们的发都还是黑的，他们的肉都还是白的，仍旧蕴含着强劲的生命力，可就是两个生命弄不成三个生命。优美的琴声和淡淡的月色在黑发和白肉之间游弋。安子慧先给许鹤鸣按左边的太阳穴，从上到下，接着左手、左腰按下去，按到了左脚那个伤疤处停住了。按了一遍又从下到上按第二遍。当安子慧的手像金鱼一样从下往上游到许鹤鸣左太阳穴的时候——

许鹤鸣说，好了，你躺下去，我给你按摩。

安子慧说，好的。

安子慧躺下去了，许鹤鸣坐了起来。彼此调换了姿势。

许鹤鸣先给安子慧按腿脚，从下到上，接着小腹、胸部按上去，按到了左眉角那个伤疤停住了。按了一遍又从上到下按第二遍。按第二遍的时候，安子慧发出暗示。安子慧暗示一个部位，许鹤鸣按一个部位。许鹤鸣觉得这样很好，他知道了安子慧哪些部位喜欢让别人按摩。虽然，丈夫可以在妻子身上依法行事，可终究也是别人的身体，不是自己的。在安子慧的暗示下，许鹤鸣给安子慧身上的六个部位按摩了一遍。这样子很有意义，抓住这六个部位就等于抓住了安子慧这个身子的要领。

许鹤鸣说，安子慧，我在你的身体里闻到了婴儿的气息。

安子慧说，那是幻觉。

许鹤鸣说，不是幻觉，我真的闻到了，是婴儿的气息。

安子慧说，不可能的，是幻觉，平时听到婴儿的啼哭也都是幻觉，我们太想孩子了。

许鹤鸣说，我不但闻到了婴儿的气息，还真的听见了婴儿的啼哭声。

安子慧就哭起来。她说，你太想孩子了，老产生幻觉。

许鹤鸣确实听到了婴儿的啼哭声，千真万确。先是婴儿的气息，再是婴儿的啼哭声，分明是从安子慧的身体里传出来的。传出来后就在屋里飘来飘去。许鹤鸣离开房间。安子慧也哭着坐起来，她打开电脑。她常常打开电脑望着女儿的照片进行研究、思考，似乎在女儿凝结着的眉头、下垂着的嘴角寻找某种秘密。此刻，她望着照片上女儿颈部的褐色胎记呜呜呜地哭起来，瘦小的身子缩成了一团，颤抖着。

许鹤鸣去了厨房。

刚才婴儿的啼哭声好像从安子慧的身上飘出来，飘到了厨房。他到了厨房，啼哭声好像飘向了客厅，到了客厅，啼哭声好像飘向了阳台，到了阳台，啼哭声好像又飘回了厨房。许鹤鸣觉得太奇怪了，婴儿的啼哭声就像钢琴声一样在屋里飘来飘去，时而这里，时而那里，难以捕捉，把许鹤鸣都弄晕晕忽忽起来。许鹤鸣在客厅沙发上坐下来，仔细倾听。不可能是幻觉，确实有婴儿的啼哭声，真真切切，毋庸置疑。

安子慧也从卧室里走出来了。

安子慧泪眼婆娑地说，真的有婴儿的啼哭声，我也听见了。

许鹤鸣疑疑惑惑地望着安子慧。

安子慧破涕而笑说，听听，真的有婴儿在啼哭。

他们都竖起耳朵听了一阵，绝不是幻觉，确确实实有啼哭声。

许鹤鸣向门口走去，他打开房间门，就有很清脆的啼哭声漫了进来。门外果真有一个婴儿。放在褓褓里，看起来是个出生不久的婴孩。安子慧接过来，关键处一瞅，是个女婴。

安子慧惊愕道，跟走掉的女儿出生时一模一样，颈部也有个褐色胎记。

许鹤鸣说，很好，我们又有了女儿，上天又赐给我们一个宝贝女儿。

安子慧说，有了婴儿，屋里就有家的气息，我太高兴了。

他们高兴得呜呜哭起来，源源不断地涌出泪水。

次日天亮的时候，许鹤鸣和安子慧同时醒来。

隔壁的琴声又传来了，自然也有婴儿的啼哭声。起床后，他们各自做着常规的工作。安子慧做早餐。许鹤鸣拖地板，他左手握着拖把在红木地板上拖来拖去，打扫卫生的同时也锻炼了左手，一举两得。吃过早餐，他们去上班了。他们一前一后匆匆走出窄窄的巷子，到了巷子口棕榈树下，一个左拐一个右拐，向各自的单位走去。安子慧在一座石拱桥的桥头被一个自称乞丐的人拦住了，对方伸出一只脏兮兮的破碗，向安子慧要钱。安子慧给他五块钱，然后就急匆匆走了过去。乞丐说，好人一生平安。

安子慧请老同学到家里吃饭是第六天。

不是拖沓，是人员候不齐。费了很多精力才请到八个老同学，连同她自己和许鹤鸣也恰好坐满一张圆桌。先吃飞禽走兽和鱼类的肉以及有营养的髓，再喝减肥茶。老同学散了后就清理飞禽走兽和鱼类的骨。同样有钢琴的声音和婴儿的啼哭声传来，基本上与许鹤鸣请老同学那个晚上一样。

隔壁相貌姣好的女孩儿弹出的琴声很好听，婴儿啼哭的声音也很好听。那女孩儿说过，她立志报考杭州音乐学院，把优美的琴声带给人们，让人们日子过得更舒坦更有意味。很久以前，许鹤鸣和安子慧谈情说爱的老屋子的隔壁也传来琴声，不是钢琴声，是二胡声，不是女孩，是老头。那老头双目失明了，可没有女孩儿那样的雄心壮志，不过琴艺确实了得，比他们结婚时那二位拉出的音美妙多了。那二位是乞丐，拉出的音不着调儿。

6. 燕尾镖之光

2018 年初秋的一天，单位领导和我说，你要带头的，县里有要求，国家公职人员都要带个头。说的是迁坟的事儿。老家聿源镇中学规划易地扩建，校址选定镇子西山坡，那儿有不少坟茔，有一座是我曾祖父许尔三的，务必及早腾出地儿建设新学校。许尔三是大名鼎鼎的飞镖高手，传奇式人物，许多事儿在聿源镇一带广为流传。据传，他少小时节生性不羁，好强斗狠，且常在屋后竹园里练习投掷，以小石子轻而易举地击落茅竹枝头上的麻雀；长大结婚后依旧心有旁骛，不安稼穑，常闯荡江湖拜师学艺，曾师从武术大师李尧臣。李尧臣乃河北人士，十八般武艺样样皆通，且熟练飞镖、铁橄榄、飞蝗石子等暗器，在抗日战争中立下赫赫战功；中华人民共和国成立后，毛主席、周总理曾多次请他表演武术，讲解武术真谛。许尔三跟随李大侠刻苦磨炼，练就一身好武艺，能飞檐走壁，蹿房越脊，尤擅燕尾镖，百步之内天上的飞禽地上的走兽，镖不虚发。可是一代飞镖大师却壮年丧命，且死因吊诡不明，成了我们许氏家族的心头之结。2016年春暖花开时，我女儿许雅倩和陈乃田在县政府单位未婚青年联谊会上"一见对眼"，便恋爱上了。我父亲从陈乃田那里顺藤摸瓜摸出陈湘老爷，后者系前者高祖。家父唉声叹气了许多时日，终于将"心头之结"和我说了出来。这"心头之结"源自怀疑，怀疑许尔三为陈湘老爷下毒所害。这种怀疑乃家族秘密，我父亲听我祖父说的，我祖父听我曾祖母李氏说的，如同通过秘密管道传下来，未曾外泄成为聿源镇传说的一部分。猜疑的依据是陈湘老爷雇用许尔三刺杀时任浙江省主席黄绍竑的秘书项少爷，却未能拿下项少爷性命，遂起杀心。也许，在父亲看来，这种涉及世仇的怀疑不该代代相传，要不是许雅倩和陈乃田恋爱上了，便止于他，而不和我说了。父亲说出来之后问我该怎么办。我理解父亲的心情，但也尊重年轻人结为连理枝的意愿，让他俩有情人终成眷属。可是，父亲心中总是疙疙瘩瘩的，为没能制止孙女嫁与怀疑中的世仇后裔而深感内疚。我便揣摩乘迁坟之机采取某些措施，以消除家父心头疙瘩，我不希望他因此负疚终生，郁郁寡欢。这是我未能带头迁移祖坟的缘由所在，但不便和单位领导说，私下里忙乎着联系鉴定方面的专家。

夏教授看过我的电子邮件后，回复了两层意思：一层是年代久远，尸骨不可能完好；另一层是尸骨即便完好，也不可能准确鉴定，鉴定的结果仅作一般性参考。夏教授是治学严谨的鉴定学专家，他的意思在我预料之中，我也查询过遗骨检测化验方面的知识。我在邮件上和夏教授重申了鉴定目的，并诚恳地央求帮忙，他终于答应了下来，说届时派他的助理小叶前来取样。

许尔三的坟茔像浙南山区家用的竹交椅，安静地靠在植被丰茂的西山坡。小时候，每逢清明节父亲便领我上坟祭拜。我们许家祭拜的祖坟共有三座，即高祖父母、曾祖父母和祖父母。高祖父母的坟墓在镇子南山。父亲说，高祖父很早就离世了，高祖母却与曾祖父许尔三同一年去世的，许尔三接受陈湘老爷的雇佣，是要拿下那三千大洋佣金以治疗他卧病多年的母亲。我们父子俩祭拜了南山高祖父母便转到西山坡。在我小时候的印象中，许尔三的坟墓有些神秘。一则父亲说坟墓里头藏有很多燕尾镖，镖体上刻着图案；二则坟墓的规模也较大，三圈石头两条压石三爿石门格局，三座祖坟中最大的一座。小时候，我不知燕尾镖为何物，父亲便折来芒萁秆子，在青石板坟地上摆出个燕尾形状，说就是这个模样，铁的。我说，镖体上刻着什么图案？父亲说，据说是武林十大高手的图像，不过也不一定。青石板坟地上方，那黑黢黢的三圈石头，看上去如同三个叠套的小括号，小括号卡住的青石板墓牌，抹去绿沉沉的苔衣，"许公尔三李氏之墓""汝南郡""民国二十七年秋立"等文字在烛光中隐约可见。民国二十七年即公元1938年，许尔三躺里头迄今已八十载了。相传，坟墓系许尔三卧病时建造，他去丽水大港头刺杀项少爷未遂，返回聿源镇没几日便病倒了，病了五个多月就去世了，享年四十八岁。这些事儿都发生在1938年春秋之间。在这年春夏秋三个季节里，我们许家发生了重大变故，我的高祖母以及她儿子许尔三相继乘鹤西去。推测起来，曾祖父许尔三携带燕尾镖踏上大港头刺杀之行应为1938年春天。按照这些线索，我查阅了不少史料。

　　史料记载，抗战期间浙江省政府两度南迁至丽水地区，分驻全区各地，时间长达八年之久，时任浙江省主席为黄绍竑。"百度"说，黄绍竑又名绍雄，广西容县珊萃村人，新桂系主要领导人之一，著名抗日爱国将领，国民党陆军中将加上将衔；而许尔三要刺杀的项少爷，便是黄绍竑主席的秘书。据说，项少爷在解放前夕举家迁至台湾，其后代则移民加拿大了。

应该说，我曾祖父许尔三刺杀项少爷纯属受雇。我们许家世居聿源镇，而项少爷世居县城，项少爷项家和陈湘老爷陈家皆为县城望族，钟鸣鼎食人家。简言之，县城的项、陈两家结下了不世之仇，陈家便秘密重金雇本县聿源镇飞镖高手许尔三，强取项家最有出息的项少爷的项上人头，而许尔三救母心切，便接下了这单夺命生意。至于项、陈两家因何结下血仇大恨，街坊上众说纷纭。有说因为一座金矿，有说因为一名女子，也有说为了争夺地盘，似乎不是为财产、美色，就是为权力。当然，这些都是项、陈两家之事，涉及我们许家的只是在那烽烟四起的1938年春天，许尔三前往浙南丽水大港头伺机刺杀项少爷却未能得手。在我们许家代代秘传的怀疑中，未能得手是许尔三遭遇灭顶之祸的关键所在。

我得知女儿恋爱的对象陈乃田原是陈湘的玄孙，便费了不少周章联系上了邹晟。邹晟乃陈湘老爷的管家邹程斌的曾孙，许尔三1938年刺杀之行，管家邹程斌同往。邹晟是一名中学语文教师，身材适度，神情沉稳，低眉顺眼，乍一见就让人想起早年大户人家的管家模样。邹晟是个慢热的人，我们熟稔之后他便快言快语，对探寻祖辈的传闻轶事也颇感兴趣。关于许尔三的事儿，邹晟的家传与聿源镇的传说多有出入。两相比较，不少细节邹晟所说的似乎更接近史实。聿源镇的传说是陈湘老爷出了一万块大洋，我们许家说的是三千块大洋。邹晟说，没这么多，只有一千块大洋，预付两百，得手后再付八百。1938年民国巡警月薪七块大洋，小学教员月薪四十块大洋，而鲁迅先生买下北京八道湾十一号一套三进四合院也只花了三千六百七十五块大洋。据说，当时一块大洋相当于现在的四百元，一千块大洋也四十万元了。

迁移曾祖许尔三的坟墓的前个周末，我邀请邹晟前往丽水大港头游玩，他爽快地答应了。

当时的丽水大港头现为丽水市莲都区大港头镇，乃第一批中国特色小镇。此前，我前往该镇参加了一次笔会，作家何丽萍就是大港头人。镇上有闻名遐迩的古堰画乡，有建于公元505年的全国重点文物保护单位通济堰，有古街、古亭、古埠头、青瓷古窑址，还有大大小小的古村落和古樟树群，展现着江南古镇自然质朴的美丽风貌。同时，镇上尚留有抗战期间的浙江铁工厂总厂办公楼以及机枪、迫击炮等车间。据《莲都文史》记载，大港头的铁工厂是当时省主席黄绍竑抓武装的重要军事后勤基地。我邀请邹晟结伴前往，目的是身临其境拨开岁月烟云，寻觅先辈足迹，想象刺杀项少爷的血腥情景。

我俩自驾去大港头，邹晟坐在副驾上时不时地"你家老爷""我家老爷"说两句。在2018年秋天我们的大港头之旅的对话中，管家邹程斌、杀手许尔三皆成了老爷。从地理方位看，八十年前的1938年他们从县城去大港头是水陆兼程的，总共百余公里。陆路是骑马还是坐马车，抑或步行，已不得而知；水路该是坐蚱蜢舟的，旧时瓯江流域出行的交通工具主要是中间鼓两头尖的蚱蜢舟。瓯江下游青田县1990年版的《青田县志》记载，20世纪40年代，青田县拥有蚱蜢舟多达4000余艘。邹晟望向车窗外清粼粼的瓯江，眼前似乎呈现出了昔日江面点点白帆景象，便吟唱出两句诗来：山间云雾蒙蒙似梦，江中白帆点点如幻。

我们停好小车，沿着秋阳杲杲的古驿道走进大港头镇。镇上的古街沿江而建，青石板铺就，宽四米许，长近两里。街道两旁多为两层砖木结构的房子，虽杂糅诸多现代元素，有画廊、画室、工艺品商店、玩酷网吧、肯德基餐厅，但那固有的烟砖墨瓦、花窗月影，仍有晚清风貌。我俩走进古朴悠长的老街，仿佛穿越时间隧道，来到1938年春天战火纷飞的年代。我看过文友叶挺慧描写1938年大港头的小说《起势》，恍惚中，迎面开来一支军队，头戴M35钢盔，手执中正步枪，腰间挂两颗手榴弹。左侧老樟树下的空地上，浙边抗日游击总队正在操练，虽无统一军服、兵器，但数百人手攥着或汉阳造，或红缨枪，或大刀，动作划一，气势压人。右侧老樟树下的空地上，一个衣衫褴褛的老汉敲打铜锣，许多人围拢过去，老汉便拉起胡琴，一位俊俏姑娘呜呜咽咽开唱："高粱叶子青又青，九月十八来了日本兵。先占火药库，后占北大营……"观众慷慨激昂，高呼抗日口号。思绪在岁月深处穿梭，我仿佛成了杀手许尔三，低眉顺眼的邹晟成了管家邹程斌，我俩成了他俩。1938年春季的某天，他俩在大港头江滨古街旅社住下来，伺机刺杀陪同黄绍竑前来视察铁工厂慰问挺进师红军战士的项少爷。

大港头江滨古街尽头是古老埠头，两棵千年古樟后面耸立着古建筑双荫亭。据《括苍史志》记载，彼时，铁工厂设有职工子弟学校，成立浙铁员工工余社，下设越剧、婺剧、徽剧等业余剧团。工余社常在双荫亭前的戏台演戏，开展抗日宣传活动。又载，1938年3月20日，粟裕所率领的红军挺进师一路散发传单、刷写标语至大港头，该挺进师宣传队在双荫亭前戏台上演戏，向人民群众进行抗日宣传，省主席黄绍竑从碧湖赴大港头慰问挺进师战士兼视察铁工厂。若记载确真，许尔三和邹程斌当在1938年3月20日实施行刺。可以想象，那天大港头的渡口，戒备森严，卫兵警察面对来往人员挨个检查，气氛紧张。

我和邹晟走进古街尽头的双荫亭。该亭为双檐攒尖顶式结构，亭内有十八根红漆亭柱，寓意十八罗汉，风格端庄稳重。据邹晟的家传，许尔三他俩住在离双荫亭数十步之内的两层砖木结构房子，住了三夜。那房子楼上为旅社，楼下为茶馆，人气旺盛，鱼龙混杂。之所以选择这座房子，是因为打开一面窗户，可见渡口、停车处、检阅场，打开另一面窗户，有棵歪胳膊香樟。既易于发镖杀人，又易于依仗香樟逃离，得地利之便。我和邹晟站在双荫亭四下里张望，八十年前许尔三他俩住过的房屋已难以寻觅确认，或许早就改头换面了。

我们在亭内木质美人靠上坐下来。背后瓯江如练，面前香樟似盖。也许，昔日的戏台就依傍亭前两棵香樟搭就。我说，看见了戏台上有乐师调音，台前人头攒动，警察荷枪实弹。邹晟说，听见了人们纷纷议论，有说傍晚有大人物来，有说部队要开拔北上抗日，也有说防止日本鬼子混进来破坏铁工厂。我感觉到人声嘈杂，气息逼人。也许，当时双荫亭周边的情景，基本符合我俩的想象。

据说，大港头落日熔金时节汽车开进来了，一派苍茫景象。汽车是美国福特轿车。在夕阳余晖中先下车的是些个随从，其中便有项少爷。项少爷打开车门，下来的便是黄绍竑。他身穿灰色长衫，头戴黑色礼帽，手持黄褐色文明棍跨下车来。邹程斌管家只听到一声枪响，却不知发生了什么事。眼前，行凶者从一窗口黑沉沉地倒了下来，尽管喉部血喷如注，右手却仍攥着手枪。福特轿车周遭乱成一团，黄绍竑头上的黑色礼帽不翼而飞。邹管家回过神来，许尔三已不知所终。这次大港头刺杀行动，管家邹程斌返回得向陈湘老爷汇报，他便在大港头又住了一夜了解情况。开枪的杀手要的是黄绍竑性命，也许子弹上膛扳机欲扣不扣之际，倏忽飞来一镖的同时扣下了扳机，枪口偏离了方向，打下了黄绍竑头上的帽子。据验明尸身，行凶者疑似日本人，日本人从小穿木屐，大脚趾和其余四趾分得很开，中间还有老茧，窗口里倒下的男尸脚趾状况确实如此；据侦探调查，确系日本间谍，企图谋害抗日将领黄绍竑以削弱抗日力量。这是一支燕尾镖，分岔四刃，刃刃相扣，从日本间谍颈部取出后，黄绍竑嘱托项少爷带走了。

我和邹晟当天返回县城。车上，我俩探讨一些问题。许尔三为何要调转镖头，镖头调转之前可知窗口里举枪者系日本间谍，要是不调转镖头能否拿下项少爷性命，诸如此类问题我们已不得而知。传说中，许尔三在北京见过日本人，也许不仅仅见过，甚至有过交往。《武林泰斗李尧臣》记载，日寇侵占北京后，由于汉奸告密，李尧臣被日本宪兵抓走，日伪当局强逼他与日本武师武田熙当众比武。李尧臣胜了，可以放人；李尧臣输了，必须磕头拜武田熙为师，以此来震慑北京武术界人士。先比拳，武田熙屡屡被李尧臣打倒在擂台上；再比刀，武田熙举刀朝李尧臣雨点般劈来，李尧臣挥刀挡架，闪展腾挪，来往不到一分钟，李尧臣顺势飞起一脚，踢在武田熙的手腕上，武田熙战刀脱手，人则蜷缩于擂台。台下欢呼声四起，李尧臣趁机跳下擂台，三纵两跳便消失于人群中。这期间，许尔三正在北京李尧臣门下学艺。在聿源镇的流传中，许尔三确实是日寇侵占北京后拜别师傅李尧臣的，他带着燕尾镖一路南下回到老家浙南山区聿源镇。其时，许家老母卧病多年，经济拮据，无力治疗，而许尔三沿途被难民讨要，他慷慨解囊，随身所带银两所剩无几，于是接下陈湘老爷这单生意，结果却调转镖头，取了日本间谍性命，留住了项少爷。也许，因为留住了项少爷，许尔三对自己每况愈下的身体状况也有所思疑。在弥留之际，他嘱咐妻子李氏，飞镖悉数带走，许家不留一镖。我父亲说，那些燕尾镖密放在铁盒子里带走的，总共五十来支，都刻有图案——什么图案都没说清楚，有说是武林高手的图像，也有说是练习飞镖的秘诀，都只是猜测而已。

按照聿源镇传统，迁移祖坟要选择日子时辰。阴阳先生选定的是一天寅时，凌晨三至五时均可动土迁移。我安排在三时整动工。之所以定在时辰头，是为了争取在天亮之前完成，以免"取骨鉴定"之事在聿源镇传得沸沸扬扬。深夜前往聿源镇西山坡坟地的除了夏教授的助理小叶，其余皆为许尔三后裔。迁移祖坟，也就是将祖辈的遗骨红木箱子装了移别处去。打开曾祖父母的墓室，不像电视剧中盗墓那样艰难，只消将压住三爿石门的长石条撬起凌空垫牢，把三爿石门翻过来便是墓室的封墙了。自左而右，这三爿石门里头依次是曾祖父许尔三墓室、隔墙、曾祖母李氏墓室。长石条撬起来了，按先左后右规矩，许尔三墓室的石门也翻倒在坟地上，相当顺利。可是，石门里头的封墙却坚固得很，密密麻麻的鹅卵石被黏土固化了。叶助理说，那些黏土是由熟石灰、糯米浆、砂石子搅拌而成的糯米灰浆，贼硬。叶助理说罢拿锤子敲了敲又说，厚实得很，至少一尺多厚。也不管先左后右了，决定同时开启曾祖母李氏墓室，左右墓室一并进行，确保天亮前迁移完毕。

我曾祖母李氏墓室的封墙仅是单砖墙，铁棍一戳便露出豁口来，似乎并无泥浆粘连加固，三两下摧枯拉朽般地打开了墓室。棺椁、尸骨已腐朽在一起，几难辨认。据说，曾祖母李氏活过了甲子之年，她入住之时隔墙左墓室的男人也许早就一副白骨了。要是如同右墓室李氏的腐朽速度，左墓室的棺椁、尸骨该是腐朽成灰了。终于，左墓室的封墙撬开一个小口子。小口子里有股类似于茉莉和檀香木的混合香气袅袅而出，玄远而飘忽，仿佛来自洪荒远古。我有些迫不及待，叶助理拽了下我的衣摆说，戴上口罩，便抢先挨上去看了。他看了好一会儿，然后将电筒递与我说，看起来挺好的。在电筒光中，墓室里木质腐朽物底下凸显出一副人形骸骨，且整个儿被抬高了许多。我有些错愕，恍惚中看见了曾祖许尔三在里头闭关修炼。错愕之余，电光四下里寻觅，却未见装放燕尾镖的铁盒子。左右墓室反差如此之大，堂弟说，也许练过武功的人骨头耐腐吧。叶助理咧下嘴角说，墓室内耐腐不耐腐，情况很复杂的。这两个墓室除了人的个体差异，也许与封墙有关，还有木炭，左墓室至少铺了二尺多厚的木炭。相比之下，右墓室主人下葬时就潦草多了。

打开个小口我们便加快了进程，不到五点钟就完成了。叶助理是全副武装进墓室取样的，分门别类装了些尸骨、牙齿、头发，还有骸骨下面的木炭灰土。墓室内，果然有只长方形铁盒子，上了铁锁的，锈得厉害，无法开启。这铁盒子里头该是传说中的燕尾镖了。据传说，这些燕尾镖系许尔三师傅李尧臣亲自所制。李尧臣"侠之大者"也，在抗日中立下赫赫战功。1931年"九一八"事变爆发，东北沦陷，日寇逼近华北长城一线，时任国民革命军陆军第29军军长的宋哲元发下"宁为战死鬼，不做亡国奴"的誓言，其副军长东麟阁则延请李尧臣为该军武术总教官，主训大刀，李创编了一种套路，起名为无极刀法。在长城要隘喜峰口战役中，将士们充分发挥大刀作用，追杀日军六十余里，砍杀敌人近百名，缴获大炮十八门。著名抗日歌曲《大刀向鬼子们的头上砍去！》，便来源于此。因一代武术宗师李尧臣，叶助理对燕尾镖很感兴趣，我便和堂兄弟们商量，分装在两只红木箱里的老两口残余骸骨，由他们护送至事先购下的聿源镇南山坡的公墓，而我和叶助理则携带铁盒子先行返回县城，打开来让他看一看。其实，我也有点借口的意思，传说中的燕尾镖，尤其是镖体上刻着的图案，我也迫不及待，想一睹真容。

铁盒子上的铁锁是民国老铁锁，锁体圆形，状若一只老荸荠。老铁锁和铁盒子一样，锈迹斑斑，似乎脱了形。我和叶助理动用了夹钳、螺丝刀，小心翼翼地鼓捣好一阵子，终于取下老铁锁，打开铁盒子。不出所料，里面全是燕尾镖。同样锈得厉害，满盒子的黄黝黝绿菁菁，斑斑驳驳。铁盒子里燕尾镖倒是一层一层叠放得齐整。一支一支取出来，总共四十八支。一样形状，皆为三角分岔四刃；大小却不一，四十支稍小，三角长各10厘米许，尾刃分岔略长，八支稍大，每角长出2厘米。

燕尾镖上确实镌刻着图案。不过，不是父亲所说的每支燕尾镖上都有，体量稍小的四十支上没有，体量稍大的八支上有，每支都镌有一溜图案。那些图案粗粗比对，每支镖上的内容似乎一样，皆有十个图案。仔细瞧瞧，不像人物图像，不应是父亲所说的武林十大高手的图像，好像是些古文字，十个古文字，也许真的是练习飞镖的秘诀。每支镖每个"文字"锈的程度不同，有几支镖上的一些"文字"似乎整个儿锈掉了，只留有八个、七个，甚至四个。虽然叶助理嘴上没说，但看得出来，他想要几支留念。要是他提出来我就为难了，便赶紧委婉地透露出两层意思：一是这些燕尾镖是整个家族的玩意，二是家族商量后会赠送一两支，封住他嘴巴的同时留下了希望。

　　我将四十八支燕尾镖用手机拍摄下来后便联系县文化馆的古文字研究专家。同时，给在乡下教书的邹晟打了电话，约他周末返城一起喝个茶。他家住县城西苑小区。

　　我们许家的"怀疑"，邹晟也全然不知的。据聿源镇传说，许尔三在北京拜别师傅李尧臣南下，途经上海，在上海同一日本浪人打擂。打了七七四十九个回合，最终那浪人被打下擂台，七窍出血而亡；而许尔三也被对方的霹雳掌震伤了五脏，落下了病根。邹晟家上辈传下来的，虽然没有"打擂"一说，却也是说因病死亡的，无关陈湘老爷。我和邹晟经过交往，觉得他是个值得信赖的人，在茶吧里便将家族的"怀疑"和他说了，请他结合家传的说法，分析下许尔三有没有被陈湘老爷毒死的可能。

　　据邹晟说，1938年春季行刺之后，邹程斌管家在大港头又住了一夜，许尔三也没有马上回家，而是在就近的碧湖住了下来。

至于许尔三当时为何逃离大港头，据说是担心倘若让警察抓住后说不清楚，诸如为何要救驾、事先怎么知道有人要行凶等事情。翌日，他俩碰头了，一起离开丽水回到县城。许尔三到了县城后，星夜赶回聿源镇，次日清早便携带二百块大洋的预付金来县城向陈湘老爷请罪。当时，陈湘虽然很生气，但还是设宴款待了他，而且也只拿回二百块大洋预付金中的一百五十块大洋，留下五十块大洋送他。我们许家的说法也有设宴一节，怀疑就在宴席的菜肴或者酒水里下了慢性毒药。至于赠送了五十块大洋，我们许家没传。许尔三坟茔规模较大，墓室内放了二尺余厚木炭，封墙里灌了很多糯米灰浆，也许赠送了五十块大洋是真的。其时，许家老母久病在床，早已家徒四壁，若无外财，坟茔不大可能弄得这般规整。邹晟说，陈湘老爷颇具民族大义，而且很识时务，据说接济过红军挺进师，解放时节更是主动捐出大部分财产，解放后政府也没怎么为难他。在邹晟看来，陈湘不大可能毒死许尔三。我想，也许事情凑巧，许尔三在陈家府邸吃了宴席回家没几日就病倒了，不到半年就去世了，所以我们许家才起了疑心。

网上有篇文章说，光绪的死因存疑百年，国家有关部门通过对光绪的头发、遗骨、衣物进行检测化验得出结论，光绪系砒霜中毒死亡，其砷含量比常人高出两千多倍。夏教授没能给出具体数据，他在电子邮件上说，基本可以排除中毒死亡，不过这也只能作为参考。我向父亲汇报时，掐头去尾只说了六个字：排除中毒死亡。其实，这六个字我早就想好，无论鉴定结果如何，我都会这样说。我原本就是借助鉴定以纾解家父心中的疑虑，让他不至于负疚终生。县文化馆的古文字专家把八支燕尾镖上的"文字"也破译出来了，果然是古文字，每支燕尾镖上都刻有三个甲骨文、四个金文、三个大篆，共计十个字：三丈之内与倭寇不同立。其实，这些古文字都没有真正锈掉，擦拭掉蒙在上面的锈迹后，十个古文字都清晰可见，而且仿佛闪烁着光芒，冷飕飕的、决绝的、威武的光芒。

7. 去姚庄

　　我和小童终于到了姚庄村口。这儿有一丛风水林，五六棵合抱的老树撑开树冠，掩映着一道小山坑。小山坑似乎断流，里面的老石头毫无规则地哑默着。对我俩来说，这匿藏于深山老林的陌生地儿无论如何都有些神秘。这些老大娘、老太婆为什么非要理光头呢？我们百思不得其解。刚才，小三轮从省道拐进狭窄山路到了第二个村庄时，小童说，该到了吧？我说，不可能，有四十多里山路呢——姚一郎，我喊道，还有多少路程呀？姚一郎目不斜视道，已走了三分之一，还有三分之二，二十多里呢。我说，现在是第二个村庄了，在这山路上，你们姚庄是第几个村庄？姚一郎说，这山道道像根藤，藤上结了五个瓜，我们姚庄是最后一个。我望着小童说，远着呢，还有二十多里。小童够呛的，一手拽着小三轮的铁杆子，一手抱住工具箱，处于紧绷状态。

　　这山路总体上是上坡的，虽然起伏不大，但弯道很多，且是砂石路，颠簸得厉害。小三轮颠颠簸簸地渐行渐深，地势高起来，撞进来的秋风也变得清爽。到了第四个村庄，前面的山路愈发狭窄了，真像一根藤子，顶尖细小起来，看上去只能走小三轮、小汽车了，中巴也不能过。我叫道，姚一郎，你们姚庄这条路也好意思叫路呀？姚一郎说，山旮旯没法子呀，要不是姚大杏主任、梦梅奶奶主任出大力，连这羊肠小道也凿不成呢。这两大主任，不是村主任，一个多小时前，姚一郎在梦丽娜发廊里提到过她们。

　　一个多小时前，姚一郎走进梦丽娜发廊自报家门道，我是姚庄的姚一郎，请师傅给村上的老大娘、老太婆理头发。这个自称姚一郎的男人，五短身材，肤色黝黑，理个杨梅头，言语紧张兮兮的，听起来没头没脑。梦丽娜老板娘讶异地望着他说，姚庄在哪里？我笑道，姚庄兴许在日本吧，"姚一郎"这名字听起来怎么像个日本人？姚一郎说，哈，不是日本——我这么说吧，走出县城西门，沿瓯江公路跑十五里，往右一拐，再爬四十里山路便是姚庄了。梦丽娜说，你们姚庄没有理发师傅？姚一郎说，没有，以前是姚大杏主任给她们理的，分文不收，义务理发，现在不给她们理了。梦丽娜说，现在为什么不给理了？姚一郎说，这些老大娘、老太婆非要理光头，起码有十五六个老大娘、老太婆都要理光头，所以就不给她们理了。梦丽娜噗嗤一笑道，神经呀，发神经呀，老大娘、老太婆理光头做什么？姚一郎说，这个我可不敢说了，梦梅奶奶主任要我暂时保密。梦丽娜说，梦梅奶奶主任，还有一个什么主任来着？姚大杏主任——你们姚庄有那么多主任呀？姚一郎说，就两大主任，是妇女主任，一个老主任，一个新主任，我们姚庄就两大女主任管事儿——村主任、村支书不在村庄。我说，你们姚庄是母系氏族公社吧，女人管天下呀。姚一郎说，不是公社，是村庄。

　　梦丽娜发廊说是发廊，其实除了理发，还有按摩、泡脚，从头到脚服务俱全。近些年，确实有些人来发廊接我们去乡下做手艺。按摩的居多，泡脚的也有，理发的却从未有过。我也被接去过的。那些享受按摩、泡脚的多是阔老头阔老太，他们的儿子或者女儿女婿这些晚辈，开着小车接过去，又开着小车送回来。工钱上，双倍不消说了，要是路途远，对方又慷慨大方，也有三倍四倍的。有的明里跟梦丽娜谈好了工钱，在小车上还额外送些小礼物，我收受过一瓶法国香水。理发的工钱低，接乡下去理发收多少不好谈，也许梦丽娜会回绝吧。

可是，梦丽娜居然接下来了。她说，我倒要瞧瞧，她们到底发什么神经。

谈工钱时，梦丽娜说就双倍工钱吧，最低双倍工钱。姚一郎却还想压一压，于是讨价还价起来。

事情就是这么个事情，姚一郎说，初步统计是十五个，估计还要多，保不准有二十多个，工钱上是不是再让一让，我们姚庄的人没什么钱。梦丽娜说，不让了，就双倍工钱，接我们去按摩的，最低是双倍工钱，也有三倍四倍的。姚一郎说，她们都是理光头，简简单单的，有的老太婆头发也掉得差不多，没几根黄毛，剪两下就完事，再说有二十来个，能不能就一点五倍，一个十五元。梦丽娜想了一会儿说，那就这么着吧，要是超过二十个，也包括二十个，每个就十五元，不足二十个，每个二十元。姚一郎说，好，就这么定。梦丽娜说，还有一句要说在前头，管吃喝管接送的。姚一郎说，那当然，只是山旮旯里没什么好吃的。

梦丽娜让我去姚庄干这单生意。

她说，你去吧，你挑一个，跟你一起去。

我也有点想去。女人理光头，确实挺有意思。再说，我也想去乡下散散心。上学时有秋游，秋天里看看山野秋色，吸吸新鲜空气，挺不错的，我好久没去乡村了。

我说，就小童吧，带小童一起去。小童是个男生，刚来不久，学理发的，有点腼腆，带他下乡办差，大姐带小弟那样，挺好。小童却说，我，我不行吧？我说，你怎么不行呐，有你许姐呢，怕什么，剃光头，推推光秃得了，没什么大不了。小童说，那好吧，就跟许姐去姚庄逛逛。

这事儿小童也觉得蹊跷。在小三轮里他说，许姐，她们长了头疮吧，难不成老大娘、老太婆集体长头疮？我愣了一下，难道头疮传染，姚庄的女人果真都长了头疮？小童说，可要问问清楚哎，要是真长头疮，别说一点五倍工钱，就是五点一倍也不好干，不但费时，还臭死了。我喊道，姚一郎，老大娘、老太婆是不是长了头疮？姚一郎说，真不是，哪有那么多长头疮的啊，这个绝对不是，放心。你们到时候会知道的，都理好了就知道了。

我们就这样，坐着姚一郎的小三轮拐进村口，疑疑惑惑地来到了姚庄。

在村后一棵老槐树下，我们下了小三轮。

这村子坐落在一个山坳里，中间有道小山坑绕过，一座石拱桥贯通南北，桥头有只白羊吃青草。南面这边，屋舍较多，也相对集中；北面的屋舍，三三两两的，不过二十来座。这些屋舍多半带院子，岩墙黑瓦的老屋子，灰扑扑的。不少房子的屋檐背长满了茅草，有几座房子塌了一角，早就没人住的样子。绕着房屋的皆是田畴，多水田，也有菜地。那水田的水面清凌凌的，秋风吹，秋阳照，泛起白亮亮的波纹。远处的旱地上，有人烧草木灰，淡淡的烟雾袅袅升腾，呈现出一种古老而久远的样子。那后面的山上藤蔓纠纠缠缠，一摊苍黄，一摊老绿，一派晚秋的景象。

姚一郎说，我们去梦梅奶奶主任家吧。

村道满是灰不溜秋的粗石，缝隙里长满茅草。姚一郎在前头晃着，我脖颈上挂着一只小坤包，小童提着工具箱，跟在他后头。我说，你们这个姚庄不怎么样呀。姚一郎说，山旮旯能怎么样呢，也就这个样了。我说见不到几个人嘛。姚一郎说，就留守着一支"三八六一九九"部队，只有女人、小孩、老人，连村主任、村支书都出去赚钱了。我说，你看，那些石坎上的荆棘都长到屋子里去了，感觉真荒凉呀。姚一郎说，是啊，人少了，草就长了。

转过一个墙角，看见了一棵烧焦了一半的梨树。

小童说，这里发生过火灾？姚一郎说，一个来月了，烧了一幢房子，五间两伙厢大房子。那大房子黑黢黢的空宅地上，有只黄狗嗅着地面，三只金色的大公鸡漫不经心地刨食。空宅地的前后左右都是老屋子，左侧那座烤焦了一截屋檐。我说，消防车开不上来吧？姚一郎说，路太狭，开不上来。我说，还算好，就烧了这么一幢。姚一郎说，多亏姚大杏主任及时组织救火，要不然连我那个破房子都烧了。他往前一指说，道坦上有两棵柚树的那座破房子是我的，要是烤焦屋檐的那座房子守不住，我的破房子肯定也报销了。我说，就是给大伙义务理发的那个姚大杏主任吧？姚一郎说，是啊，我们姚庄两大女主任，一个是梦梅奶奶主任，另一个是姚大杏主任。梦梅奶奶主任小巧玲珑，姚大杏主任人高马大，她们管着我们姚庄。我说，你们姚庄真像个母系氏族公社了。也许，姚一郎不知什么叫氏族公社，他莫名其妙地笑了笑。

我们横过百米村道，然后斜折过来走进一条小巷子，看见一座老院落。

姚一郎说，到了。

这小院落是三间两伙厢。道坦上有一棵石榴树，一架葡萄，还有一眼废弃的老井。道坦外面的照屏墙上爬满了爬山虎，绿里泛黄。我们穿过道坦，走进阶沿头，面前的堂屋里坐着一个大娘和两个老太。她们在等待我们理光头吧。

姚一郎说，梦梅奶奶主任呢？大娘说，去北姚了，她说再去叫一声。姚一郎看着我说，姚庄以小山坑为界，这边是南姚，对面是北姚，梦梅奶奶主任去北姚叫她们来理光头了。

堂屋里已做了准备，椅子摆好了，镜子也挂上了，还接好临时插座。小童将工具箱放在照壁前的大红八仙桌上。我四下里看了看，拿下脖颈上的坤包，挂在照壁的一枚壁钉上。

姚一郎说，不要等梦梅奶奶主任了，你们先剃吧。

三人中那个大娘和一个老太是齐耳短发，另一个老太在脑后盘着锥形发髻。我跟发髻老太说，您先把发髻打散吧，让她们两个先剃。这两个有些忸怩，姚一郎说，抓紧喽，下午三点前要理完的——我不知何意，回头望向姚一郎，他却不言语，笑了下，示意我行动起来。

我在工具箱里搬出电推剪子，问小童道，你理哪个？小童说，听许姐的，许姐让我理哪个就哪个。我说你贫嘴呀。小童嘿嘿笑着。在陌生人跟前，我们言语里多少有点儿作态。

我跟短发老太说，我们开始吧，便拉她在一面镜子前的椅子上坐下来。这老太的头发斑白，很干燥，开岔、断裂的不少，似乎在摸弄一蓬干茅草。理光头也就是一刀切，没什么技术可言。在电推剪的嗡嗡声中，这蓬干茅草就一片片倒下来。老太看着镜子，一声不吭，脸上的神态却时时在变化，在羞涩的底色上似乎有些别的什么。推倒一半，老太说，我自己都认不出自己了。我说，慢慢会习惯的。老太说，我一辈子都没剃过光头。我说，我还不知道你们为什么理光头呢？老太说，你问梦梅奶奶主任。

小童理的那个大娘五十来岁，开始也有点拘谨，不一会儿就放开了。大娘管小童叫儿童。她说，儿童，你给我剃了光头，要是我老公找你算账，你怕不怕呢？小童腼腆起来，嘿嘿笑着。她又说，儿童，我们这班老太婆剃了光头要去当尼姑，你也剃个光头去做小和尚吧。小童有点难以招架了。我说，下午三点钟要剃完，什么意思，三点前真要去尼姑庵呀？那大娘，是呀，对面那尼姑庵都打扫干净了，等着我们去呢。我后退一步，扭脸望向阶沿头。道坦照屏墙爬山虎那儿飞舞着几只蝴蝶，还有一些红蜻蜓，远处一个山嘴上长着几棵老松树，老绿色的树枝深处露出一角淡黄屋脊，看起来仿佛寺庙、观殿、庵那类老建筑。我说，你们真要去尼姑庵当尼姑？那大娘说，梦梅奶奶主任的安排。

瞧瞧，理发师傅变出了几个老尼姑。

一个身材小巧满头银发的老太边笑边说，走进了道坦。她身后跟着四五个大娘老太。那银发老太大约七十岁年纪，看起来很精神，该是梦梅奶奶主任吧。小童理着的那大娘说，本该梦梅奶奶主任带头的，姚一郎非要我们先剃呢。梦梅奶奶主任说，不带头了，我们不剃光头了，就你们两个尼姑做代表吧。我手下这颗脑袋蓦然一晃，镜子里的脸色也随着震了一下。那大娘说，我们不做代表——儿童，给我头发长上去，长不上去我可跟你算账。一些大娘老太笑起来。我面前镜子里的光头咧了下嘴角。

我理好了一个，小童那个也收尾了。

梦梅奶奶走过来说，让我先剃吧，剃好了给你们做午饭——你们要吃什么？有番薯、芋头，还有田鱼——要么滚鱼头火锅，煮番薯、芋头。我说，好，番薯、芋头好吃。

梦梅奶奶这头白发很纯粹，也很好看，我有些不忍下剪。也许她看出我的心思，催促道，动手吧，剃了旧的，长了新的，更精神。我推动剪子时，梦梅奶奶却说，等一下，便转过头去说，小米娘，去我镬灶间给水桶里的田鱼换换水，忘了换水了，田鱼死了不好吃。说罢调整好坐姿，梦梅奶奶说，剃。

一些个大娘老太就围过来。

镜子里那些嘴巴一张一合的。一嘴巴说，我们全姚庄就梦梅奶奶主任的头发最好看了，雪样白。一嘴巴说，那天，老主任在田埂下摘茶叶，我还猜是一只白羊在吃草呢。一嘴巴说，姚大杏主任的头发原本也很好，黑黑的，密密的，梳子都梳不进去。我听着她们言语，手上只管推，推倒三分之二光景，梦梅奶奶说，以前像白羊，现在像什么，谁说得出像什么？一嘴巴说，现在像梦梅奶奶主任呀。梦梅奶奶说，像一弯残月。

一个大娘裤袋里露出一截蓝布帽檐。

我说，天气转凉了，剃了光头，戴个帽子，以免感冒。镜子里就又出现一些个帽子，一些人在兜里摸出帽子来，她们都备上了，各种各样的帽子在镜子里晃动。梦梅奶奶说，下午两点五十到我家集中，我们一起出发，不要戴帽子吧，反正今天也不凉，冻不着。我说，下午你们真有什么行动？梦梅奶奶说，有行动，我们这些老尼姑去接一个嫩尼姑呢。

梦梅奶奶理好了光头就去做午饭了。

给女人理光头，无需剃胡须，简单多了。姚一郎也许为了压工钱，他在梦丽娜发廊里撒谎了。其实，没一个头发掉得差不多的，她们的头发基本上还可以，虽然干涩、开岔、断裂的不少，但掉的却不多。不过，理光头吧，不一定头发稀少的就比头发密匝的好理。这些女人中，也不都是老大娘、老太婆。小童正理着的那个女人，大概只有三十岁。小童比较用心，基本不说话，动作也快，吃午饭时，他理了七个，我理了八个，总共十五个。

我说，今天真是七上八下的。小童说，是呀，我上你下。小童跟我说话胆子大了。我说，儿童，竟敢开你许姐玩笑呀，来吧，你上我下。小童吓住了，说，不敢了，去吃田鱼火锅喽。

田鱼是我们县的特产，"中国田鱼村"在百度上可寻得信息。梦梅奶奶热了一壶酒，是自酿的糯米酒。那壶子是老式铜酒壶，黄黢黢的。田鱼头火锅鲜美，芋艿也特别好吃，我和小童不想喝酒，就喝田鱼头火锅汤。可梦梅奶奶不同意，非让我们喝不可，酒杯都放在我们面前了。酒杯也是老式的，陶瓷白色酒杯。她给我们斟上后，自己带头喝了，我们也只好跟着喝了一点。梦梅奶奶一杯酒喝下去，食道里发出一种声响，听起来很古怪，我看一眼小童，小童看一眼我。梦梅奶奶好酒量，一杯一杯接着喝，还劝我们也要大口喝，弄得我们不好推辞。几杯酒下肚，我的脸面开始发热起来。

吃了田鱼头，梦梅奶奶又放进一些很粗条的番薯粉面。我和小童其实已经吃饱了，可梦梅奶奶一定要我们再吃点番薯粉面。这种番薯粉面煮熟后相当光滑，我好不容易才搛住一条，送到嘴里一下子就滑了下去。小童说，泥鳅吧，他也终于搛住了一条。我小声说，蚯蚓。梦梅奶奶看我们确实吃饱了，便提起酒壶给我们的酒杯满上，说，我算过了，总共二十二个，已剃了十五个，只剩七个了。你们喝了这杯酒，可以去外面走走，等这些"蚯蚓"掉下去再来剃，来得及。

我和小童就走出了道坦。这糯米酒很有劲，我头有些眩晕了，肚子也有点不舒服，那几条番薯粉面似乎真像蚯蚓一样蠕蠕而动。

村子仍旧安静，深秋的太阳光很柔和，小山坑上白麻麻的老石头也很宁静。那座被火烧了的空宅地上依旧有一只狗和几只公鸡。我产生了幻觉，仿佛看见了熊熊烈火，烈火里人高马大的姚大杏主任冲我眨了眨眼睛。那空宅地后面的村道上，有个跛脚的男人一拐一瘸地走着。一颗女光头消失在了这边的屋檐底下，那边茅屋猪栏前却又闪现出一颗来。左面一颗，右面一颗，前面又有一颗，许多女光头在满是秋阳的村庄里浮动，整个村子看起来慵慵懒懒、散散漫漫的，让人生出些许诡异的感觉，心底里不由得发慌起来。

我说，她们剃光头到底做什么？小童故作深沉地说，也许跟宗教什么有关吧。我说，什么宗教？小童摇摇头说，不知道。我说，那个姚一郎怎么不见了呢？我们回去还要坐他的小三轮呢。小童说，他是个小三轮司机吧，大概去拉客了，过会儿会回来的吧。我说，姚一郎提到的姚大杏主任到底是哪个，她理过了光头没有？小童说，也许没有吧，不过也不知道，今天的事怪怪的，我好像有些迷糊了，什么也说不好。

似乎刮起一阵秋风来。老槐树上嗖嗖作响，挂在两株石榴之间绳索上的衣物飘曳起来。那老松树掩映下的类似寺庙、观殿、庵的老建筑里，似乎闪烁着香火烛光，一些木鱼的清音和香纸燃后的气味，似有若无地在空中飘游。八九个女光头浮现出来，神态似乎有些诡秘。一个老头离奇古怪地叫起来，一只黄狗突然吠了四声，一群麻雀则从一棵梨树飞到了一棵桃树上。苍穹上盘旋着一只老鹰，苍茫的山巅倏忽升腾起一团白色的雾气。一个个女光头像葫芦一样在村子里晃动起来。我很是恍惚，仿佛置身于虚幻的山野老村里。

我说，今天的事好像在做梦呢，我们该不是在做梦吧？小童说，也许那个姚一郎不是人，是鬼魅吧，也许真是鬼魅，我们迷迷糊糊地被这个鬼魅弄到这个鬼村子来啦。我顿时起了鸡皮疙瘩，说今天的事儿好像真是假的，压根就没有理光头的事儿吧，我们被鬼魅引到这儿来给一些鬼魅理光头了。我继续说，要是这样，我们就等于在梦丽娜发廊消失了，而梦丽娜却一点儿也不知道，也许她正在寻找我们呢。小童似乎也恍惚起来了，说那鱼头火锅特别有味，芋芳也特别好吃，从来没有吃过这样好吃的芋芳，那个白发老太也怪兮兮的，她在食物里使了法子所以那样好吃吧。我说，是啊，她确实怪怪的，一杯老酒喝下去怎么可能发出那样的声音，太奇怪了。小童说，那些番薯粉面，怎么那样光滑啊，也许真是蚯蚓吧，鬼魅把蚯蚓变成面条了。我说，你别说了，我都想吐了，我真的想吐了。

我就吐了出来，我吐出的番薯粉面还是整条的，掉在地上居然还爬动了一下。小童说，真是蚯蚓，我们吃了蚯蚓了，我也要把蚯蚓吐出来。他呕呕地干呕几声，却没吐出什么来。我吐了后，稍稍舒服了些。我说，你给我打手机吧，看看手机通不通，要真是个鬼地方肯定没信号。小童说，好的，要是手机不通，我们马上就逃跑。

我手机响起来时，却传来了梦梅奶奶的叫喊声。她唤我们去理光头了。我和小童恍恍惚惚地走进老院落的道坦，未理发的女人都到齐了，确实有七个，她们活生生地等着我们呢。

我去梦梅奶奶镬灶间里喝了一碗热开水，肚子舒服多了。我走出镬灶间来到堂屋，跟小童说，今天真有点"不三不四"的感觉，就你三我四吧。小童说，你三我四，正好每人十一个。我说，那好吧，我三你四，你可要加快速度呀。小童说，好嘞。

我故意放慢速度，边推剪子边说，开小三轮的司机哪去了？镜子里的老太摇摇头说，不晓得，你问梦梅奶奶主任。梦梅奶奶从镬灶间里走出来说，姚一郎还在县城呢，你们回去不坐三轮车，坐小汽车，小汽车三点钟就到村，你们就坐小汽车回。我说，谁的小汽车，小汽车开来干吗？真有什么活动啊？梦梅奶奶笑着说，乡政府的小汽车，小汽车开来接我们去寺院呀，你们搭小汽车下去。我说,几辆小汽车?这么多人坐得下?梦梅奶奶说,一辆小汽车,坐得下,肯定坐得下。梦梅奶奶大笑起来。

我想到工钱的事。

关于工钱,不知姚一郎跟梦梅奶奶说过没有,我和小童都算好了,总共二十二个,三百三十元。我们给自己也算过,每人八十二元五角,我们跟老板梦丽娜五五开。吃午饭时,没有问问梦梅奶奶,我有点后悔了。当时,我以为姚一郎会出现的,他不可能一走了之,是他把我们接过来的,他是接头人,跟接头人好说话。可姚一郎在三点钟前不可能回来了。我得问问这事儿。工钱是由我们自己一个一个收取呢,还是她们凑齐了一并给我们,也没说清楚。

小童确实加快了速度,我理好第三个光头时,他也开始理第四个了。第四个是个小媳妇,不到三十岁吧。她好像不大高兴,一言不发。梦梅奶奶在一旁说笑,她说一句往小媳妇瞥一眼。小媳妇仍旧一言不发,也不笑。

我正要开口问工钱时,梦梅奶奶开口了。她说,二五一十、二一得二、三十,二五一十、二一得二、三百,总共三百三吧。语速极快,口齿清楚,让人吃惊。我说,对啦对啦,三百三。梦梅奶奶从裤兜里摸出钞票递过来。她事先准备好的,正好三百三十元。

小童收了推剪已是下午二时五分了。他开始收拾工具箱,我则跟大娘老太们一起打扫堂屋地上的头发。梦梅奶奶拉了一下我的左手说,让我们打理,你带那个小弟弟去镬灶间吃芋艿吧,热的,我刚才上了一把火。

我和小童吃了几个芋艿出来时，光头多了起来。道坦上、阶沿头、堂屋里都有。我数了数，十八个了。也不单是十八个光头，还有六七个孩子。这些个光头，互相打量着，有些好笑，也有些惊异。也许有点陌生感吧，熟悉的人理了光头，肯定会感觉有些陌生。对自己也有陌生感，这些大娘老太自从懂事后，肯定没理过光头吧。在堂屋镜子里，她们看了一会儿自己便离开，过会儿又去看，仍旧很新鲜的样子。

几个年轻一些的光头开始玩耍起来。这个摸一下那个光头，那个摸一下这个光头，嘴上说，和尚和尚，尿盆朝上。后来，年纪大的也笨手笨脚地开始摸了，你摸我，我摸你，也说和尚和尚，尿盆朝上，嘻嘻哈哈的。就梦梅奶奶没去摸人家，人家也没去摸梦梅奶奶。梦梅奶奶说，不是和尚和尚，尿盆朝上，是尼姑尼姑，头上光溜溜。大家都笑了起来。

二十二个光头都到齐了。

我说你们姚庄除了梦梅奶奶主任，还有姚大杏主任，哪个是姚大杏主任？一个老太指着一个大娘说，她就是姚大杏主任。那个大娘说，我不是，她又指着另一个大娘说，她才是姚大杏主任。被指的那个大娘说，谁是姚大杏主任，你猜不出来，你反正猜不出来，过会儿就知道了。我说，姚大杏主任不在这儿？你们当中没有姚大杏主任？那个大娘瞥了眼梦梅奶奶，示意我问她。

梦梅奶奶却跟我说，你们就带上工具箱、皮包吧，跟我们一起去大树下的停车场，小汽车开到后你们就可以走了。小童提起工具箱，我在照壁上摘下小坤包。梦梅奶奶说，看你们喜欢吃芋艿，带些下去吧。她拎着一塑料袋芋艿递过来。我说，不要吧，您老人家自己留着吃。梦梅奶奶说，我们姚庄别的没有，这些土货有的是，土地肥着呢，种子丢下去，就有收成。我不好意思地接过了芋艿。

我们提前出发了。

梦梅奶奶走在前面，我和小童紧跟着，一批光头跟在我们后面。这些光头女人都空着手，只有小童提着工具箱，我背着小坤包，好像是我和小童领着这些光头女人去尼姑庵似的。我们穿过小巷，然后折过来，走在了茅草丛生的粗石村道上。看见那座发生了火灾的空宅地时，一个大娘说，姚大杏主任的头发原本多好啊，黑黑的，密密的，梳子都梳不进去。一个老太说，她真不要命，还算好。空宅地上有只黄狗，它面对这一队女光头，汪汪地叫了两声，过了一会儿又汪汪地叫了两声。

看见村后那棵老槐树时，梦梅奶奶的手机忽然响了起来。听完手机，梦梅奶奶说，啊呀，三点钟不能到了，小汽车三点钟不能到达了，可能要四点多才到。小童的脸面立刻苦下来。我说，姚一郎的小三轮什么时候开回来？梦梅奶奶，应该过会儿就开回来了，我们回屋里等吧，他一般三点半开回来的，开回来后让他送你们下去。

还没有回到屋子，村口就传来了车子的马达声。我们以为姚一郎开回来了，可不是姚一郎，而是一个驾车上门卖货的人，是在乡村间流动的货车。卖货的车子拐进村口，喇叭里就放出录音，苹果、青枣、香蕉、橘子、梨子、带鱼、海带、鸡爪、猪蹄、豆腐干地喊着。梦梅奶奶说，铁头的货车开来了，你们要不搭他的车下去？我问，他开去县城吗？梦梅奶奶说，回县城的，我们这儿是最后一个村了，一般就直接开回去，他住在县城。

这个叫铁头的送货人跟姚庄这些大娘老太看起来很熟悉，也很陌生。也许原本很熟悉，但面对这些光头就很陌生了。他匆匆地卖了些货物就匆匆地开走了。在车上，铁头说，她们为什么要剃光头啊？我说，不清楚。他说，是你们给她们剃的光头，怎么不清楚呢？我说，真不清楚，好像在做梦，一整天我都好像在做梦。小童说，也许现在仍在做梦，梦中搭上了你的车啦。铁头说，见鬼。

铁头似乎有些生气，车子开得老快。我有些晕车了，肚子里有些翻腾。小童却仍有说话的兴致。他说，要是梦丽娜老板娘问，那些大娘老太为什么要剃光头，我们怎么说？我说，就说不为什么，就是剃光头，不是什么事都有原因的。小童不信，以为肯定是有原因的，他就猜测着，猜出一个原因来，问我是不是这样。我摇摇头，意思是让他别说话了，我想呕吐。小童却误以为我否定了他猜出来的原因，便继续猜测，猜测到她们口中的姚大杏主任，然后问我是不是这样。我依旧摇头。小童说，要是这些都不是，那么真没什么原因了，也许她们太寂寞，剃个光头找点儿新鲜感吧。我还是摇头，我要是开口说话就会吐出来，咽喉里有东西往上涌。

8. 失联

　　我接完电话后走出卫生间，李晓娜已在椭圆形餐桌上吃粥了。她说，这么早谁的电话？我说，杨梅雨，不知怎么的，严泽清还没回来，手机又联系不上。李晓娜说，昨天你们不是一起回来的吗？我说，他在云城会个朋友，我先回来了。李晓娜说，不会出什么事吧？我说，不会吧，会出什么事呢！我手上的筷子在碗沿上不经意敲了下，心里七上八下的。李晓娜埋头加快吃粥的节奏，吃完最后一口，她起身说，碗筷你收拾下，我走啦。李晓娜离开餐桌，然后抹口红、披外套、拿坤包、穿皮靴，一系列动作连贯但手忙脚乱。严泽清四五十岁的大男人，丢不了，李晓娜说完，急匆匆出门了。今天，她赴乡下学校教研，昨天我从云城返回时她就说过的。

　　其实，严泽清不是在云城会朋友。

　　这次笔会由市文联组织，在云城郊区白马尖风景区召开，我们县分配到两个名额。文联许主席说，就你跟文化馆的严泽清去吧，那些个小年轻不怎么靠谱。笔会三天，头两夜住白马尖依山面水而筑的吊脚楼，第三夜离家近的或自驾车的都回了，不能回的仍住吊脚楼——我和严泽清则搭云城文友徐克达的小车，住云城白天鹅宾馆。之所以离开白马尖吊脚楼，主要是因为严泽清的睡眠问题。他睡眠状态原本就糟糕，吊脚楼的住宿环境又不如意，木板床有股霉味，前面小山坑的泉水叮咚响，后面的山风则在大树枝头呼啸而过。头夜早上起床时，严泽清闪闪长眉毛，摇摇头，拖长音调说，睡不着，睡不着。第二夜起床后，严泽清坐在床沿上不吭声，耷拉下高耸的眉骨和长长的眉毛，似乎要遮掩住深陷的眼眶，沉默了好一会儿，忽然急促而响亮地说，吃了安眠药还是睡不着，简直要崩溃了。我们到达云城白天鹅宾馆已晚上八点多，同徐克达道别后各自开了个房间，然后走进电梯。出了九楼电梯门，严泽清拖着小皮箱在红地毯过道上东歪西倒地晃荡，到了房前打开门，他搁下褐黄色小皮箱，将瘦长的躯体掼在床上。我在门口稍稍站了一会儿，然后说，好好休息吧，随手拉上他的房间门，继续前去找自己的房间。次日，也就是昨天，我一早离开白天鹅宾馆前往我们县城郊区的火车站送个朋友，严泽清则仍在宾馆房间里睡觉——他并非在云城会什么朋友。

　　洗刷完碗筷，我下楼推出柴火间里的摩托车去上班。

　　文联办公室抽屉里的万宝路香烟、瓶装咖啡是范小艺送的。我点上一根万宝路，冲了杯咖啡，拨严泽清手机，果然关着。想了想，便拨打114。云城白天鹅宾馆的女服务员忙乎了一阵子，然后说，严泽清昨天上午十点来钟离开的，应该是十点来钟。上班路上，我隐隐有些担心，严泽清在宾馆房间睡觉前或许吃过安眠药，吃了安眠药会不会在宾馆里发生了意外呢？排除了在宾馆里发生意外，我又有了另外的担忧，他为什么不开手机呢？我跟云城文友徐克达发微信，又跟其他文友发微信，都说分别之后再没联系。严泽清到底去哪儿了呢？

我打通杨梅雨的手机，告诉她严泽清是昨天上午十点来钟离开宾馆的。这是我的补充说明，在自家卫生间我是这样和她说的，昨天上午我有点事儿，六点来钟就离开宾馆了，严泽清仍在房间睡觉，头天晚上我俩说好的，我先走，他再睡会儿。杨梅雨听完说，十点来钟离开的？哦，知道了，先这样吧，过会儿我再打过来。听起来她正忙着，手机里传来嚷嚷声，也有什么掉下来的碰击声。也许是几个人一起清理书架吧。她在新华书店管理财务，有时也跟同事一起干点别的什么。有一回，我在新华书店楼梯上走下来，看见她端着一叠书从另一楼梯走上去，施施然扭动腰肢。听她说过会儿再打过来，我便说，也没什么事儿，就是告诉你严泽清是昨天上午十点来钟离开宾馆的。我关了手机，心里纳闷，怎么不当回事呢？

昨天一早，我离开白天鹅宾馆去火车站是送范小艺。

前天晚上，我入住白天鹅宾馆冲了热水浴，便靠在床上玩微信。范小艺是次日上午十点四十分的火车票，先赴上海，再坐飞机回西班牙。这次她从西班牙回来在老家住了二十多天。我决定要送范小艺，就给严泽清发短信说，明天我要在六点之前走，去我们县火车站送个朋友。从云城到我们县城坐汽车要一个半小时车程，火车站在沿途上，自然不需要一个半小时，原本八点四十离开宾馆绰绰有余。我之所以提前至六点走，是因为不希望和严泽清一起走。我望着手机微信，希望他回复说，那你先走吧。可是他回复的却只有一个字：行。严泽清也认识范小艺，而且也有交往。要是一起走，在汽车上他问我送什么朋友，我该怎么回答呢？实说吧，我不希望他知道我送的是范小艺，况且他知道后保不准也要去送，这样不好；不实说吧，要是以后他知道我送的是范小艺，那就更不好了。我这不好那不好地想着，严泽清又发来短信说，这样吧，明天五点五十分，你看我的房间门，开着，一起回，关着，你先走，勿敲门，切记。严泽清这样来决定，结果是二者必居其一，要么同行，要么我先走。结果未卜，对我来说更复杂了。我不喜欢等待未知的结果，当年等待高考成绩揭晓的那些日子，其焦虑不安的感觉记忆犹新。我的睡眠也不是很好，有烦心事儿，也会睡不着。我不希望在火车站跟范小艺道别时无精打采、哈欠连连。我要去趟严泽清房间，把事情定下来，别弄个未知数。可穿好皮鞋严泽清却又发来短信说，明天五点多就要起床，心里不踏实，怕睡不着，你先走，我关机了，睡觉。

文联办公室门边的木椅上堆积了许多报纸。范小艺来办公室看我那天，我清理过后就再没动手过。她来之前给我打了电话，我把椅子上的报纸收拾干净，擦了擦办公桌，想了想，又拿来拖把匆匆地拖了下地板，然后烧开水。报纸已积了十多天，清理完报纸，我打开严泽清的 QQ 空间，看了下又打开他的博客。

严泽清的博文《孝顺和懊悔》《月影》我早已看过，写的是他母亲的事儿。老人半年前去世的，出丧那天我也去了。那小山村常居的只有些个老人小孩，那天来了好多人。一座砖墙瓦屋跟前搭了帐篷。帐篷下面，作为独子的严泽清披麻戴孝地捧着香炉盏领大伙绕着棺木走圈子，步履沉重，神情呆滞。对于母亲的去世，严泽清不但悲痛欲绝，而且深深自责。自责，是因他顺了母亲，先是消极治疗，再是积极治疗，然后放弃治疗。这在《孝顺和懊悔》里可以看出来，严泽清也曾跟我说过。他说，开始他母亲不肯去医院，怕坐车，老人晕车，于是他把医生请上去，把氧气筒运上去，在小山村老家治疗；后来他母亲要去医院了，是老人自己提出来的，他便把老人接下来住进了县医院；可只住了三天，老人就闹着要回家，他又把母亲送了回去。严泽清说，他母亲回家半个多月才去世的，是他的一错再错害了母亲。一错是母亲发病后他没有采取果断措施让她及时去医院，再错是在医院住了三天后他没能劝住母亲住下去继续治疗。严泽清说，孝顺，孝顺，他以为顺了母亲就算孝顺了，其实错了，关键时刻没有把握好。这事刻骨铭心，成了终身憾事。严泽清因自责而对母亲愈加怀念，这写在了《月影》里。严泽清似乎尚未从痛失慈母的阴霾中走出来。

在百度上我打上"丧母而自杀"搜索，居然有不少事例。某某上吊自杀，疑因受丧母打击；中学少年丧母要自杀；因丧母之痛，吞服大量安眠药；某女子疑似微信直播丧母自杀，网友民警竭力营救；等等。百度首页粗粗浏览一下就有这么多。

我有不祥之感。

杨梅雨的手机打过来了。她想了解下开笔会那天严泽清的一些细节，比如有没有什么异常表现。我说，异常表现吧，好像没有。我想了想又说，他非常怀念他的母亲，他跟我说过，不过不是这次笔会期间说的，而是以前跟我说的。严泽清以前确实跟我提起过他的母亲，而且不止一次。他说他母亲去世后的一些个夜晚，一觉醒来想起母亲就掉泪。他还说，有一回，他看见保垕街有个老大娘卖草药，就想哭，回到办公室关上门大哭了一场，他说他从初中读到大学的费用都是他母亲卖草药积攒的。我跟杨梅雨说了这些事儿，然后说，这次开笔会吧，严泽清没什么，就是睡眠不好，头两个夜晚他可能都睡不着。杨梅雨说，他睡眠本来就不好，有时在家里也睡不着，常常吃安眠药。我说，第二夜他也吃了安眠药，起床后他说了一句，吃了安眠药还是睡不着，简直要崩溃了，看起来很无奈，哈，他带的——我本想说他带的安眠药多不多，觉得太敏感了，便改口道——哦哈，那个，他本来就睡眠不好，也算不得什么异常，应该不会有什么事吧。

听完杨梅雨的电话，我仔细想了想。要说笔会期间严泽清有什么异常，倒还真有些异常。严泽清虽然因失眠而极其疲惫，但座谈会上发言却相当积极。他是个内向的人，素来在公共场合寡言少语，似乎他怕说话。我俩一起开过好几次笔会，他基本上不发言。只有主持人点了他的名，或者轮流着发言，他才完成任务似的说个三言两语。别人发言时，他神情沉静，长眉毛扇一下，又扇一下，脸上毫无表情。有文友说，严泽清像个古代衙门里的幕僚，像个绍兴师爷。这次笔会他却一反常态，似乎有备而来，改变自己在文友心目中不善言辞的印象。

座谈会上聊起外国文学。聊到卡夫卡、博尔赫斯、马尔克斯，还有雷蒙德·卡佛、爱丽丝·门罗，还聊起外国文学经典。后来，话题岔开来，聊起文学翻译。严泽清便接过话茬，说有些外国文学经典让人看不下去，晦涩拗口，味同嚼蜡，或者牛头不对马嘴什么的，可能主要是翻译方面的问题。他滔滔不绝地说开去，说起意译，说起直译，然后例举卡佛短篇小说《羽毛》两个译本。他说，有时候同一段文字，不同译本的译文，差别很大。他居然背出两个译本中的同一段文字，让大家进行对比。他说，一个译本是这样的：车子开在这些蜿蜒小路上的感觉真好，刚刚傍晚，天气又好又暖和，我们看见了牧场，栅栏，还有正向着老畜棚踱步的奶牛，我们看见栅栏上长着红色翅膀的乌鸫，鸽子绕着干草棚兜圈子，还有花园之类的，野花盛开，一幢幢小屋子躲开大路远远地待着。而另一个译本是这样的：在弯曲的小路上开车是很愉快的。正值傍晚，天气温暖宜人。一路上是草地、栅栏和不慌不忙地向牛棚走去的奶牛。红翅乌鸫站在栅栏上，鸽子围着干草堆打转。到处是一块块的草地，野花在开放，远离路边的地方有一些小房子。他背完后说，同一段文字，不同的翻译，感觉很不一样。

李晓娜发来了短信：你昨天什么事，六点钟就离开宾馆啦？

看来，李晓娜和杨梅雨通过电话。她们算不得好朋友，属于在街上邂逅了会不咸不淡聊几句那一类。要不是严泽清失去联系的事，李晓娜不会给她打电话。李晓娜产生疑问，我理解。在卫生间里我跟杨梅雨确实是这样说的，昨天我有点事儿，六点钟就离开宾馆了，严泽清仍在房间里睡觉。问题就在这里了。要是六点钟离开云城白天鹅宾馆，一般七点多八点不到就该到家了。可是，昨天我送范小艺上了火车，遇上个熟人，抽了支烟，聊了会儿，然后打出租车，回到家十一点半了。我答非所问地回复了两个字：路阻。李晓娜她们应该是在我将白天鹅宾馆服务员的话转述给杨梅雨之后通话的，她从杨梅雨那儿得到两个信息，一个是我六点钟离开宾馆，另一个是我离开时严泽清仍在宾馆里睡觉。因此，我打了"路阻"并按下发送键的同时，手机里就又蹦出李晓娜的短信：严泽清在云城到底是会朋友还是睡觉啊？

我意识到麻烦了，想了好一会儿，便发去"二兼"并捎带上表龇牙的图形。我以嬉皮笑脸故作轻松的姿态敷衍严肃的质询，企图增添些玩笑意味，让对方觉得这事儿也许不算个事儿。可是李晓娜恼怒了，发来短信说：你为什么撒谎？我以为她恼怒了，"撒谎"后面缺了个语气词"啊"或者"呀"。我只得仍旧嬉皮笑脸，打上个图形，又打上"面禀"发了过去。李晓娜今天不回家吃午饭，"面禀"可以拖延至晚饭期间，走一步算一步吧。

接过文化馆馆长老陈的电话，我发觉事态顿时严重起来了。

我们县城不大，文学圈子里的人彼此认识，每年至少有三次在一起吃饭。前回，范小艺回国，也邀请了圈子里一些人聚餐。她是六年前出国的，之前是一个镇的文化员，曾在我编辑的文艺小刊物上发表过小文章，她的情感散文写得不错。之所以辞职去西班牙，是为了跟在西班牙开酒吧的丈夫团聚。那天晚上，范小艺邀请的就有严泽清、老陈，还有我们文联许主席。在电话里，老陈先是打探笔会期间严泽清的一些情况，然后说起严泽清在文化馆里不同寻常的某些表现。老陈说，自从他母亲去世之后，严泽清一直就很消极，似乎没看见他笑过。有一回，有人说起文化馆工作人员的老龄化问题，严泽清说，我们文化馆最年轻的也四十多了，再过四十年，说不定一个都不在了。老陈是接完杨梅雨的电话给我打的电话。老陈说，严泽清的老婆准备向公安部门报案，把云城白天鹅宾馆周围的摄像头调出来，看看严泽清离开宾馆后往哪个方向走的。但现在就报案是不是太早了，一旦报案，就会搞得沸沸扬扬，对严泽清不好，对文化馆也不好。老陈的口气很友好，好像是跟我商量。

恰好这段时间古都洛阳有个副市长失去了联系，网络上闹得沸沸扬扬。虽然，严泽清不是副市长，只是县级文化馆的一名创作干部而已，不过要是向公安部门报案，说不定会闹上当地芷联论坛，还有微信朋友圈。就目前所知的，我是严泽清失联之前最后见面的人。这事传扬开来，对我也肯定不好，况且我自有难言之隐。我跟老陈说，还是暂时不要报案为好，要是到了今晚上还联系不上再报案吧。老陈也是这个意思，不过他说，这是性命攸关的大事，报不报案，什么时候报案，最后还是由家属来决定，我们的话只能作为参考。

我给云城文友徐克达打电话的时候，文联许主席突然走进我的办公室。云城的徐克达是个大块头，年轻时爱好文学，现在不爱了，可每次笔会他还会参加，照他自己的话说，是蹭饭来着。他好酒，喝了酒就有点马大哈。我担心他把严泽清失联的事发到微信群上去。这次笔会弄了个微信群，凡是开通微信的文友都加上了。我正在跟徐克达交代，许主席一脸严肃地走了进来。

许主席也是接了杨梅雨的电话来我办公室的。他似乎对我有所怀疑，觉得我有问题。许主席的怀疑，也是杨梅雨的怀疑。而杨梅雨的怀疑，是她跟李晓娜通电话时产生的。我跟杨梅雨说，严泽清是在云城白天鹅宾馆睡觉；而我跟李晓娜说，严泽清是在云城会朋友。杨梅雨跟李晓娜通完电话，发觉我的说法不一致，就产生了怀疑。不过，她觉得直接跟我不大好说，于是给许主席打了电话，把心中的怀疑委婉地说了出来。我想事情肯定是这样的，从我口中出去的那些信息，互相打架着汇聚到许主席那里了。两人一同出差，一人失联了，回来的这人却同一码事儿，对不同的人有着不同的说法，确实令人怀疑。

面对许主席的怀疑，我有所保留地进行了解释。我没提及范小艺，只说有个朋友去上海，我去我们县火车站送一下，便先行离开白天鹅宾馆了，那时严泽清仍在睡觉。许主席说，你的朋友昨天上午几点钟的火车票？我心里愣怔了下，他肯定从杨梅雨那里得知我六点钟离开白天鹅宾馆的。可是我不知道每天上午从我们县火车站赴上海的除了十点四十分这个时间点的火车还有什么时间点的火车，只好如实说了，十点四十分。许主席说，从云城到我们县火车站只有个把小时的车程，你为什么六点钟就离开宾馆呢？听说你是六点钟离开宾馆的呀，哈，你没隐瞒什么吧？我说，我能隐瞒什么呢，我担心路阻，所以就提早出发了。我知道我的解释苍白乏力，可是六点钟就离开宾馆是不愿与严泽清同行这码事儿，我确实不大好说。许主席显然不满意，不过也没再说什么，意味深长地咧了下嘴角。

我接连接到了四个朋友的电话，都是本县文学圈子的朋友。他们没有怀疑我什么，多半是关心严泽清，希望他没事儿。有一个却很不同，先入为主地揣摩严泽清已自杀或者将要自杀，说严泽清夫妻之间的关系一直很僵，听说他老婆与宣传系统的一个领导有染；说严泽清多年来肠胃不好，怀疑自己患了直肠癌；说严泽清负债累累，为了让母亲过好晚年，贷款在老家盖了四间两层半房屋，后来炒股又空了一大笔。我有些不耐烦了，哼哈着敷衍过去。不过，这些事儿以前我也听说一些。杨梅雨年轻时确实漂亮，严泽清曾经怀疑她跟县里的一个领导有暧昧关系，不过那时节杨梅雨还在县政府招待所上班，县政府招待所解散已有好多年了。至于严泽清老家那座砖墙瓦屋，不是四间两层半，是三间两层半，严泽清母亲出丧那天，我上过那砖墙瓦屋的三楼，三楼有一个小客厅，一间卧室，一个大阳台。严泽清说，他退休后就回乡下住，乡下空气好，在地上种种菜，在电脑里敲敲文字，做个桃花源的主人。记得当时有人说，在这屋子钉个牌子，上书"严泽清小说作坊"。

警察是上午将要下班时来办公室找我了解严泽清情况的。

这是我生平第一次面对面地接受警察的问询，但我不慌不忙。除开没提范小艺，其他我都如实说了。我说我是昨天上午六点钟离开云城白天鹅宾馆的，去火车站送个朋友上车，严泽清仍在宾馆里睡觉。今天上午上班不久，我跟宾馆服务员联系过，严泽清是昨天上午十点来钟离开宾馆的。警察问我送什么朋友，我笑着说，我可以不说吗？警察问，你朋友是几点钟的火车票？我知道警察希望找些破绽，便故意提高音量说，上午十点四十分。警察就像许主席一样问我了，这么一个来小时的车程，为什么六点钟就离开宾馆？我也跟回答许主席一样予以回答。我想，跟许主席怎么说就只能坚持怎么说了，变来变去会更糟糕。

原本，中午饭不回家吃我都去一品香快餐店用餐的，那里我可以刷卡。可让警察盘问了一通，感觉不想吃米饭了，便去海鲜馆吃海鲜面。我咽喉干涩，脸颊发烫，想喝汤。李晓娜是县教研室教研员，幸好下乡教研了，没有一起吃午饭。要是一起吃午饭，她肯定盘问来盘问去，我还没有想好如何向她面禀。

没吃上几口，却有根鱼刺卡在牙缝里。我拿牙签剔了剔，鱼刺断了，卡在牙缝里的剔不出来，怪不舒服的。喝了几口汤，我就离开了海鲜馆。路上，我打开微信，严泽清的事居然在微信群里传开了。虽然没有指名道姓，却看得出是指严泽清。一个说文人行浪漫去了吧；一个说文化馆的那个我认识，人挺好的，好人一路平安；还有一个说那个人挺有才的，会写小说，会写歌词，我们县的县歌就是他写的。我低头走路看微信时，遇上一个初中同学。他说，我们县有个当官的失联了，你知不知道？我说，你听谁说的？他说，你啊，真是双耳不闻窗外事，哈。于是，他就居高临下地打开手机说，你听听我微信群里的议论。

在初中同学的微信群里，严泽清变成了官员，说县文化部门某官员失联了一天一夜，现在失联的官员真多啊；严泽清变成了贪官，说玩失联是贪官的惯常手法，又说保不准让纪检委请去喝茶了吧；严泽清甚至变成了色男，说也许车震时心脏病突发了吧，又说，死在裙钗下，做鬼也风流啊。在他的那个微信群里，我也被扯上了。说一起出差的那朋友回来后所说的话颠三倒四、自相矛盾、破绽百出，已被警方控制了；又说当官的有什么朋友啊，争权争利争色，起杀心吧，天知道。在这些微信语音里，我成了杀人嫌疑犯了。

也许初中同学发现我的神态有些异常。他问，你知道是谁啦？我摇头说，什么乱七八糟的群啊，简直胡说八道，便匆匆走开了。

回到办公室，我打开当地芷联论坛。严泽清的事也上去了，不过也没指名道姓。跟初中同学的微信群所说的大致相同，只是多了对家庭方面的猜测，说得相当暧昧；还多了一篇比较长的帖子，标题是"官员频频失联谁负责"。

下午一上班，许主席就又来我办公室了。

他端着个茶杯，抬了抬眼镜，在一把椅子上坐下来，神态异常严肃，好像受警方委托要对我实行监视似的。没过多久，几个同事也过来了。他们大致认为严泽清不会有什么事，不过也有人委婉地提及自杀，说严泽清似乎总没有笑脸，时刻处在水深火热之中似的。同事说着说着，就开起玩笑，开我的玩笑了，说保不准是我为了什么女人对严泽清下了毒手。虽然，我平时喜欢开玩笑，但这时候是真的不想开什么玩笑了。听着他们没边没际的玩笑，我心里很不爽。我知道自己不能发火，便双肘支在桌面，手掌捧住脸颊，右脚尖在地坪上一下一下地敲着，朝他们苦笑。有个玩笑实在太过了，说我觊觎严泽清的老婆杨梅雨，这娘们虽然徐娘半老，却风姿犹存，肯定有那么回事。我忍不住了，我想以玩笑的方式呼地站起来，大喝道，你们他妈的都给我闭嘴。可就在这时，许主席的手机响了起来。

严泽清联系上了，杨梅雨打电话给许主席的，严泽清正在回家路上。许主席问，他到底去哪儿啦？杨梅雨说，没说。同事们就开始纷纷猜测这一天一夜严泽清干吗去了。我则拨打严泽清手机，准备大骂他一顿，我真想破口大骂！可他的手机忙音，骂不进去。

9. 狗案

一

连襟许小凯买来两只狗，一只棕黄，一只乌黑。也不是独自买的，是跟朋友李光头合买的。我不懂狗，但也看得出来，棕黄色的贵，黑色的便宜。许小凯说，有眼光嘛，一只小黄抵得上十只小黑了。许小凯有了狗，便勤快了，天刚亮就起床遛狗，晚饭后也带小黄、小黑走出别墅小区，穿过沿江公路，来到云江畔草地上遛弯儿。小姨子不喜欢养狗，但希望丈夫锻炼身体，长命百岁，觉得这样子挺好的，也就接纳了小黄、小黑。其实，不接纳也没事儿，他们两口子我知道的。

小黄挺聪明的，很快就懂人话了。许小凯说，坐，它便坐下来；许小凯说，走，它就站起来走。可小黑不行，它智商低，任你怎样调教、怎样吆喝，就像对牛弹琴，傻乎乎的，只知道晃晃尾巴。我们都说，小黑是个小笨蛋。

在云江畔草地上一起遛狗的，除了我们两家六口，有时还有李光头。

李光头是许小凯以前的同事，许小凯出国后，他也辞职下海，现在是个老板。许小凯没什么野心，也贪图安逸，在国外觉得赚得差不多了，就举家迁回来。也许受到了朋友的刺激。许小凯、那朋友和李光头，他们仨是很铁的朋友。那朋友查出肝癌不到三个月就走了。许小凯回国奔丧，再出去后就打点着回来。现在，他拥有一幢别墅、一间店铺、一套二居室、三套三居室，还有几百万现金，也就这么多。许小凯很知足，说要是赖在单位不出国，仍住那套逼仄的二居室，什么都没有。李光头让他来公司上班，许小凯不感兴趣，虽然未到知天命的年龄，却什么都不愿干，就想安度晚年。这样子就遛上了狗儿。小姨子说，狗是许小凯一人买的，狗的食费、洗澡费全由李光头报销。

这草地在云江南面，李光头家住江北，公司也在江北。贯通江南江北有两座桥。李光头开着宝马驶过云鹤大桥，在江南公路边一棵老槐树下停稳当了，下了车，往我们这边打个响指，就走下来。来到草地，他就学着许小凯的口吻，使唤小黄，让它坐，让它走。小黄很乖巧，叫它怎样就怎样，惹人喜爱。可小黑老是教不会，愚顽不悟，懵懵懂懂，一脸傻相。李光头就恼火了，抬起右脚，踢一下小黑说，你个傻子！李光头来草地也不单是遛狗，他玩了会儿，就要走，带许小凯去江北喝茶或者喝啤酒。小姨子说，叫小黄回吧。许小凯便蹲下身来跟小黄说，小黄乖，乖乖的，回去吧，带小笨蛋一起回。小黄抬脸瞧瞧许小凯，又瞧瞧其他人，然后领着小黑走了。它们穿过公路，走进别墅小区。公路上来往着不少汽车，开始我们有点担心，头几次许小凯都尾随它们，望着它们安全地穿过公路才返回。许小凯说，小黄机灵着，它左边瞅瞅，右边瞅瞅，没车时才过公路。过了公路，它们就直直地走进小区大门。小区里许小凯的车库是铁卷门，与别的铁卷门不同的是割出了一个方形窟窿。小黄和小黑在别墅小区树木下的花坛边玩耍一阵子，就钻进车库睡觉去了。

愚笨的就让人嫌，先是李光头嫌小黑，后来许小凯也嫌它了。

我们云城宠物市场，就江北一家。每隔几天，许小凯都要去江北买狗食，都要带小黄、小黑去往江北洗澡。带小黑洗澡，许小凯就有些不舒服，有些难为情。许小凯说，小黄像宝马，小黑像破拖拉机，带小黑逛街，就像开拖拉机逛街，怪不好意思的。许小凯有了这样的感觉，就跟李光头说，把小黑处理掉算了，也减轻你的狗食费、洗澡费。李光头说，你看着办吧。

面对蒙昧无知的小黑，许小凯却不知怎么办。

我说杀了吃吧，许小凯摇头，李光头也不同意。他们说，不吃自己豢养的狗，吃着恶心，吃下去会吐出来。结果，许小凯就将它办给了我。我不喜欢狗，我们一家都不喜欢。许小凯说，让你处理吧，送人也好，杀了吃也好，只要别让我知道就行，由你全权处理了。

我想杀了吃，可我爱人、女儿都反对，说太残忍了。我想想也对，就给乡下叶盖村的表哥朱海打电话，问他要不要。朱海很高兴，说要的，带回去看门也好。那天，朱海专程来带小黑走，他牵着小黑来到江北西门停车场，一起坐上小三轮离开了云城。小黑就在表哥朱海的叶盖村住了下来。

不承想，在叶盖村住下来没多久，小黑就闹出了大事情。

二

我是半个多月后才知道的。

那天小黑在春天的太阳光下办事情时，我表哥朱海没跟我说，半个多月后才电话通知我。也许，这种羞于开口的事儿，原本就不大好说。另者，朱海曾经跟我吹牛，说他在叶盖村也算个人物的，就连村长也高看他一眼，而这事儿明摆着，村长根本没把他当回事儿。同时，朱海或许抱着侥幸心理，小黑那样干了一下，不可能就干出真玩意儿来，没那么凑巧。因此，朱海就没及时跟我说，在小黑办下事情半个多月内我都被蒙在鼓里。

当时，村长叶汉彪就暴跳如雷了。他气势汹汹地跟朱海说，妈妈的，这是焦大强暴了林黛玉，你看怎么弄？朱海说，这怎么弄呐，是畜生，又不是人。叶汉彪说，畜生有主人，我不是问畜生怎么弄，我是问畜生的主人怎么弄。朱海说，你说主人吧，好，小黑的主人是县文化局单小开，小黑是我表弟——县文化局单小开寄养在我家的，怎么弄你跟他说去。叶汉彪说，什么单小开单大开的，妈妈的我先把强奸犯灭了，你去叫什么小开大开来找我，我倒要看看，他能把我怎么样。村长叶汉彪就操起一根黑黝黝的铁棍，追赶小黑，要把小黑消灭掉。幸亏小黑逃得快，那铁棍像标枪一样飞了过去，哐当一声击打在小黑尾巴下面村道的青石板上，飞溅起一簇火星来。小黑逃走了，叶汉彪就更加愤怒，他要扒我表哥朱海家的锅灶。我表嫂就苦苦地哀求，她差点都跪下去了，情真意切地向叶汉彪哀求。叶汉彪这才作罢。他说，妈妈的，竟敢强暴我家的米兰，它算什么东西呢。然后，撅下话茬儿说，要是米兰怀孕了，这事没完！

其实，小黑是冤枉的，它不是强暴，更说不上是强奸犯。

那天，小黑是在叶汉彪家车库前那块空地上和米兰办事情的。那块空地开阔得很，有四个教室那么大，空空荡荡的，就它俩在明媚的太阳光里快活地办事儿。村上有五个见证人，他们亲眼所见。当时，小黑、米兰都很活泼，也很光明正大，米兰温柔，小黑也不粗暴，没半点儿强狗所难。开始，它们走拢来玩耍会儿，接着彼此嗅嗅体味缠绵一阵子，然后就男贪女就地操办起来，看不出半点儿勉强，谁主动谁被动都不好说。不过，见证人都偏向村长叶汉彪，都不肯说真话。这五个见证人中，一个还有些正义感，有一点实事求是的精神，他笑了笑，不吭声。其中三个异口同声地附和着村长说，强暴，是小黑强暴了米兰。有一个最卑劣了，明目张胆地做了伪证，还恬不知耻地伪造了不少细节。他说，当时，米兰逃跑了，可小黑穷追不舍，追上后就要爬上去，米兰不让，只是太纤小了，像林黛玉一样，没什么力气，狠狠地甩了几下，甩不下来，结果就让小黑给办了，看得出来，整个过程米兰都是心不甘情不愿的。从这五个见证人的表现，可见我表哥朱海在村上算不得什么人物，跟村长更不在同一个段位。

显然，这半个多月来朱海是抱着侥幸心理的，他以为不会那么凑巧。现在，凑巧的事儿发生了。叶汉彪跟朱海说，妈妈的，米兰怀孕了，看你怎么弄！叶汉彪向朱海提出了很高的要求，朱海觉得没法弄了，于是给我打电话。

在电话里朱海仍不忘吹牛。他说，当时，我是给他摆平了，现在看来摆不平了，所以才给你打电话。事后，我才知道，当时根本不是他摆平的，是我表嫂苦苦哀求的。朱海所说的现在摆不平了，主要涉及经济问题。叶汉彪不要孽种，要米兰引产，不能让米兰生产出这样的孽种来。叶汉彪宽宏大量地说道，我要求也不高，只要承担米兰的引产费用，再加5000元产后营养费，其他不予追究。

在电话里我知道事情的大概后，又问询了些其他情况。这事儿既然跟小黑有关，就跟我有关了。小黑毕竟是我送给朱海的，我得了解得全面些。

我问，那只米兰是什么样的狗，贵不贵？朱海说，什么狗不清楚，是朋友送他的，据说值五六万，黄色的，矮矮的，卷毛。我说，你们叶盖村养的狗多不多？朱海说，多，起码有三十只。我说，这三十只中有不少公狗吧？朱海说，肯定不少。我哼了一声说，既然村上有不少公狗，他怎么认定就是小黑干下的呢？朱海说，我也提出来了，他说可以做亲子鉴定，要不是小黑的种，就一笔勾销，要是小黑的，还要承担亲子鉴定费。我说，村长是吓唬你的吧，他真要把事情弄那么大？朱海说，村长和我有意见，以前他想收买我，我没理他，他借机报复。我又哼了一声说，这是借机胡来，太嚣张了！

以前朱海跟我提过，村长向他伸出橄榄枝，要招揽他，他不予理睬。当时，我有点相信，朱海可以说是乡村文化人，会拉二胡，会编对子，会写点小文章，也会上网发帖，村长需要这样的人。现在村长竟敢如此肆无忌惮地放他头上弄事儿，压根就没把他放在眼里。我是知道的，朱海有些文化，却比较贫穷，这就没什么能量了。我想，朱海在村上也许是这样的角色，有点文化，有点正义感，有点爱管闲事，却有些穷困潦倒。朱海曾经跟我说过，他就村里的一些破事儿在本地云芝论坛上发过几个帖子，村干部都有些怕他。有些怕他，也许是吹牛；发过几个帖子，还是可信的。

听我说村长太嚣张了，朱海又吹牛了。他说，太嚣张？对我不算嚣张了，村里人说，幸亏是小黑搞了他家米兰，要是一般人家的狗狗搞了米兰，说不定连锅灶都给扒了。我不爱听了，忙说，好了好了，事情我已清楚，你跟他说，想怎么弄，找我好了，你把我的手机号告诉他。朱海说，哈，他说不找你，就找我，说我起码是小黑的监护人。我说，你不要管他，就让他找我。朱海说，这事，哈，最好你来一趟吧，跟你连襟一起来一趟。我说，让我想想，你先就这样敷衍他。

三

这事本该跟许小凯、李光头他们说的，小黑的主人不是我，是他们。假若叶汉彪硬要赔偿米兰的引产费、产后营养费，这笔钱不该由我拿。想到钱，我就认真回想起小黑的来龙去脉，觉得这事有点麻烦了。小黑的主人已不是许小凯、李光头他们，而是朱海了。

我从连襟许小凯手上接过小黑时，他说，让你处理吧，送人也好，杀了吃也好，只要别让我知道就行，由你全权处理了。从这话揣摩起来，小黑是送给我了。既然送了出去，小黑就易了主儿了，他俩就不是主人了。小黑我也是送给朱海的，并不是寄养在朱海家的。就是说，许小凯将小黑送给我，我又将小黑转送给了朱海。当时，我给朱海打电话，是问他要不要小黑，他说要的，结果就要了过去。这显然是送的，是我把小黑送给了朱海。可是，朱海跟村长争论时说，小黑的主人是我表弟——县文化局单小开，小黑是单小开寄养在我家的，你想怎么弄就跟他说去。寄养是什么意思，寄养是指将牲畜、家禽等托付别人代养。朱海这样跟叶汉彪说，或许是情急之下暂且将矛头支开，可以理解。可问题是，朱海跟我通电话时，也强调了"寄养"这层意思，好像小黑果真是我寄养在他家的，而不是送给他的。我觉得朱海或许惧怕承担经济赔偿，撒赖了，故意把赠送说成寄养，推脱小黑的主人身份。尽管引产费、产后营养费的事儿极其荒唐，但不是没有可能的。叶盖村在云江沿线上，而云江沿线上那些村庄的村长都相当厉害，什么事儿都可能干得出来。

有了这样的纠葛，我没及时跟许小凯他们说。

没有及时说还有一个原因是，这样的荒唐事，说出去就会传扬开来，不大好听。你比如说，县文化局的单小开送了一只狗给他表哥，那只狗将村长的狗搞大了肚子，村长要让狗引产，要求赔偿引产费、产后营养费。这样的破事儿在云城传来传去，对我肯定很不好。同时，我也跟朱海一样，抱有侥幸心理，或许村长叶汉彪也不过是吓唬朱海，保不准事情会不了了之。

不过，做些准备是必要的。我以前教过书，县里几家医院有一些学生。我想问问县一医妇产科的一名学生，狗狗引产一般需要多少钱，却又羞于启齿，不好意思跟女学生提这事儿。我就给县二医外科的一名男学生打电话。那男学生说，他也不大清楚，不过正规医院肯定不会接收的，兽医站、宠物医院差不多，电脑里百度一下，也许有些信息。

电脑里信息倒有一些，不过也不怎么详细，狗狗引产需要多少钱就找不着；至于宠物医院，本县没有，本市似乎也没有。我就给县兽医站的一个熟人打了电话。那熟人说，引产是可以引产的，经费也只要几百块吧，不过，怎么说呢，可能不好搞。我笑了一声说，怎么不好搞？熟人说，那个村长这样的事都做得出来，肯定不是个省事主儿，要是把他的米兰弄死了怎么办，那不是吃不了兜着走啊。我说，不至于吧，怎么会弄死了呢？熟人说，引产也是有风险的——现在的人，你是知道的，多一事不如少一事，这又不是什么非办不可的政治任务，一般不会搭手的。

没几天，表哥朱海又打来了电话。

村长叶汉彪说，不能再等了，要是再拖下去，米兰恐怕就不能引产了。为了减轻对米兰的伤害，他决定护送米兰去省城宠物医院引产，要求朱海那5000元产后营养费先予支付，至于引产费、车旅费以及陪护费等一应费用，待他和米兰从省城归来后再结算。朱海转述了村长的意思，问我该怎么办？

我没有承诺什么，甚至没有表态。尽管，这回朱海没有吹牛，口气也变了，低三下四的。可以说，整个电话是个不折不扣的求助电话。其实，对于小黑我只是过了一下手，许小凯硬塞给我，我送给了朱海，就这么回事。村长叶汉彪显然是在讹诈，即便讹诈成功，也不该落在我身上。无论如何，我都不会赔偿。因此，我不能把事儿包揽过来。

我想，还是把这事跟连襟许小凯说一下。

四

许小凯照旧遛狗，天一亮就起床来，带着小黄在别墅小区内遛一阵子。晚饭后，照旧带小黄走出别墅小区，穿过沿江公路，来云江畔草地上遛弯儿。早晨，就许小凯一个人；晚饭后，往往是六个人，许小凯一家三口跟小黄来到云江畔草地不久，我们一家三口吃过晚饭也走了出来，有时李光头也开着宝马来了。

小黑送给朱海后小黄就变了样儿。特别是刚开始那些日子，小黄很孤独，精神萎靡，郁郁寡欢。脾气也变坏了，叫它坐，叫它走，懒洋洋的，心不在焉，有些拖泥带水，不情不愿；叫它回去，也不肯抬脸向人打招呼，一点礼貌也没有，兀自就走，气咻咻的样子。后来，小黄虽然慢慢缓过神来，但仍不见昔日有小黑陪伴时节的活泼可爱。小黄是一只小母狗，许小凯揣摩着小黄的心思说，也许小黄把我们当王母了，像拆散牛郎织女一样，拆散了它和小黑。李光头嗤了一声说，小黄要是这样想，也不是个好东西，小黑怎么样，它都看不出来，它贵贱不分。

小黑在叶盖村惹下的事，我想找个机会跟许小凯单独说，不让他爱人、女儿以及我的爱人、女儿知道。让女人、女孩知道，要是问起来，不好意思说。同时，朱海是我这边的亲戚，我爱人对朱海颇多微词，说他是个"牛逼客"，酸溜溜的，不知天高地厚，缺乏自知之明。要是让她知道这事儿，势必愈加奚落他了。

可是，我尚未跟许小凯说，朱海却将小黑送回来了。

事先，朱海没给我打招呼，他和小黑在江北西门一起下了三轮车才给我打电话。他说，自从小黑干了米兰，他担心又在外面惹是生非，就将它软禁起来，可它老是反抗，凭空吠叫着，尤其是晚上，吠得更厉害，弄得他一家人都睡不好觉，邻居意见也很大。因此，他就给送回来了。

我说，你事先怎么不说一声呢，我在单位上班。朱海说，出发时我给你打过手机，可打不通。我觉得他撒谎了，手机怎么打不通呢？我说，你带回去杀了吃吧，反正送给你了。我撇了撇嘴，把他所强调的"寄养"纠正了过来。朱海有些结巴了，说杀、杀了，这不、不好吧，狗总归是你的狗，再说，保不准还要做亲子鉴定呢，我们杀了它，叶汉彪会说毁灭证据的。我冷笑一声说，叶汉彪他现在还说些什么？朱海说，他、他妈的，最后通牒了，给我七天期限，七天之内要支付 5000 元产后营养费。这下我完全明白了，朱海被逼迫得没法子了，便把小黑这个烫手山芋送过来，意在那 5000 元。我说，你在西门等会儿，把小黑交哪儿去，我联系好再给你回话。

我跟许小凯联系。

我知道，鉴于小黄的孤单，许小凯和李光头有些上心了，他们曾经说过，什么时候再给小黄弄个伴儿。伴儿尚未弄来，许小凯暂且能接纳小黑也未可知。在电话里许小凯说，怎么不早点送回，李光头定下一只了。我说，还没买回来，可以退掉嘛。许小凯说，不知退得掉退不掉——要么这样吧，叫你表哥先把小黑送过来再说。我说，好的，我叫他打你手机。

朱海听完我的交代后问我说，小黑干下的事儿，你跟他说没有？我说，还没有，你也不要说，待会儿我跟他说。朱海肯定牵挂那 5000 元。其实那 5000 元怎么落实，我也不知道，反正我是不会拿的。朱海说，七天之内拿不出 5000 元，他要扒我锅灶了。我说，我跟许小凯商量后就给你打电话，也许办法总会有的。我说得很含糊，我不能给朱海什么明确表态。朱海说，七天，除了今天，只有六天了，我可没有 5000 元。我说，先把小黑交给许小凯。

上午将要下班时，我给许小凯打了手机。把小黑在叶盖村干下的好事儿跟他说了。许小凯说，怎么这么荒唐呢？不知是说小黑荒唐，还是说村长叶汉彪荒唐。我说，李光头朋友多，你跟他说一下吧，看他有没有办法摆平——要是叶汉彪那儿摆不平，那5000 元产后营养费，不知怎么弄，朱海很穷，没什么钱。许小凯说，李光头应该有办法吧，要是没办法，这事儿由小黑引起的，那 5000 元要是都由你表哥来出，那他不是成冤大头了。我松了口气。许小凯说，我马上给李光头打电话，他白道黑道都有能耐，这样的事应该有办法。

我给表哥朱海发了个短信说，我们在想办法了。

五

我跟连襟许小凯交代过，小黑被送回来不要跟女人、女孩说，以免她们问来问去。因此，她们都不知这新来的黑狗就是原先的小黑。小黑已长大了不少，长成了大黑。以前，如果说是小伙子，现在就是大男人了，下面那个玩意儿很有气势。

小黑被送回来的当天傍晚，在云江畔草地上，就跟小黄很亲密了，而且在小黄身上嗅来嗅去，颇有气场，有时还暧昧地爬上小黄的背，跃跃欲试。我心生厌恶，感觉小黑完全是流氓犯的做派，很想踢它一脚。

小姨子说，这头黑狗跟以前的小黑很像，只是比小黑更流氓。

有时，小黑就更有流氓相了。它下面的玩意儿很下流地长出来，只是小黄不依，没干成。两个女孩吓得尖叫起来，大喊耍流氓。小姨子说，怎么会这样子的噢，真不要脸，扭头就走。女人、女孩就都走开了。

李光头冲着小黑喝一声说，不要胡来，我会给你娶个媳妇的。许小凯将小黑弄开，笑着说，好啦，好啦，新娘过几天就过门，很快就可以进洞房了。我爱人远远地递话说，那不是一夫多妻了啊，狗男狗女也要平等嘛，这样对小黄不公平。李光头说，亲已定下来了，彩礼都付了，总得娶回来呀。我问许小凯，怎么退不掉了？许小凯说，定金都交了，退不掉。

我记着5000元的七天期限。许小凯说，李光头肯定会摆平的，乡长是他朋友。我想，村长是怕乡长的，只要乡长发话，村长就不敢乱来。不过，我没主动给朱海打电话，什么事儿都有可能变化的。

电话是朱海打过来的。

朱海说，米兰不见了，不知是让人带走的，还是它自己走失的。这很意外，却是好事。我笑道，这样好啊，这样就没什么引产不引产了——叶汉彪说什么没有？朱海说，他们在找，到处找，还没说什么。我说，叶汉彪做事太出格，上天报应了，收了他的米兰去。朱海说，我心里七上八下的，这事好像还没有完。我说，好了，之后再有什么事给我打电话。

李光头定下的小母狗买回来了。它跟小黄差不多，黄色的，腿脚比较短，嘴巴比较大，看起来不会很便宜。这矮脚小母狗不怕生，很合群，尤其是跟小黑，不但快活地一起玩耍，还缠缠绵绵的。倒是小黄不悦了，看它俩卿卿我我老情人的样子，就一旁躲开。我爱人说，一夫多妻制就是不好，你瞧那小黄，都羡慕嫉妒恨了。

许小凯调教新来的小母狗了，希望把它调教得像小黄那样听话。可它也不够聪明，听不懂人话。也许，小黄觉得这方面它们都不如自己，便展示得更加充分了。许小凯叫小黄坐、叫小黄走，让小黄做示范动作，让它们学习。小黄的动作愈加干脆利落，愈加惹人喜爱。可是新来的矮脚小母狗和小黑只顾亲热，没心思学习。许小凯说，朽木不可雕也。

许小凯蹲下来跟小黄说，小黄乖，乖乖的，回去吧，带两个笨蛋一起回。小黄很有礼貌地抬脸瞧瞧许小凯，又瞧瞧其他人，然后领着它们走。可没走出十米，小黑却赶上去超了小黄。小黑喜欢出头了，它抬着狗头，迈开很有些大男子主义的步履在前头走，后面屁颠屁颠跟着两只小母狗儿，相当有艳福的样子。

朱海又打来了电话。

朱海说，叶汉彪，他要我们赔米兰了。我说怎么回事？朱海说，他说小黑强奸了米兰，米兰没脸在村上做狗了，才离村出走的。我说，不要理他，许小凯的朋友李光头在乡政府里有朋友。朱海说，一般干部可能不行，除非是书记、乡长。我说，李光头的朋友正是乡长。

10. 怪男孩舒尔邝

　　舒尔邝会讲话时将物事搞乱套了，把头顶上的天当作地，把脚下的地当作天。这是阿妈李青梅发现的。发现后，李青梅拿起儿子舒尔邝的小手说，手，舒尔邝说，脚；她指着自己的脚说，脚，舒尔邝说，手。李青梅是个柔弱女人，骨架儿小小的，弱不禁风，在偌大庭院里的桃树、梨树、杏树、海棠树、石榴树下及葡萄架旁款款行走，步履轻飘飘的，像猫咪一样。李青梅指着石榴树说，红花绿叶，舒尔邝说，红叶绿花。李青梅很生气，也很担忧，还有些害怕，不知儿子舒尔邝将来会变成什么玩意儿。

　　其实，这种担忧和害怕从舒尔邝出生时就开始了。

　　舒尔邝实在太稀奇了。他从母亲身体里挣脱出来，睁开眼睛见着世界就哭开了，接连哭了三声之后却又笑起来，望着阿爸舒克达咯咯咯地傻笑起来。婴孩一出生就啼哭并不奇怪，奇怪的是笑。当时，产房内除了舒克达夫妇，还有接生婆许氏。许氏听到咯咯咯的笑声，悚然地后退了一步。她迎接来世的婴孩数也数不清了，却从未见过一落地就会笑的，而且咯咯咯地笑出声响。舒克达也讶异，可瞬间便沉静下来。他说，一来到这个世界就高兴，将来兴许会高兴一辈子呢。接生婆许氏则好像见了怪物，着急忙慌收拾工具，神色不安地匆匆走了。庭院海棠树上有十几只喜鹊，叽叽喳喳叫个不停。许氏碎步走到庭院大门口，那只大狼狗无所谓地吠叫了几声。产房里李青梅的耳畔仍萦绕着婴孩咯咯咯的笑声，她担忧这样的荒唐事传扬开来将成为天下奇闻，要丈夫舒克达快去跟接生婆许氏吱声儿，千万不要说出去。舒克达豪情满怀地说道，笑有什么不好，我要让全村人都知道，我的儿子一落地就开怀大笑！

一开始，村里人并不相信，以为是接生婆许氏故意把村长的儿子说得离奇、神秘、与众不同。民间流传，天上的天神、凡间的英雄刚出生都与众不同，接生婆许氏见多识广，必定借此拍村长马屁，企图谋得一些好处。后来，村长舒克达自己也说了，他的儿子确实一落地就咯咯咯地大笑。村长舒克达是正经人，向来不会无中生有的。

村里人很好奇，络绎不绝前往村长庭院看稀罕。

村长舒克达的庭院是全村最大最好的庭院，一派果树葱郁、花草茂盛的景象。西北角葱郁垂荫中有个八角亭，亭子里的榉木摇篮镌刻四季花卉、吉祥动物，透着富贵气。可是，看稀罕的人并没有看见躺在雕花摇篮里男孩的笑容。那男孩非但没笑，还满脸苦相。不过，还算是开了眼界的。摇篮里那颗脑袋太新奇了，太好看了，大大的，圆圆的，如同滚圆的大西瓜。头盖上长出的头发形状是圆圆的，中央的发旋儿也是圆的。脸庞也圆，眼珠子也圆，滴溜溜地转。眼睛上面的两抹眉毛，眉梢垂下来，垂成了半圆样子；眼睛下边的嘴巴，两个嘴角垂下来，也成了个半圆儿。摇篮旁边观看的人觉得好笑，但都忍住，忍得痛苦了，就急忙含糊不清地说道，乖，这孩子真乖，便向村长夫妇告辞了。

也有颇具定力的人跟男孩舒尔邧逗会儿的。低声笑道，乖，笑一个，笑一个。男孩舒尔邧似乎被围观得疲了，耷拉眼皮，眼睛饧涩起来。逗乐者的笑容僵住了，神色有些尴尬，慌忙搭讪道，孩子想睡觉，他要睡了。

村里人在返回的路上小声嘀咕，美丽的李青梅那样纤瘦，那样窈窕，那样虚弱，能生产出这么个庞大脑袋，太伟大了。有时，李青梅也觉得自己很了不起，不过她觉得，幸好那脑袋浑圆的，若是有些个棱角，不可能顺利生产出来。当时，李青梅委实费劲儿，挣扎了三个多时辰才生出来。生产后的四五天，李青梅的下体很有些空落落的感觉。

男孩舒尔邧不喜欢笑，也是李青梅察觉到的。也许不是不喜欢笑，而是压根就不会笑，都几个月了，自从出生时咯咯咯地笑了一阵子，舒尔邧就再没有笑过，成日一副苦脸相，连笑的意思也未曾有过。李青梅端详那张圆脸庞，从左看到右，又从右看到左，从额头看到下巴，又从下巴看到额头，想捕捉些什么，可基本上没丁儿点表情，更没有笑的意思。旷日持久地端详，李青梅终于有了个发现，那一副苦脸相是那半圆形眉毛、半圆形嘴巴弄出来的，要是眉梢、嘴角不那么下垂，就不会这么一副苦脸相了。于是，李青梅就异想天开地用两个食指按住眉梢，或者按住嘴角往上挑，再往上挑，痴心妄想要把它们矫正过来，变成正常的眉毛、嘴巴。可半点儿效果也没有，食指一松开，眉梢或者嘴角就立刻垂了下来，复归原样。

李青梅说，出生时笑了一通，也许一辈子的笑都笑完了，造孽呀。

舒克达说，不笑有什么不好，男子汉就该严肃。

李青梅说，还是个屎坨坨，他知道什么呀。

舒克达说，我的儿子什么都知道，他出来时放眼一看，这世界多稀奇呀，就咯咯咯地发笑了；可仔细瞧瞧，也不怎么样，就不笑了。

李青梅说，成精了，真成精了。

舒尔邧这么离奇古怪，却又说不明白，因而变得神秘起来，不可捉摸，阿妈李青梅隐隐有些担忧和害怕。晚上，她躺在床上给他喂奶，那个圆圆的球状脑袋不安分，右奶吸吮一会儿又去左奶吸吮，可过一会儿就又转至右奶了，让李青梅觉得有只西瓜样的球儿在自己柔软白皙的胸部滚过来，又滚过去，再滚过来，时不时滚动。滚动的脑袋终于疲惫了，睡着了。李青梅想起白天说过"成精了"的话，心里就慌慌的。次日早晨一醒来，她就拿手去摸那脑袋，生怕那颗离奇古怪的脑袋一夜之间变成了别的什么，只有亲手摸了才放心。

阿爸舒克达深爱儿子舒尔邧，尽管他的脑袋那样古怪离奇，而且嘴角下垂的嘴巴又不会笑，但仍旧爱着儿子。他抱着儿子在庭院果树下以闲庭信步的心情转悠，望着儿子的圆脸庞说着很好听的话语，逗着儿子玩儿。不会笑总归不好，舒克达也巴望儿子咧嘴嬉笑。他拿左手在儿子咯吱窝挠挠，又用络腮胡子在儿子圆脸上撩拨，可舒尔邧始终不肯笑，一点儿发笑的感觉都没有。不过，舒克达并不放弃，一有闲暇就逗儿子玩儿，想方设法让儿子笑起来。可是太难了，凭他一村之长的智慧，想尽一切办法，却终究无法让儿子开口笑起来，直至儿子牙牙学语了也未曾露出一丝一毫的笑容来。

舒尔邗口齿不清地咿咿呀呀了许多时日，终于吐出清晰字音了。

这就愈加奇怪了，舒尔邗准确无误吐出的第一个字音不是"妈"，也不是"爸"，而是"天"，第二个则是"地"。这是李青梅听见的。舒尔邗说，天，然后又说，地。在一个礼拜的时间里，舒尔邗"天、地，天、地"说了无数遍，重来复去就这俩字儿。李青梅惊诧地发现，舒尔邗把"天""地"弄相反了，把头顶上的天说成地，把脚下的地说成天。李青梅指指天说，天，舒尔邗说，地；李青梅踩踩地说，地，舒尔邗说，天。李青梅惊恐万状，后来测试了"手"、测试了"脚"，接着又测试了"红花"、测试了"绿叶"，舒尔邗全都弄颠倒了。李青梅觉得舒尔邗奇怪得无可救药，就哭起来，她抚摸着那颗西瓜样的怪脑袋痛哭道，这里头哪根筋搭错了呀，造孽呀。

李青梅忧心忡忡地告诉了丈夫舒克达。

舒克达说，有这样的事？

李青梅说，你去试试吧。

舒克达抱起儿子舒尔邗指着自己的鼻尖说，叫阿爸，舒尔邗说，阿妈；舒克达指指妻子李青梅说，叫阿妈，舒尔邗说，阿爸。舒克达愣了一瞬，忽然大笑道，大丈夫男子汉就应该与众不同，然后将舒尔邗放下来，望着庭院大门口那只大狼狗长时间不说一句话。

李青梅又哭起来。她边哭边说，养了个傻瓜儿子了呀，天地不分、手脚不分、红绿不分、爸妈不分，是个大傻瓜呀。舒克达很爱妻子，他摸出白底蓝花手帕拭干妻子的泪水，然后安慰道，不会的，长大了就不会了。

舒尔邝一天天长大。

他并没有因长大而改变什么，依旧是那样的圆脑袋、圆脸庞、圆眼睛，圆圆的脸庞依旧是那副苦相，说出的话依旧颠三倒四，把天说成地，把白说成黑，把白鸽说成乌鸦，把高粱说成玉米，把桌子说成矮凳，把羊说成牛，把树说成草——而且喜好争辩。舒尔邝说，为什么叫白鸽而不叫乌鸦呢？阿妈李青梅说，它本来就叫白鸽，不叫乌鸦。舒尔邝说，它本来为什么不叫乌鸦呢？阿爸舒克达说，古人就叫它白鸽，自古至今都叫白鸽。舒尔邝说，古人错了，如果古人没有错，不叫它白鸽，叫它乌鸦，它就是乌鸦了。舒克达夫妇有些蒙了。李青梅说，儿子说的有点道理哎，要是最早给白鸽命名的人不取白鸽而取乌鸦，那它就叫乌鸦了。舒克达说，第一次听到你表扬儿子呢。有一只白鸽从一棵杏树上拍打着翅膀飞起来，飞过他们的头顶，飞到葡萄架上去了。舒克达望着那只白鸽，若有所思地说，它是乌鸦还是白鸽呢？

舒克达嘴上这么说，心里却觉得情况异常严重。不会笑不是大问题，可世界上的物事紊乱了，世界上的物事在儿子的眼目、认知、思维里这般紊乱不堪，肯定是一件非常糟糕的事。舒克达便以村长固有的影响力和号召力，让村里的孩子来自家的庭院同舒尔邝玩耍，以此矫正儿子关于世界物事的混乱、荒谬的认知。舒克达便牵走庭院大门口那只大狼狗。

村里的孩子巴望着去村长舒克达的庭院玩耍，只是那只守门的大狼狗太吓人。庭院里树木成荫，果子飘香，有两个很好看的亭子，还有一个池塘，池塘里有荷花，花下有鲤鱼，都非常好看。那只气势汹汹的大狼狗消失了，孩子们就纷纷前往村长的庭院。没几天，那些果树下、池塘边的草地上热闹起来，庭院变得生动活泼。

孩子们喜欢舒尔邧，那样圆圆的脑袋、圆圆的脸庞、圆圆的眼睛，孩子们都喜欢。舒尔邧也喜欢小伙伴们，他用竹竿把青青的枣子打下来，把红红的石榴钩下来，把桃子、梨子、杏子摘下来，让他们品尝。不过，在吃果子之前，舒尔邧都要颠倒错乱地跟小伙伴们说教一番，把枣子说成石榴，把桃子说成梨子。舒尔邧说，记住了吗？小伙伴们说，记住了。然后开吃，个个像小猴子一样，吃得两颊生津。

他们吃遍庭院里所有的果子，便走出庭院去玩儿了。在庭院里玩耍、吃果子这个时期，舒尔邧树立起崇高的威信，对同伴们已具极强的感召力。舒尔邧说一声，小伙伴们就列队尾随着他屁颠屁颠地走出庭院大门。

村子里好玩的去处很多。

村子周边有三座山。南边那座叫蜻蜓山，山上有很多蜻蜓；西边那座叫蝴蝶山，山上有很多蝴蝶；北边那座叫猕猴山，山上有很多猕猴桃。这三座山模样差不多，下面大大的，上面小小的，山顶平展展的，都看起来像村长庭院储藏室里的酒坛子。村里有个传说，这三座山是三根天柱，南天柱、西天柱、北天柱，因此叫南天柱山、西天柱山、北天柱山。传说很神秘，也很神圣。要是一座山被挖掘、开采，天就会倾斜；要是两座山被挖掘、开采，天就会塌陷；要是三座山都被挖掘、开采，天就整个儿压将下来，弄得村破人亡。因此，村上筑溪坝，不会去取土、采石，村里人盖房子，也不会去取土、采石，三座山被保护得完好如初。村里除了三座山，好玩的还有一道小溪。那小溪清凌凌地从西天柱山后面绕出来，哗啦啦流过村子中央，流向村口。村口那儿有两座相向而立的小山丘，构成了山门。小溪穿过山门，继续哗啦啦向东流去，流向非常遥远、辽阔的地方。

舒尔邟领着小伙伴们去小溪抓鱼、捉虾。抓来的鱼、捉来的虾，先归拢来然后均分，舒尔邟自己一条鱼、一尾虾都不要。舒尔邟领着小伙伴们去猕猴山摘猕猴桃，去蜻蜓山捕蜻蜓，去蝴蝶山捉蝴蝶。舒尔邟把阿妈的绿绒线撕来，缚住捕来的蜻蜓尾巴，一串串挂在庭院的果树上；舒尔邟把阿爸的透明玻璃瓶搬来，放进捉来的蝴蝶，一瓶瓶搁在庭院池塘沿。舒尔邟指着一串串蜻蜓说，这是什么？小伙伴们齐声说，蝴蝶；舒尔邟指着一瓶瓶蝴蝶说，这是什么？小伙伴们齐声说，蜻蜓。舒尔邟在捕捉蜻蜓、蝴蝶时就调教好了，把蜻蜓教成蝴蝶，把蝴蝶教成蜻蜓。

村里人本以自己的孩子能够去村长舒克达的庭院里玩耍，能够成为村长公子舒尔邟的玩伴而深感荣光，可发觉自己孩子的头脑出现了问题，而且问题很严重——孩子凡事爱跟大人抬杠了。你说鱼，孩子说虾，你说太阳，孩子说月亮，你说猕猴桃，孩子说罗汉果。似乎也不是有意抬杠的，一个家长有回叫儿子去拿碗，不料拿来了勺子。儿子似乎真的把勺子当作碗了。许多家长都发现自己的孩子出现了类似现象，有个女孩甚至把手套当成了袜子。

村里有几个德高望重的白发老者，得知孩子们出现这种怪象后焦虑不安。如果全村的小孩都这样子，那么村里物事的名称就混乱了，颠倒了，不好交流了，乱象丛生了，弊端百出了，长此以往，整个世界就变得一团糟了。老者们觉得事态相当严重，事关全村的传统习惯、固有秩序和前途命运，于是决定向村长舒克达面呈，请村长采取铁腕手段对这种乱象予以制止并扭转当下乱七八糟的局面。

村长舒克达原本希望村里的孩子来影响、矫正儿子舒尔邡对物事的错乱认知，谁料儿子非但没能得以矫正，反而影响和传染了其他孩子。舒克达村长不是一个自私自利的村长，他素来顾全大局，以全村为重。因此，老者们尚未向他面禀，他就主动做出决定，隔断儿子舒尔邡与村里孩子的往来，于是放出那只不可一世的大狼狗，镇守在了庭院的大门口。

可是，不久舒尔邡要上学了。

舒尔邡上学没几天，学馆里的先生就有些把控不住局面了。先生说，蓝蓝的天空白白的云，舒尔邡说，白白的天空蓝蓝的云。让先生头疼的是，其他学子也跟自己唱反调了，他说人之初性本善，学子就说人之初性本恶，他说子不教父之过，学子就说子不教母之过。让先生更加头疼的是，小小的舒尔邡在同窗中具有崇高威望，简直超过了自己。先生束手无策，觉得应该跟村里那些银发飘飘的耆宿商榷，然后通过耆宿们向村长舒克达禀报，以求解决的妙计良策，恢复学馆正常的教学秩序。

先生是有一定学识的，认为自己直接向舒克达禀报不妥。办事如下棋，得想三步。可是那些耆宿自然也不是愣头青，听了先生的滔滔言辞，就捋捋白花花的胡须说，学馆是先生主持的，出现了此等乱象，应由先生亲自跟村长禀报为好，况且先生那一番言辞，老朽也说不明白。予以婉拒了。

先生只得亲自登门造访了。

先生说，村长您的儿子舒尔邛是个怪才，是个鬼才，只是村子太小，学馆太小，再加上鄙人学识浅薄，孤陋寡闻，担心将他教成歪才。先生唠唠叨叨一通之后，话锋蓦然一转说道，舒尔邛这孩子天赋异禀，要是去大地方、大学馆研习锻炼，将来必定成为人物，要是遇上好的先生、好的教诲、好的环境，舒尔邛将来极有可能成为治国理政的大人物。

经过三天三夜的深思熟虑，舒克达决定把儿子舒尔邛送出村子去打磨、锻造，弄出个人物来，以光宗耀祖，流芳百世。

那天，阳光普照大地，全村喜气洋洋。村子三面，蜻蜓山上蜻蜓翻飞，蝴蝶山上蝴蝶飞舞，猕猴山上猕猴桃格外黄亮；村子中央的小溪旁柳树弄姿，水波粼粼。村子的大街小巷、房前屋后、阡陌田畴，鸡鸭齐欢，牛羊同乐，蛙鸣鸟唱。全村人走出屋子，夹道欢送舒尔邛前往大地方深造。全村人沿着小溪的堤坝，笑靥如花、意气风发地向村口走去，一直把舒尔邛送到山门，然后分立在两座小山丘上目送舒尔邛父子走出山门，走向非常遥远、辽阔的大世界。学馆先生立在小山丘的一块石头上，脸部表情极其复杂，高兴里头似乎又有许多的不舍。接生婆许氏遥望天际，恍惚间产生了幻觉，好像看见了舒尔邛衣锦还乡的景象，锣鼓喧天，旌旗招展，一支队伍浩浩荡荡开将过来。

舒尔邛离开之后，村子平静下来。

虽然，一些孩子仍旧颠三倒四地说话，习惯性地把鸡说成鸭，把红色说成绿色，但这种现象随着时间的流逝，渐渐消失。不过，也不全是时间的因素，学馆里曾动用了武力。那个顽劣的学子不该不屈不挠地跟先生顶嘴的。学子说，野草莓是绿的，先生说是红的。学子说，如果古人一开始就认为野草莓那种红的颜色是绿的，那就是绿的了。先生说，哪有那么多如果呀？你这是诡辩。先生恼羞成怒了，就操起篾片抽打该学子的手心，啪啪啪地打，打得通红通红，中指和食指之间冒出的血点慢慢洇开来。就这么着，舒尔邝离开村子三个月之后，孩子们胡言乱语的混乱不堪的现象终于得到彻底的"拨乱反正"，学馆里毫无杂音，只有先生统一的声音，很纯粹、和谐。先生正襟危坐，摇头晃脑地说，蓝蓝的天空白白的云，学子齐声说，蓝蓝的天空白白的云。学馆灰暗的墙壁上趴着三条褐黄色的壁虎，纹丝不动，那探出墙头的老树枝条上有只鸟，清脆地叫一声，又叫一声，一派安详静好的景象。

可是五个月后，舒尔邝回来了，是阿爸舒克达把他接回来的。

舒克达说，儿子舒尔邝要是继续待在大地方，怕是性命不保了。确实，舒尔邝变得非常羸弱，消瘦得只剩皮包骨头，圆圆的脑袋、脸庞都瘦了下去，眼神涣散、空洞苍白。尤其是那脸庞的皮肉，打褶了，挂了下来，看上去不像个男孩，倒像个小老头。

阿妈李青梅非常心疼，也非常伤心，她颤抖着双手在笼子里抓出一只白鸽来，杀了炖好让儿子舒尔邝补身子。可舒尔邝不吃鸽子肉，只喝了三勺白鸽汤就上床睡觉了。

次日，舒尔邗失踪了。

这是阿妈李青梅发现的，床上空空如也，庭院里也没有儿子舒尔邗的身影。村长舒克达就去村里寻找，全村人都参加寻找了，学馆里的先生也加入寻找的队伍，可找遍全村都不见舒尔邗的踪迹。于是大家拓展寻找范围，村里一半以上的人都走出山门去大地方寻找了，包括接生婆许氏、学馆先生。他们在大地方找了七天七夜，还是生不见人、死不见尸，只好垂头丧气地返回村子。

没有返回村子的是学馆先生。有人发现学馆先生未返回，就匆忙向村长舒克达禀报，但村长舒克达却并不上心，他仍旧牵挂儿子舒尔邗。清晨，他爬上蜻蜓山，站在平展展的山顶上大喊舒尔邗，可只有山的回声；正午，他爬上蝴蝶山，站在平展展的山顶上大喊舒尔邗，可只有山的回声；黄昏，他爬上猕猴山，站在平展展的山顶上大喊舒尔邗，可只有山的回声。

舒克达沮丧地返回村子，夜幕降下来了。庭院里，那只大狼狗看着李青梅。李青梅穿着白的衣裳、白的裙子，在果树下的草地上飘过来，又飘过去。她发现丈夫舒克达出现在庭院大门口，便停顿下来。她哭丧着脸说，要是儿子舒尔邗没了，我也不想活了。舒克达抬起右脚，狠狠地踢了几下大狼狗。大狼狗立刻耸起一身狗毛，但瞬息就伏了下来。

次日上午，村子中央的小溪上漂下一具尸体。村长舒克达接到报告，立刻迈开大步跑出来，沿着小溪堤坝大步流星地奔跑，快到山门时才追赶上，打捞上来一看，却是个女的。

11. 牙齿

一

　　张小田四十三岁时才知道自己有二十六颗牙齿。这事儿让他有所感触，一时间胡思乱想起来，想到自己前半辈子的坎坷岁月。说句实话，在家乡的小山村张小田是个挺不错的年轻人。论文化，高中毕业，说起话来"之所以""是因为"的，偶尔还透露点儿哲理；论相貌，一副好衣架，四方脸，阔嘴，佛耳，颇具福相。可人生道路委实曲折，那些好营生、好姑娘，如同滑溜溜的泥鳅，搛也搛不住，捞也捞不到，将近四十才娶了老婆。也不是说老婆杨梅雨有多不好，只是左眼有疾，眼球玻璃珠也似嵌在眼眶里一动不动。婚后不久，他们离开小山村，来到县城，在地下室租住下来，开始踩黄包车拉客。四十三岁时，张小田已踩了五年黄包车，在地下室同杨梅雨生产出来的女儿也长到了三岁。就在这年冬天，张小田数了数自己的牙齿，总共二十六颗。

　　数牙齿也不是心血来潮。张小田事后进行了总结：世上万事万物都是互相联系的，有些事情冥冥之中已然注定，咀嚼起来确实有那么点儿意味。

　　事情缘起于一个胖女人。那胖女人少言寡语，在芝城江北广

牙
齿

场旁，她右手一扬说，月里湾宾馆，便很高贵且极有分量地坐上黄包车。她说月里湾宾馆时，张小田眼前闪了下，她的牙齿真白，那种白仿佛把她身上的色彩都压下去了。这个叫芝城的小县城由江南、江北组成，江上两座桥，弄出状若"井"字格局。这里虽然只有五六万人口，但有钱人很多，他们多半是从国外赚钱的，也有在国内开煤矿、造小型水电站、搞房地产赚钱的。这雪白滚壮的女人看上去便是一个富婆，浑身上下戴金挂银，散发着富贵气。月里湾宾馆在江北金鸡山麓。在一棵银杏树下停车后，她丢下五十元钱就往宾馆里走。张小田以为她忘记把钱找回了，便喊一声，她扭过头来看一眼便转身继续走。那一眼分明有点儿意思，她的目光从下往上扫了下，眼角划出一抹微笑。张小田领会了，她是故意多给钱，并不是忘记找回。原本只收五元的，多给了四十五元。这是一笔不菲的意外收入，张小田于是极其渴望吸烟。他原本就有烟瘾，只是平时努力克制着。这倒不是担心伤害身体，主要是经济问题——要不是胖女人多给钱，张小田就不会停下黄包车买香烟，也就不可能看见县长和一个老大爷所发生的事儿，以至于不会数自己的牙齿。

县长是从月里湾宾馆里走出来的。

在芝城这个弹丸之地，月里湾宾馆是最好的宾馆，一些大首长来视察，一些大明星来演出，都安排在这儿住宿。宾馆里头如何好，张小田说不出来，他没有进去过；宾馆前面空地上的景致却明明白白摆在那，有些皇家园林的气息。也许，县长是吃过午饭才出来的。张小田多次在电视上看到过县长。没错，这个身材魁梧、大头阔面的中年男人就是县长。此刻，他从月里湾宾馆的花岗岩甬道往外走。甬道两边似列队般地站立着低矮的小树，往两边延展开来，有奇石、喷水池，还有一方方草地、一棵棵棕榈、一丛丛四季竹。而这一切，都生长于灰蒙蒙、冷清清的环境当中。这是一个寒风鼓动的冬天。

县长从甬道里走出来的时候，张小田正坐在黄包车上吸第一口香烟。

从店里接过香烟时张小田就很垂涎，但他终于忍住了。这是十五元一包的利群牌香烟。如此昂贵的香烟，张小田在去年过年时买了两包后就一直没买过，都快一年了。张小田心情很好，他为胖女人蹬了一公里多的路，身上暖烘烘的，多得了钱，心里喜滋滋的，心情不好是没有道理的。好的心情加上好的香烟，张小田就想用心享受一下，因此他不急着拿出香烟来抽。他学起一些高富帅男客的惯常做派，不慌不忙地坐上黄包车，然后往后靠过去，跷起二郎腿，打开烟盒子，弹出一支烟来点上火，高人一等地吸起来。就在这个时候，他看见县长从月里湾宾馆里走了出来。

张小田是不经意中发现县长的。瘾君子都有同感，隔了相当长的时间抽上一支烟的第一口，那种感觉是相当美妙的，美妙得让人目光迷离起来。张小田就是在迷离的目光中发现县长的。其实，张小田对县长不感兴趣，他踩黄包车和县长搭不上干系，要不是那块镂刻着"月里湾宾馆"的巨石后面蓦然闪出一个老大爷来，张小田笃定吸过几口香烟便将黄包车蹬走找生意去了。可是，在迷离的目光中那个老大爷生生地出现了，他拎着一只蛇皮袋，老猴也似从巨石后面闪将出来，挡住了县长的去路。

　　张小田想到的是"拦路告状"。这样的事儿他见多了，电视上见过，在县政府大门前的水泥地上也见过。有一回，县政府门前有几个"穿状衣、背黄榜"的人，气势汹汹的，差点儿跟门卫摩拳擦掌起来，唬得张小田慌忙地退走。此刻，张小田想，这个精瘦的老大爷肯定有冤屈，他躲在大石头后面，目的就是伺机拦住县长，然后向县长诉冤屈，乞求县太爷给他这个小民做主。

　　这么一想，张小田就将屁股前挪至坐垫上。他叼着香烟，脚蹬了起来，黄包车便向县长那儿慢慢移动。张小田明白，县长是不可能坐黄包车的，老大爷也不大可能坐。他挨过去是心里好奇，想听听老大爷有什么冤屈，县太爷会说道一些什么。听来后，带回江南地下室，说给老婆杨梅雨以及一些邻居听听。

　　然而却不是，老大爷不是拦路告状的冤民。

　　老大爷脚边的蛇皮袋里的是只猪脚，猪蹄子从袋口里戳出来了，那些角质物已被砍掉，呈白里透红的颜色。原来老大爷是给县长送猪脚的。面对猪脚，县长不肯收，要他提回去，怎么也不肯收。可老大爷不干了，他一边点头哈腰，一边往后退缩，结果就退走了，无影无踪了。

　　张小田把黄包车停下来。他右手握住龙头，左手夹着香烟，微张着嘴巴，朝县长憨笑。给县长送猪脚，真是土鳖一个，张小田心里好笑。县长看着蛇皮袋里的猪脚，好像不知怎么处理了，张小田就哈哈哈地笑出声来。

　　县长便看见了张小田。县长向他挥了一下手，示意他蹬过去。张小田心里讶异，县长居然也要坐黄包车？他赶忙甩了烟蒂，脚使上了力气。

二

提上猪脚坐上黄包车，县长说，左拐。

具体去哪儿县长没说，可张小田心里有数，县长必定回县政府，左拐不远处就是县政府。县长大约有一百八十来斤，再加上那只二十来斤的猪脚，张小田就觉得沉了，比刚才那个雪白滚壮的女人还要沉重很多。左拐行至百米处有一小段上坡路，爬上坡，张小田身上就热起来，呼吸也急促了，好在过了这段上坡路，县政府的大门口就在眼前了。那大门两边，各站着一个穿警服的年轻门卫，都站得笔直，目不斜视。平时，黄包车是不可以踩进县政府的，要是贸然踩进去，门卫就会面无表情地伸出一只笔直的手予以制止。可此刻不同，黄包车上坐着个县长，坐着县长的黄包车当然可以光明正大地踩进县政府。张小田将龙头转过去，转向县政府大门。

可就在这时候，县长忽然说，宝幢街，去宝幢街。

张小田脸上微微阴了一下，心里说，南辕北辙。张小田这样说是很有依据的，从月里湾宾馆出发去宝幢街应该是右拐，不是左拐，左拐离宝幢街就越来越远了。张小田想，县长不是新县长，宝幢街怎么走应该知道，不会这样糊涂。也许县长开始是想回县政府的，而到了县政府大门却又改变了主意，要去宝幢街。肯定是这样的。张小田眨巴两下眼睛，咧了下嘴角，觉得有点好笑，一县之长也是个没主张之人，半根烟工夫就变卦了。咧了下嘴角，张小田却又疑惑起来，县长去宝幢街做什么呢？县长应该住县政府里面的，县领导通常都是在月里湾宾馆吃饭，吃过饭就返回县政府。即使县长不住在县政府，也不可能住在宝幢街。芝城的大街小巷张小田都非常谙熟，几条街几条巷都清楚，哪条街、哪条巷有可以洗手的水龙头，他也都清清楚楚。宝幢街是一条老街，与圣旨巷成了"丁"字形。以前肯定很繁华，现在可衰败得很，毫无昔日荣光。这条老街昔日很繁华是有传说的。传说赵匡胤九世孙赵希怿迁居于此，宋宁宗因太子夭折，便下旨召赵希怿次子赵与愿入宫，欲立其为皇太子。当时，赵希怿举行了隆重的接旨仪式，宝幢如盖，旗幡招展，极尽堂皇，遂将宝幢经过的街道叫宝幢街，接圣旨处叫圣旨巷。可当下不行了，衰败而且破落，一派残垣断壁的光景。县长不可能住这样的破地方。

去宝幢街，黄包车就得原路踅回来了。

黄包车路过月里湾宾馆跟前，那个胖女人已从宾馆里出来了，她站在一棵梧桐树下面左顾右盼，看起来好像在等黄包车。张小田看她的时候，恰好她也在看张小田。她那眼神怪兮兮的，冷飕飕里头仿佛又有些热辣辣的意味。张小田心里悠了一下，却没有影响黄包车的速度。他心里说，你等着吧，我把县长送到宝幢街，回头再送你。张小田的脚便使上更大的气力。黄包车提速了，阵阵冷风在耳畔呼呼地刮起来。张小田确实想再送一送胖女人。

实际上，县长是去圣旨巷。

圣旨巷巷口有座圣旨牌楼，上书"璇源流庆"。巷子狭窄，里头有个老头儿往外拉板车，黄包车就不能过了。县长让张小田停下来，说你在这里待一会儿，我去去就回。县长便拎起猪脚往里走，很快就消失在一棵老槐树下面了。张小田心里有点着急，他想着那个胖女人，他想再送一送她。他倒不是奢望胖女人再多给钱，而是因为多拿了她四十五元，心想免费给她再送上一程。产生这种想法，或许有些潜在的莫名其妙的因素。张小田自己也不大清楚。

可过了好一会儿县长还没出来。冷风在巷子里像野狗一样钻来钻去，使纠缠在圣旨牌楼石柱上的枯黄藤蔓嗖嗖作响。张小田感到身上发凉。冬天踩黄包车总是这样，身上热了又凉，凉了又热，周而复始。不像夏天，夏天身上是湿了又干，干了又湿，也挺折磨人的。等了好一阵，张小田心里掠过一串疑问。难道这个男人不是县长？难道这个男人溜走了？坐了黄包车不给钱而借故溜之大吉的事不是没见过。张小田心想进去瞧瞧，可离开黄包车，得上锁的，他又嫌麻烦。张小田开始数数，要是数到"四十五"，那个酷似县长的男人尚未出来，他就进去看看。可数到四十三时，男人出来了，提着蛇皮袋出来了。张小田端详了一下，没错，应该是县长，就是县长，跟电视上的县长一模一样。县长的家肯定不在这儿，也许县长是想把猪脚送给一个什么亲戚，可亲戚不在，没送出去。蛇皮袋里的猪脚还在，有棱有角的。

县长还没上车就开口了，去担水巷。

去担水巷可以经过月里湾宾馆，也可以不经过月里湾宾馆。芝城江北的大街小巷都是相通的，从一处到另一处有很多路径，任你选择。张小田选择经过月里湾宾馆的那条路，他要看看胖女人还在不在，要是还站那儿，便给她递个眼神，让她再等会儿，他把县长送到担水巷回头再拉她。可胖女人走了，梧桐树在寒风中抖索着枝叶，树下空空如也。张小田眨巴两下眼睛，心想，这样很正常，要是胖女人还站那儿就奇了怪了。在眨巴眼睛时，张小田眼前闪了下那一口白白的牙齿，还感觉到一抹非常古怪的眼神。

担水巷也是一条老巷。

挨近一口古井时，县长说，停下，就停这儿。

停下黄包车，张小田就注意着县长的动作。他弄不清楚县长还要不要坐黄包车。要是不坐黄包车了县长会不会摸钱？要是摸钱了县长会不会问几元？要是问了他该说几元？要是不问几元他该收几元？这些问题好像挺复杂的，可张小田眨巴一下眼睛就想好了：不论县长问不问，就跟拉别人一样，收十元。可县长没问，更没有摸钱，说，我去去就回，你待会儿。

县长提着蛇皮袋往前走。担水巷空空荡荡的，没有人，冷风呼呼地吹着。张小田坐在黄包车上看县长渐行渐远，目光有些涣散，那张四方脸也变得疲惫，透着经了半生风雨之后的平和与落寞，与颓败的巷子融在了一起。在涣散的目光里，县长大约走到五十米开外停下了。那儿也有一眼古井。

肯定是木板门，张小田看不见，只听见传过来的声音。那声音沉闷，如同敲打一面发潮的旧鼓，想必是腐旧的木板门。小巷里除了响着县长的敲门声，还有县长的喊声：徐大娘，在家吗？家里有人吗？徐大娘，在家吗？敲门声连同喊声一波一波地从小巷里传出来。

怎么都不在家呢？县长提着蛇皮袋返回，到了黄包车旁边说了这一句。张小田已调转黄包车，这句话是从背后传过来的。要是县长望着他说，他就得搭上一句。其实，县长也没有留给他搭话的时间，县长紧接着说，去县政府。

还没到县政府，县长就喊停了。

大约离县政府大门还有三十来米，县长就喊停了。张小田不知县长要做什么，他停下来，等待县长下车、给钱。可县长没急着下来，也没有摸钱的意思。县长坐在黄包车上说，今天我没带钱，你看怎么办？张小田把头往后扭过去，朝县长憨笑。县长肯定是开玩笑的，或许是想测测自己的气量。张小田便宽宏大量地说道，没事，没事，边说边笑。可县长看起来不是开玩笑，真的没有摸钱的意思，下了黄包车也没有摸钱。县长说，那个猪脚给你当工钱吧。县长冲张小田笑了笑就走了，向县政府大门走去。

张小田有些吃惊，也有些不好意思。他心里想，这个县长真是一个好笑的县长。

三

张小田巴望着遇上去江南的客人，心想将县长赠送的猪脚顺便捎回家去。

在芝城这些年，张小田已换过三处地下室。先是江南，再是江北，然后又回到江南。第一次是房东要他搬走的，房东买来小汽车，地下室要用。第二次是他自己要搬，老婆杨梅雨跟邻居做了对头。杨梅雨是个老实人，实际上是受了人家的欺侮。当年，张小田是个敢于碰硬的人，还有点打抱不平，他跟村长干过，跟一个私营老板也干过。结果当然都是输了。输了几次也就等于跌

牙齿

了几次跟头，磨平了棱角，变得没一点儿胆气，凡事忍让了。张小田没和邻居怎么样，就主动搬走了，搬回了江南。

从江北到江南有两路公交，一路经过东门大桥，一路经过西门大桥。弹丸之地有公共汽车来回爬动，坐黄包车去江南的便少了。猪脚放黄包车上会影响拉客，专程送回江南又不合算，张小田只得将它暂寄于熟人的小店里，待吃晚饭时节再顺便带回江南。

吃晚饭时节，西门大桥的桥灯亮起来。

江南的楼房比江北的楼房高出许多，却比不上江北的人气和繁华。那些高楼大厦之间尚未长满的花草树木，被建筑工地上飞扬的尘埃弄得像灰姑娘一般，很是尴尬。据说全国空置房有六千五百四十万套，这小城的江南地块上也有不少空置房，一个个窗口黑出些寂寞来。西门大桥的晚风有些凌厉，坐在黄包车上的猪脚便一点一点收缩，变得坚硬起来。张小田踩着黄包车从万家灯火的江北走进了灯光寥落的江南。

这只猪脚引来了许多看稀奇的人。

一开始，人们无论如何都不肯相信。县长怎么会给他送猪脚呢？八成是张小田头脑发热，讲了神话。后来，张小田把事情经过讲给大伙听，讲了一遍，又讲了一遍。可有些人依旧将信将疑，说张小田真会胡编故事。一个退休教师说，圣旨巷那户人家，担水巷那个徐大娘，可能都是穷苦人，都是县长结对帮扶的对象。每位县领导都跟穷人结对帮扶。张小田说，是的，我也这么想，要是他们在家，县长肯定把猪脚送给他们了。退休教师说，算你运气好。退休老师这么一说，在场的人就都相信起来，只是有个细节引发了争论：县长没有带钱是不是真的？有人说，很有可能，毛主席也不喜欢带钱的，有回他在北京吃了拉面但付不了面钱。也有人说，县长是跟张小田开玩笑的，不带钱的可能性不大。议论着的人就都有些激动了，觉得县长真是一个好县长，不但给踩黄包车的送猪脚，还跟踩黄包车的开玩笑。

杨梅雨也很激动。张小田吃晚饭的这个时间，黄包车原是由杨梅雨踩的。车是租来的，一天给车主四十元钱。黄包车车身不贵，就是那本证贵。十来年了，政府都没有办过黄包车车证。要买，连车带证需十来万。既然是租来的，他们就一刻不让它闲着，否则每天余下来就没几个钱了。因此，张小田在吃晚饭这个时间段就让杨梅雨无缝衔接出门拉客。她通常在江南跑，赚一元是一元。由于被县长的猪脚弄得万分激动，张小田将要吃完晚饭，杨梅雨才踩着黄包车出去，她那坐在黄包车坐垫上的身体一探一探地，探得异常地起劲，那只好的眼睛也仍留有一些激动的水雾。

张小田吃过晚饭，一些人仍围着猪脚看。走了一拨又来一拨，没得消停。

他原想当晚就将猪脚斩件下锅，做一锅猪脚冻吃。看人们这般兴致，他便打消了念头，暂且留着吧，让尚未看过的人看一看。其实，猪脚是很平凡的猪脚，它十一公斤，跟别的猪脚并无二致，也没什么特别的看头。但由于是县长所赠，于平凡中就显得不同凡响了。其实，平凡与否不在于猪脚本身，超凡脱俗的猪脚是没有的，猪脚都差不多，并无多大区别，区别在于赠送者系一县之长。

次日上午，仍有一些人来观赏。

张小田去拉客了，由杨梅雨接待观赏者。来人说，听说县长给你家送了一只猪脚，它放在哪儿？我看看。杨梅雨就把来人带进地下室，指向一张方桌子下面的蛇皮袋说，喏，那儿。为了让人们看得方便，杨梅雨便把猪脚挂在地下室顶的铁钩上。那儿空空荡荡的，猪脚便整个儿袒露，它好像有些傲慢，也有些不好意思。来人问，那只猪脚就是县长送的？杨梅雨点头说，是啊，县长送的。整个上午，杨梅雨忙忙碌碌的。

吃过午饭，张小田决定把猪脚斩件下锅了。

原本，张小田是想做一锅猪脚冻，自家慢慢吃去。此刻，他十分慷慨地改变了主意，要一锅红烧了，让大家都尝尝县长送上的猪脚。在斩好猪脚、出去拉客之前，张小田再三嘱咐杨梅雨，猪脚一定要做好，用点心思。酱、油、酒之类家里就有，生姜、葱段、花椒、八角、蒜瓣等一应佐料，张小田回来吃午饭时已带回，一切都备好了。

晚饭时分开始吃猪脚。小区里的人挺客气的，只有那个退休老师来了，来的另外那几个算不得小区里的人，他们跟张小田一样，是从乡下搬来租住小区地下室的，有踩黄包车的，有摆地摊的，也有拾破烂。在地下室吃猪脚的总共七八个人。

杨梅雨做红烧猪脚确实用心，时间、火候都把握得恰到好处，诸调料也搭配得适宜，猪脚的口感很对。地下室里有个电视机，他们一边吃猪脚，一边看电视。当地新闻是在中央台新闻联播之前播放的。电视机里出现了县长。他们看着县长，吃着县长送的猪脚，感觉很自豪，有说有笑，快快乐乐。可是，也许穷人一快乐就有灾难吧，张小田发生了意外。

张小田以为自己啃骨头时咬下了一块小骨头，实际上不是，是那块骨头将他的一颗牙齿硌下来了。那不是小骨头，是一颗牙齿。张小田把它捉出来，放手心上，看明白了，真是一颗牙齿。那牙齿的牙釉质有所剥落，上面还有一些黑褐色牙垢。它躺在张小田手心上，好像一个下岗的体弱多病的老人，显得孤独而无助。张小田伸手在嘴里摸了摸，上颌侧切牙右侧有了一个豁口，确实是掉了一颗牙齿，一颗上颌尖牙。

大伙都笑起来，张小田也笑了。芝城一带有个传统，只有晚辈向长辈送猪脚的，没有长辈向晚辈送。要是长辈送了，晚辈便说，真是承受不起，会把我的牙齿吃掉落的。县长自然是长辈了。有了这样的说法，大伙就都觉得这事儿真是个挺好笑的事儿。

猪脚的事在小区里就传了两波。一波是县长给黄包车夫送了一只猪脚，继而一波是黄包车夫吃县长送的猪脚吃落了一颗牙齿。小区里那些亲密得像梁山伯祝英台一样的夫妻，一方听了，回家便坐在客厅沙发上说给另一方听，两人都觉得这事儿真有意思。

四

张小田就是在这样的情况下数自己的牙齿的。晚上，他摸摸牙床上那个窟窿，就一颗一颗数过来，一颗一颗数过去，数了上颌数下颌，数了两遍，原本总共二十四颗，现在吃县长送上的猪脚掉落了一颗，剩二十三颗。

牙齿的事对张小田颇有触动，他想得很多，有些胡思乱想了。

他觉得自己活得太糊涂了，嘴巴里有几颗牙齿到四十三岁才知道。这是怎么回事呢？对自己知之太少了。这很不应该的。想到对自己知道得太少，张小田就生发开来，胡思乱想起来，联想起自己过去的坎坷岁月。在过去的岁月里，他之所以懵懵懂懂地跟村长斗，跟一个私营老板斗，是因为对自己知道得太少了，不知自己有几斤几两。真是笑话啊，在斗的过程中还把自己弄成很有文化的样子，还拿劳动法跟私营老板说事，还之所以、是因为，还一分为二、边破边立，像个人物似的。可斗的结果呢，被村长撵出村子流浪了好几年，被私营老板炒了鱿鱼，就像那颗牙齿一样下岗。张小田这么一想，便把自己前半辈子的坎坷岁月归结到自己缺乏自知之明、不知天高地厚上。张小田觉得知道自己是个怎样的人实在是太重要了。他似乎醍醐灌顶、豁然开朗，明白了许多似是而非的道理。

明白了许多似是而非的道理后，张小田在地摊上看到一本测运势的书。

原来牙齿的数量与人的运势好坏也有关系。人的牙齿越多，运势越好，牙齿越少，运势越差。牙齿三十八，可以封王论侯；牙齿三十六，可以成为卿相；而二十八，便贫穷卑贱了；二十八以下则命途多舛、贫困潦倒了。张小田心情极其沮丧，难怪自己这般狼狈呢，原来是命中注定啊。

张小田想着牙齿的数量与运势的关系，就想起那个多给了四十五元钱的胖女人。一连几天，他眼前老闪现那个胖女人的一口白牙。那口牙齿又白又细，数量肯定很多。之所以成为富婆，是因为牙齿很多吧。张小田想知道那个富婆有多少颗牙齿，渴望验证一下牙齿与运势的关系。

想到富婆的一口白牙，张小田就关注上老婆杨梅雨的牙齿了。

老婆杨梅雨的牙齿与自己的牙齿差不多，褐黄色，有些牙垢。

张小田说，你有多少颗牙齿？杨梅雨说，我不知道，没数过。

张小田说，你数数看。杨梅雨数了数说，二十八颗。张小田说，我只有二十四颗，现在剩二十三颗了。杨梅雨说，你嘴巴这么大，牙齿却这么少，不可能吧，我给你数数。张小田便张开嘴巴，让杨梅雨数，结果是连那颗掉了的总共二十六颗。张小田不相信，自己又数了一遍，原来以前数错了，真是二十六颗。张小田报出二十六颗，眼泪都流出来了，不全是因为激动。嘴巴张得太久，他想呕吐，眼泪就先跑出来了。

在数牙齿的过程中，杨梅雨发觉张小田那个豁口两边的牙齿有点松动了。

杨梅雨说，什么时候去医院补上吧，空着的地方会影响两边的牙齿。小区那个退休老师也说，一定要补上的，要不然两边的牙齿容易脱落。张小田到了医院，医生也这样说。只是镶牙费用很高，镶一颗要六百多元。张小田跟医生说，过些天我再来镶，便匆忙离开医院。

退休老师有一偏方，对牙齿有加固作用，便写给张小田，让

牙齿

他抓几剂来试试。方上的药很便宜，一剂十来元，张小田抓了七剂。

可是药汤味苦，倒胃，喝了药后，张小田时时想呕吐。

这一系列的事情都是那个富婆引出来的。要不是她多给四十五元钱，张小田就不会去买香烟，也就不会看见县长和老大爷，就不会给县长踩黄包车，就不会得县长送的猪脚，也就不会吃落一颗牙齿。张小田老想着那个富婆，巴望再次遇上她。要是遇上了，张小田就把这些相互关联着的事儿跟她说一说。这些事儿太稀奇古怪了，要是她听了肯定会笑起来。要是笑起来就会露出一口白牙。张小田想再看看她的牙齿，更想知道她到底有多少颗牙齿。

张小田便踩着黄包车在江北广场那儿转悠。也许她就住在这儿附近，他上次就是在这儿遇上她的。要是住在这儿，她就会在这儿进进出出，就会看见她。

张小田真的看见她了。一点没错，就是那个胖女人。事后，张小田认为这些事儿原是命中注定，无法改变。该发生的都会发生，谁知道呢。仍在江北广场近旁发现的胖女人，张小田一眼就认出来，就是那次多给四十五元钱的女人。这次她不是去月里湾宾馆，是去粮店。

胖女人买了一小袋泰国米，三瓶橄榄油。

张小田没想到，她要他把泰国米扛上楼去。她提出这个要求的口气，有点稳操左券的意思。该怎么着就怎么着吧，张小田就乖乖地锁上黄包车，扛起泰国米。事后好长一段时间，张小田想起来就像做梦一样。她的套房在七层，复式的，实际是七层和八层，两层都是。套房有些凌乱，似乎好长时间没住人了。卧室很考究，也很干净，一尘不染。床特别大，大得让张小田有些吃惊，也有些胆怯。张小田记得他把牙齿的事说了一遍，说到县长，说到那个老大爷，说到月里湾宾馆，说到圣旨巷，说到担水巷，说到猪脚，然后又回到牙齿。她果然笑了，脸色潮红，牙齿雪白，这般又白又细的牙齿，张小田只在电视上那些牙膏广告里看过。张小田想知道她有多少颗牙齿，便暗置圈套，说道，你牙齿这么细，肯定很多吧，我只有二十六颗，现在剩二十五颗了。胖女人便数自己的牙齿了，她说她有三十六颗。张小田说，牙齿长三十六颗，可以成为卿相。胖女人说，你真会说话。胖女人仍旧少言寡语，有一句没一句，目光也有些闪烁，不大看张小田的脸。自始至终，关于张小田，她大约只说了两句话，一句是说你的耳垂真大，另一句是说你的牙齿一定要补上，有个豁口不好。

次日，张小田去镶牙齿了。他很大气地镶了原色牙，跟真的几乎一模一样。镶好牙齿，抓回的药还剩二剂，退休老师说，没什么副作用的，张小田嘴上说要继续服用，实际上丢进了垃圾桶。这种药让他的脾胃不适。

牙齿

12. 许氏密室

一

为父亲许孟仁办完"三七"，我于是谋划着探一探许氏密室。

办"三七"是许镇为亡灵祭祀的老规矩。俚语云：头七茫茫，二七惶惶，三七见阎王。意思是亡灵第一个七天很茫然，不知从哪来到哪去；第二个七天发觉肉身日渐腐烂，惶然起来，惶惶然过了七天；第三个七天便启程赴阎王殿报到，开始阴间生活。办"三七"，便是在每个七天的最后一日，到坟头摆素菜、点香烛、花冥币、放炮仗，告慰亡灵一路走好，去阴间后不要忘记庇护人间子孙。有点设宴送行领导、乘机拍点儿马屁的意思。

头七，我哥俩一起去办的。办完后，我哥回温州了。他说，"二七""三七"，我就不过来了。对父亲的去世，我哥与我的心情有所不同。父亲性情有些暴躁，我哥骨子里很是倔强。我哥二十一岁那年，要把许氏老屋后面的番薯种洞租赁给朋友储藏水果，父亲不同意，双方发生争执，结果我哥被父亲打了一巴掌，次日他便愤然离家出走。后来，他在温州安了家。多年来，我哥很少回许镇。三年前，母亲去世时他回来过，去世前一天赶到许氏老屋，见了母亲最后一面。非常温顺的母亲看看我哥，又看看我父亲，想说点什么，但终究没说出来，脑袋一歪就走了。我哥对于父亲的去世，不是很悲痛，办丧事期间，还抽空摸了几圈麻将。

我居住的县城叫芝城，离老家许镇有二十多公里路程。"二七""三七"，只我一人去许镇办理。我没叫单小雪，即便叫，她也不可能同往。我在芝城买好一应祭品，然后给许镇的堂姐许春花打了电话。父亲过世前一年，我动员父亲到芝城和我一起生活，但他摇头说，就要住许镇的许氏老屋。我只得拜托堂姐许春花帮忙照顾父亲。她就嫁在许镇，离我家不远。

坐车到了许镇，我与许春花带上祭品往马鞍山走。

马鞍山坐落在许镇后面。它很有名，早年有位江西的阴阳先生说，这山脉温柔，后头厚实，坐相好，风水也好，是块福地。我们许氏的先祖许镇邦就安葬在马鞍山，许镇邦的后裔也都安葬在这儿。先祖许镇邦的老坟叫"太公坟"，它坐落于马鞍山高处，鸟瞰许镇的沧海桑田。当下已然深秋，山上老绿愈加老绿，深红愈加深红，抬脸望去，一派蛮荒的远古气韵。我和许春花来到马鞍山东坡，在父亲许孟仁的坟茔前，郑重其事地摆开菜肴，虔诚地举行"祭七"。

从马鞍山返回，那些菜肴让许春花提走，我便去许氏老屋坐会儿。

春花姐说，去我家吃午饭吧。我说，不啦，在老屋里坐会儿就走。

许氏老屋紧贴着马鞍山麓。

许氏密室就匿藏于老屋后面的番薯种洞里。

番薯种洞里有个密室是父亲许孟仁咽气前和我说的，交代完密室他就走了。熬到这样的关键时刻才说出来，也许他原本不想传给我，而是想传给我哥的。可我哥在温州迟迟不肯回来，等他到了许氏老屋，父亲已经断气。由于处在了生命的最后时刻，父亲气若游丝，语焉不详。不过，许氏老屋、番薯种洞、暗道、陷阱、狩猎夹、碑文、许镇邦——这些关键词儿，足以吸引我走进许氏密室了。

许氏老屋是三间木屋，但气势很足，与许镇其他老屋不同。那栋柱、栋梁粗壮古朴，瓦片也黑黝黝的，格外厚重。尤其是屋前道坦角上那一堆乱石头，质地细腻，形状怪异，分明是石桌、石凳、石狮子之类的残骸。与众不同的是屋后的番薯种洞。它与许镇其他番薯种洞相比，特别考究，全由石板石条砌制而成，也特别深邃，拐来曲去的有十来米长，在许镇独一无二。

番薯种洞就是山洞，因贮藏番薯种而得名。许镇少水田、多山地，耐旱的番薯是许镇人的主粮。小时候，我以吃番薯为主。一种叫"六十日"的，红皮白心，生食起来像荸荠一般，特别生水。那种"红顶番"则从外到里通黄，煮熟了格外粉糯。番薯怕寒，不耐冻，经了霜就会烂。秋天从地里挖回的番薯，需在洞内小心码好，开春挑出来，埋进土里起秧。当然，番薯种旁边也放些毛芋、红萝卜之类，到了农历年前夕取出来食用。番薯种洞像北地的地窖，贮藏食物过冬，起保鲜保质的功用。

我记忆中，在童年的夏天里，番薯种洞是个纳凉的好处所。

那时节，祖父许作周喜欢赤膊坐在番薯种洞内的太师椅上，我和我哥挨在他两边，屁股底下各坐一条矮板凳。祖父像一只老猴王，我哥俩则像两只小猴儿。太师椅老旧，褐黄色，很有斤两，抬进来抬出去，均由我和我哥来做。一不小心，脚腕子碰得生疼。祖父的奶袋硕大，挂下来，奶头有些发黄，像玉米花里头欲爆未爆的玉米粒，每个奶头上还长出一根黄毛。祖父很老了，老得连耳朵里都长出毛来，也是黄色的。我摸摸他的耳朵毛，又摸摸他的奶袋。耳朵毛非常柔软，奶袋更是软乎乎的，如同毛猪肚皮底下吊下来的肥肉，却并不油腻，干涩涩的。有时，祖父不让我摸，我一伸手摸，他就将我的脑袋扳到胸前，用胡须扎我脸蛋。他的胡须倒是贼硬。我噘嘴说，还扎我，以后不给你抬太师椅，他才松开。

在番薯种洞里，祖父说起先祖许镇邦的事儿。

祖父说，太公头是贩茶叶的，还玩古董，是个大财主，置田五百，房屋三十二间。我说，五百？是五百石还是五百亩——许镇是四石亩——祖父说，当然是五百亩，五百石算个啥！祖父双目放光，像两盏探照灯。祖父接着说，现在的许氏老屋只有三间，那时候有三十二间，正面后进十二间，左右两厢各八间，正面前进门楼两边各三间，接木搭榫，围出个大天井。哎哟哟！就是那个天井，比太平坛还大。太平坛在许镇中央，是个小广场，外地来了戏班，就在那儿搭台唱戏。我算了算，祖父点出来的房屋间数前后矛盾。我说，爷爷，加起来是三十四间了，怎么是三十二间呢？祖父想了想说，对，三十四间——那个门楼，比我们这三间老屋还要大。祖父双目仍旧发射出两道光芒。

——三十多年了，三十多年后，父亲许孟仁也说起先祖许镇邦的事儿。

父亲说出许氏密室之前，先提起了先祖许镇邦。父亲已处在弥留之际，他断断续续地说了许镇邦的一些事，然后便告诉我许氏密室。我想，祖父把许氏密室告诉我父亲，我父亲又告诉了我，是为了一代一代传下来。父亲已气息奄奄，这事弄得相当局促。许氏密室到底是什么玩意儿，我也不是很清楚，只知道许氏密室是许镇邦建立的，只知道通向许氏密室的大致路径。父亲是凭着最后一点生命力说话的，已很不容易。

从先祖许镇邦到我父亲许孟仁正好二十代了。

这是什么概念啊，五百年前的事了。

办了"二七""三七"后，我都去许氏老屋坐了坐。许氏密室就在老屋后面的番薯种洞内。独坐在老屋堂屋的八仙桌前，我心里充满好奇，但没有去动它。我原计划是在"三七"的二十一天里，为父亲祭完"三七"的同时，也把我和单小雪的事处理清爽，然后打开许氏密室，一睹真容。可单小雪态度暧昧，仍旧是不想离，也不想不离，有要继续拖段日子的意思。

办完"三七"的第七天，我又给单小雪打电话。

我说，不要不死不活地拖下去吧，这样对谁都不好。单小雪说，你发现了老屋地底下的宝藏了吧，你想赶我走啊，没门！单小雪在芝城卖化妆品，我在芝城卖服装，独立经营，早已分居，可我们仍是合法夫妻。拖下去就拖下去吧，我决定先去探探许氏密室。

二

早上，我跟阿春交代好事情，就背着布包离开了芝城服装店。

布包内放了一只电筒，一把钢丝钳，还有一筒蜡烛。这是我凭想象事先预备的，开启密室或许用得到。芝城街道上的行人稀稀拉拉的，公务员八点半才上班，许多人仍在睡懒觉呢。梧桐树的老叶于秋风中飘零，显出深秋固有的景象。

车上有一些许镇人，向我打招呼，或者友好地对我笑笑。

许氏密室从创建者先祖许镇邦开始一代一代传下来，传到了我父亲许孟仁，恰好二十代了。我只有一个女儿，我哥有一个儿子，他既是长子，又有了儿子，继承许氏的事按理应该由他来做，可阴差阳错，居然落在我身上了。现在，许氏密室也许就我一人知道，而且也仅仅知道有这么回事。此前，也许只有我父亲一人知道，我的两个叔叔不知道。至于我的母亲知不知道，我没有把握，三年前她就过世了。尽管，许氏家族是有些传说的，相传先祖许镇邦那时节是个大户人家，富得百里闻名，许氏老屋或者周围的地下有个宝库，有金银财宝，然而传说的事谁相信呢，都视之为无稽之谈。当然，祖父许作周是必定知道的，不过他老人家去世已经三四十年了。无论怎么说，当下应该就我一个人知道。

我在许镇下了汽车，横穿许镇大街，拐进许氏小巷。

许氏小巷尽头即是许氏老屋。几只金色公鸡在墙根刨食，一只黑色母狗和一只狗崽子慢吞吞走过，断墙上的蔷薇左旁有只花猫在打盹。我穿过幽深的许氏小巷，来到许氏老屋跟前，按计划做着连贯动作。我打开许氏老屋院门的铁锁，走进去，然后随手关上院门，插上门闩。我打开堂屋前门、后门，打开电筒，走进番薯种洞。

许氏密室近在咫尺，我既好奇又紧张。

按照父亲告知的路径，我摸索到番薯种洞八米深处，拿出布包里的钢丝钳。在左边洞壁上敲敲，再敲敲。父亲确实仓促，只说清通向许氏密室的路径，至于许氏密室到底是什么玩意儿，有些什么东西，他没来得及说就走了。他说有碑文，看了就明白。他强调了明道、暗道，还有陷阱、狩猎夹。他说千万记住，一定走暗道，避开明道上的陷阱和狩猎夹。我敲着左壁石板，果然有些空响，原来果真有一道石门。石门缝隙里有个小窟窿，用钢丝钳一捅就打开了。还有门枢呢！真好。我扳开石门，门内露出了米把高、半米来宽的门洞。

里面黑咕隆咚的。

我欠身探了进去，心怦怦直跳。我用电筒照着，上下左右看看，四下里尽是石板、石条，像隧道。我小心翼翼地往里挪移了三步光景就停下了。父亲说，走进五步，右壁有扇石门，打开石门进去，就是暗道。不要走明道，明道上有陷阱，陷阱里有狩猎夹。我一边慢慢挪步前去，一边敲着右壁的石板，果然又有一扇石门。用钢丝钳捅了捅，扳开来，又是一个米把高、半米来宽的门洞。我缩回身子，用电筒照照明道，明道上铺了一层黑黑的类似于布质的东西。我想，陷阱、狩猎夹肯定藏匿于那层黑乎乎的东西底下，藏匿起来才算暗器。

我转过身子探进了暗道。

看起来这暗道就是许氏密室了。它的形状与从洞口进来的通道并无大异，只是更显宽阔。狩猎夹的安全隐患已排除，我稍稍加快了脚步，但走了一米左右就又缓了下来。我在心里想，说出许氏密室的时候，父亲分明神志不清了，他可能还没说全面呢，在某一处也许还有些个狩猎夹之类的利器，或者还有别的什么机关，而父亲自己压根也不知道。这样的事不是没有可能。我想起电视上的一些镜头，脑中出现了密室内机关密布、凶险环生的景象。我的膝盖竟有些打抖，一步一步哆哆嗦嗦地往前挪移。

许氏密室有二米来宽，拐来弯去像一道盘山公路。

我寻找碑文，父亲说看了碑文就清楚了。按惯常看法，石碑应该立在靠近入口的地方。我打着电筒在两壁上照过来、照过去，光柱像耗子一样上下左右爬动，可我没有发现碑文。密室两壁仍旧由石料建成，不是石板就是石条，不知这么多的石料从哪儿弄来的。毫无疑问，对于一个家族来说，这是一项伟大的工程。父亲说过，许氏密室是太公头许镇邦建立的。关于"置田五百，房屋三十二间"的说法也许是真的。倘若家境并非如此殷实，先辈们不可能弄出一个地下宫殿似的密室。我的电筒光柱移过来，移到左壁一条石条上就滞住了，那条横着的石条上分明镂有几个文字。我凝聚了目光，辨认出"一百世室"四个文字。电筒光柱顺着"一百世室"鼠标也似爬着，我眼前便现出一个门框的形状。又是一扇石门。我将电筒光柱划过来，在右壁上照了照，"一百世室"正对面的一条横石上有"五十世室"四个字，也现出一个门框的形状来。

我既紧张又亢奋，想打开这两扇石门瞧瞧。每扇石门挨近门框那儿都有一个凿出来的石鼻子，像把儿一样，可以伸过两只手指——我伸进了食指和中指，钩住了石鼻子，但想了想还是松了手，缩了回来。潜意识里，撬动密室石门的当儿，常有飞镖之类的利器射过来而置人于死地。我的腿脚不禁又哆嗦起来，但还是往前探去。原来两壁上尽是石门。左壁是"一百世室""九十九世室""九十八世室"地递减下去，右壁是"五十世室""四十九世室""四十八世室"地递减下去。石门一扇挨着一扇，每扇一模一样，都有石鼻子，分明是用同一个模型铸出来的。我一步一步向前探。我的样子肯定有些滑稽，缩了脖子，弓起脊梁，上身前倾，脑袋则左右缓慢摆动，像一台将要报废的老式电风扇。我有点像在探险，也像在抓一只麻雀。

我到了"七十二世室"与"二十二世室"之间了。可就在这时候，左脚突然被什么绊了一下，似乎是一段朽木。本能地，电筒光线往脚下一落，我就"呀"的一声尖叫起来，浑身起了鸡皮疙瘩，且倒退了三四步。一具骷髅！我揩了一把额头上的冷汗，揉了揉眼睛，再怯怯地望去。骷髅的面目狰狞，肋骨如同蜘蛛爪子，我越发觉得毛骨悚然了。

我开始打退堂鼓了。

我觉得所带的工具不够齐全，也不够保险。还需要一个头盔之类的防身器具，口罩也该戴上的。一只手电筒也还不行，我特别担心电珠坏掉。要是坏掉，黑咕隆咚的怎么办。这么想着我就往后退，退了六七步便转过身子往外走了。我一步一步走出来，很有些从深水往上浮的感觉。

我关上一扇石门，又关上一扇石门，走出了番薯种洞。

我好比刚从泥土里头爬出来的蚯蚓，很不适应。特别是眼睛，明明是一个物事，看起来就变成了两个，辨不清哪是真、哪是假。我揉了揉眼睛，又揉了揉。过了好一会儿，视域中的物事飘飘忽忽，渐渐地固定下来。

突然，外头传来敲打院子木板门的声音，继而传来了单小雪的叫喊声。

我知道单小雪已在门外了。她一边敲门，一边叫喊。她的鼻子好像在透气方面不够顺畅，叫喊起来，嘴巴一张一合的有点机械。她总是这样。她就这样叫着我的名字，叫我开门。

我走出堂屋，穿过道坦，打开门闩。

单小雪气势汹汹地闯了进来。看来她在外面敲了一阵子，门楼前站了许多人。男人啦，女人啦，老人啦，小孩啦，都望着我笑。我有些虚幻的感觉，分明哪都不真实起来。我也望着他们笑笑。气氛有点儿怪诞。

返回堂屋，我点上一根香烟，坐在太师椅上。

单小雪总是气势汹汹的，她先在楼下房间里瞧瞧，再到楼上去，然后又走了下来，在番薯种洞口探了探。单小雪对番薯种洞是有些恐惧的，以前我们的关系还行，有回我牵着她走进番薯种洞，可没走多久，她就退了出来。这会儿倒可以进去了，她返回到堂屋，双眼还有些发虚的样子。

单小雪说，还不走呀？

我说，再待会儿。

单小雪说，宝贝找到没有呀？

我说，你闯进来原来是想宝贝啊。

单小雪的腿脚有点长，两只手有点长，右手拎着的褐黄色皮包的带子也有些长。她就这么长长地荡了出去。

我也离开了许氏老屋。

我没有跟单小雪一起走。

当下，离吃午饭时间还早，我没打算去堂姐许春花家吃午饭。

从父亲过世前一年开始，我雇许春花为父亲做饭、洗衣服。在这一年里，许氏老屋里遗失了许多东西，连父亲那条金项链也不翼而飞，许春花为此很不好意思。但我绝不会怀疑她。我对那些从山上搬下来租住在许镇的人有些怀疑，他们中少数人有小偷小摸的劣迹，在许镇居民心目中印象不好。可许春花心里似乎老是疙疙瘩瘩的，见我总是说起遗失的事，她常露出尴尬的表情，我也不好意思起来。因此，我不喜欢去她家吃午饭。

我决定先去许镇街上吃个早午饭，然后逛逛商店，买些诸如安全帽、电瓶灯、口罩等必备的用具，再去许氏密室。

我在一家小店吃了一碗面，买了一顶安全帽、一盏电瓶灯便回许氏老屋了。许镇没有口罩卖，不然也要买一只的。许氏密室仿佛一个新娘，被撩起了一角面纱，露出了好看的下巴。这越发勾起了我的好奇心，对她的整个容貌充满了期待。

我坐在老屋太师椅上，老想打喷嚏。

我想起许氏密室里的骷髅。不戴口罩行吗？我问自己，问了几遍，便犹犹豫豫地强压下好奇心。我打了个喷嚏，便背起布包，离开许氏老屋。

我要返回芝城买些口罩回来。

三

返回芝城当天，我跟县医院一位朋友要来了三只医用消毒口罩。朋友问我拿去做什么，我说去盗墓，玩笑着敷衍了过去。许氏密室的事我不想跟任何人说。

来到许氏老屋，我不但给院门上了闩，堂屋门也上了闩，连后门也给反锁上了。

我戴上安全帽、口罩，提着电瓶灯便再次走进许氏密室。

我的胆量壮多了。电筒也带上了，放在布包里，有了双保险。

一切顺利。

我小心翼翼地跨过骸骼，继续前行。两壁依旧是石门。右壁是"二十二世室""二十一世室""二十世室"地递减，左壁是"七十二世室""七十一世室""七十世室"地递减。很快，我走到了"一世室"和"五十一世室"中间。

许氏密室的两壁上共有一百个小石室。

我终于看见了石碑。

石碑立在"一世室"和"五十一世室"之间前一米光景的地方。石碑后面也还是像隧道一样的甬道，只是显出狭窄来，体态胖一点的人似乎需要花好大气力才能挤过去。好像丽水东西岩风景区的"一线天"。那儿分明放了些东西，黑乎乎的，也许是木炭。仿佛还有些黑风吹拂过来，大约通到有狩猎夹的明道那儿去了；某些个地方有一两个出气口也未可知。我观察了周围环境，虽然甚是阴森，却并没有发现狰狞异物，该是安全的。

我就开始看碑文。

石碑上正中央是"许氏密室"四个字，字体拇指面大小，笔画粗壮浑厚，遒劲有力，看得明白。碑文的字体便小多了，而且还有不同程度的破损，留有铁器划过的痕迹，看上去模糊不清。在历史上，这里应该发生过什么故事。包括那个骷髅，颇有想象空间。我从头到尾看了一遍，落款是"许镇邦立于万历三年春"。"万历"大抵是明朝神宗年号，迄今定有将近五百年历史了。我从头到尾又看了一遍，明白了碑文的大致意思。有些语句还是完整的，其中含义略知一二。比如"当世之物储而遗之，百世之后以为宝也"；比如"传之长子，又传之长子之长子，世世传之，以至百世"；又比如"非殆者不得售，违而售之者忤"。可见那一百个小密室，一代一个，是让其主人"储当世之物"而"遗之"的。我有所敬畏，先祖许镇邦真是个了不得的人物。同时，我很冲动，想打开那些个小密室来看看，到底有哪些"当世之物"。

"一世室"显然是先祖许镇邦的。

我将手指伸进"一世室"石门的鼻子往外拉。先是轻轻试探，只用上两三分力气。可石门一动不动。我整好安全帽，将整个身体尽量躲在石门后面——即使从里面"呼"地飞出暗器，我也能够躲避开——我渐渐增加了手指力度，以至于到了极限，可石门依然纹丝不动。

我提着电瓶灯退到"二十世室"与"七十世室"之间。

"二十世室"应该是父亲许孟仁的。瞧着"二十世室"石门，我觉得异常亲近，仿佛感觉到了父亲的气息。我将手指伸进石鼻子，往外一拉，轻而易举就拉开了。果然是父亲的。石室里藏有很多东西，那些遗失的菜刀、火钳、斧头、铜勺以及仿象牙烟斗、十八罗汉石雕、木制火车、贝壳等等都在里面。还有一些我没有看过的玩意儿，有一只大约是铁制的葫芦，有一条可能是铜造的蜈蚣，还有一条像牛鞭一样的玩意儿不知为何物。石室底层有一只小木盒，木盒里有一条金项链，还有一封信。

面对这些一年来遗失的玩意——我曾经怀疑那些从山上搬下来租住在许镇的人——我非常惭愧，觉得他们特别无辜。

父亲的信是写给我哥的。信中有三层意思：一是说明密室的情况，与"碑文"上大同小异，不赘述；二是关于我哥二十一岁时要出租番薯种洞而挨打的说明，父亲以为倘若租赁出去，外人走动多了恐怕泄密；三是要求我哥必要时提醒我——希望我拿出男子汉气魄来，不能甘心戴绿帽子。单小雪的事我自然知道，但没想到父亲也有所耳闻。她的美容店有几个雇员，有一个叫阿贵，还有一个叫阿福。她和他们的事是公开的秘密了。

我又打开了"十九世室"，即祖父许作周的石室。这里头的玩意儿比父亲的要少得多。除了一些庸常的铁器，还有一本领袖语录、几枚领袖像章、几张旧报纸，一些票证。值得一提的是有一只火笼，黄黝黝的，大约是铜质，值俩钱。继而，我打开曾祖父的石室，这里头简直没什么东西，几块石头，几段砖头，一顶破斗笠，一架旧算盘，一柄生锈的匕首，仅此而已。我继续打开石室。直到"二世室"等十九个小石室都次第打开了——唯有

"一世室"打不开。我将钢丝钳伸进石门鼻子里，扳过来或许能行。但我不敢使蛮力，依旧没打开。

从"二世室"到"二十世室"依次看起来，简直是一个历史博物馆。

我不大懂得文物，说不准名称。有木头的，有陶土的，有陶瓷的，有金属的，有玻璃的，有骨质的，还有其他的，如果不分质地、笼笼统统说起来，随便说说也有数十样之多。手炉啦，脚炉啦，香炉啦，插锁啦，脸盆啦，暖锅啦，果盘啦，佛像啦，罗汉啦，烛台啦，水烟壶啦，水盂啦，帐吊啦，墨盒啦，茶盏啦，茶托啦，小几啦，眼镜啦，脚踏啦，喇叭啦，手暖啦，鼻盂啦，烟袋啦，怪兽啦，铜钱啦，元宝啦，耳罩啦，螺号啦，马鞭啦，马鞍啦，等等等等。在十九个小石室里，相比之下，"二世室""九世室""十五世室"里的玩意儿比较多，也有些稀罕之物。"二世室"有一把象牙梳，有一串松绿石片，有一个玉质的半透明的绿色臂环；"九世室"那套陶土茶具非常别致，那面青花大盘，十分惹眼；"十五世室"里，有一只彩漆戗金龙纹菊瓣式捧盒，一双旗鞋，特别醒目。我提着电瓶灯走过来，又走过去，看得眼花缭乱。

这十九个小密室里玩意儿的多少贵贱——多（贵）而逐渐少（贱），少（贱）而逐渐多（贵）——要是图示的话，有点像两三个抛物线。俗话说：富不过三代。而在我们许氏这儿，似乎有点"富不过五代"的意思。

在"十一世室"内，我发现一张厚厚的黄纸，写有一溜红字：余不孝，无子，遂嘱长女以入赘，以继许氏也。可见"十二世"

以降，是母系了，不是真正意义上的"许氏"，可以说是"外戚"了。我有些失落感。

我又在小石室跟前走了个来回。

走过去，每跨一步是二十多年，走进历史，一直走到十五世纪；走过来，每跨一步是二十多年，走出历史，一直走到二十一世纪。

我在时间的隧道里穿梭，在历史的长河里荡漾，钻到水底又浮出水面，一时有点晕头转向。

我开始把石门关上，一扇扇地关上。

关好石门，我又到了"一世室"跟前。

我还是想打开它来看看，而且这种愿望变得相当强烈，简直不能自禁。好奇在于不可见。我颤抖着手，把钢丝钳伸进了"一世室"的"石鼻子"里往外扳。突然，分明传来什么声音，非常苍老，仿佛一个老人从咽喉里挤出来似的，却听不出什么意思。我抽回力气，把手停下来。我想到先祖许镇邦的坟墓就坐落在这上头的山上，也许他的墓穴与石室是相通的，受到了干扰，他老人家责骂了。我咳嗽了一声，摸一把脸，眨了眨眼睛。迷信了不是？我这么想着，仔细听听，果真是幻觉，密室里黑洞洞的，寂然无声。我就又放出了力气，用了死力，拼命地往外扳。忽然，我一下子撞在了"五十一世室"的石门上。"一世室"的"石鼻子"被我扳了下来，掉落在地上。可石门依旧纹丝不动。

"石鼻子"整个儿完好如初，我拾起来仔细瞧瞧，原来这"石鼻子"曾经也脱落过，是用水泥重新浇固过的。那些水泥上还黏着一些胶质类的东西，好像不止一次脱落过。水泥的历史并不悠久，我怀疑我的祖父或者父亲一定动过"石鼻子"。在石门与门框的缝隙中，也留下了几处被铁器撬过的痕迹。

我将"石鼻子"放好，心想下次进来再把它粘上。我暂时打消了开启"一世室"石门的念头。

出来之前，我打开了"二十一世室"的石门。

这本来是我哥的石室。我后来明白了父亲许孟仁去世前几天烦躁不安的原因。我哥可能还为他二十一岁那年的事耿耿于怀。父亲是有脾气的人，他的脾气通过血脉传给了我哥。我母亲是个很温顺的人，她的温顺通过血脉传给了我。当时，我用电话催了三遍，我哥的行动仍然缓慢。等他回到许氏老屋时，父亲已经断气。父亲将许氏密室交代给我，是有违"传之长子，又传之长子之长子，世世传之，以至百世"之规定的。父亲在人生最后的时光里遇上这样的事，何其遗憾。

现在这"二十一世室"是我的石室了。室内空空如也，我信手关上了。我想，我只有一个女儿，也不大可能再生出一个儿子，到时候也应该写上一溜文字：余不孝，无子，遂嘱女以入赘，以继许氏也。我这么想着，顿生满腔悲凉，于是跨过骷髅匆匆往外走。

我走出番薯种洞，看见的天空是白色的。

又传来了敲打院子木板门的声音。

又是单小雪。

我低骂了一声，走出堂屋，穿过道坦，打开门闩。

单小雪气势汹汹地闯了进来。看来她在外面又敲了不少时间，门楼前面站了许多人。男人啦，女人啦，老人啦，小孩啦，都望着我笑。我有些虚幻的感觉，也望着他们笑笑。感觉上气氛愈加怪诞了。

我踅回堂屋，坐在太师椅上抽烟。

八仙桌上放着一盏电瓶灯、一顶安全帽、一只布包。布包里是电筒、蜡烛、钢丝钳等等一应物件，分明是一些"作案工具"。

单小雪看了看八仙桌上的物件，又把布包里的电筒、蜡烛、钢丝钳翻出来。她看着我说，金银财宝探到了没有啊？你妈不是说地下有个宝库吗？有金银财宝啊，你找到了吗？我说是啊，有金银财宝，可是还没有找到。单小雪说，别痴心妄想啦，还以为真有什么宝贝啊。我说，我就痴心妄想，你怎么着啊。单小雪到后门那儿探了探说，金银财宝埋在番薯种洞里吧，是吗？我说，也许是吧。单小雪说，是，是你个头——你老实给我说，你在这儿到底干什么？我说，我探宝嘛，我还能干什么呢？单小雪说，你走着瞧。我说，我坐着瞧。

单小雪走了。

我仍旧坐在太师椅上。我又抽了一支烟，然后把烟蒂掐灭，藏好安全帽和布包，提了电瓶灯，跨出许氏老屋。电瓶灯要带回去充电。

我肯定还要再次走进许氏密室的。

四

一天，我把店里的事交代给阿春，去义乌进服装。

在义乌小商品市场上，我看见了单小雪。单小雪来进化妆品。她的身边有个男人，不知是阿贵还是阿福，他扛着一个大布包。从许镇"探秘"回来不久，我又跟单小雪说，我们把手续办了吧，真的不要再拖了。单小雪说，你找到宝物了吧，所以急着要跟我分开，我可不干。我说，你还当真啊，哪有什么宝物。单小雪说，你待在许氏老屋干什么还没跟我说清楚呢，你说说你到底在干什么呀？我说不办也行，以后不要管我的事，我也不会管你的事的。单小雪说，我有什么事啊？我说，你自己清楚，阿贵，还有阿福，是你什么人？单小雪说，你说他们呀，他们是我的雇工啊，难道不是吗？现在，单小雪在义乌小商品市场跟她的雇工有些亲密，但我也不管啦。还管什么管啊？我避开他们，拐进了卖牛仔裤的棚子底下。算了吧，我仍旧拿不出男子汉气魄。

采购完服装，我突然想改道温州，去我哥那儿看看。

我有点心血来潮，马上把服装捆好，拜托一起来采购的伙伴带回去，并给阿春打了个电话。许氏密室挂在我身上是个包袱，压力挺大的。我只有一个女儿，她读书有点儿天赋，现在在外地读初中，接受封闭式教育。将来要她回许镇住根本不可能，入赘的事也绝不是我说了算。这年头早就不是"父母之命、媒妁之言"了，我不可能也无能为力逆历史潮流而动。再说，父亲把许氏密室交付给我，有悖祖训，不得已而为之。我哥才是名正言顺的。我改道去温州就是想把这事儿说一说，把许氏密室还给我哥。

可是见到我哥，我却莫名其妙说别的事儿去了，竟没有提许氏密室。关于"番薯种洞"租赁的事，我本想代父亲向他解释一下，可不提许氏密室也就无从开口。

从温州返回，我常在电脑里百度搜索"文物"。百度里出来的那些个照片，与许氏密室里的实物相比，看起来有点相似，又有点不同。有时，我也去县城街巷旮旯的地摊上瞧瞧那些古玩意儿，也就某些物件问问价格。可都挺便宜的，上万元的没有。许氏密室的玩意儿，有多大价值没把握。尽管没把握，但偶尔也产生"售之"的念头。"忏"就"忏"吧——我的服装店是租赁的，"售之"就可以整出钱将服装店盘下来，赚了大钱再将那些玩意儿买回，买更多的回来——这样也不至于"忏"哪儿去。这么一想，我觉得做人逢事应该沉稳些，太冲动了往往后悔莫及。没有将"许氏密室"说给我哥听，我暗自庆幸。

但是文物价值不清楚，令我很不爽。我想到了中央电视台的《鉴宝》栏目。许氏密室里那把象牙梳，那串松绿石片，那个玉质半透明绿色臂环，那套陶土茶具，那面青花大盘，那只彩漆戗金龙纹菊瓣式捧盒，似乎都很有些年代了。我想从中挑二至三件送北京去鉴定。于是我又"百度"了，查找到联系《鉴宝》栏目的若干信息。可我又觉得不妥。暴露之后挺麻烦的，单小雪那儿就不好说了。宝库的事，她原本已有所怀疑，要是在栏目上出现，非得召集阿贵、阿福他们跟我打架不可。我想托朋友去鉴定，可很快就否定了这个想法。这样的朋友不好找，保密的事难以保证。即便朋友保证守口如瓶——倘若鉴定出是个"大家伙"，背地里做手脚，调换个赝品归还也说不定。这年头什么事都不好说。

打消了送去鉴定的念头，我决定年底还是要去趟许氏老屋的。

本来准备再过一两天去的，但早上起床时，天空阴沉沉的，看来要变天了，再不去，年底也许就去不成了。于是，我跟阿春说一声就走了。除了电瓶灯，还带了数码相机和一尊铜菩萨——花一千块钱在义乌小商品市场里买的。我要到许氏密室里拍一些照片回来，并在"二十一世室"摆上一尊铜菩萨。父亲的比祖父的多，我的"二十一世室"放的玩意儿应该比父亲的要多。在这个被称作太平盛世的年代，留下的不能太寒碜。看到祖父许作周的"十九世室"里就这么一只黄黢黢的火笼，我想起他那只硕大的奶袋，不觉有些难为情。

天空灰蒙蒙的，看起来似乎要下雪了。

许氏小巷里寒风凄凄，三两个人缩着脖子匆匆走路。

许氏老屋周围的树上，一只鸟也没有。

我提着电瓶灯走进了番薯种洞。我发现在洞深八米处，那扇通向密室的石门开着。难道我上次忘了关上啦？我顿时紧张起来。我浑身颤抖，慢慢挪步，有点雪夜过断桥、寒冬履薄冰的感觉。忽然，我好像踩着了蛇似的叫起来。有一具尸体！一具尸体倒在了明道的陷阱里！那尸体的一只脚被狩猎夹夹住了，身子扭曲着，脸面朝下，头发较长，肩膀却很宽——我慌里慌张地逃了出来。

我坐在堂屋的太师椅上抽烟。

我把从义乌买回的那尊铜菩萨放在八仙桌上。

果然下雪了。

雪花飘飘扬扬的。许氏老屋的道坦、墙头、树木都白了，满世界都白起来。那堆乱石显出古怪的状貌，仿佛立起的一头头狮子。

　　我拨通了我哥的手机，说许镇下雪了。

　　我哥说，下雪啦？

　　我说，下雪了。

　　我哥说，就这事？

　　我说，就这事。

13. 老婆不在家的日子

清早，许开来从火车站出来。东门大桥上，有个穿白裙子的女人看了他一眼，还笑了下。许开来觉得有些面熟，以为是读职高时的女同学，可挨近了看却不是，是陌生女子，于是很礼貌地回了个笑，就走过去了。许开来就读的职高在县城，毕业后就在这座江南小县城住下来，很少回老家乡下。在小县城住了这么些年，可从未遇上某个陌生女子冲他嫣然一笑。许开来觉得这事儿有点意思。

许开来走下东门大桥，拐进城东。

城东有一道水碓坑，没电的年代这里笃定建有一座或者几座水碓房。如今的城东依然还有些老房子，但绝不是水碓房，水碓早已经走进历史深处。那坑里的水依旧流着，从后面鸽子山流下来。这些曾经为人们的春米立下汗马功劳的泉水，现在无所事事地穿越城东，钻出城门洞，屁颠屁颠地汇入瓯江。瓯江可是浙江的大江，汇到温州东海的。鸽子山山麓有一幢六层楼，建于20世纪90年代初期，结构老式，每层楼都有一道水泥走廊。六年前，许开来和张小艺要结婚，便在小县城找房，找来找去，找到这幢楼房二楼租住下来。在这儿他们生产出一个女婴，现年三岁。许开来沿着水碓坑和水泥路往里走，脑子里仍想着那个冲他笑的女子。这事儿确实有点意思，早不来晚不来，恰好他把母女俩送上火车就来了。张小艺坐火车是回东北娘家。

家里就许开来一个人了，这样的日子可是很久很久没有过了。

许开来回到二楼出租房，在小客厅沙发上坐下来。一个人在家感觉挺好的，整个人就像一只脱了鞋子的脚，散发出自由的气息。他私下里瞅来瞅去，想做点什么，或者要改变一点什么。他走进小房间，欠身挪了挪电脑，接着走出来，边走边做了几个扩胸运动，就走到了卧室，然后去打开卧室的窗。那个窗外面是水泥走廊、木制栏杆，再外面就是鸽子山。窗门的玻璃是透光不透明的玻璃，张小艺在家时总是关着窗门，插闩坏了，就在窗门里面钉了木条加以巩固，什么也看不见。在里面看不见外面，在外面看不见里面。一个男人没什么好遮蔽的，许开来拿来钢丝钳，把铁钉拔出来，将木条弄掉。窗门打开后确实不错，房间亮堂多了，沉闷的空气也鲜活起来。

在出租房里，许开来喜欢通过卧室的窗口看外面的世界。外面的世界蛮有意思，只是许开来待在出租房的时间不多。他是一名厨师，每天上午十时离开出租房，去城中年月日餐馆上班，晚上十点钟才回来，只有晚上十点至早上十点这个时间段在出租房。刚开始，许开来看鸽子山。鸽子山形势平缓，绵延至三公里处才耸立起一座山峰。山峰左侧有一巨石，状若鸽子。那平缓地段有道泉水，白花花地绕山而走。两侧灌木丛中建有若干简易房屋，住着养白鸽的人家。有时，鸽子从水流这边飞到那边，又从那边飞到这边。这些人家的生活看起来十分的质朴。后来，许开来把目光收缩回来，看窗口外面的走廊了。其实，走廊是没什么好看的，水泥走廊、木制栏杆而已，好看的是女人。这些女人或下楼或上楼，像蝴蝶那样于窗口外面飘来飘去。在许开来的印象中，这幢楼房没这么多女人的，他有些奇怪，怎么会这么多呀？更奇怪的是，其中有个女人跟在东门大桥上向他笑一下的那个女人十分相似，简直就是同一人，也穿白裙子，走路也飘飘的，有些妖娆。这楼房有这么多女人，为什么以前没有发觉呢？那个穿白裙子的女人，以前为什么不曾打过照面呢？许开来想起有个网友说过的话，一个人心里产生邪念，遇上适宜的环境，便想入非非，眼睛发亮，可以发现潜意识里想发现的物事。许开来咀嚼这话儿，心里想，我有吗？他觉得有点好笑，也有点担忧。老婆不在家的日子，不知会发生什么事儿。

那位穿白裙子的女人叫单倩倩。

起初，许开来自然不知她叫单倩倩，只觉得她跟在东门大桥遇见的那个女人很相似。后来才知道，她叫单倩倩，租住在五楼，有个三四岁的儿子，丈夫在国外打工。得知这些基本信息之前，他们对视了一回。也是通过那个窗口。这种对视有些实质性的内容，要是不经意一瞥，飘飘忽忽的，那不值一说。应当说，主动的不是许开来，而是单倩倩。当时，单倩倩的目光从窗口射进来时，许开来正在看《你不能不会的100道菜》。可以断言，要不是单倩倩将目光投进来，他俩不可能对视的，起码不至于这么早就对视上了。当然，许开来也及时将目光接住，反应相当敏捷。这好比单倩倩忽然抛来一只球，许开来眼快手疾地接住后立即甩过去。在这个过程中，许开来脑袋晕乎了下，晕乎过后就心猿意马起来。

许开来没把握，这个女人与东门大桥上那个女人是否为同一人。许开来就开始打听了。不是打听是否是"同一个人"，这事没法打听的，是打听其基本信息。许开来打听到单倩倩的丈夫在国外，他的脸色就鲜活起来，眼神也质感起来。夜晚，许开来在房间上网聊天也变得心不在焉，眼前晃动着一块旷日不耕而长满花草的肥沃土地。

许开来于是离开房间，搬一把椅子在走廊上坐下来。

水泥走廊上没有路灯，有些月光。鸽子山月色朦胧，有汩汩的流水声，偶尔传来鸽子的叫声，有点扑朔迷离。许开来坐在走廊的椅子上，心里有着某种期待。这种期待让人有点儿焦灼，他抖抖左脚，又抖抖右脚。他期待能够见上单倩倩，最好说一会儿话，然后问问是不是在东门大桥上见过面。

终于，他们在夜晚的走廊上相遇了。鸽子长相好看，且有着光荣历史，可叫声古怪。好看的鸽子原本不该发出这样的声音。许开来说，鸽子的叫声像小孩的哭声。单倩倩说，更像老人的哮喘声。许开来说，咕啊咕儿。单倩倩说，咕得儿咕。许开来想问她，他们在东门大桥是不是见过面，可尚未开口，单倩倩就走了。她仍旧穿着一袭白裙子，笑了笑，就往走廊一头飘走了。许开来又坐了会儿，抽完一根烟才回房间。鸽子仍然咕得儿咕地叫着。许开来想，也许女人比男人听得更为准确。

许开来没一点儿睡意了，于是又上网聊天。

许开来开始用网络聊天的时间比较久远。他读完职业高中，不是在餐馆当厨师，而是在新天地网吧做事。许开来与张小艺就是在网上相遇的。要是没有电脑，没有网上聊天，他们不可能认识，更不会成为夫妻。可以说，网络是他们的媒人。可是结婚后，张小艺对网上聊天的事甚是反感，她不希望许开来跟陌生女人聊天，她自己也做出榜样，拒绝找她聊天的陌生男。本来，许开来就喜好跟女人聊天，由于张小艺反对，干脆不上网了。张小艺回东北娘家的当天晚上，许开来重新申请了一个QQ号。毕竟是老手，一切轻车熟路。

没过几天，许开来就有了几位网友。除了那位"老城晓月"，其他几位都是女性。"老城晓月"是一名厨师，有些功力，见多识广，知道伊尹、彭祖、易牙、汉宣帝、詹王大帝，还知道易牙将亲生儿子杀死，做了一盘蒸肉敬献给齐桓公的事儿。有时，他们在网上切磋厨艺。后来，许开来的网友固定下来，聊得较多的有两位，最频繁的数"在水一方"。

"在水一方"就是单倩倩。

能想到，许开来与单倩倩在网上聊天之前肯定又有了一些交往。的确，一天晚上十一点多，也是在二楼的走廊上，他们互报了QQ号。单倩倩反应特别快，打字的速度也特别快，让许开来望尘莫及。网上聊天时，许开来问过，可曾在东门大桥见过面？单倩倩说没有，相似的人多的是。听口气，有点真也有点假，不好捉摸。网络聊天很好，他们放开说话了，无拘无束，语及情啊爱啊，有些见心见底了。可回到现实就不一样，在走廊上偶尔碰上，单倩倩白嫩的脸上便涌出一抹羞涩，欲笑还休的样子。单倩倩仍穿着白裙子——这样的欲笑还休地在走廊上飘曳过去，让许开来仿佛看见伊人在水一方的情景。

单倩倩除了文字聊天，也视频聊天。她的丈夫在西班牙，有时与丈夫对着摄像头聊。这是她自己说的。以前，许开来也用视频聊过天。一般来说，先文字，再升级为视频，他跟老婆张小艺就是这样的。他们一个在东北，一个在江南，借助于视频，彼此兴奋得一塌糊涂。单倩倩提及视频，分明有点暗示的意思。可许开来以前那只摄像头早已坏了，不能再用。要是和单倩倩视频聊天，肯定蛮有情趣。许开来胡思乱想起来，巴望着单倩倩提出来，或者突然把视频的信号发过来，说，你接。要是这样，许开来都想好了如何回答。他会说，楼上楼下的，干吗视频呢？不等单倩倩回话，他又会说，不好意思，我没有摄像头，明天就去买。可是这样的事迟迟没有出现，他俩依旧文字聊天。

　　许开来是在小房间里聊天的。这幢老式楼房每套房的结构均为"品"字型，一个小厅、一个卧室、一个小房间。许开来的电脑就安放在小房间里。聊天时，他们也说到电脑房，单倩倩的电脑也安置在小房间。许开来在单倩倩的脚下敲键盘，单倩倩在许开来的头上敲键盘，就隔这么几层水泥板。许开来敲打键盘时，思绪便飞向五楼，飞向单倩倩的电脑房。在未见电脑房之前，许开来展开想象，想象着单倩倩电脑房的布置，想象着她在电脑房里同丈夫或者别的什么男人视频聊天的情形。这么想着，许开来脑里就闪现出张小艺与自己视频聊天的场景。在东北那个斗室里，张小艺斜倚在沙发上，显得非常激动，嘴巴里冲出一些气流，接着就传来了湿漉漉的叫唤声。许开来也喊出一些声音了。这两种声音交缠在了一起，满眼的桃红梨白。后来，他们走在了一起，许开来由江南北上，张小艺由东北南下，于北京天安门晤面。许开来想，单倩倩的电脑桌上也应该有一盆绿叶红花，电脑桌前应该也有一张双人皮沙发。张小艺东北那个斗室的布置就是这样的。

去单倩倩电脑房参观的事很顺利。许开来想找个借口而不得的时候，有个晚上单倩倩邀请他了。她的电脑感染上了病毒。

许开来不是一个电脑高手，但一般的病毒和垃圾是难不住他的，他非常乐意为单倩倩的电脑杀毒。单倩倩的电脑室里没有双人沙发，只有两把折椅。室内的光线挺柔和，是粉红色的，在粉红的色晕里分明滑翔着一些靡靡之音。窗口挂着竹制窗帘，透过竹帘的缝隙，许开来感觉到窗台上有三四盆花草。单倩倩四岁的儿子已在卧室睡觉了。这些似乎预示着什么。

电脑的鼠标已卡死，许开来是用启动盘打开电脑的。从上网记录看，主人是弄一个黄网导致电脑中毒的。病毒比较厉害。电脑的每个空隙都活跃着蠕虫般的病毒，硬盘成了密不透风的垃圾箱。许开来摆弄着鼠标，开始给电脑安装瑞星杀毒软件。

单倩倩没有穿白裙子，她的穿着宽宽松松的，乳白色的休闲服配上居家松紧带花裤子。她一会儿在电脑室，一会儿在客厅，一会儿去卧室看下儿子，仿佛一尾花斑鱼在粉红色的玫瑰池里游来游去。许开来面对电脑，手里只管操弄鼠标。他看起来一本正经，其实不然，他时刻能感觉到单倩倩的晃动以及那晃动着的身影所散发出的蛊惑气息。不过他没有停下手来，没过多久，瑞星杀毒软件安装上了。小金狮非常神气，像孙悟空一样活泼，像猪八戒一样嚎叫，还时不时扔出一两个炸弹。

单倩倩的脚步迟缓起来，她好像想做点什么。她犹豫了一下，便去厨房削了两只苹果来，在许开来一旁的另一把折椅上坐下来。他们面对电脑并排坐着，一边吃苹果，一边给小金狮鼓劲儿。电脑里的小金狮仍旧耀武扬威，不可一世。许开来说，哪里逃！单倩倩说，这里逃！许开来说，杀、杀、杀！单倩倩说，斩、斩、斩！他们的声音有些夸张，也有一些变调了。

吃完苹果，单倩倩拿来餐巾纸，在嘴唇上沾了沾，然后抽出三张递给许开来。单倩倩的嘴唇线条清晰，嫩红而鲜活。在接餐巾纸时，许开来的中指触摸了一下她的手心。单倩倩往椅背上靠了过去，同时举起双手舒展一下身子，然后把双手锁在后脑勺，定格在那儿不动。许开来扭头看她，她也看许开来。

许开来就吻了她。

在吻她之前，许开来的右手捉住了单倩倩的左手，过了十来秒钟，他便侧过身去，将左手搭在她的右肩上，小心翼翼地吻她。她仍旧靠在椅子上，上眼皮微微放下来，发虚的眼神沿着又长又黑的睫毛漫出来，十分迷离。她的舌尖仿佛仍有些矜持，舔一下，又舔一下，有板有眼，并不慌乱。他的左手在她的右臂上慢慢游动，然后抽过来，隔着休闲服捉住了她的左乳。他的右手则乘势移过去，隔着松紧带感觉到她柔软而温热的小腹。单倩倩忽然挣扎着站了起来，许开来的双手在衣物外面滑了下来，他一脸尴尬。

起身的同时，单倩倩双手蒙在脸上。她哭了。过了一会儿，她放开双手，脸颊潮红，长睫毛上点缀着泪花，幽怨道，都是你。

许开来道，不好意思，失态了。

电脑的病毒和垃圾已基本清除，许开来想再给电脑安装"360 安全卫士"。单倩倩去了洗手间，拧开水龙头，用冷水抹了把脸，然后走出来，说，怎么样了？许开来说差不多了。单倩倩说，谢谢你，时间不早了。许开来欲言又止，看来应该走了。

许开来回到二楼房间，眼前仍闪现着单倩倩挂在睫毛上的泪花，耳畔则响着鸽子的咕得儿咕的声音。打开电脑，单倩倩没有上线，其他网友也都下线了。许开来突然觉得异常无聊，有种如同拔了两颗牙齿的空洞感，便点了"在水一方"的 QQ 头像，打开"选择表情"，选择了"引诱"和"害羞"的图像。他想了想，又删除了，没发。许开来又点开"老城晓月"，打上一溜文字，谢谢你，老板要给我加薪了，发了过去。

年月日餐馆老板确实说过，要给许开来加薪。原因是"老城晓月"教许开来做的"鲜果沙巴巴"和"荷包牡丹虾"这两道菜，很对顾客口味，餐馆的生意好起来了。老板讲诚信，不会忽悠下属，加薪是肯定要加薪的，但不知加多少。

每月加了二百元，许开来非常满意，他花了一百二十元买了只摄像头。

许开来渴望与单倩倩视频聊天。夜深人静，在同一幢楼房各居一室，通过摄像头面对面地私语，该是多么诗情画意。

可单倩倩不在线，一连几个晚上"在水一方"的 QQ 头像总是黑着脸。每天早上起床，许开来打开窗门，走廊上有女人走动，可都不是单倩倩。一天深夜，许开来莫名其妙地来到五楼，单倩倩屋里还亮着灯光，他便轻轻地敲了敲门。不一会儿，门打开了，是个男人。许开来说，请问，丁兵住这儿吗？那男人说，谁？许开来说，不好意思，找错了。说丁兵是事先想好的，要不是单倩倩来开门，许开来就问，丁兵住这儿吗？丁兵是城西新天地网吧的老板，许开来在他那里打过工。开门的男人是谁呢？单倩倩的丈夫吧，他回国啦？许开来疑疑惑惑地返回二楼。

单倩倩仍不在线，透过那个窗口也从不见她的影子。

一天早晨，许开来起个大早去了鸽子山。那些简易的房屋，其实不单是住人，也住鸽子。春意盎然，野花正闹，澄明的空气氤氲着山泉树木的气味。许开来走走停停，停停走走，时不时往山下楼房张望。他希望看见单倩倩，也希望单倩倩看见自己。有了这样的心思，他就觉得身后有双眼睛，脊梁骨那儿有如同蚯蚓的东西在蠕动，于是讲究起自己的形象。他摘了一朵野花，在手上把玩一会儿，然后甩出去。这个小动作，他着意弄得潇洒些。可是单倩倩那套房子的木门紧闭着，窗户也紧闭着，一副冷漠的样子。许开来吁了口气，转过身来继续往上爬。远远地看起来，那块巨石在蓝天白云的映衬下，棱角分明，线条清晰，确实像一只巨大的鸽子；可挨近了看，什么都不像了，只是一块巨石。许开来爬到了"鸽子"的背上，坐下来抽香烟。六年前，在蜜月里，许开来与张小艺曾经也在"鸽子"背上坐过，他们有说有笑，四只手动来动去，两个脑袋还伸拢来亲吻，从下面看上去就像一个艺术大师弄出了一出皮影戏。他们下山的时候，太阳先一步落山了。一个养鸽子的男人说，我还以为是两只斑鸠呢，原来是两个人啊。这会儿，许开来就独自坐着。山下的那座楼房仍然清晰，一些蓝的、白的、红的衣裤或者被单，在和煦的春风中自由自在地摆动。突然，那扇木门打开了，单倩倩走了出来，她倚着木制栏杆往这儿张望。许开来想，单倩倩不可能认出自己，在她那儿望过来，自己小得如同一只斑鸠。许开来说，你爱人回来了啊，回来了你就不下楼了啊，真是的。许开来又说，你飞过来吧，快快飞过来，这里有一只斑鸠等着你呢。

单倩倩不可能飞过去，要不然就变成神话了，许开来只得下来。返回的路上，许开来摘了一簇蒲公英。到了出租房，许开来爬上五楼，在五楼的走廊上无所事事地徘徊。那套房里走出一个女人，却不是单倩倩。许开来问，单倩倩在吗？那女人说，她搬走了。许开来愣了一下，然后说，她搬哪儿去了，你知道吗？那女人说，听说搬到城西了。许开来手中的蒲公英落了下来。

许开来好郁闷，单倩倩为什么要搬走呢？搬走也不吱一声啊。许开来很郁闷地从城东出发，穿过城中，到了城西。相比之下，城西很有生气，旧房翻新，高楼林立。不像城东，房屋破旧，色彩灰暗，格局也显得小气。许开来在高楼大厦之间闲走，仿佛掉了钱包而在寻找，却又担心让人瞧出有这么回事，有些无所谓的样子。后来，没事时节，许开来就常在城西这片天地晃荡。有几回，许开来蹲在城西菜市场旁边，看那些女人跟卖菜的讨价还价。

有天早上，许开来看见丁兵在新天地网吧跟前抽烟。新天地网吧有二开间，看起来生意不错。对许开来而言，这个网吧很有纪念意义，他就是在这儿与张小艺相遇的。先是文字聊天，后来升级为视频聊天。再后来他们在北京天安门广场上相见了。见了面，就迫不及待地手拉着手向天安门城楼走去，毕恭毕敬地站立在毛主席像前郑重其事地立下了海誓山盟。没多久，他们就在江南这座小县城结婚了。结婚后，许开来离开新天地网吧，去年月日餐馆上班；张小艺则在一个超市收银，一直收到生孩子前三个月。这会儿，许开来往丁兵那儿走过去。丁兵说，好久不见了啊。许开来说，是啊，餐馆里挺忙的。丁兵说，你厨艺不错嘛，还是自己搞个小吃店吧。许开来笑了下说，没资本。他们在网吧里说了会儿话，抽了根香烟，许开来就退出来了。

许开来没有与单倩倩邂逅，她好像在小县城里蒸发了。晚上，许开来从年月日餐馆回到出租房，便打开电脑。单倩倩一直不在线。有几回，许开来怀疑单倩倩也许"隐身"了，便发去一些文字——你现在搬哪儿啦，你为什么搬走啊，搬走为何不说一声啊——可一点儿反应也没有。面对那QQ头像，许开来眼前闪现着单倩倩的身影，间或出现东门大桥那女人的笑靥。虽然单倩倩说过，那女人不是她，但许开来仍旧不相信，她们确实长得一模一样。

单倩倩不在线，许开来就同其他网友聊，可总是找不到感觉。"老城晓月"说话也客气起来，客气起来就不好聊了。许开来聊天的兴致弱了下来。他每天晚上回来之所以坚持打开电脑，主要是因为想看看单倩倩是否在线。在许开来的感觉中，单倩倩要是没出什么事，肯定会出现的，只是迟早而已。果然，一天夜晚，许开来一上网就发现"在水一方"的QQ头像亮在那里。

　　　　许开来：你好，在哪啊？
　　　　单倩倩：在县城。搬走没有跟你告别，不好意思。
　　　　许开来：不要说不好意思，在县城哪啊？

单倩倩：哈哈，你猜吧。

许开来：我们视频吧，让我看看，你在哪。

单倩倩：在网吧，我的出租房还没网线呢。

许开来：你可不要骗我啊。

单倩倩：不骗你。就这样吧，我要回去了。

许开来：什么时候我请你喝茶吧。

单倩倩：再说，88。

许开来：88。

　　这次聊天与许开来想象中的情形差别甚大。如果在网上再与单倩倩相遇，其情形将如何？许开来想过好多回，但没想到竟是这样寡味。单倩倩说的话是真是假，许开来也没弄清楚。县城的房屋没拉网线，不至于吧，又不是乡下。要是在乡下是很有可能的，老婆张小艺东北娘家那个小村庄就没有网线。要是有网络，就不用打电话了。张小艺回东北后与他打电话较频繁，说三岁女儿的事，说她母亲的事，也说一些鸡毛蒜皮的事。张小艺不打他的手机，只打家里的、餐馆里的固定电话。其实他的手机接听电话不要钱。近些年，张小艺娘家祸不单行，先是父亲车祸，不多久母亲中风了。张小艺回东北就是服侍母亲。她有三姊妹，三家人轮流服侍。张小艺又打回电话了。张小艺说，她要提前回来了，大姐多服侍一个月。本来，一年每户轮四个月的，她大姐要替她服侍一个月，所以张小艺服侍完三个月就要回家了。

　　张小艺回家头天早晨，许开来起得很早。他把通向走廊的窗门关好，钉上拆下来的木条，然后操起那只摄像头就出门了。他沿着水碓坑水泥路往外走，走出一百多米便站住，转身踅回来了。本来，他想将摄像头送给丁兵，可临时又改变了想法。他拿着摄像头去了鸽子山。他爬上"鸽子"背，把摄像头放在"鸽子"背上。返回的路上，许开来走一段回首望一下，走一段回首望一下。放在那儿的摄像头越来越小，后来什么都看不见了，许开来只看见一块状若鸽子的大石头。

张小艺回家后，一家三口的日子很正常。张小艺带孩子，做饭；许开来上午九点多钟起床，吃过早餐，走出家门，去城中年月日餐馆上班，晚上十点来钟回来后洗把脸就睡觉了。

日子就这样一天天地过去，转眼就深秋了。鸽子山好秋色，紫红愈加紫红，老绿愈加老绿，显出深秋固有的层次感。在一个深秋的夜晚，在鸽子咕得儿咕的叫唤声中，他们黑灯瞎火地在床上做完事情又说了一通话。

张小艺说，明天早上我要到火车站送一个朋友，她要出国了，八点半的火车，你看下女儿。

许开来说，什么朋友啊？

张小艺说，以前在超市上班认识的，叫单倩倩，你也许见过的，上半年她在我们楼上的五楼住了段时间。

许开来说，哦，也许见过吧，不知道。

张小艺说，单倩倩这个人有些古怪，原本要在这儿住到出国的，付一年房租了，她说鸽子咕得儿咕地叫，像老人的哮喘，难听死了，就搬走了。

许开来说，不知道。

14. 同学李小囡

上午八点多，我拉上孟丽娜发屋的铁卷门，张家迪待在门外。

看见张家迪，我像吃了只苍蝇，说，你来干什么？张家迪说，你的同学李小囡打我，她说为你出口气，我被打落一颗门牙了。我瞥了眼，他恰好咧开嘴巴龇了龇牙，让我看。果然，那儿空缺了一颗。那颗门牙原本害了牙周炎，周遭发黑，有点动摇，一股烂肠子的气味，现在空了，一个豁口。我愣了一下，说，李小囡打了你，你来这想干什么？张家迪说，我没别的意思，向你认错，我答应了李小囡，我要向你认错，要不然她还要打我。我哼一声，吁了一口气。

李小囡打张家迪，事先我不知道。打了之后，李小囡也没和我说。面对张家迪那副狼狈相，我心里掠过一阵清冽的畅快。我说，你走，我不需要你认错，不想见你。我便转过身来，顾自蹲里间刷牙。我感觉背后有一抹目光，黏黏腻腻的肮脏。

孟丽娜发屋逼仄，里间是个小厨房，外间放四把椅子，两者之间为木楼梯。我就在楼梯下的水槽旁刷牙。两个妹妹仍在楼上睡觉。木板壁上糊了白纸，楼间里放了三张按摩床。深夜的最后一个客人走了，我们就躺按摩床上睡觉过夜，一人一张。

张家迪走进来，坐在外间一把椅子上，一副死皮赖脸的模样。

张家迪是在下夜班回来的路上被李小囡打的，没说上几句，李小囡就自报家门，放出拳脚。他在城郊皮鞋厂上班，租住在西门圣旨巷一栋老屋的二楼。他就是在从厂子返回圣旨巷时挨了李小囡的一顿痛打。李小囡先动了拳脚，再飞出一颗钢丸儿，击落那颗门牙。李小囡的衣袋里总是放着许多钢丸儿。她打弹子儿既有准头又有力道，眼快手疾。不过，要是没有牙周炎，要是那颗门牙没有动摇，或许也不至于被打落。

张家迪坐在椅子上，望着镜子里的牙齿有一搭没一搭地说话。

我洗漱完，拿起缎光口红，想了想又放下，素面朝天地走出来。张家迪说，我没别的意思，就是向你道歉，我对不起你。豁了一颗门牙的张家迪看起来更加别扭，甚至有些狰狞，我心里生出厌恶。我说，我不想见你，你滚。张家迪忽然在我面前跪了下来，说，我诚恳地向你认错，我是个骗子，我是个坏蛋，我是个渣男。我慌忙拉下铁卷门——一个拎篮子买菜的女人正好路过，她投来一抹怪异的目光——拉到离地面半米左右，挡住街上的视线。面对跪着的张家迪，我闻到一股烂肠子的气味，很是恶心。我厌恶地说，你滚蛋。张家迪哭了起来。他一边哭泣一边念叨，我答应了李小囡，我向你道歉，我给你一笔钱，赔偿你的青春损失，你要答应我，叫李小囡以后不要找我。张家迪肯定被李小囡吓着了，他抖抖索索地摸出一沓钞票递过来。我说，谁要你的臭钱，留着补你的狗牙吧，给我滚蛋。张家迪望着我站起身，他说，我已向你认错了，你要答应我，不要再让李小囡找我。他边说边退，然后欠身出门，消失于铁卷门下头。

其实我没有让李小囡出手，她打张家迪我一点儿也不知道。反正事情已经过去，没什么意思，我早就自认倒霉了。可是，张家迪跪在地上哭哭啼啼、摇尾乞怜，我心里非常畅快。嘿，这坏蛋就是嘴硬，一打就变成软蛋了，骨子里贱得很。李小囡教训得好，我心里无比舒畅。

我给同学李小囡打手机，可她手机关机了。李小囡常常关机。我心里想，两个妹妹起床后，我要去圣旨巷后面看看她。

李小囡是我初中同班同学。

我初中同班同学五十七个，当下在小县城混日子的有十来个。有一天，初中同学阿美说，她在圣旨巷看见了李小囡，戴墨镜、口罩，身穿牛仔衣、牛仔裤，脚穿黑皮高靴，酷呆了。隔两天，丫芬说，她也看见了李小囡，在宝幢街看见的，也是那副打扮，真是酷毙了。一个礼拜后，小米说，她在泰和公园也看见李小囡了，也戴墨镜、口罩。丫芬、小米也是我的初中同学。在小县城的十来个同学中，只有两个有固定的工作，分别是县委办秘书徐开和县医院妇产科护士伍亚娜。其他的都混得不怎么样，甚至有些不堪。我们几个女的不是在发廊理发洗头，就是在餐馆端菜刷碗。还有几个男同学，或搞装修，或送矿泉水，哪里有活就到哪里干。我经营孟丽娜发屋也才半年多。阿美她们都是来我发屋时说起李小囡的，她们说看见了李小囡。其实，她们也仅仅是看见了而已，没有打招呼。也许，她们并不确定那就是李小囡，或许只是一个和李小囡非常相似的女孩儿，谁知道呢。

丫芬说，为什么戴口罩呢？要不是她戴口罩，我一眼就认出来了。

我说，李小囡大概混出息了，娇贵了，戴口罩防 H1N1 呢。

我们都笑起来。

我好久没有笑过了，那段时间我心情相当苦闷。同学路过孟丽娜发屋，通常要进来坐会儿，有点安慰的意思。张家迪真不是东西，不仅是骗子，还是无赖。县委办秘书徐开文质彬彬地说，不能动武，要跟他讲道理。可张家迪蛮不讲理，死不认账。我们这些同学虽然同仇敌忾、斗志昂扬，但对他没一点儿办法。在伍亚娜的帮助下，我打掉肚子里的孩子，心情才稍稍好转。但就在这段时间，丫芬她们说看见了李小囡。李小囡在这小县城出现了。

初中毕业后，李小囡一直杳无音信。同学们聚在一起却总要说起她。在我们的心目中，李小囡是一个美丽的功夫少女。她的手劲惊人，攀杆像猴子那样敏捷，倒立时可以爬十七级台阶。她的腿脚功夫也了得。一天夜晚，有个男流氓在女寝室窗口窥视，她一个飞腿，那流氓便蹦出三四米远。最有名的是打弹子，她可以用小石子打下大柚树上的小麻雀。我们初中毕业后，谁都没见过李小囡。有的人说她在广州，有的人说她在重庆，也有的人说她在新疆。传说中，她的行踪飘忽不定，神出鬼没。她在外面做什么事儿，我们也不知道。干保镖？做小姐？当二奶？都是猜测而已。猜测的依据是，她不但美丽，而且身怀绝技。那天晚上，我们同学队在浩浩荡荡前往西门圣旨巷，跟张家迪理论却无功而返的路上，又提起了李小囡。丫芬说，要是李小囡在就好了，给他一下子。平时挺斯文的徐开也恼怒了，他说，妈的，这厮确实欠揍。伍亚娜说，李小囡在的话，她的拳头肯定发痒了。

孟丽娜发屋生意冷清的时节，我在大街小巷转悠。我盼望遇上李小囡，尽管丫芬她们看见的女孩不一定是李小囡，我仍旧在街上游逛。有时，我也去宝幢街甚至圣旨巷。本来我断然不会去圣旨巷的，因为张家迪就租住在那儿。可阿美、丫芬是在宝幢街、圣旨巷看见李小囡的，李小囡在那儿出现的几率更大一些。在学校里，李小囡不大言语，独来独往，像个冷美人，但跟我关系很不错。我曾去过她的村子。她的村子藏在深山里，只有三座屋子，到处都是树、毛竹。两株毛竹之间横着的一杆粗木上吊了两个铁环，一棵枫树的枝丫上挂着一个铜钱。她家里只有爷爷奶奶。她的爷爷用手里飞出去的小石子击打树上的铜钱，十中八九，他一只手捏着毛竹可以攀到半空中那么高。她的爷爷做了现场表演，让我惊叹不已。她的奶奶能够抱起一头两百来斤重的毛猪，据说她从猪崽子开始抱，每天坚持抱，于是练出了非凡的力道。她的奶奶没有试过攀竹。她爷爷从毛竹上滑下来，指着李小囡的奶奶说，论功夫，高手在那儿。随后他就说起老伴抱猪的事儿。到李小囡村里玩过的同学唯我一人而已。我想，凭我与李小囡的关系，她肯定会帮我出口恶气的。当时，我渴望给张家迪一点颜色，做梦也想这家伙倒大霉。

可是，我在街上溜达了个把礼拜还是不见李小囡的影子。

两个妹妹起床了，一前一后走下楼梯。她们叫我姐，我叫她们妹，胖的叫大妹，瘦的叫小妹。大妹小妹适才听见了楼下的动静，知道了事情的大概。她们满面春风，眉目爽朗，显然是为我高兴。

小妹说，李小囡不但武功好，还是个敢作敢为的人，佩服。

大妹说，癞皮狗就得打，狠狠地打，痛快。

小妹说，姐，你为什么不要他的钱啊，不要白不要。

大妹说，是啊，姐，人臭钱不臭，你应该拿过来摆庆功宴，请李小囡搓一顿。

我望着她们笑笑，没有说话。我们确实是姐妹关系，她们对我是真心的，我对她们也是真心的。我好，她们快活，我不好，她们着急。孟丽娜发屋开张后我们三个就一起干了，我不是老板，她俩也不是工人。我投入的成本抽半分利，剩余的均分。在这种姐妹关系下，张家迪的所作所为也让她们心里郁积了一股怒气。李小囡打了张家迪，让她们感到出了一口恶气之后的舒坦和开心。她们也认识李小囡，而且见识过她的武功。我有李小囡这样的同学，她们不但没有丝毫嫉妒，而且还深感自豪。我们在一个屋里赚钱，要不是真正的姐妹不可能有这种积极健康的情感倾向。

大妹小妹见识到李小囡的武功是在我遇上李小囡的那天。

那天，我是在宝幢街与李小囡邂逅的。宝幢街是一条老街，与圣旨巷构成了"丁"字形。圣旨巷巷口有一座圣旨牌楼，上面写有"璇源流庆"。圣旨巷里有座"贞节牌坊"，匾额是"流芳百世"。宝幢街的地面由青石板铺就，店铺古朴，依然是木板门。有裁缝店、小吃店、冥币店，还有草药铺。那天，我是去买一种叫"益母草"的草药。打掉孩子后，我出现月经不调、经行不畅、小腹胀痛等不良症状。同学伍亚娜说，益母草具有去瘀生新、活血调经的功效。我要买些来试试看。

之所以说是与李小囡邂逅，是因为我已不抱遇上她的希冀了。我已自认倒霉，心态渐趋平静，伤口初步结痂，不想旧事重提。即便经行不畅，一点一点地延长时日，惹人心烦，我也咬牙切齿地骂自己瞎了眼。可就在这样的心理状态下，李小囡在我的视野里出现了。她戴着一副墨镜，白衬衫外面披一件棕色皮马褂，蓝色紧身牛仔裤下面穿的是黑皮高靴，颀长的身材显出些干练。她两只手插在裤兜里，微仰着脸，散漫地从圣旨牌楼那儿晃荡过来，晃进了我的视域。她没有戴口罩，我一眼就认出她是同学李小囡。

我们很高兴。

我们一边荡街，一边说话。说起初中三年生活，我们津津乐道，有些兴奋。言及别后这八九年的时光，我们的兴致淡下来。李小囡概括这段时间为"闯世界"。在哪儿闯世界？闯什么世界？她语焉不详，我也没多问。

李小囡说，她已经相当疲惫，以后就待在县城，不再出去闯世界了。李小囡说，她暂时不想跟同学联系，先静静心，办好三件事。她回来的事，李小囡让我不要跟同学说。李小囡说，她想把自己藏起来，等办完三件事再说。

我说，你要办什么事？李小囡说，给自己办的，已办了第一件。我说，丫芬、阿美、小米她们都看见了你，不过你戴着口罩，她们不敢认。李小囡说，不可能吧，我都没有看见她们，在什么地方看见我的？我说了地点。李小囡说，在宝幢街、圣旨巷有可能，在泰和公园绝对不可能，我回来后没去过泰和公园。我说，那么你以前是不是戴着口罩的？李小囡说，戴口罩倒是真的。我说，你为什么戴口罩？是不是怕H1N1啊。李小囡说，哪里，戴口罩是为了遮丑。她指了指嘴角左边说，还认得出来不？我仔细瞧了瞧，离嘴角二厘米左右的腮上，隐约有几处肤色嫩红些。李小囡说，原来有个大伤疤，丑死了，现在做了超高频皮肤整形，你看效果怎么样？不错吧。我说，不仔细看看不出来。李小囡说，这就是我要办的第一件事。身上多出的除掉，少了的补上，不留痕迹，完好如初。李小囡说着大笑起来。

我们荡到孟丽娜发屋，李小囡要看看我的发屋。

要不是那个矮矬的中年男人死乞白赖，李小囡是不会出手的，大妹小妹也无缘见识她的武功。那男人走进来时，我说你好，洗头还是敲背？敲背楼上请。他笑了笑没回答，眼睛东张西望。他看看小妹，看看大妹，然后把目光放在李小囡身上。李小囡坐在一把椅子上喝茶，嘴上叼着一根香烟。那男人抬起右手在李小囡面前一划，说，楼上请，敲背去。我说，她是我的朋友，来我这里玩的，叫她们给你敲吧。我指了指小妹大妹。那男人充耳不闻，望着李小囡嬉皮笑脸地说，我也来玩的，我们一起上楼玩玩吧。李小囡说，本小姐没兴趣。那男人说，我上去你就会来兴趣的，上。我说，这位先生，她真不是在这里上班的，要不我给你敲？男人说，敲什么敲，我要跟她玩玩，你不是说她是来玩的吗？李小囡把烟蒂一丢，说，你行吗？你不行。男人说，行不行，试试就知道呗。李小囡站了起来，说，上去。

他们便上楼了。

望着他们走上楼梯的背影，我和妹妹们面面相觑。我隐约感觉会出点什么事儿，便尾随至楼梯口站住，悄悄听他们的对话。

李小囡说，从哪儿开始敲？男人说，随便。李小囡说，从下到上吧。男人说，随便。过一会儿，男人叫道，喔唷！李小囡说，怎么啦？男人说，你的手是肉做的还是铁打的？李小囡说，还要不要敲呀？男人说，哪有像你这样敲的？妈的。李小囡从楼间里走了出来，边走边说，你不行。

李小囡下来后照旧坐在椅子上抽烟。男人也下来了。

男人说，你来自少林寺啊。李小囡说，我说过，你不行。男人说，我们扳扳手，看谁不行。李小囡说，奉陪。

李小囡站起来，他们要站着扳手腕。可他们两只手尚未握拢，那男人冷不丁一脚扫过来，意欲将李小囡扫倒。李小囡耸身一跃，避过那一脚的同时，顺势放出一腿，男人一屁股坐下来，在椅沿上碰了一下，又跌坐在了地上。李小囡伸出右手笑道，我说过的，你不行。男人借坡下驴，抓着李小囡的右手，一边起身，一边说，你是女特警啊你。男人在椅子上坐了会儿，走了。走时，他解嘲道，今天遇上水浒里的孙二娘了，倒霉。

此前，我跟大妹小妹多次提过同学李小囡。看了这一幕，她们笑道，耳听为虚，眼见为实，咦哎。

我有点顾虑，担心那男人什么时候来找茬。

李小囡说，一般不会的，我向他伸出一手，拉了他一把，给足面子了。

那个买菜的女人拎着半篮菜踅回来了。刚才张家迪跪下来的情景让她看见了，这会儿她的目光依旧古怪，似乎孟丽娜发屋发生过惊天动地的大事。我不和她交流，若无其事地走出发屋。往左一拐，不出百米便是一口香早餐店。

我吃了一碗米面，带回一份米面、两只馒头、一瓶鲜奶。小妹喜欢米面，大妹喜欢馒头。

我跟两个妹妹说，我去看看李小囡，便离开了孟丽娜发屋。

李小囡租住在圣旨巷后面山上的一座老院子里。

在我们这个小县城，只有宝幢街、圣旨巷有点来历。据说，赵匡胤八世孙赵希怿迁居于此，淳熙十四年登进士。宋宁宗因太子夭折，便下旨召赵希怿次子赵与愿入宫，并于开禧三年立为皇太子。当时，赵希怿举行了隆重的接旨仪式，宝幢如盖，旗幡招展，极尽堂皇，遂将宝幢经过之街叫宝幢街，接圣旨处叫圣旨巷。当下，那"一间二柱"圣旨牌楼、"冲天式"贞节牌坊以及路面上刻着文字的青石板，依稀可见昔日的华彩底蕴。

我横穿过宝幢街，拐进圣旨巷。

秋天的圣旨巷静静地摊在那儿，如同一条冬眠的蛇，灰暗而落寞。我如同一个老者悄无声息地迈步。"贞节牌坊"一石柱上张贴着治疗性病的广告，另一石柱旁边有一团餐巾纸，苍白的餐巾纸上沾满紫色的血。也许是张家迪的牙齿血。我忽然又闻到了一股烂肠子的气味。

圣旨巷有两座古朴的石拱桥，三小段平路，六百七十三级或者六百七十四级、六百七十五级石阶。

李小囡从老院子往下走，走一级数一级，每数到一百，便从左衣兜摸出一粒钢丸儿放在右衣兜，走到圣旨巷便数到圣旨巷；李小囡从圣旨巷往上走，走一级数一级，每数到一百，便从右衣兜摸出一粒钢丸儿放在左衣兜，走到老院子便数到老院子。那些石阶有时六百七十三级，有时六百七十四级，有时六百七十五级，没个确数。

李小囡说，无论什么物事，过百就复杂了。

那天，我跟李小囡上去又下来，数了两遍，结果也不一样。

老院子卧在两棵大枫树后面。老院子的老，老在两个耄耋老人，老在闲置的碾盘、石臼和古井，老在地面上的鹅卵石以及照屏墙上的苔藓和爬山虎。站在照屏墙后面，可以望见宝幢街、圣旨巷及圣旨牌楼、贞节牌坊，可以望见瓯江旁边的半个小县城。

我数到六百七十五级台阶，便到了老院子。

两个老人坐在院子里晒秋阳。大爷坐在古井左边褐黄色老藤椅上，大娘坐在古井右边褐黄色老藤椅上，他们神态宁静，目光安详。那古井圆圆的井口朝向天空，似乎默默地诉说着天地沧桑，仿佛一篇意味深长的寓言。

大爷说，阿囡在金鸡岩下，金鸡独立。

大娘说，阿囡在白鹤洞前，白鹤亮翅。

大爷、大娘管李小囡不叫李小囡，也不叫小囡，而叫阿囡，慈爱而亲切。那天，我初见大爷、大娘时有些恍惚，以为见到了李小囡的爷爷奶奶。十来年了，李小囡的爷爷奶奶应该也这般苍老了。恍惚中，我仿佛看见李小囡老家那两株毛竹上吊着的铁环，一棵枫树上挂着的铜钱，在清风月色里孤寂地晃荡。

老院子后面山上有块巨石，鸡状，唤金鸡岩；巨石左边有个山洞，唤白鹤洞。金鸡岩、白鹤洞前下方有一摊平地，长着低矮的灌木丛和缠缠连连的草筋，色彩呈秋天固有的苍黄。李小囡倒立在那儿，双腿在秋阳里时而张开，时而合拢，宛若一棵随风摇曳的美人树。

远远地，我叫道，李小囡，你是金鸡独立，还是白鹤亮翅？

李小囡没有反应，两只腿照旧一张一合。

我笑着走过去。她的身边放着一件牛仔衣、一双黑皮高靴，还有一只米黄色茶瓶。我坐了下来。过一会儿，李小囡一个筋斗掼了过来，双手捧住我的头，我们顺势一起倒在了草地上，一边打滚，一边嬉笑。且滚且笑了一阵，我们坐起来。李小囡笑道，每次倒立，双腿张开、并拢，我都要来三百下的，刚才不应你，是因为我在数数。看起来，李小囡非常开心。

我想说下张家迪的事，可刚开口就被李小囡抢先说了去。

李小囡说，她已办了第二件事。说着，便麻利地松开皮带，撩上衬衣，袒露小腹。她笑道，没了，什么也没了。我疑惑不解。李小囡有些自恋地抚摸着小腹道，这块光滑的土地，原先种上了一个文字、两朵玫瑰，现在铲除了，干净了。我说，你纹身过？李小囡说，你瞧瞧，看得出来不？激光去除了。我仔细地看了看，又抚摸了一下，笑道，光洁如初，温润如玉了。

李小囡曾经说过，她要办三件事。办完三件事再跟同学联系。第一件是她给左腮伤疤做了超高频皮肤整形，第二件显然是把纹身去除了——第三件事呢？

我说，小囡，第三件呢？你要办的第三件是什么事？

李小囡说，我不是跟你说过了嘛，身上多出的除掉，少了的补上。你也是在道上混的人，不明白吗？铜燔钱。

我脸面一涨，不吭声了。少了的补上，少了什么呢？我想到的是下身。我不好意思地望着李小囡，心里疼痛了下，鼻腔猛然发酸，有种同病相怜的感觉。李小囡说，你怎么啦？我说，我没怎么呀，便傻傻地笑起来。

在秋天的阳光中，那块巨石如同一只打盹的金色公鸡，哑然着。周遭有星星点点的东西静静地浮动着，大约是蜻蜓。李小囡说，人在江湖，身不由己。她说着便一跃而起，在草地上一连翻了五六个筋斗。她拍一拍手说，走，便穿上高靴，披了牛仔衣，拿起茶瓶——我们离开草地返回老院子。

路上，我跟李小囡说了张家迪的事。

李小囡说，还算听话。

我说，陀螺骨相，一打就听话了。

二位老人依旧坐在古井边褐黄色的老藤椅上晒秋阳。他们的周遭也有一些红蜻蜓飞舞着，还有六七只蝴蝶，让人感受到如同雪后的黄花菜那样的慵懒和舒适。

中饭已经做好了。大娘说，阿囡，我多烧了一个人的饭，留你的朋友吃饭。

我们四人坐一桌一起吃了中饭。李小囡跟我说，下午，我跟你荡街去。随后，李小囡又跟大爷说，爷爷，下午我荡街。又跟大娘说，奶奶，下午我荡街。我有些疑惑——吃饭时就疑惑了，只是没有问。我轻轻跟李小囡说，他们是你的爷爷奶奶？李小囡笑道，不像吗？我说，哈哈，我还以为是你的房东呢。李小囡也哈哈地笑起来。

李小囡摸给我七粒钢丸儿。

数到圣旨巷口，李小囡说六百七十四级，我说我数的也是六百七十四级。李小囡说，也许真的就是六百七十四级了，以后不数了。我笑了笑没说。其实，我数的结果是六百七十五级。

秋天的太阳光中，张家迪在圣旨巷朝我们迎面走过来。

看见了我们——应该说是看见了李小囡，张家迪的脚步迟疑了一下，接着便转身落荒而逃。李小囡飞出一颗钢丸儿，接着又飞出去一颗，张家迪便蹲了下去。张家迪说，我已向她认错了。李小囡说，你还没有赔偿。张家迪说，我给她钱，她不要。李小囡说，你心不诚。张家迪说，我现在身上没钱。李小囡说，明天给她送去。李小囡说完便扬长而去。

我尾随李小囡走出圣旨巷，来到宝幢街。

一个女孩走过来。女孩戴墨镜，戴口罩，穿牛仔衣、牛仔裤、黑皮高靴。那身段儿，面脸儿，神韵儿，酷似李小囡。

李小囡也看见了那个女孩，那个女孩也看见了李小囡。她们彼此愣怔了一下。

我说，她跟你真像，简直一模一样。

李小囡说，是吗？难怪，我觉得面熟。

我说，小米在泰和公园看见的也许就是她。

李小囡说，也许吧。

我们脚踩宝幢街的青石板，边走边说。青石板刻着一些文字，只是久经岁月的侵蚀，字迹模糊得辨别不清。走出宝幢街，穿过担水巷，便是新街。我们横过熙熙攘攘的新大街，来到临江路，走进泰和公园。一张石凳上坐着一个矮墩的中年男人，他在玩手机。看见我们，他朝李小囡打了一个响指，说，孙二娘。李小囡回了个响指，然后往一个八角亭走去。八角亭一旁就是瓯江。瓯江可是浙江的第二大江，它绕过县城，屁颠屁颠流到了温州，汇入东海。我们在八角亭里坐了很久。太阳变得满脸通红，瓯江变得苍苍茫茫，很古老久远的样子。

次日，我等待张家迪的到来。要是他送钱来，我决定收下。可是张家迪没有来。往后几天，他均没有露面。这期间，李小囡打来几回电话，问张家迪钱送来没有。

小米说，张家迪辞职了。小米原本在城郊那个皮鞋厂上班，后来转行在餐馆里端菜，前不久她又回到那个皮鞋厂做皮鞋。小米说，张家迪辞职有个把礼拜了。

要找到张家迪并不难，我知道他的父母住哪儿。但我不想做什么了，不想再让李小囡为我的事出手。我拨通李小囡的手机号。我说那个陀螺骨相送来了钱，什么时候我请你喝酒？李小囡很高兴，手机中传过来的笑声很爽朗。听到李小囡爽朗的笑声，我却很想哭。关了手机，我就哭了起来，哭着哭着，声音越来越响。

15. 雪天空茫

这年初冬，朱阿妮从意大利回来一个多月后给我发短信，问起她送给我的那本《第二次握手》我当时看完了没有。说实在的，我似乎都记不得那回事儿了。你什么时候回来的？我没正面回复。不知她问这个什么意思，当时看完了没有，我也记不起来了。回来一个多月了，朱阿妮接着问，那部小说当时你看完了吗？我如实说，这么多年，记不得了——你在哪儿？她说，杭州。我问，什么时候回芝城？她答，看情况。我蔫了一下，"看情况"三字后面缺个"吧"，感觉冷冰冰的。

朱阿妮出国已二十多年。她先在仁溪乡校代课，后来考上了乡镇文化员，没多久就去了意大利。据说，她丈夫早一年去的意大利，次年她便辞职跟了出去。几年前，仁溪乡校毕业的夏光长，从意大利回国，在芝城大酒店请客。我兜着圈子打探。朱老师过得不好，她离婚了，夏光长说，不过现在又嫁了，嫁给了番人。从仁溪乡校分别后，我和朱阿妮从未联系。尽管有时想起她，但她的事儿也就知道这么多。

虽然已是冬季，天气却仍旧闷热。窗外马鞍山公墓园上空乌云翻滚，居然打雷了。一阵西风掠过窗外的槐树梢，办公桌上的文件飘起来。这是一沓新教师定级文件，我一张一张放入同事们各自的档案袋。关上窗户，我给朱阿妮发去一个表疑问的表情。我想知道《第二次握手》看完了没有是什么意思，也想知道一些别的事儿。

说起来，我仍记得《第二次握手》里的人物苏冠兰与丁洁琼。不过，这部小说我在读大学时就看过了。那时节，我们中文系学生都喜欢看那部小说，凡恋爱题材的都喜欢看。问题就在这里了。按常理，已看过的就不大可能再看一遍，尽管它很有名。不过，小说是朱阿妮赠送的，这就有些不同。我的记忆确实一片模糊，记不清楚了。

窗外滚过几声响雷，就像夏天一样下起了雷阵雨。雨雾从马鞍山公墓园那儿漫过来，源源不断地漫过来，像瀑布一样，非常壮观。我注意着手机，它却毫无动静。在阵阵的雨声中，我将办公桌上那沓文件归档完毕，手机仍寂然无声——直至次日上午，朱阿妮才回复，仍旧是询问：《第二次握手》当时到底有没有看完？

老纠缠这事儿干吗呢？这是三分之一个世纪之前的事儿了，我觉得又好奇又好笑。于是，我用开玩笑的口吻回复道，你送的书，当然看完啦，当时一天一夜就看完了。文字发过去后，我又发了"咖啡"和"龇牙"的图像过去。我想把气氛弄得随意些，宽松一些，什么时候给她打个电话，听听她的声音吧。有机会的话，见见面更好，可以一起去芝城茶吧喝个茶，也可以请她来家里坐会儿。这些我都可以，而且期盼着。毕竟，我们曾经有过一段至今刻骨铭心的经历。可是，朱阿妮没有回复，什么都没有回。

这年冬天，气候甚是异常。连续三天的雷阵雨过后，西伯利亚袭来一股寒流，气温骤然降至三摄氏度。窗外，马鞍山公墓园立刻萧瑟起来，办公室的空调由制冷调到制热，似乎一抬脚就从夏天跨进了严冬。我有些不适应，除了办公室，就待在家里。《第二次握手》看完了没有到底什么意思呢？我认真地想了想，可费了好大的劲也想不起当时是否看完了，甚至连那部小说还在不在，放在哪儿，也毫无印象。

我在家里的书房寻找这本书，先在两排书架里寻，然后搬下那些纸板箱翻找起来。纸箱总共有七八只，装满旧书旧报，搁置在书架上面。我找了五只纸箱，没找到《第二次握手》，倒发现了李爱娜写给我的一封信。我翻了翻，这封信密密麻麻地写满了六张半信纸。我突然发现，李爱娜那时就相当啰唆，而且喜好卖弄。信纸上全是半通不通的"之乎者也"之类的文字。有一段文字，她居然学着屈原"兮兮兮"地唱起来。我默念着，觉得实在做作，便把六张半信纸揉成一团，丢进了垃圾桶。

我没有继续寻找。心里想，也许放在乡下老家了吧，放老屋的阁楼里了。什么时候去乡下老家一趟，去那逼仄的阁楼里找找看，或许就在那儿。

天气异常变化的时节，入住马鞍山公墓园的老人就越来越多。隔些天，那儿就响起鞭炮声、唢呐声。低矮的松树、柏树之间，弥漫着淡淡的烟雾。我这儿也一样，来调档案复印的人也比平时多了。隔壁档案室里的八千多名教师的档案中，离退休教师的档案占了三千多。来调档案的是家属或者学校的领导，他们复印档案用于写悼词。这是人生最后一趟活儿，任别人怎么弄了。

不承想，在这个气候异常的冬季，马科挺校长也走了，他顺着西伯利亚的寒流驾鹤而去。老人真是说走就走。几个月前，他还来过我的办公室。那天，他喘得厉害，吭哧吭哧地爬上楼梯，敲开我办公室的门，送给我两包中华牌香烟，说是喝喜酒拿回的。我说您不抽了？他说我要是还抽烟还有命啊？还会来你办公室啊？戒了一年多了。来复印马校长档案的是仁溪乡校现任副校长。复印过后，我收回档案，便放在另一排铁柜里，打入了另籍。然后，我在登记册上画一个"0"。这么一画，老校长马科挺那一米七八的个子就变成"0"了。马校长享年八十二岁。

我在仁溪乡校那些年，马科挺校长才刚五十出头吧。开学前一天，他领着一个女孩来到我的房间。那时节，仁溪乡校办公用房很紧张，每个教师都在自己房间里备课、改作业。马校长说，她叫朱阿妮，来教初二（1）班的语文，高中刚毕业，备课方面你给指点指点。朱阿妮？这名字挺奇怪的，我差点笑起来。朱阿妮说，我什么都不懂，请许老师多多指教。她的声音挺好听的，或者说是我喜欢的那种，脆脆的，略带沙哑，有磁性。我说，好的好的，以后互相切磋吧，多多切磋。那时节，我是一个极腼腆的年轻男教师，对自己的表现很不满意。他们离开后，我埋怨自己说，窝囊呀，慌里慌张的，文绉绉的。然后，我又说，朱阿妮？我对自己说，朱阿妮。现在想来，刚一见面我就有些在乎她了。

有了话题，我便给朱阿妮发了条短信，告诉她马科挺校长去世了。过了半个多小时，她发来一个表哭泣的图像。我把马校长出丧的日期发了过去，希望她方便的话，来送马校长最后一程。

我只发送了出丧日期，没把"希望"也发过去。可是朱阿妮没有回复。我不再发了，别为难她吧，人家还在杭州呢——直至马校长出丧那天，朱阿妮都没有回复。

那天，马鞍山晨霜很重，都上午九点了，背阳的松柏上仍旧发白。把马校长送到山上的有不少人，其中包括我们仁溪乡校几个老同事。田东升说，马校长入住后离你最近，要是他走出来晒太阳，你跟他打个招呼吧。从马鞍山看过来，教育局办公楼坐落在不足三百米远处，我的办公室窗口朝这边，躲在一棵老槐树后面。我不喜欢田东升，也不喜欢这样的玩笑。我说，好啊，打过招呼后，我就给你打电话，让你去陪马校长晒晒太阳吧。在仁溪乡校，田东升是语文组组长。他对朱阿妮备课上的指点非常积极，也非常主动。我教初二（2）班语文，跟朱阿妮同教材，想跟她切磋切磋，却没什么机会了。

下山路上，有个同事提起了朱阿妮。田东升说，听说她离了又结，结了又离，弄得挺新潮的。然后，他问我知不知道朱阿妮的事。我摇摇头。田东升故作惊诧地说，你们没联系？不可能吧——她的第二任丈夫，那个番人又找别的女人了。我说，你知道得真多哈。田东升说，你现在也知道了，可以联系她嘛，她没牵挂了，你也理清楚了，可以重温旧情了。我说，你开玩笑了。田东升说，看得出来，在仁溪乡校，你们都有那个意思。我说，是吗？我不记得了。田东升什么人，我跟他没什么好说的。

马校长的家属在芝城华侨饭店办了十几桌丧席。我没去，径直回办公室了。从办公室的窗户看出去，可以看见马校长被花圈簇拥着的公墓，看见墓上面的天空中，一堆堆白云远远地待着。

我数了数，那座墓处在自上而下第六排偏左那个位置。

将近一年，我基本在教育局食堂吃午餐，也很少回家自己做晚餐。

吃过晚饭，我走出一品香快餐店，橘黄色路灯下横扫过来一股冷风。我缩了缩脖颈，给在上海读大一的儿子打电话，嘱咐他注意保暖，别冻着。晚上，我又在书房里寻找。我隐约觉得《第二次握手》里或许有些什么。爬上凳子，我将书架上尚未找过的三只纸箱搬下来。不找遍书房每个书架、每个柜子、每个纸箱，就不能断定那部小说不在书房里。

在一只纸箱里发现了一沓日记本，是我自己的日记本。

不记日记已很久了。开始工作的那些年，我确实坚持记日记。我一本一本地取出来，然后翻了翻，每本扉页上竟然写有年份。这样挺好的。仁溪乡校是我教学生涯的第一站。除开教育局，我在五所学校工作过。我将年份往前推移，拣出在仁溪乡校写下的日记，总共三本。翻开尘封的日记，仁溪乡校那段遥远的岁月渐渐地向我贴近。

一些日记就像天书一样，连我自己都看不懂了。那上面画着一些图形，在奇形怪状的图形之间，有一些字母，还有赤、陈西降、链、皮等文字。要不是这些文字，我什么也记不起了。这应该是一些指代性符号吧。那些图形、字母已难以破译。赤，也许指代朱阿妮吧；陈西降，则指田东升无疑了。一段日记，一段心路历程。脑中记忆的碎片，在充满霉味的日记里渐渐整合，脑海里那一片混沌也渐次现出些理路来。

那段日子我肯定非常焦虑。给朱阿妮的情书一放进邮筒，我就开始等待她的回信了，焦躁不安地等待。确实是邮寄的，我不敢当面递给她，也没有偷偷地将情书夹在她的教科书或者备课本内。那时风气未开，未婚男女明面上不大言语，谈恋爱就像做地下工作似的，秘密行动。我也许寄了三封，一鼓作气地寄了三封。可没有等来她的复信，只言片语也没有。当时，我是怎样的心境呢？一则日记上，有个状若酒盏的图形。也许，这指代啤酒吧。我当时失眠了，依稀记得每天早晨一起床就灌下一瓶啤酒，提起精神走向教室给学生上课。毫无疑问，那是一段极其煎熬的日子，心绪就像这些日记一样千纠万缠、杂乱不堪。

在一则日记上居然有一首小诗，题为"不回信的烦恼"："问大海，驶出去的小船，沉没了吗，大海兀自起着波纹；问蓝天，放飞的风筝，断线了吗，蓝天只管飘着白云；问阿丘，射来的神箭，金子铸就的吗，阿丘淘气地眨眨眼"。过了几天的一则日记，只有"不要书，要信"五个字，除此，就尽是图形了。有一个图形，画一个圈，内里左边有三个点，右边也有三个点。表哭泣吧。我想，那时我就在用现在的QQ图像了，挺有创意的。当时，也许是这样的，肯定是这样，我接过朱阿妮送上的《第二次握手》，渴望书内夹着一张字条，可什么都没有，只有一本书。于是，我绝望地写下这则日记——不要书，要信，然后画上一些表达心情的图案。

现在可以断定，朱阿妮送的《第二次握手》当时我没有看完。在那样的心境下，我不可能看它，况且我原本已看过这部小说。保不准，我慌里慌张地翻了翻，什么都没有，就一气之下，将它摔在地上，好一会儿再拾起来。我期盼的是信，而不是书，将它摔一下不是没有可能。

找过三只纸箱，我又找遍书房每个旮旯，都没找到《第二次握手》。

我打开手机，输入一串文字：现在想起来了，我当时没有看完《第二次握手》。想了想，删除了，换上一个表疑惑的图像，发了过去。要是朱阿妮回复过来——不论回复什么内容，我都要将那串文字发过去，明确地告诉她，我当时没有看完《第二次握手》。可是朱阿妮没回复。我又发了一回，她仍没有回。

天气越来越冷了。马鞍山先是阴雨绵绵，后来那些雨水结成了冰，自上而下地变白。马科挺校长墓后面的几棵松树，耷拉着白色的树冠，很疲惫的样子。在办公室里，我给乡下老妈打了电话。老妈吞吞吐吐地说，电热毯坏了，昨晚上睡到半夜都没有睡暖。要是我不打电话，老妈会来电话说吗？我想，人老了，热量就弱。无论如何，也不能让老妈的被窝冷冰冰的。

当天，我就买了电热毯，骑摩托送回了老家。

在老家小山村，容易感觉出天气的变化。看起来要下雪了。那些俗名叫"池坑啾"的鸟在村里出现了，歇在光秃秃的梨树上，呆头呆脑的。老人说，这些鸟飞出来恐怕就要下雪了。天上也着力蓄势，毛茸茸的，仿佛盖上一层棉絮。给老妈铺好电热毯，我向老屋走去。在老屋的阁楼里，我待了半个多小时。出来后，我望着白茫茫的天空，眼前晕了下。

这回，老妈没提李爱娜。我离开老家时跟老妈说，我和许家豪回家过年的。回到县城芝城，头有点疼。我有些后悔，不该骑摩托，应该打的。我打开书房的空调，调到三十度。当时我是否翻开《第二次握手》来看，我仍旧记不起来。我也许翻开看了几页，但肯定没有看到第一百页。朱阿妮的回信夹在这部小说第100至101页之间，而这两页粘在了一起，像一个信封。朱阿妮的字迹很秀丽，不是拒绝，看不出拒绝的意思。就这么回事了。

我打开手机，今天才收到三十多年前的复信，将这句话发了过去，并附上一个表震惊的图像，一起发了过去。感觉上，我与朱阿妮忽然缩短了距离。在老屋阁楼里看见这封回信，我就产生了这种感觉，感觉朱阿妮在茫茫人海中凸现出来，听见了她的脆脆的略带沙哑的声音。她离婚了，又结婚了，又离婚了。果真如此吗？她为什么非要嫁给番人呢？这样想着，我产生一些排外思想，眼前出现一个毛茸茸的番人与朱阿妮在床上的场景，某种类似于厌恶的情绪在心里闹腾。

朱阿妮照旧没有回复，我又发了一遍，然后等待着手机的鸣叫。

现在想来，要是当时我看完这部小说并及时发现朱阿妮的复信，我们必定结合了。我由此推论起来，震惊不已。要是我跟朱阿妮结婚，就不可能跟李爱娜结婚，也就没有许家豪了。要是这样，李爱娜就会跟别的男人结婚，别的男人的爱人就会跟别的男人结婚了。我胡思乱想起来。我忽然觉得我没能及时发现朱阿妮的复信，后果极其严重，改变了许多家庭的组合，改变了千千万万的新生命。

朱阿妮还是没有回复。我仍旧往这方面胡思乱想。生命这玩意儿太神奇了。产生一个生命，纯粹是一种机缘。我想，这事儿绝对错不了。产生某个特定的新生命，必定在某种机缘的主宰下，是特定的一男一女的两副生产器具互相痉挛劳作的结果。这是毫无疑问的。如果更换组合对象，生产出来的新的生命绝对不一样。我要是及时发现朱阿妮的复信，就没有许家豪，就是一个别的什么人，要么男的，要么女的，反正不是许家豪。我进而想开去，这太不可思议了。如果中国古代那个叫含始或者刘媪的姑娘不是跟刘煓结婚，就不一定有大汉王朝；而外国那个叫阿洛伊斯·施克尔格鲁勃的小伙子如果不是跟克拉拉·彼利茨利交媾，就不一定会发生第二次世界大战。这么一想，我觉得当时没有发现朱阿妮的复信，可以说是一件惊天动地的大事。不但改变了许许多多家庭的组合，甚至改变了下一代。

我有些心血来潮，于是给朱阿妮打电话。我要跟她聊聊，把自己的胡思乱想跟她聊聊。这事儿多么荒唐啊，多么匪夷所思啊。我想听听她的声音，想听听她的笑声。她肯定觉得很好笑，肯定咯咯咯地笑个不停。她手机很快就拨通了。可是接听手机的不是朱阿妮，而是一个男人。那男人说，哪位？我停顿了一下，然后说，打错了。我有些错愕。怎么回事？这不是朱阿妮的手机吗？错愕之余，我怀疑拨错了号码。可检查了一遍，千真万确，是那个号码，是那个多次发过信息的号码。难道朱阿妮借用别人的手机发短信，还是怎么回事呢？我想不明白。

想不明白，我便往另一方面想。这些短信是虚假的？什么人冒充朱阿妮给我发假信息？可是，发假信息的人怎么知道朱阿妮给我送过《第二次握手》呢？知道的也只有当年仁溪乡校的一些同事啊。谁会这样恶作剧呢？难道是田东升？是在我的日记上被称作"陈西降"的田东升干的好事？我被这些问题缠住了。一连好几天，我都想着这些问题。可怎么也想不出所以然，心里堵得慌。

我终于打听到在意大利的夏光长的QQ号。夏光长说，朱阿妮老师回国了。我说，我有点事儿想联系她，可不知她的联系方式。夏光长说，我帮你打听打听吧，到时候给你留言。

我等待夏光长留言的这些天，芝城终于下雪了。

起初是下雪子，朔风裹挟着雪子从天空中斜打过来，打在窗外的老槐树上，响起了一片沙沙声。不一会儿，沙沙声渐渐变小，飘起了雪花。一开始，雪花的来势异常凶猛，纷纷扬扬，漫空飞舞，好像编织成网络，将老槐树那边的楼房以及楼房那边的马鞍山公墓园，整个儿罩住了。看着窗外的鹅毛大雪，我又想拨打一回那手机号码。

我将那手机号写在一张白纸上，然后用办公室的电话来拨。事先，我想了想，假若还是那男人接听，我就说朱阿妮在吗？要是对方说，什么朱阿妮？我就说这个号的主人以前给我发过几回短信，署名朱阿妮。要是对方说，神经病。我就说，你神经病。

可是，我想好的话术没用上。手机里传来很客气的声音，您拨打的号码已停机。

雪下了三天三夜了。马鞍山臃肿起来，马科挺校长墓的位置，都难以辨认了。第四天上午，雪停了，却没有放晴的意思。马鞍山上出现了几个人，他们在扫雪路。我想，也许又有一个人要入住马鞍山公墓园了，因此把通向公墓园的道路清理出来，好把这个人送上去。果然，十点多从公墓传来了鞭炮声、唢呐声。不一会儿，白蒙蒙的马鞍山上就长出一支队伍，绽放出许多花圈。一个鞭炮直直地冲上天空，四下里散开亮光，然后传来了钝响。又一个冲了上去，仍旧闪着亮光，仍旧传来钝响。那淡淡的烟雾在雪野的映衬下显得更加灰白，似有若无地在空中游移。

夏光长留言说，朱老师身体不好，据说在杭州看医生，她的手机号他问到了，可是她手机停机了。

身体不好？看了留言，我将留言上的手机号同发过短信的手机号比对，一点儿没错，这就是朱阿妮给我发短信的手机号。它停机了，我知道的。我想再拨拨看，说不定之前没钱被停机了，这会又有了钱，开通了。她身体哪儿不好呢？我很想知道。可是一拨，不是停机，是空号了。我心里一下子空落落起来。打开窗门，一股冷风裹挟着雪花迎面扑进来，窗外的雪天看起来迷迷茫茫的。马鞍山公墓园入住不久的那个墓，渐渐地隐藏在了白雪中，一些花圈也萎缩下去。我给夏光长留言说，你再问问，她有没有其他联系方式。发过去后，我跟自己说，要是能联系上，跑杭州一趟吧，看看她，并跟她说，《第二次握手》我当时没有看，那封回信我几天前才发现。我要亲口跟她说。

这年冬天，雪是没完没了地下，陆陆续续地下了十来天。

芝城街道的局部也积了雪，芝城大桥还结了冰。我把摩托车停在柴火间里，改乘公交。一连几天，我上下班都乘坐公交。早上坐车过去，傍晚坐车回来，在一品香快餐店吃过晚饭，然后往家走。在家里，我仍拨了几回朱阿妮的手机号，照旧是空号。

一天早上，我在公交车上遇上了田东升。傍晚返回时，我又碰上了从仁溪乡校毕业的一个女生。当天夜晚，我又拨了几回那个明知是空号的手机号，又胡乱地在一张白纸上画了一些奇形怪状的图形，基本一夜没睡。

　　次日，我一早来到办公室，打开窗门，在白皑皑的马鞍山公墓园搜寻着，终于搜寻到那个入住不久的墓。我凝望着那座墓又一次拨打那个号码。我用手机拨打的，明知道是个空号，可我还是拨打了，拨打这个多次被告知的空号。我并不希冀什么，反正就要再拨一次。这毕竟是朱阿妮曾经用过的手机号。

　　这回居然拨通了。我惊颤着，拿着手机的右手晃了下，视域里那座墓似乎也晃了晃。我的心怦怦直跳。听起来对方是个女孩。女孩说，你找谁？我停顿了一下，然后说，我找朱阿妮。女孩说，你打错了，我不是朱阿妮。我说，你不是朱阿妮，你是谁啊？女孩说，你怎么啦？大约女孩听出我的哭腔，她问我怎么了。我说，我没怎么，我想和朱阿妮说说话。女孩说，朱阿妮是你什么人？我说，朱阿妮是我的初恋情人。女孩说，这样啊，你真逗，有什么话想跟你的初恋情人说呀？我说，朱阿妮回给我的情书，我三十多年之后才收到，我想告诉她，我几天前才收到她的复信。女孩说，我不是朱阿妮，不过，你一定要跟她说哦，这样的事一定要跟她说。我说，是啊，我很想跟她说，可是，她已去了天堂，就在几天前，她去了天堂。女孩说，怎么回事呀，叔叔，你没事吧？我抑制了很久，终于哭出了声。女孩儿也许被我吓着了，挂了电话。

　　我拿纸巾擦了擦脸面，手机里传来一阵蜂鸣，是那个女孩发来了短信：叔叔，你别伤心啦，我是小天使，已拨通天堂的电话，把你要告诉朱阿妮姐姐的话都跟她说了，嘿嘿。我激动得破涕为笑，颤抖着手回复说，谢谢，谢谢小天使，真的谢谢。我又拿过纸巾擦了擦脸面。

去雪地上走走吧。

白雪覆盖着的马鞍山跟平时很不一样，看起来像一个妇人，养得丰腴了，新新的。踩着白雪，我一步一步往上登。在恍恍惚惚中，我似乎登着通向天堂的梯子。那上头，一堆一堆的白雪，哑默着。

16. 神仙草

一

　　洪庆的父亲是在老家院子搬一块石头时猝然离世的。大前年，洪老头患上心梗，在县医院抢救过来后，医生说需要搭支架，老人死活不肯，便依了他，保守治疗，天天吃药。洪庆是小县城的小科员，三口之家住在县城，父母仍住在乡下老家。虽然洪庆的父亲天天服药，但老人的心脏病仍偶尔发作。每次接到母亲的电话，洪庆就骑摩托往回赶。可赶到乡下老家时，服下救心丸的父亲却往往已经缓过了气，虚惊一场。而这回动真格了，老人要把院子旮旯的一株草用石头围起来，搬起一块十几斤重的石头，重心不稳，一屁股跌坐下去，就坐到了世界那边去。洪庆和爱人杨梅雨赶到村子时，洪老头已断气了。

　　办完父亲后事，又祭过"头七"，洪庆返回县城上班。乡下的母亲由大姐暂时陪伴。大姐嫁在邻村，她说再住段时间陪陪老妈，过了老爸的"三七"再做打算。

　　洪庆回县城第三天，发现自己的体重轻了九斤多。

　　洪庆家的客厅里有台电子桌秤，是女儿洪环佩网购的，还有一台踏步机，也是网购的。考上一个事业单位不久，洪环佩便开始瘦身运动。她说，凭她的体态，相亲实在困难，现在全世界没一个男生喜欢胖妞了。其实，洪环佩并不胖，一米六七的个头，体重不到一百一十斤。但她要求极高，目标是八十九斤，坚决要减到九十斤以内，弄出些骨感来。平时，洪庆不怎么过秤的。大前年，父亲心梗住院，洪庆体重降了五斤，去年爱人杨梅雨住院，又降了三斤，随后就基本稳定在一百三十斤左右，没必要过秤。奔丧回家第三天，洪庆却踏上了电子桌秤。那秤盘上的数字，闪着闪着，就定了下来。洪庆吓了一跳，体重居然降了九斤多。一旁的洪环佩大喊道，老爸，也太神奇了吧，减得这么快呀。洪庆脸色一沉，并不吭声。洪环佩噘嘴说，减了快十斤，还不高兴呀。洪庆冷冷地说，我又不想减肥。对女儿的瘦身运动，洪庆反感，杨梅雨反对。洪环佩除了踩踏步机，还压缩饭量，每天不到三两米下肚，体质弱了，常常感冒打喷嚏。杨梅雨说，你爸是熬夜瘦的，不像你，减什么肥，瘦吊吊的好看呀，体质亏下来，会吃苦头的。杨梅雨啰里啰唆一番后，也踏上电子桌秤，说她也瘦了三斤多。

洪庆就想起朋友阿军。

去年，朋友阿军服侍母亲。他母亲从住院到去世之间的两个多月，阿军体重降了十多斤。原以为是因悲痛、忙碌、熬夜而掉肉的，他就没当回事儿。可不久，总感觉很疲惫，走路腿脚软塌塌的，去省城杭州医院一查，肝癌晚期。洪庆从上海赶赴杭州探视。阿军说，以后我不能喝酒了。洪庆说，我们以后不喝酒，喝茶。可他们再没喝过茶，半个月后阿军就紧跟他母亲去了，洪庆也没能送朋友最后一程。那时节，他仍在上海医院服侍爱人杨梅雨。这事儿对洪庆刺激很大，在上海出租房的几个晚上都没睡好觉。

洪庆想，自己急剧消瘦下来，不会也患上了什么恶疾吧？

之所以这样想，是因为父亲的去世，洪庆不是特别悲痛，不可能因悲痛而消瘦。大前年，父亲心梗，洪庆既害怕又悲痛，都哭了；去年，杨梅雨在县医院误诊为肺癌，洪庆也一样，偷偷哭了好几回。那种悲痛是心的绞痛。经历了这许多事，洪庆觉得自己的心、自己的胆，似乎结上了一层厚厚的茧皮，麻木了。洪庆已然想开，生老病死谁也无法违逆，人老了，总会死的，只是迟早而已。那日，洪庆刚到村头就得知父亲已咽气。但他并不恐慌，沉着脸面走进院子。父亲已安放在木板床上，脸上盖着一块白布。洪庆揭开白布看一眼，心里说，天要下雨，娘要嫁人，您老安心去吧，便盖了回去，居然没掉泪。

朋友阿军瘦下来是得了肝癌，洪庆便开始关心起自己身体上某些个部件。

洪庆不担心肝脏，他觉得自己的肝很好，不可能得肝癌。令他有些担心的是肺。洪庆的胸部偶尔有点儿闷，有时还咳嗽。抽烟对肺部伤害很大，念大学时洪庆就开始抽烟了，不过那时是抽着玩儿，偶尔抽抽。工作后，便常抽了，成了烟君子，两天三包。洪庆看过资料，抽烟者，烟龄乘以每天抽的支数如果大于四百，就属于肺癌高危人群。洪庆生平抽第一支烟还是在七岁，大姐出嫁那天抽的，牡丹牌香烟，结果醉了。洪庆跟人说过，烟醉了，比酒醉难受，也比晕车难受，想吐却又吐不出来。洪庆计算过，他的那个数很大了，即便烟龄从工作时算起，那个数也差不多是四百的两倍。不过相比之下，洪庆对肺还不是特别担忧。单位三年体检一次，体检时肺没事儿，体检后才过了一年多，癌变不会这么快。洪庆最担忧的是肠胃。

洪庆的肠胃一直不大好，消化不良，有时吃啥拉啥，饭后腹部隐隐作痛。给父亲办丧事期间，这症状愈发地严重。但这尚在其次。要命的是洪庆的叔叔死于肠癌，爷爷也死于肠胃方面的疾病，只是当时条件差，没去医院治疗，不知是否是肠癌。洪庆的父亲虽然死于心脏病，但肠胃也不怎么好。洪庆听说过，肠癌有可能遗传，洪庆的小学班主任就死于肠癌，班主任的一个儿子、一个女儿后来也得了肠癌。洪庆做过胃镜，患有胃溃疡，却从未做过肠镜。杨梅雨曾劝他去做肠镜。做胃镜洪庆都觉得太难受了，据说做肠镜更难受，弄条东西从下面插进去，确实不是玩的，洪庆有内痔，便拖了下来。综合这些因素，洪庆对肠胃很怀疑，尤其是肠道，觉得体重急剧下滑与肠道很有关系。

于是，洪庆的心思就集中在自己的肠胃了。

二

洪庆父亲洪老头的死亡，同表演艺术家高秀敏差不多，系心源性猝死。导火索显然是那块十多斤重的石头。这块石头稀奇古怪的，看上去相当丑陋。办丧事时，许多人面对这块丑石头猜测，这害死人的玩意儿到底有多重呢？有人搬它过了秤，十七点八斤。洪老头搬石头是要把院子旮旯的一株草围起来，避免让几只大母鸡啄了叶子。洪老头以为这株草绝非庸常之物，是神仙草，他非常爱惜，视之为宝贝。

这株神仙草是洪老头从村后荒地上移植过来的。

村里荒地多，村后那块地荒了很多年。荒地上的野草有些营养不良，无精打采，而这一株却格外精神，而且非常奇特，非常好看，可谓一枝独秀，鹤立鸡群。这般奇特的草，洪老头从未见过。传说中世界上有种灵异的草，服之可以起死回生，长生不老。这株草走进洪老头的视野，他就想起这个古老传说，决定把它移植至自家院子里来。洪老头喜气洋洋地回家，跟老伴说，他发现了一株神仙草。洪老头患的心脏病，不能干活儿。以前他不服气，可有回去地上拔一兜青菜便出事了，呼吸紧促，满头冷汗，差点儿背过气去，在舌头下化完两粒救心丸才缓过劲来。洪老头报告老伴，是想让老伴去挖回来。可老伴不感兴趣，不相信有什么神仙草。洪老头便在院子里转悠，伺机行动。他明白，自己操起锄头让老伴发现，她肯定会予以制止。他要避开老伴去挖那株神仙草。

开始很顺利，从村后荒地上挖起来，又在院子角落栽下去，洪老头都没事儿。可是，搬起那块十七点八斤重的丑石头便出事了。大约搬起尺把高，就一屁股跌坐下去，再没站起来。推论起来，要不是那株草，他就不会搬石头。洪老头的猝亡与那株草有关。

这株草确实稀奇得很。它有点像猪笼草，草茎四十多厘米，叶片肥厚，叶顶反卷过来形成瓶状，绿叶间点缀着紫色小花。更稀奇的在根部，根部那儿生着两只向日葵似的花环儿，左一个，右一个，看起来像一架双轮草车子。

那些天，奔丧的人都前去看稀罕。它长在院子角落里，已被一圈石头围起来了，沿着石头还密集地插上一圈篾片。人们望着它议论纷纷。它似乎有点儿高傲，但也有点儿不好意思，有点儿歉意，点点紫色小花儿像眼睛一样，羞愧地一眨一眨。洪庆姐姐七岁的孙子说，你害死了我外公太，把你拔掉。小男孩就要动手时，有个见多识广的耄耋老人立刻举起褐黄色拐杖予以制止，他颤声说道，拔不得，百里方圆都没有这样的草，我都九十岁了，从未见过，这肯定是什么仙鸟叼来草籽落下长成的，是神仙草。

对这株草洪庆也觉得奇怪，他用手机拍下来。回县城上班时，就在电脑里百度。所谓仙草、奇草之类的图片，百度里很多，却都对不上号儿。洪庆将照片发至当地网站论坛，向网友求教这是什么草，可网友也说不清楚，只是笼统地说这是仙草。这等于没说，如同把一棵认不得的树说成怪树一样。洪庆跟人说起父亲死亡的事，就打开手机，让人见识这株草的照片。可谁都说不上是什么草。有人说，这是你爸用性命换来的，必定是神仙草，包治百病，起死回生。跟死亡关联起来，这株草便增添了些神秘色彩，感觉更灵异了。

要不是洪庆踏上电子桌秤，他会去趟林业局找专家来辨认这到底是什么草。可自从发现体重降下了九斤多，他就没这个心思了，他的心思都被自己的肠胃吸引了过去。

三

洪庆发觉隐隐作痛的不是整个腹部，而是左下腹。左下腹有什么呢？有降结肠、乙状结肠以及左输尿管什么的。洪庆首先排除了左输尿管，他的输尿管通畅无阻不会有事儿。那天上班时，他特意转到芝城大桥下瓯江边没人处，在裤裆里掏出玩意儿，轻而易举地尿出一条标准的抛物线。那儿除了输尿管也就是肠道了，洪庆最担心的是肠癌。

洪庆在电脑里寻找肠道疾病的症状，进行比对。他看见了"便血"，忽然记起来自己有过便血经历。就是说，他不但消化不良、左下腹偶尔有些疼痛，还曾大便出血。电脑上说，癌细胞侵犯血管，大便就会出血。洪庆的额头冒出汗珠来，他从去年开始就被"癌"字纠缠着。这字的形状看起来特别狰狞，电脑里的图片更是触目惊心。从上海手术回来，杨梅雨就喜欢收看电视健康频道，里面常提到各种癌症。洪庆心里说，要是得这种病，老天没眼了。洪庆的小学班主任做完肠癌手术后，随身带着大便袋，一年后就去世了。班主任的儿子女儿，虽然仍健在，但女儿术后发生了并发症，大便从阴道里漏了出来。要是得了肠癌，还能存活，就是无生活质量可言，一辈子也就完蛋了。洪庆满脸愁云，仿佛大难临头。

洪庆下班回家路过芝城大桥，遇上了多年不见的朋友。那朋友惊诧道，洪庆，怎么瘦了这么多，都认不出来了呀。洪庆说，这些年走路上下班，还打打乒乓球，确实瘦了不少。洪庆说得轻描淡写，可朋友说看你气色也不怎么样嘛，没什么不舒服吧。洪庆说，没有，没有啊。朋友说，瘦下来哈，说好也好，说不好也不好，我有个朋友，前段时间突然瘦下八九斤，一查，肠癌晚期，不能做手术了，现在在上海中山医院化疗。洪庆心里被什么刺了下，打个哈哈，就走了过去。

晚上，洪庆常在书房看电脑。去年，杨梅雨在上海做了手术后他们就分居了，他睡书房，她睡主卧室。洪庆把书房门反锁上，在电脑里查看。电脑上说，人突然变瘦，有种很可怕的因素是癌症。洪庆拿起左手拍下电脑桌，然后顺势放下手来，按住左下腹。这些日，洪庆喜欢按左下腹，或者在那儿按摩。那里头老不舒服，有时隐隐作痛，有时似乎有蚂蚁叮咬，终归很不舒服。洪庆想着左下腹的时间越来越多，每天半数时间都想那儿。也不是故意去想，只是情不自禁，似乎整个躯体只剩下左下腹，其他都不复存在。

每天早上醒来，洪庆就关注左下腹了。在床上他将身体右侧过来，让左肋骨和髋骨之间凹陷进去，然后拿手去挤压。那里头确实疼痛。可挤压一会儿，痛感却消失了。那疼痛的位置也变化无常，时而挨近肋骨，时而在髋骨那儿。起床后，洪庆就去客厅过电子桌秤。原本他不常称体重的，可体重降下九斤多后就天天称，甚至一天称几回。他的体重仍继续下降，两三天降下半斤。女儿洪环佩瘦身也有些效果，体重一点点下降，只是没洪庆那么明显，弄得她缠住老爸讨经验。洪庆离开电子桌秤，上过卫生间，便下米煮粥，然后插上电药罐的插头煎中药。中药是从上海抓回的，杨梅雨每三个月去趟上海看中医，进行术后巩固。那电药罐也是洪环佩网购的，褐黄色罐体上刻有"如意神童"四个字。老是想着身体上某个部位，某个部位就病了，有个作家如是说。

洪庆让某种阴霾笼罩着，恐慌而悲观。

在家时洪庆努力挤出点儿笑意，走出家门立刻愁眉苦脸了。

他不想让杨梅雨产生压力，她术后尚未完全康复。不过杨梅雨似乎看出了什么，问洪庆哪儿不舒服。洪庆说没什么，好好的，想了想又说，好像肠胃有点儿不舒服，说得很是无所谓。其实不是有点儿，跟以前相比是相当不舒服。他的大便次数也明显增多了，而且排便不畅、粪便不成形，颜色也变化不定，有时呈绿色，有时呈咖啡色，有时近乎黑色。洪庆对大便偏黑色格外敏感，不知是否为便血现象。电脑上说，黑便，很可能是消化系统出血。

杨梅雨还是看出来了。她说，你上厕所的次数多了，我看还是去做下肠镜吧。洪庆说，再说吧，听说做肠镜很难受。杨梅雨说，可以麻醉的，做了都不知道。洪庆说，这我知道，不过麻醉也有坏处，弄不好肠道戳伤了也发觉不了。杨梅雨说，概率极低的，用不着别担心。洪庆说，过段时间再说吧，我心中有数。杨梅雨说，终归做了放心。

四

在这近半个月里洪庆回了两趟乡下。

洪庆回乡下是给父亲办"三七"。这是祭祀亡灵的老规矩。俚语云："头七茫茫，二七惶惶，三七见阎王。"意思是亡灵"头七"天很茫然，第二个七天很惶然，第三个七天便启程赴阎王殿了。办"三七"，便是从去世之日起计算在每个七天的最后一天，到坟头摆素菜，点香烛，化冥币，放炮仗，告慰亡灵一路走好，不忘庇护阳间子孙。有点设宴送行领导、乘机拍点儿马屁的意思。"头七"已办，这两次回去是办"二七""三七"。

每趟回去，洪庆都从不同角度给神仙草拍照片。

办完"三七"返回县城，洪庆将神仙草照片发至 QQ 空间。办"二七"时拍下的当时就发上去了。两组照片对比，这回的神仙草少了几片叶子。大姐说，很多人来看神仙草，也有外地陌生人。那天，大姐恰好回家去，突然有个花白胡子老人走进院子，向母亲讨碗水喝。可母亲从厨房端出一碗开水来时，老人却不见了，之后发现神仙草少了几片叶子。父亲去世后，母亲身体大不如前，衰老得很快，有时神志不清，神情恍惚。母亲说，那几片叶子是那个白胡子老人摘去的。但有时却改口说，是一些孩子摘的，摘去在水沟里漂着玩儿。大姐说，老妈时时出现幻觉，说话不能当真的。洪庆也产生了幻觉，院子一片阴影里仿佛有个白胡子老人闪了下。母亲说，那白胡子老人说这是神仙草，可以治百病的，摘几片叶子泡开水喝。

晚上，洪庆在书房里做了个梦。

也不知是不是梦。父亲说，你肠胃不好，吃点神仙草就好了。父亲又说，摘几片叶子，用开水泡着喝下去，就没事了。也许是回忆或者想象。在祭"二七""三七"时，洪庆在父亲坟头上默念，希望父亲保佑子孙身体健康。也提及自己的肠道，祈求父亲保佑，千万不要让他得肠癌。化冥币时，洪庆的口气俨然带些威胁了，说你的儿媳身体原本就不好，去年刚做了手术，要是你儿子再有个三长两短，往后就不给你烧纸钱了，让你变成穷鬼。在书房的床上，洪庆听到父亲的话，好像是睡着了，又好像是醒着，也许处于半睡半醒状态，是否在梦中也弄不明白。

洪庆就莫名其妙地来到乡下。

村后那块荒地上空有只老鹰像小飞机那样地盘旋。父亲挖起来的泥土依旧有点儿新鲜，那株神仙草原本生长在荒地正中央，那儿有堆半新不旧的黄土。这神仙草是那只老鹰喙里掉下的种子长成的吗？这粒种子从哪儿叼来的呢，为什么平白无故掉这儿啊，这事儿奇怪了。父亲为什么把它移植到院子里来呢？为一株草搭上了老命，难不成这真是神仙草？这些事儿也都很奇怪。

洪庆对自己的行为也觉得非常奇怪。为什么要到这块荒地来转悠呢，为什么要摘那株草的叶子呢？洪庆从村后荒地回到院子就开始摘神仙草叶子了。原来是你摘的啊，母亲很讶异地说，我还以为是那个白胡子老头摘的呢。洪庆说，以前我没摘过。母亲说，以前是那个白胡子老头摘的，他说泡茶喝可以治病。在院子那块阴影里，白胡子老人似乎又闪现了一下。洪庆起了鸡皮疙瘩。大姐说，老妈的头脑全晕了，讲话东一榔头、西一棒槌。母亲说，你爸给我托梦了，要我管好神仙草，你爸也真是的，管人间这些事干吗呢。

洪庆离开时母亲却全清醒了。她跟洪庆说，有十三只鸡蛋，带回去给梅雨吃。以前好几年，母亲都没养鸡了，听说杨梅雨做了手术，母亲便又养了几只母鸡，说居家蛋有营养，让儿媳补补身子。洪庆忽然想，要是院子不养母鸡，父亲就不会搬石头把这株神仙草围起来，或者就不会出事了。杨梅雨为什么得病呢？也许某些事于冥冥之中都是注定的，生活中有个神秘王国，那里头全是些相互关联的不可知的事儿。

摘了神仙草叶子，还摘了十三朵小紫花，洪庆便离开村子回县城了。洪庆把十三只居家蛋放在摩托车坐垫下面，母亲相当聪明地说，对啦对啦，放那儿安全，不会磕破。

五

洪庆是在办公室用神仙草泡水喝的。他撕了半张叶片，又放进一朵小紫花，开水冲进去后，绿叶、小紫花在玻璃杯里上下翻滚了几个来回，就现出些绿紫的色晕。洪庆喝了一口，又喝一口，仿佛看见绿紫色的液体在体内的一些管道里运行。那液体运行缓慢，却所向披靡，管道内一些污秽被消融了，一些病菌被杀死了。洪庆就又喝了几口，感觉很熨帖，也很舒畅。洪庆觉得这事儿八成错不了了，是父亲保佑他了。

洪庆喝了三天神仙草泡的开水。

在这三天里洪庆的左下腹舒服了许多，脸面上也现出喜色。这也许叫运气吧，自己碰上了，肠道必定好转了。可在洪庆暗自庆幸之际，左下腹却忽然又疼痛起来，很有些厉害，出现了腹泻现象，而且相当频繁。下班前，洪庆走出单位的洗手间，这是这天第五次蹲洗手间了。洪庆脸色苍白，心情沉重，一步一步走回家。

在芝城大桥又遇上了那个朋友。

那朋友说，你脸色怎么这么难看，没睡好吧。洪庆说，这几天睡眠确实不好。朋友说，不要把自己搞得太累了，人嘛，没什么意思，我那个得了肠癌的朋友，从上海回来了，在县医院待着，昨天我去看，哈，瘦得只剩一把骨头了。洪庆装出有急事的样子，一边侧着身子听他说话，一边小步走着，朋友一说完，他苦笑一下就迈开大步，急急忙忙走掉了。

今天怎么啦，洪庆边走边心里说。今天上午，洪庆走出洗手间接到一个莫名其妙的电话。洪庆说，你哪位？对方说，我阿军。洪庆脊梁骨凉了下，说，你打错了吧？对方不吱声。洪庆恶狠狠地挂了电话，嘭的一声推开办公室门，一屁股跌坐在办公椅子上。在百度里洪庆搜索"阿军纪念馆"。网上有个阿军纪念馆。那时节，洪庆在上海服侍杨梅雨，不知谁给阿军弄了个网上纪念馆。洪庆从上海回来和朋友一起吃饭，给阿军留了一个座位。朋友给阿军敬酒，洪庆给阿军敬茶。搞过仪式，朋友告诉洪庆，阿军有个网上纪念馆，他们都写了纪念文章，希望洪庆也写一篇，发到纪念馆"追忆文库"上面去，毕竟朋友一场。洪庆马上答应下来，说一定写。可是，洪庆迟迟无法下笔，一直拖到两个月前才写了千字短文发上去。洪庆想，以前为什么无法下笔，偏偏发现自己肠道出现大状况前夕就可以下笔了呢？难道这也是冥冥之中某种不为人知的定数，写了追忆文章也要跟阿军上天堂了？洪庆打开阿军纪念馆，看着阿军的遗像，阿军的遗像也看着洪庆，那白凄凄的眼神似乎有招呼他去的意思。洪庆悚然瞪起眼睛说，妈妈的阿军，你想干什么！便关了纪念馆网页。洪庆边走边想，心里惶惶然。洪庆发觉自己的腿脚很是酸软，便停下来前后左右看了看。周围一片混沌，西边的山梁上那轮夕阳有气无力地一点点坠落下去。

杨梅雨预约了肠镜，她毫无商量地给洪庆预约了肠镜。

杨梅雨说，不要怕，我开刀都不怕，做肠镜怕什么。洪庆说，我又不是怕。洪环佩一边听耳机，一边说，老爸就是怕，脸色都变了，还说不怕。洪庆说，别烦，别烦。杨梅雨说，反正麻醉，没感觉的，听说就是服用洗肠液时有些不舒服，做了放心。洪庆嘟囔道，先斩后奏。洪环佩摘下耳机说，老妈，老爸说你先斩后奏。杨梅雨白了一眼女儿。

按预约，一个礼拜后做肠镜。

在这个礼拜里，洪庆常常查看肠镜相关知识，包括临床意义、检查过程以及注意事项等等，看了好多回。肠镜是侵入性检查，可能发生并发症。但洪庆并不特别害怕，做肠镜的过程他其实并不特别害怕，特别令人害怕的是肠镜的结果。这好比在法庭上受审的过程不害怕，令人害怕的是审判结果。要是肠镜的结果是肠癌，这一家子就挺不住了。这些年，洪庆觉得自己身上担子很重，时刻吃力地挺着脊梁。乡下老人压着，杨梅雨压着，洪环佩也让他操心。要是他真的得了肠癌，这个家就整个儿塌陷下来了。当下，老妈不能让大姐继续陪着，而搬下来她又不肯，相当执拗，不知怎么弄。就是这些暂不管，自己住院动手术就没合适人选陪护。杨梅雨开胸手术后仍旧上气不接下气。女儿洪环佩老长不大，好像什么都懂，又好像什么都不懂，除了上班就是瘦身，就是戴耳机听歌，就是玩电脑，似乎是一朵半天云，不着天不着地地晃晃悠悠。体重急剧降下来让洪庆很是揪心，她却兴高采烈，为老爸减肥卓有成效而喝彩，还缠着他谈心得体会，一点也不懂老爸的心情。有一回，洪庆对女儿大喝了一声，我减什么肥！洪庆想，要是肠癌，真的没法子弄了。

不过肠镜还是要做的。

做的过程，洪庆确实一点也不知道。醒来时，他已坐在走廊的天蓝色椅子上了。洪庆隐约记起来，他躺下时，有个医生叫他握拳，他握起拳头，便给打了一针，然后他就什么都不知道了。他下来时，好像听谁说没什么事，不过如何走出肠镜室来到走廊，却又记不起来了。洪庆摇了摇头，定了定神，努力从混沌中走了出来，便问，结果出来了吗？杨梅雨说，全好的，便在小提包摸出一张单子。洪庆看了单子，居然一点事也没有，正常的。

洪庆很高兴，也很奇怪。怎么是正常的呢，连肠炎都没有？洪庆想，也许与神仙草有关系吧，喝了神仙草不是腹泻了吗，那些不好的东西也许都排出体外了。此后，洪庆的肠胃日渐好转，左下腹那种胀胀的、隐隐作痛的感觉也渐渐消失。

不过，洪庆的体重仍然下降着，一点点在下降。

一天，洪庆在街上转悠，天气晴好，心情也挺不错，看见街边一台测身高和体重的电子秤，他便投进一枚硬币，跨了上去。电子秤很礼貌地说，您身高一米六九，体重六十四点八千克。洪庆很诧异，与自家电子桌秤称的体重相差很多，是哪台不准呢？电子秤主人说，他这台准的。洪庆回家一称，两台秤相差三公斤多。洪庆叫了起来，杨梅雨轻咳了两声，打断他的话，生怕让女儿听见，然后在他耳边悄声说道，是我调下来的，隔几天调下一点点，就这么多了，你那个宝贝女儿的体重要是降不下来，就不吃饭了。洪庆蹙了眉头，心里埋怨道，啊呀呀，你真不懂人家心情。

洪庆的心情开朗起来，便想起乡下院子那株神仙草，于是给乡下打电话，要搞好管理，及时浇水。接电话的是大姐。大姐说，神仙草给偷了，昨晚上给贼拔去了，老妈都哭了，说肯定是那个白胡子老头偷的，她说那老头看上去就有点儿贼头贼脑的。

17. 鲁庄有约

晚饭后，我点开家乡鲁庄微信群，有张鲁松根的人像照。他一只手臂捆绑着白纱布，九十度角横挂于胸前，背景一派苍黄秋色。鲁松根受伤了？不知触动哪根神经，我鼻腔一阵发酸。鲁松根的手机没拨通，老家信号常不好。

在我们这个121个人的家乡群，鲁松根常常发语音、照片，发布老家那边的信息。我已习惯，凡是他发的都关注。那些在外地尤其是在国外的鲁庄人，更是如此，他发出的照片必看、语音必听。这些身处异国他乡的乡亲，看见的、听到的似乎全是家乡味。鲁松根的微信头像，就有点家乡味道。他双脚稍稍叉开坐在老屋前，黑色夹克，脖颈微缩，龅牙外露，满脸憨笑；背景则是菜地、断垣、倒塌的猪圈、黝黑的屋檐、梨树上的鸟窝、吃草的白羊、空中的电线以及远山乳白色的薄雾。鲁松根发的照片、语音，更具老家气息，让漂泊异乡的鲁庄人，既感觉亲切，又被撩拨起绵绵乡愁。只要鲁松根在微信群一亮相，许多人便会找他聊会儿，争先恐后喊他大名。不承想，这个素来被村人冷落、藐视的微不足道的单身汉，在网络时代却像个土地公公，成了家乡群的大红人。可是，他现在受伤了，看起来非常凄苦。

鲁松根的微信是我帮着下载的，而且兼用我家的无线网。

我们鲁庄是小村子，隶属于一公里开外的陈家村。小时候，生产队里有一百八十多号人，现如今留守的坐不满一张八仙桌。村子离县城并不远，以前走下三道山岭再步行三公里国道才能到县城西门，车路通村后坐鲁小牛的小三轮二十分钟便到。改革开放后不久，村上就有人陆陆续续搬走了；车路开通后搬回几户，一些老屋烟囱里又升起淡淡炊烟，可不久陈家村小学撤销后就又搬走了，原本住在村里的老人也由子女安排着入住县城去看管上学的孙辈。平时，我在县城机关上班，每逢周末，倘若没事，便回老家住一夜。母亲说，小牛小山轮开走，松根上山放羊，全村只有我们三个老人了。小村子委实寂寞，大白天破旧的空房有蛇爬出来抓老鼠、捉青蛙。有一回，我回老家到了院门外，听母亲在里头嘀咕，可进院后却唯独她一人，老人和院地上吃食玩耍的麻雀唠嗑上了。那些麻雀围着石榴树下一只灰白色铅碗站出糠筛般大小的圆形，有几只大大方方地抬头瞅瞅，我走近了才叽叽喳喳飞走。

我每次回老家，鲁松根都来坐会儿。

我家在村后车路边，砖墙红瓦小院落，建成没几年。鲁松根家在前下方，站我家院门外平视，便是他家黑黢黢的屋脊，有几处屋檐长了青草。鲁松根看我玩微信，很羡慕，可他的手机并非智能手机。一天，鲁松根进城来，我俩在欧陆风情街邂逅了。他穿着皱巴巴的黑夹克，手上拿着个大麦饼边吃边走。我们县是著名侨乡，小县城的主街道上，一些屋顶弄成塔形尖顶，不少外墙镶嵌欧式浮雕，窗口挑棚，着力打造欧陆风情。鲁松根在这大街上啃麦饼，看上去颇为滑稽，我便笑着前去打招呼。他举着半截麦饼说，进城买个手机。我说买来了吗？他说还没有。我说一定要买智能的，智能手机才能玩微信。

鲁松根的手机其实不是花钱买的，是中国移动"交话费送手机"送的，质量不好，我摸弄好一阵子才帮他下载好微信。下载了微信，要为他解决流量问题。我家楼上装有无线网，在他家也有网络信号。我说流量很贵的，我家的网络就开着吧，让你用。他以为长开网络，要多花钱，便露出羞愧的神色。我说，网络开着不必额外交钱的。他立刻转换神色，是那种授受之后的感激表情。不过，我家所在的村后车路边地势比较高，长开网络担心遭雷击。村后原本没房屋，全村的房屋均卧趴在车路前下方斜坡上，十几年前车路掘通后才在车路边建了几座房子。每个周末，我到家时插上电源，离开前必定拔掉。我说，你提醒我妈，打雷前拔掉电源插头，老人容易忘记。他说，还是关了吧，你回来时我玩玩。我说你怕什么，要是真被雷打了也不会让你赔。他袒露龅牙讪笑，甚是为难。母亲说，我不会忘记的，打雷前电视机的插头都得拔，不会忘记。

母亲经常唠叨鲁松根的好。他放羊回来，从山上带回的干柴，分些给我母亲，也分些给干青伯。鲁松根其人，我是清楚的。他比我小三岁，可以说是少年伙伴。他个子小点，脑子笨点，人是老实人。母亲说，干青家的道坦上有条乌梢蛇，大秤杆那样粗，幸好松根给除掉了。干青伯的儿孙皆在国外，他仍独居斜坡上的老屋。他视力不好，常常顶着一颗黄南瓜似的大头颅慢慢探路。那屋后石坎、屋前道坦遍布茅草荆棘。尽管乌梢蛇无毒，但要是踩上了，也怪骇人的。村里三个老人，除了我母亲、干青伯，便是鲁松根的母亲阿菜。阿菜的脑子也不够用，不识秤，也不会数数。她有一个女儿，两个儿子，次子鲁松枝早些年离家出走了，杳无音讯。女儿的智商跟为娘的差不多，后来嫁给了一个跛脚老男人，日子恓惶。阿菜的男人——鲁松根的父亲三十多年前就去世了。母亲感慨道，以前都说阿菜最苦，现今她最爽，一年三百六十日都有儿子松根陪伴。

我给鲁松根安装好微信，手把手教了教，然后将他拉进了家乡群。

一开始，鲁松根不怎么会使用。有一回，他给我发了个哭泣的图像。我急忙在微信里问他怎么回事，他没回复，便给他打电话。他却懵然不知，原是不小心蹭出来的。母亲寡居家乡，我非常敏感，见了风就是雨。周末还乡，我叮嘱他小心点，表哭泣的图像不是玩的，他感到歉意。他也不知如何收取微信红包。一回，我教他点开一个红包，闪出88.88元来。他讶异道，皇天，恁大。发红包的叫"一弯新月"，也许是受过鲁松根帮忙的乡亲吧。一些久离家乡的鲁庄人，偶尔回村办点事儿，往往找鲁松根帮忙。或清理房子，或给祖坟除草，或其他什么的搭把手。有一次，有个二十多年前举家移居上海的乡亲回来，要去看看自家的山地，可山地具体位置记不得了，山证又找不着。鲁松根却仍记得，便手操柴刀，劈开羊肠山道带乡亲去看。那乡亲也不过看看而已，毕竟老家还有块山地，山地上有松树、油茶、毛竹，存个念想。多半也不是白帮忙的，给一盒香烟或者一袋咖啡、一瓶洗发露什么的。我想，这个"一弯新月"，也许是鲁松根给帮了忙而当时却没什么馈赠，便发个答谢红包吧。可不是的，"一弯新月"是在乌克兰经商十多年未回的乡亲鲁小芬。鲁松根说,小芬叫我加她微信,给我发红包,我加不来,小牛帮我加的。我说,她为什么给你发红包?他激动得眼窝里闪烁泪光,大声说,不晓得哇,她看我照片里有羊,问我有几只,我说12只,你回来请你吃羊肉,她就说给我发红包。

微信这玩意儿玩多了就上手了,一个多月后鲁松根就常在家乡群语音聊天了。

鲁松根在群里说上几句,就有人找他聊。找他聊的,多是和他年纪差不多的鲁庄人。这些在20世纪六七十年代出生的人,在鲁庄这方小天地多有交集。那个年代的事儿,聊起来都是苦日子。小地方大世界,现今这小地方的鲁庄人分布在世界各地,成了温饱之人、富裕之人、拥有百万千万资产之人,聊起曾经的苦日子,扬眉吐气。那时节,鲁庄的日子确实苦得很,食不果腹,每年早稻开镰之前,生产队全体社员都要集体吃一顿。所谓吃一顿,也不过是白米饭外加人均三两猪肉。鲁松根读了半年书就成了小社员,有了享受这一顿的资格。可这一顿却差点要了他的小命,他让白米饭撑坏了,难受呀,躺地上打滚哭泣,折腾了半个多时辰才有所缓解。从苦日子走过来的鲁庄人,聊起这个事儿就有些忆苦思甜,便快活地笑着,眼泪都笑出来了。在家乡群,也有不少人与鲁松根没什么交集的,或者不认识他,或者对他仅有一点儿时记忆。但这些年轻人,在家乡群里逛多了,就觉得老家这个单身汉,蛮有意思,也蛮可怜,隐隐有点心疼,便时不时接上几句,松根叔叔、松根伯伯,问这问那,挺亲热的。鲁松根像个长辈人,语重心长,非常热情。

也不知是谁，说鲁松根有点像土地公公，掌管鲁庄这方土地，日夜操劳，辛苦得很。土地爷虽是神仙，却级别最低，属于基层神仙，影视上出现的形象，与身材矮小、满脸皱纹、神态憨厚、一嘴龅牙的鲁松根，确有几分相似。对这名号，鲁松根也不避讳，且挺开心，是受到关注、受到某种尊重的开心。在群里，他发微信也讲究起来，说出的话语、拍摄的照片，都经过了琢磨、选择，似乎聪明起来了。尤其是一年四季的每个季节，他都发些体现该季特征的照片上来，貌似真是鲁庄的土地爷了。

春季，一帧梨树栖鸟照，语音说，鲁庄的春天来了，布谷鸟叫了，咕咕，咕咕，咕咕。夏季，照片上杏树里有蝉，语音说，鲁庄的夏天到了，知了叫了，把你晒死，晒死，晒死。秋季，老绿苍黄山色，语音说，鲁庄秋风扫落叶，树叶黄索索，黄索索，黄索索。冬季，照片是下雪的景象，语音说，鲁庄雪花飘飘，北风萧萧，日子真风光，真风光，真风光。每一次，仿佛真乃老家鲁庄土地爷发布的信息，传递着某种不可言说的意味。一些在外的游子看着那照片、听着那语音，情不自禁被勾起思乡情，眼前出现了家乡春、夏、秋、冬一年四季的情景，隐隐地有些忧伤。有人文字说，土地公公，别发了，听见你的咕咕，咕咕，咕咕，我都有点想哭了。高中毕业的鲁海庄也发上"是啊，布谷声声最愁肠"，还附上三个表哭泣的图像。有人便不理解，怎么会想哭了呀，我听见老家布谷鸟的叫声，想笑，哈哈大笑。鲁松根也不理解，他嘿嘿笑了几下，又咕咕、咕咕、咕咕地叫一遍。

我看了家乡群里鲁松根受伤的照片，便点击下面的语音，看看因何受伤。

家乡群的群名是我取的。群主鲁海庄打来电话要我取群名时，我恰好在家收看"鲁豫有约"，电视里瘦瘦的陈鲁豫左边坐着一个文化名人。在电话里我和鲁海庄说，就叫"鲁庄有约"吧，这个挺不错。不过，我很少在"鲁庄有约"家乡群里聊天。在家乡群里聊天，用文字不受欢迎，而我不习惯用语音。群里，许多人不识字。要是打出文字，往往就有人大喊大叫，不要打字眼，我文盲，不识字。有人打字说，鲁庄话我说不来。有人便语音翻译道，某某鲁庄话讲不来咯。就有人笑说，鲁庄人讲不来鲁庄话，还算鲁庄人呀。有人便说明道，这个姑娘是谁谁的囡，三四岁就去意大利了，鲁庄话真不会讲。这些不认识文字的人，多为妇女，聊天的也以妇女居多。她们因为不识字，平素少了话语权、信息量；而语音交流的微信平台，为她们创造了表达展示的条件，她们的表达欲和展示欲仿佛储蓄了一生一世，而且连本带利地喷涌而出，一句一句，一段一段，喋喋不休。她们聊起采茶、放牛、摘野菜，聊起煮猪头、磨豆腐、做清明果，聊起唱山歌、跳采茶舞、拜殿神，津津有味，没完没了。那时节，我们鲁庄重男轻女，女孩很少读书，男孩却都要读几年。在男孩中，读得最少的是鲁松根，他读了半年就辍学了，成了生产队的小社员。

我听了一段语音，鲁松根原是遭遇了野猪的攻击。

村子里人少了，草长了，野猪、麂子等野兽多起来了。村子周边的田地，荒芜多年，茅草荆棘一片。村内斜坡上，房摇楼晃，残垣断墙间野草萋萋，荆棘密布。斜坡最下方的山崖处有道小径，一边是个竹园，另一边是有棵老樟树守护着的村殿。逢年过节，一些就近的鲁庄人回来祭神祀祖，村殿便烛光闪烁。我就是在七月半鬼节夜晚的烛光闪烁里看见过野猪的，前面三只小的，后面两只大的，一起在村殿旁边的小径走过来，一点鬼祟的样子也没有。其时，村西鲁氏宗祠那边的乱坟岗松树林里飘起蓝幽幽的鬼火。我想起七月半、鬼开门的古老传说，置身于月色朦胧的荒村，有种置身远古洪荒的感觉。鲁松根曾说，野猪很多，我经常看见。以前，鲁松根种一两块地的番薯，但屡遭野猪蹂躏，便不种了，只种一亩田的水稻。水稻田两端都打了篱笆，稻子结穗的夜晚，他常去放个鞭炮吓唬野猪。现在，他受野猪攻击了。

我将手机家乡群"鲁庄有约"荧幕往下拉，再看了看鲁松根的受伤照片。

我要看看他受伤的是左手还是右手，刚才没注意辨别。幸亏包扎着白纱布的是左手臂，他的左手原本就残废，要是受伤的是右手，那两只手就都残了。曾经，鲁松根和他的弟弟鲁松枝一样也离村出走过，在村里消失了七八年。他二十几岁消失，三十一岁才又在村子里出现，出现时左手残了。他离村出走，据说与村里的女孩鲁笑珍的猝死有关联。

女孩鲁笑珍早熟，十二三岁就长出一双大奶子，却有些弱智，来红了也不知收拾，还吃过蚯蚓，且患有羊角风。一天，她犯病了，像陀螺一样旋转，掉进水田里去了，幸亏鲁松根给救上来。此后，她喜欢找鲁松根说话，有些亲近。可是半年后还是掉进水塘里淹死了。不久，鲁松根就忽然消失了，像人间蒸发一样，音信全无……回村时他身无分文，左手却缺了一截前臂尺骨，整条手臂弄得像干枯的刀豆壳。他是做蛋糕被搅面机绞的。

鲁松根说，本来也积攒了一万多块钱的，被绞了手臂后同老板打官司，输了官司又输了钱。在异地他乡，鲁松根同老板打官司，有点难以想象。有人讥讽道，凭你，打官司，还同老板打官司？怕连法院的大门也找不到哦。鲁松根脖颈一梗辩解道，又不要自己找法院的，然后放低嗓门缓和语气说，不要自己找，托律师的，妈妈的，白白花了一万块律师费。他的母亲阿菜说，谁叫你不打电话回来？打电话回来，我赶出去赖他。鲁松根苦下脸说，老板逃了，你西天赖陀佛去啊。

鲁松根负伤回来后就再没远离鲁庄，最远的也就是去县城走一走。有时进城买点化肥、农药，他除了养十几只羊，种一亩水稻，还种点西瓜、蔬菜；有时进城卖西瓜、蔬菜，或者理个头发。鲁松根进城，大多坐鲁小牛的小三轮。鲁小牛三口之家安顿在县城地下室，老婆住县城看管上小学的儿子，他自己跑小三轮，家乡路鲁庄每天必跑，屋前屋后也种点蔬菜。鲁小牛说，松根每次理了头发，笃定去百花公园放一炮的。百花公园周边地下室，藏污纳垢，名声很不好。

鲁松根的受伤照就是鲁小牛发的。我拨鲁小牛手机。按说野猪攻击力极大，能劈倒一棵碗口大小的松树。据鲁小牛讲，鲁松根左手臂其实不是被野猪劈的，他在乱坟岗遇上了野猪，逃跑时摔倒跌伤的。鲁小牛说，也不是很严重，骨头没断，只是裂了。村西乱坟岗，全村祖祖辈辈绝大部分的坟茔都在那儿，阴森森的，每年除了清明节，平时很少有人去。我说，他去乱坟岗干吗？鲁小牛说，你还不知道？他去看鲁笑珍。我想了一会儿才想起来，患羊角风的鲁笑珍淹死后也安葬在乱坟岗，是个小小的土堆坟。鲁小牛说，二十多年前，松根回来后就偷偷地去看他的初恋情人了，近些年村里没什么人了，他胆子大了，常去。去年还在那坟头前栽了两株柏树呢，叫夫妻树。鲁小牛说话素来夸张，我哼哈了下，挂了电话。

我挂了电话，发现"鲁庄有约"家乡群有人发红包了。

群里出现了许多红包。有图片，有语音，更多的是红包。开始是鲁倩发的。鲁倩是干青伯的孙女，在奥地利，红包上写着"松根叔收，早日康复"。可一发出来，就让"蓝天"误抢了。"蓝天"收到提示，说不好意思，便发了出来。鲁倩带了头，就有人也给鲁松根发了红包。群里热闹起来。谁人抢错了，就有语音嚷嚷道，给土地公公的，给土地公公松根的。抢错的便又甩了出来，说不晓得哦，真不好意思。这般弄了几轮，就很少有人误抢了，红包却陆陆续续地闪现出来，都发给鲁松根。有发一百元的，有发两百元的，最多的发了五百元。有的红包上写明的，比如有文化的鲁海庄就写得明明白白，"包中羞涩，小包二百，土地爷笑纳"；有的是发红包者发语音说出来的，"土地公公，我红包里没多钱，给你发一百，小包"；有的是鲁松根答谢说的，"凯凯大老板，五百，怎大啊，真真承受不起"，含了哭腔了。我心生怀疑，一个红包最多只能装两百元的，可仔细一瞄，凯凯连续发了三个。更多的红包，不知装了多少钱。红包继续出现。要是红包上没写明发给谁的，便事先说"大家不要抢哦，给土地公公的"。我心里涌动着一股暖流，继续点着语音。"松根，你好，小军红包里没钱了，明天我给小牛带两百给你"。这是在西班牙的鲁小军的住县城的母亲，她接着说，我红包里钱是有的，就是不懂发。也有开玩笑的，"土地公公，红包积起来，娶个土地婆婆"。红包仍继续出现，简直下红包雨了。也许鲁松根被红包雨砸蒙了，他不发语音答谢了，只发图像，发"一男人躬身谢谢老板"的图像。他收一个红包，发一个图像，听不到他的语音。

周末我回到老家，得知鲁松根收红包那晚出了状况。他是忽然呜咽起来的，然后就控制不住情绪，一边点红包一边哭泣，以致泣不成声。母亲说，第二天起床，双眼还是通红的。又说，以前有谁看得起他呀，现在这么多人给他发红包，太激动了。我问，总共多少钱，母亲说一万三千多元。这天日薄西山时分，他胸前挂着左手臂踩着夕阳赶羊回村，我提起红包的事。他说，我又没为他们做什么，他们却那样给我发红包，他眼窝立刻潮湿起来。

鲁松根康复后已是初冬。

初冬时节，鲁松根开始给斜坡老屋周边除草了。斜坡上泥墙瓦屋呈梯状排列，屋后石坎甚高，两条村道螺旋下绕，至鲁氏宗祠大门口交会后继续下绕，绕至山崖村殿的樟树下。村道让繁茂的杂草吞噬得仅剩窄窄的一条。鲁松根除净了村道的杂草，便架梯在屋后石坎砍柴、刈草。那些石坎上的灌木荆棘，虽然有着初冬固有的萧瑟，但年久未除，很有侵略性地戳入屋后门、破窗口、廊檐头，一些低矮房子似乎被淹没了。鲁松根的母亲阿菜也去帮忙了。鲁松根歪在梯子上挥刀，阿菜站地上割草。鲁松根要把村子清除干净，让这些老屋像个住人的老屋，让整个村子像个住人的村子。

家乡群里出现了照片。有清除了杂草的老屋照，也有鲁松根母子正在除草的照片。这是鲁小牛发上的，过几天发一组。照片上的画面越来越大，清理干净的屋子越来越多。"松根呀，太吃力哦，不要弄"，"土地公公，你看住村子就行，茅草是割不完的，不要劳碌了"。身处异乡之人，嘴上虽这么说，但眼见祖居周边干净、亮堂了，心里却是非常高兴的。这张照片画面更加广阔了，大半斜坡的杂草已清除，梯子上的鲁松根、梯子下面的阿菜，清寂而孤单，天际一片一片白云远远待着，宁静而空旷。

每年，我都回家乡过年的。今年回来过年的比往年多了两户，总共八户。原本，鲁松根计划将全村清除干净迎接新年的。可是腊月二十三祭了灶官，灰蒙蒙的天空飘起雪花，飘了三天三夜，皑皑白雪，压得村殿后面的毛竹弯下腰来亲吻老樟树枝条了。鲁松根只得停顿下来，剩下的三座老屋后面高坎上的杂草待过了新年再清除。虽然多了两户人家，虽然村委划拨五千元买了大大小小的红灯笼，在车路两旁树木上疏疏地挂了起来，但过年的气氛依旧淡薄。我拍下了鲁松根，拍下了夕阳、红灯笼、整个儿村景，发在"鲁庄有约"里，然后附上一首打油诗：除夕忙碌土地公，夕阳作势余晖红；寥落家乡无年味，孤寂村道有灯笼。照片上的鲁松根，手提放着牲醴菜肴的竹篮，走向村西鲁氏宗祠。

以前，每逢除夕都要在祠堂祀祖的，今年这户，明年那户，一户一户轮流。后来住户日渐搬走，轮不下去，便停了下来，停了好几年了。看来，鲁松根早就谋划好的，不但备了牲醴菜肴，还买了许多烟火鞭炮，场面弄得相当热烈。也是鲁小牛发上家乡群的，有照片，有视频。鲁松根身穿深青色新夹克，在太公太婆画像跟前屈膝跪地，双手合一，缓缓叩首，虔诚肃穆。这些照片、视频发上来后，群里便热闹起来。有人唱起采茶歌，从"正月采茶是新年"，唱到"腊月采茶过大江"；有人念起过年谣，从"二十三祭灶官"，念到"年三十贴花门"。这些身处地球村各地的鲁庄人，念唱着早年鲁庄人过新年常常念唱的采茶歌、过年谣，"鲁庄有约"家乡群洋溢着喜气洋洋的过年氛围。

相比之下，村子里落寞多了。鲁松根提着竹篮子走出鲁氏宗祠，沿着清除干净的村道螺旋上绕，孤零零地绕到村后车路上。我在自家小院门口等候了。以往，每逢过年我都给一两盒好烟的，今年决定送一条，买了一条220元的利群。可是，鲁松根不肯要。我说，他们都给你发了红包，我没有，就别客气了。提起红包，鲁松根微驼的背部直了下，目光凝重，说真不好意思。不知是接过我的利群不好意思，还是收受了乡亲的红包不好意思。他确实很不好意思的样子，微启嘴唇，外露灰黄龅牙，似笑非笑地仰脸望我。我说，你去忙吧，春节晚会八点开始，别忘了摇手机抢红包哦。鲁松根说，去年春晚你摇了21元吧？我一分钱都没摇到。其实，去年春节晚会，我摇到的不是21元，而是2.1元。我觉得好玩儿，便吹大了十倍，鲁松根尚记得。

大年初一，我是被祠堂里传来的锣鼓声敲醒的。村里有一面铜锣，一只牛皮鼓。早年，敲锣打鼓、唱采茶歌、念过年谣，是我们鲁庄过新年的主要娱乐节目。如今好多年了，这些传统节目消失了，锣鼓也没人去摸弄。显然，鲁松根也是事先筹备好的，锣鼓擦拭干净了，锣槌鼓棒是新做的。大年初一鲁氏宗祠的热闹景象，也搬上了"鲁庄有约"群。那些照片和视频，我收藏着保留下来，直至农历二月初八又打开看了看。

二月初八是周日。原本我计划初七接母亲去县城一起居住的。俗话说，七不出门八不归，便推迟了一天。鲁松根的母亲阿菜已被她女儿接走，我接走母亲后村里只住着干青伯了。干青伯老态龙钟，常看见他慢慢探路，那颗硕大无比的秃头泛着黄光。二月初八这天，我在家乡鲁庄看着手机里鲁氏宗祠祀祖、敲锣打鼓的照片、视频，仿佛传来鲁松根的说话声，"我以为就是这样摇的呢"。一个多月前的春晚我摇到红包 8.2 元，而鲁松根依旧一分钱也没有摇到。他弄错了，以为拿着手机摇晃就可以，事先没点开"摇一摇"。这一天里，我在村子周边走了走。鲁氏宗祠那边的乱坟岗上，患羊角风淹死的鲁笑珍的坟前，那两株柏树墨绿墨绿的，左近三四米处那个新坟，可以说是用红包垒筑起来的，但我一直没说出来，觉得这样说不合适。离开家乡鲁庄之前，我站在鲁松根老屋前的梨树下再看看村子。母亲搬去县城后，我不大可能常回家乡走一走看一看了。整个斜坡尽在眼底，杂草未除的只剩一座屋子后面的一角高坎了。除开那一角高坎，又都泛起了初春的茸茸绿意。我把家乡的初春景象拍下来，发到"鲁庄有约"群。不一会儿，群里一个叫"好好"的人发出"梨树栖鸟照"。这照片原是鲁松根发过的照片，显然"好好"收藏着重发出来了，那梨树就是我头顶的梨树，只是此刻树上无鸟。"好好"紧接着发出语音来，我点开听，是鲁松根的语音，"好好"把鲁松根的语音也收藏了吧？我听着鲁松根的语音，眼前晃了下，仿佛有个黑影蓦然落下来，倏忽一阵心痛，眼窝顿时潮湿。那天，鲁松根从梯子上摔下来，还没运到县医院就撒手走了。我又点开"好好"转发的鲁松根的语音：鲁庄的春天来了，布谷鸟叫了，咕咕，咕咕，咕咕。

确实，我以为那语音是"好好"转发的鲁松根的语音。"好好"没微信头像，挺陌生的，常潜水吧，我似乎从未见过。实际上，那语音不是"好好"转发的，是"好好"说的，"好好"自己的语音。"好好"就是鲁松根的弟弟鲁松枝。哥俩在家乡微信群里的语音几乎一模一样。多年前，鲁松枝莫名其妙地消失，现在据说要回来了——没多久果真回来了。回来后，他就在家乡鲁庄住下来，把母亲阿菜也接了回来。

我母亲在县城住不习惯，听说鲁松枝回来了，阿菜也被接回来了，就愈加不习惯起来，念叨着要回去。我们百般劝慰，终于熬到了夏天。初夏里，鲁松枝在"鲁庄有约"里发上照片和语音。不知手机质量好些，还是拍摄技术高些，画面清晰，有杏树，有知了，还有草丛里的青蛙。语音说，老家鲁庄的夏天到，枝头上的知了大声叫，草丛里的青蛙蹦蹦跳。母亲说，我真要回老家了，礼拜六就把我送回去。听起来母亲不肯商量了，语气很是坚决果断。

18. 大印

一

　　老舅摔了电药罐没几天，就开始在屋子里四处寻找什么。

　　这座带院子的三间岩墙瓦屋是外祖父建成的。母亲说，建房那年你老舅八岁，我还没出世哩。屋子很是老旧，三面墙体的岩石也有所风化，扒皮见肉呈麻黄色。老舅也像老屋子那样衰老了，以前镶补的五颗假牙早就脱落，嘴唇凹陷，一脸褶皱。老舅找遍楼下旮旮旯旯没找着，就边干咳边爬楼梯去楼上寻找。印象中，老舅的木楼里除却两个谷柜，还放有柴火、木料、农具，以及外祖父留下的工具箱和带嘴尿壶。那一大一小两个谷柜原本没屏障，老舅上山砍来毛竹分围成独立小楼阁，表姐睡小谷柜背，我和表兄睡大谷柜背。我喜欢靠柜背听屋后姜奎斗家的喇叭声。在喇叭声中，窗外石榴树周遭蝴蝶翻飞，看上去非常快活。有个夏天午后，表兄仰面八叉躺柜背，喇叭筒恰好传来美妙的女高音，他阳具撑起裤头状若大麻菇，我看着惊呆了。表兄瞪目划手道，去、去、去，你不是爱听喇叭吗，去拿只来，电线杆给你竖好了。表兄自然是开玩笑，即便真的竖好电线杆，也不可能有喇叭筒可挂，全村只有姜奎斗家有喇叭筒。舅妈说，喇叭唱得真好听哎，姜奎斗就将堂屋内的喇叭筒外移四五米，挂在院子里一棵歪脖子梨树上。老舅的木楼梯共计十八级，最下面两三级黑漆乱污的。老舅爬完十八级楼梯，如同老牛犁田呼哧呼哧喘粗气，待匀过气来便在楼坪上寻找了，他找了半个多时辰终于找到了。在表姐曾经睡觉的小谷柜后面找到的，也许以前搁在柜背，后来掉下去了。

那时，院子里那棵石榴树结的果子不是很大，却汁多味甘，表兄偷摘些来贿赂村小学老叶老师，免他写作业。后来，石榴树开过花就好像没它事儿了，干脆不结果了，最后老朽了。石榴树下早就有四只鼓状石凳的，中间一方土平台，四块不规则岩板拼凑成台面。外祖父是个石匠，石凳是他建房采石时打成的，却来不及打石桌就过世了。我带老舅来县城镶假牙那年，掏钱交托租住县城踩黄包车的表兄回去将丑陋的土平台换成圆形石桌，让四只石凳有张般配的石桌子。表兄办成后和我结账，拿了材料钱和雇工的工钱，他自己两天半的工钱扭扭捏捏地不肯要，我硬给，他接过去说你也太那个了，好像很委屈的样子。

几天前，老舅就是坐在石凳上摔电药罐的。果树已然苍黄，有不少蝴蝶在暮色中飞舞，一派深秋的景象。电药罐是我网购的，刻有"吉祥如意"，通体黄黝黝。寄到后，我让表兄送回老家姜刘村，教会舅妈使用。中药为治肺癌中药，从上海邮购的。老舅先是咳嗽，多干咳，在老家服用了月余感冒药仍咳，我和表姐接他来县医院一查，肺癌中晚期！老舅硬要回家，鉴于他的年龄和病状，医生也不主张手术。村子早已荒凉，村道鲜有人丁晃动，多的是鸟鸣鸡叫。老舅回村后喜好坐在院门前石墩上，偶尔见到人，便举手打招呼。老舅眼中出现一群白羊，然后晃出姜先旺。姜先旺是单身汉，吃低保的，养十来只羊，一只羊每年政府奖补二百元。面对姜先旺，老舅也举了下手，意思是不久就要诀别了，姜刘村不再有刘大印了，颇有些悲壮。老舅刘大印对死亡似乎看得开，他说姜永财、刘福贵早就走了，刘山敏前年也去了，他仁都没我岁数大。又说，我爹五十八岁走的，我已活到了八十五岁，活够了。老舅要不是受姜奎斗的目光刺激，就连中药也不服了。我曾提议服用些中药，既然不做手术，就得服用中药，不可以眼巴巴等死，不然我们做晚辈的于心不安。表姐支持，表兄态度暧昧。我说，中药钱由我来出。表兄说，由他自己定吧，我问过，他说什么药都不吃了。我就去劝说老舅，他没松口，确实不想吃任何药物了，完全放弃治疗。姜奎斗那一抹目光胜过我们的千言万语。那时，老舅依旧坐在院门口，他发觉左边有人走动，就知是姜奎斗，就知"三只脚"姜奎斗要去水碓房了。姜奎斗几乎每天都去村东水碓房的，他拄着拐杖去，拄着拐杖回。他已秃顶，往昔的虎背熊腰已枯瘦干瘪，拄着拐杖一瘸一拐，一派孤弱萧索光景。姜奎斗的左脚早就瘸了，是在生产队时被打稻机砸坏的。村东的水碓房，以前房子里有架翻车碓，后来翻车碓换为碾米机，却仍叫水碓房。翻车碓有个谜语，表姐说给我猜过：爹坐中堂，儿坐两旁，文书行到，三爹儿都忙。现在，水碓房里的碾米机也早已拆除，长满青苔的地面上只有一把小竹椅。冬季小竹椅搬房前来，坐着晒太阳暖和；夏季搬房后水沟边，坐那儿凉爽沁人。老舅不想和姜奎斗招呼，姜奎斗却停下拐杖望了过来，带刺的目光分明说，没几天活头了吧，十分幸灾乐祸的样子。于是，老舅就勉强同意服用中药了。中药月寄一次三十帖，连同邮费共三千六百多元。第一个月我签收后转交给表兄送回老家，后来我就让上海药店直接寄给他了。表兄对我心怀不满，但交代的事还是去办的，只要不让他掏钱。

老舅摔掉电药罐时已服用了四个多月中药。他早就不想喝中药汤了。难喝是其次，尽管有时喝下不久便呕吐，关键是病情没得好转，仍咳，身体的力气也越来越少。中药都是舅妈煎的。舅妈脑子尚可，眼睛也还行，就是耳朵聋了，聋了三四年。老舅中药一天两服，早饭后一碗，晚饭后一碗。自从老舅服用中药后老两口便提早吃晚饭，太阳尚未下山，舅妈已端出药汤碗放石桌上了。老舅面对黑乌乌的汤剂说，不要浪费小斌的钞票了。舅妈放下药汤踅回屋去提电药罐倒药渣，药渣倒在院子右角梨树桩那，每贴中药二十来味，药渣都堆积成小山丘了。舅妈倒了药渣返至石榴树下，老舅喝完药汤正在咳嗽，他埋头咳得天昏地黑，似乎把肺都要咳出来。舅妈感觉刮起秋风，眼前黄树叶纷纷飘零，她犹豫了下，随手将空药罐搁石桌上，然后走过去关上院门。电药罐就在这时候被摔的，在昏黄的残阳里摔出一声脆响，一些蝴蝶纷纷逃走。

二

老舅从楼上找到的是一只木印，还有一张发黄的牛皮纸。

这只木印是生产队的木印，老舅掌管的，我非常熟稔。它圆圆的状如铜盘，直径一拃多长，很厚实。印面镌刻"印"字，背部镶只香蕉大小的印鼻。整只木印纹理细腻，手感甚沉，是一只好木印。老舅搬出了木印，也就搬出了四五十年前的旧日子。

我寄居老舅家头两年他还没掌印。我母亲临终前和她老哥说，我走后小斌就交托你了，带他去姜刘村读几年书。我老家村子离姜刘村有十余里崎岖山路，只有五户人家，没学校。当时，老舅身体羸弱，患哮喘病，肠胃也不好，常常边哮喘边垂涎，力气比一般男人少很多。上山砍毛竹隔楼阁，他砍一根，表兄砍一根，还是表兄先砍下来。那时，表兄十二岁，表姐九岁，我八岁。我们仨睡谷柜背起夜时，我和表兄尿外祖父留下的带嘴小口径尿壶，表姐尿不准，提木制小尿桶上来。每天早上起床，表兄就要我倒尿壶。表姐很好，我倒了几天，她就一并提走了，晚上睡前又一起带上楼来。

那些年，老舅在村里谦卑得很，见人就调出好脸色，尤其是对队长姜奎斗，更是谄媚阿谀。姜奎斗虎背熊腰，孔武有力，是个一手遮天的人物。他对姜永财、刘福贵瞧不顺眼，就给他俩降工分，每天工分由十个降到八个。老舅病蔫蔫的，算不上正劳力，但愣是每天十个工分，雷也打不动。当时，我少不更事，以为老舅巴结姜奎斗，便拔高给计分。姜奎斗将喇叭筒外移至老梨树，我也以为是老舅的关系。其实不是这么回事。我听到姜奎斗与舅妈的一些闲话了，并且在一个黄昏窥见他将脑袋鬼祟地探进氤氲着雾气的墙头喊我舅妈为蝴蝶。有一回，我父亲从老家挑稻谷来碾米。山里没黄历，父亲把日子搞错了，不是逢日。周边村庄都知道，姜刘村逢十才碾米，姜奎斗每月开三天碾米机。谁知，舅妈去屋后姜奎斗家一说，他就答应了。而且，让我父亲在舅妈家休息，他挑着父亲的谷担子和舅妈一起去水碓房碾米了。舅妈每天都要梳头发，我看着她面对镜子摸弄头发，心里涌动厌恶感。在村里，舅妈是每天梳头发涂雪花霜的唯一女人。可是，老舅似乎始终被蒙在鼓里，懵然不知。他依旧讨好姜奎斗，即使对方奚落他，也没丁点儿脾气。

老舅是我读小学三年级时掌管生产队木印的。学校在村子中央，是由姜氏宗祠改成的。宗祠共两进，学校教室在后进，前进是生产队部和分配点。全校一至五年级的学生都坐在同一个教室。我读一年级时表姐读二年级、表兄读四年级。我读二年级时表姐辍学放牛犊了，表兄还读四年级。牛犊是卖番薯丝钱买的。我老家村子人口少，一直就单干未入社，父亲闷头闷脑的，只晓得栽种番薯，我住老舅家后他挑来不少番薯丝。可是，表姐没放几天牛犊，牛犊就被牵走了。表姐不放牛犊就上山砍柴，管全家做饭柴火，再没复学。我一直觉得亏欠表姐，要不是我来寄居，表姐会继续上学。村里女孩通常都要到小学五年级毕业，再不济的也要读完三年，而表姐只读两年书。我工作后，每逢表姐生日都给送礼物。老叶老师是个民办老师，自诩三头六臂，一人教五个年级，除了教课本知识，还结合村里发生的大事讲些课外知识。老舅家的牛犊被牵走后，老叶说，这是割资本主义尾巴，按理说，牵走牛犊还要押主人游街批斗的。关于"印"的知识，我也是在课堂上听老叶说的。当时掌印的是个叫老古的社员，看起来老实巴交的，却监守自盗，在分配点偷回二十多斤谷子，结果被收缴了谷子，罚了一个月工分，还被戴上纸糊的高帽子游街批斗。老叶在黑板上画个大"印"，说，印是权力的象征，权力是把双面刃，弄不好就伤到自己。老叶说完没几日，姜奎斗就让我老舅去队部领取木印了。

那天下午放学后，表兄留下来为老叶老师劈柴，我及时回家。表兄给老叶出大力、送石榴果，是希望老叶对他宽大些，在背书、写作业上放他一马。也不知老叶真宽大了，还是表兄压根就不会读书，我初中毕业了他仍在读小学五年级。宗祠前进的队部同分配点之间是道路廊，我穿过路廊时被老舅喊住了，他手上拎一只大红抽口袋，袋子里沉甸甸的，有个圆形物件。回家路上，我问老舅是什么，他提到我眼前说，你猜猜看。面对滚圆的玩意儿，我无从猜起，便摇头。老舅说，大印！说罢往前头走去。我望着一晃一晃的红袋子，忽然想起老叶说印是权力的象征，感觉老舅迈出的步伐比先前稳健有力很多。

我和老舅回到家，舅妈和表姐坐在石榴树下剥豆。

老舅晃晃红袋子说，猜猜是什么？舅妈瞥了眼照旧剥豆。表姐摇头说，猜不出。老舅一手伸入袋子拿住，一手褪下布袋说，大印。表姐看了眼舅妈，舅妈兀自丢了手上的豆枝，端起脚边剥好的两浅碗青豆中的一碗，将地上那浅碗倒得满满盈盈，面无表情说，送给后屋。老舅把大印放在土平台上，小心端起豆碗递与我说，你送。我明白，后屋即姜奎斗家。

三

老舅从楼上拿下木印放在石桌上。木印背面朝下正面侧仰着，斜穿石榴树的太阳光照耀着，印面"印"字刻痕里的灰尘清晰可见。舅妈正在房内临窗盘头发。她虽然耳聋多年，从前白里透红的瓜子脸也被岁月鞭打得如同风干的黄皮楂子梨，但依旧爱惜自己形容，把斑白长发盘成标致发髻，以光鲜面颜示人。窗外是一场无声电影。舅妈看见那只圆圆的大印，心里稍稍惊乱了下，不知刘大印把它找出来干吗。那张灰黄牛皮纸舅妈从未见过。在无声电影里，老舅手上拿着那张牛皮纸，展开来认真瞅着，上面写有汉字和阿拉伯字。舅妈盘好发髻走出房子，老舅已拿抹布擦拭大印了，他将牛皮纸折好放衣袋里就边干咳边擦拭大印。随着老舅一下一下地擦拭，大印渐次光滑起来，泛起油黄色光。

那时节，村里人确实管这只木印叫大印，管个人的私章叫小章。生产队的木印叫大印。老舅原名也不是刘大印，掌管大印之后才叫刘大印。虽然冠名大印，其实也没多大权力，需盖大印的情况并不多，只有收割季节、浸泡谷种时节才用得上它。每年，生产队的谷子、麦子收割回来都集中放在分配点，然后统一分配到户的。有时当天没分完，或者某天收割得少当天不分配——谷子、麦子要放分配点过夜了才在谷堆或者麦堆上盖大印。同时，每年初春时节，队里都要落户浸谷种的。箩筐里盛着谷种，每天早晨注上热水加温浸泡，要浸泡三四日才成。这三四日，每日早晨浇热水前要验印，浇好热水要盖印。大印也就管这么点事儿。可是，老舅掌管大印后精神面貌焕然一新，走路也不会软塌塌的，拖泥带水，腰板子也挺直许多。过了一两年，老舅的体质也强起来，他居然不哮喘了，胃病也明显好转，不涎口水了。

老舅擦干净大印便玩弄起大印来。院子角落有堆细沙，是当年置石桌浇水泥地时余下的。老舅拿锄子把沙堆扒开拖平，一床草席子大小，然后在上面盖大印。沙面上盖满了，就又除去印痕再盖，周而复始。看上去，老舅的行为有些怪异。

老舅的怪异行为没能引起舅妈的关注。她久处无声世界，过着毫无生气的孤寂日子，思维迟钝了，记忆也丢失了不少。引起关注的是牧羊单身汉姜先旺，他放羊路过院门前，瞅见老舅小孩子那样盖大印儿，便跨进院门打招呼。平整的沙面上盖着两行戳印，每行四只，总共八只，周正清晰。姜先旺忍笑说，刘大伯，盖大印呢？老舅瞥了眼他脚上的破烂解放鞋，答非所问说，脚指头都露外面了，这双鞋生产队时就开始穿了吧。姜先旺笑出声说，您老搬出大印就想起生产队了呀，生产队散伙都三四十年了。老舅说，你穿几码鞋的，和我差不多吧，我穿三十九码。姜先旺迟疑了下说，差不多，三十八、九码都穿。老舅说，我给你拿双鞋。老舅从房里搬出鞋盒子说，这双红蜻蜓皮鞋，是大前年小斌送给我的生日礼物，还没拿出鞋盒子过，全新的，送给你。姜先旺说，您放着，您老自己穿。老舅说，我不穿了。

姜刘村生产队时的陈年旧事，姜先旺是有所知晓的，他当年就是小社员。村里不少搞来搞去的破事儿，有些明着，有些暗着，姜先旺见了不少，也听了不少。这只大印对老舅委实重要得很，他掌管之后不但身体状况大为好转，不少村里人对他也另眼相看。以前老舅几乎没什么要好之人，很少有人正眼看他。可掌印之后，有些人就和他走近了。有一回，姜永财打了一只山兔，居然请老舅去喝酒吃肉。不过，老舅对队长姜奎斗依旧逢迎，直至他被打稻机砸瘫了左脚。打稻机事件当时以为是个意外，但后来也有传闻，不一定是意外。抬打稻机的是刘山敏和刘福贵，他俩将打稻机从上田抬到下田去，姜奎斗恰好靠下丘田的田头吸烟，不料抬着打稻机的刘山敏跌倒了，打稻机就翻了下去，砸在姜奎斗的左膝盖上。姜先旺当时就在场，他和许多社员都看得明白，滑倒的是刘山敏，而不是刘福贵。这很关键。要是滑倒的是刘福贵，事情就变复杂了，姜奎斗给他降了工分，刘福贵心中怀恨。姜奎斗被砸瘸之后，老舅和他的关系发生了微妙变化。姜奎斗依旧瞧不起老舅，而老舅也不曲意奉承了。生产队散伙后他俩就不交往了，村道遇上也不打招呼。这些事姜先旺都知道一些。

老舅找出大印，我和表兄、表姐并不知道，只知道他砸了电药罐。

老舅砸了电药罐的事我是听表兄说的，表兄是听送鸡料的村里人说的。一些居住在县城的老乡在老家老屋圈养母鸡生卵，三天两头送上从餐馆倒来的剩菜残羹。表兄听说后就立马给我拨手机，交代我下个月上海的药不要再买了。我听明白后说，这两天我手头的事放不开，要不你回去劝劝看？中药最好再服段时间。表兄哼了声说，他会听我的？表兄好像有些烦躁，没心思和我啰唆了，就关了手机，似乎这事与他没多大干系。表兄这种态度，我并不计较。那年，他的孙女、表姐的外孙同年读小学，都想进县实验小学这所好学校。但我想尽办法也只能搞到一个名额，另一名额是稍次的城西小学，深感为难。我专门去表兄家，说了表姐外孙家租住的房子离实验小学近等实际情况，然后笑道，要不你们抓阄吧，谁抓上谁就读实验小学。表兄懂我心思，就不耐烦道，给她给她！表兄后悔自己从小不肯读书，所以对晚辈的培养很重视，孙女上学的事他对我窝火。隔天，摔电药罐的事表姐也和我说了。表姐在菜市场卖菜，一直比较辛苦，早就皱纹满脸，比同龄人见老很多。我家去买菜她总不肯收钱，到别处买又觉得见外，我爱人便适时给她家买些衣物。有一回，我下班走进菜市场，想去拿点菜回家。远远地，看见一个女顾客冲表姐大声嚷嚷，瘦弱的表姐一脸委屈无助，我眼前忽然闪现一手提小尿桶、一手提尿壶走下楼梯的小时候的表姐，立刻就涌出泪水。尽管表兄、表姐经济条件都不好，但我总想帮表姐。她的摊位是我托人给选的，位置比较好，租金也相对便宜些。表姐说，要么中药停段时间看看，你也花了不少钱了。我说，钱不成问题，忙完手头的事，过两天我回去劝劝，最好再服段时间。表姐说，要不我先回去吧，摊上的菜明天应该卖得差不多了，明天傍晚我搭摩托车回去。我说，也好，你先回去看看。姜刘村离县城不远，雇摩托只需十五元。

四

次日，表姐尚未动身，单身汉姜先旺就打来电话。

这一日，老舅的行踪似乎都在姜先旺的视线内。也不知老舅故意示人，还是有其他想法，那只大印不是放在布袋里而是放小网袋里，远远望去像兜着一只穿山甲。姜先旺正在水碓房后面的山上放羊，老舅就像一只羊始终在他视野之内。老舅拎着小网袋先是去了刘福贵的墓地，然后又转到刘山敏的墓地。小网袋里还放着香烛，老舅在两个墓地上都点上香烛，嘴上念念有词，很有仪式感。山上远近无人，时不时传来咳嗽声，偶尔有鸟鸣。望着坟墓上闪闪烁烁的烛光，姜先旺心里有些惶惶然。老舅边咳边离开坟茔下山来，不知吃力了还是怎么，在小路后面一块石头上坐了好一会儿。小路一头通往村子，另一头通往水碓房。秋天的夕阳薄薄的，姜奎斗仍坐在水碓房前面空地的小竹椅上晒秋阳，脚边放着黄褐色拐杖。老舅站起身来犹豫了下，便拎着小网袋向水碓房走去。姜先旺隐约觉得会发生什么事儿，便在山上横向走过来，然后蹲在树后侧望过去，望见老舅的上身。老舅就一直站着，姜奎斗一直坐着。残阳斜照过去，投在水碓房岩墙上的老舅上半身的影子时不时晃动。

老舅晃了晃小网袋说，这个大印当年你交给我的，归还！

姜奎斗愣怔了一会儿，然后说，你带走吧，阴间也用到的。

老舅哼了声说，我是来告诉你，你为什么会变成"三只脚"的！

姜奎斗扬脸瞪了眼，然后举起双手挠秃顶，有头皮癣飘落下来。

老舅指了指大印说，它，它指使着让你变成瘸子的，没想到吧。

姜奎斗放下双手说，编，你编，临死的人都爱编。

老舅说，刘福贵，刘山敏怎么会滑倒呢，滑不倒。刚才，我给他俩上香了。老舅说着，在衣袋里摸出一张牛皮纸，展开来，说，那些年这个大印，送给他们不少稻谷，记载得清清楚楚，给刘福贵一百八十三老瓜瓢，给刘山敏二百一十二老瓜瓢，是这个大印让他们滑倒的。老舅说罢望着姜奎斗哈哈大笑，笑完便拎着大印转身走了，他边走边说，你也没几天活头了，我就是要在你死前告诉你，是我使你成为"三只脚"的，这一切都是你最看不起的人干的。算你狗运好，只差两三拃，要不然当时就砸烂你的狗头。老舅痛快地说着走着，可走出十来米，姜奎斗突然吼起来。

姜奎斗吼道，你给我站住！

老舅站住却没转身，欲走不走的样子。

姜奎斗说，你把秘密说出来了，好，我也把秘密告诉你。

老舅迟迟疑疑地转身，一步一步走过去。姜奎斗依旧坐在小竹椅上，他竟然没多少情绪了，勾着脑袋，双手放双腿上来回摩挲，似乎坐久腿脚发麻了。这副无所谓的模样，让老舅很是恼怒，一口怒气冲上来便咳嗽起来。

姜奎斗抬脸坏笑道，值！

老舅咳嗽着没听清说什么，姜奎斗好像担心对方咳嗽着听不明白，待老舅平静下来才接着启动干巴巴的嘴皮。

姜奎斗说，就算是你干的，我也值！

老舅似乎意识到姜奎斗要说些什么了，他心里矛盾，希望他说，又不希望他说，姜奎斗却接连着说了下去。

姜奎斗说，凭你，就凭你，当年牛犊没收了就不用游街示众啦？

又说，凭你，就凭你，我会让你掌管生产队的大印？

不凭我凭谁呢？老舅呼吸紧促起来，右手攥紧大印。

姜奎斗却停顿下来，然后闭上眼睛。他闭着眼睛说，这后面以前不是有楼的吗，楼上有张竹床。姜奎斗说的是水碓房，水碓房以前确实有楼，楼里确实有张竹床，后来楼倒塌了，竹床让姜奎斗搬回做柴火了。老舅紧攥大印，浑身颤抖起来。

姜奎斗却不言语了，他闭着眼睛摇晃起脑袋来，晃得老舅有些恍惚，眼前仿佛有一只光溜溜的破尿壶在残阳中飘浮，泛起苍黄的光芒。姜奎斗摇晃了好阵子才停顿下来，他依旧闭着眼睛，好像品味着什么，嘴角里涌出一抹笑容，心满意足的样子。

姜奎斗说，我闭着眼睛都还能看见。姜奎斗说了还能看见，却又停顿下来，停顿下来后就又摇晃起脑袋，沉浸在某种甜蜜的回忆中，很幸福、享受的模样。

老舅转身要走了。老舅担忧再不走可能会发生什么事儿，他只想告诉姜奎斗成为"三只脚"是他干的，不想听到别的什么。可姜奎斗却又说了下去。

姜奎斗闭着眼睛满脸意淫说，我看见竹床上白花花的身体，看见白花花的身体上有蝴蝶，两只蝴蝶，一只在上，一只在下，还看见……

……

舅妈歪在小路上听不见什么，却看见许多。她老半天没见老舅踪影，就走出院门来。舅妈觉得很奇怪哎，她是让两只蝴蝶引诱过来的，好像它们给她带路似的在前面飞飞歇歇、歇歇飞飞。舅妈爱蝴蝶，从小就爱蝴蝶。舅妈乳沟那儿有块胎记，她奶表兄、表姐时有些村人也看见了，都说像只蝴蝶，像那种金斑蝶。舅妈身上别处还有块胎记，也像只金斑蝶。舅妈身上有两只蝴蝶。论起血缘关系，我和舅妈也很亲。他们四人是"换亲"的，舅妈是我父亲的姐，我母亲是老舅的妹。我们都具有双重身份。

舅妈对她父亲和弟弟似乎颇为怨恨，要不是为了让弟弟让娶到老婆，她父亲逼迫她，她绝不可能嫁给老舅。舅妈让两只蝴蝶引到能够看见水碓房的路段便站住了，她在小路上张望。她先看见水碓房前面的刘大印和姜奎斗，他们一个站着一个坐着，周围飞舞着许许多多蝴蝶；然后看见水碓房后面山上的单身汉姜先旺。应该有不少声音，鸟的叫声，羊的吃草声，人的争吵声，但对舅妈来说始终是段默片。在默片里舅妈最后看见的是刘大印双手攥住大印举得老高，然后往姜奎斗的秃顶砍了下去。舅妈没听见大印和脑壳撞击而爆出的钝响，却分明听见姜先旺的叫喊声，他叫喊了一声，就从后面山路跑下来……

我们三人赶到姜刘村，跨进老舅家院门，院子里站着一些人。

院子里的人听到脚步声就都不说话了，一些目光滞在我们身上，然后往石榴树下移去。老舅坐在石榴树下的石凳上大口大口喘气，石桌上放着那只圆圆的大印，很无辜的样子。老舅边喘气边说，姜奎斗给我砍死了。我大声说，老舅，你怎么这么糊涂呀？老舅说，不糊涂，我不糊涂。我转身望向姜先旺，随手给他递过一根香烟，他躲闪了下眼神，接过香烟说，我只听见两个老人争吵，吵了一阵就打了起来。我将烟盒子递给表姐说，给他们分烟，然后又回望姜先旺。姜先旺点上烟轻声说，两个老人为什么打起来我没看见，不知是谁先动手的。姜先旺确实说得轻轻儿的，老舅却听见了，他咳嗽了几下说，姜奎斗他敢动手？他一直坐着不敢动，我一大印砍下去，破尿壶脑袋瓜就开花了。我和姜先旺都惊诧地望向老舅，在场的人也都很惊诧。我心里想，也许姜先旺偏袒我老舅说话了，他是姜永财的儿子。姜永财曾经邀请我老舅去家里吃过山兔子肉的，那时老舅正处在掌管了生产队大印精神面貌向好时期，记得老舅吃过了兔子肉，醉醺醺地踩着皎洁的月光跨进院子大门，扯开嗓门石破天惊地大咳三声，吓得我从谷柜背坐了起来，看见窗外石榴树梢挂着一弯冷月。

19. 在章介生最后岁月里戒香烟

　　我靠顶层天台栏杆嚼口香糖，右食指在手机"备忘录"上写文字。要写的文字事先打好腹稿的，还算顺溜。文字发上朋友圈，稍转下上身打了个哈欠，就瞅见章介生。他躺在天台簑椅上，抬手向我勾一下，又勾一下，示意我过去。这顶层八楼的天台上空，秋高气肃，有只老鹰在盘旋。

　　我们两家天台之间那堵砖墙的高度，依旧是楼房建成时的一米五，没有跟风从众在上头垒砖块升高，站在自家天台可以互通有无，而且都放置一架小木梯。有时，我和童爱芬爬过去，有时章介生和薛晓云爬过来，我们一起打扑克，或者干点别的什么。这八楼顶层的格局大同小异，小半天台多半房，天台上除了花花草草，也就一副石质桌凳而已。我登上木梯子，有点"山高人为峰"的感觉。一些抖音直播间常见这一句，不少书家都喜欢写它，下一句是"海阔心无岸"。童爱芬正团在楼下客厅沙发上玩抖音，而薛晓云在厨房里炖鸽子，我则越墙而过向章介生走去。此时此刻，我们这些个闲人也就这状态了。

　　在一只鼓状石凳上坐下来。我一边裤兜里放有口香糖，另一边是盐焗味南瓜子。腾出手来我便不嚼口香糖，嗑起南瓜子。百度说，常嚼口香糖会伤胃。我的胃一直不怎么好，每两年做一次胃镜。医生说，要是不重视，会糜烂、萎缩、增生，恶化成胃癌的，说得让人胆战心惊。在方形石桌上我摊开两张纸巾，用小石子压住放瓜子壳。石桌那边即为章介生的篾躺椅，侧面望过去，他那颗喉结，还有一些青筋，看了让人揪心。

章介生说："我决定搬回老家去住，可薛晓云不同意。"

我张了下嘴巴，想打哈欠却没能打出来。我不是对这事儿不感兴趣，更不是不尊重章介生。我和章介生皆属虎，年龄相差一轮。曾经，我俩在文化局办公室当差，他任副主任时，我是秘书，他转正我则水涨船高做副主任，他在主任岗位上退休后我晋升为主任。这种前后浪式关系，处理得好就很密切，我对他非常敬重。可自从戒烟以来，我的脑子总是昏昏沉沉的，老想打哈欠，睡不睡醒不醒的样子。我欲言又止，张了张嘴巴，还想打哈欠，可依旧没打成，一口气翻不过来的感觉，极不舒服。也许，这个事不大好接嘴，我脑子一片空白。搬回老家去住的事儿，该支持呢还是该反对，我其实尚未想明白。

章介生说："看来，那证还是扯早了，薛晓云不听话了。"

我知道那证是结婚证。两个多月前，我从文化局给章介生带回退休干部职工年度体检单。"去年疫情没体检，最近老咳嗽，最好去查查看。"章介生站在天台，隔墙接过体检单说。说到咳嗽，他条件反射似的咳嗽起来，浑身搐动。在县医院体检时，他做了胸片，肺部有阴影，应医嘱做了 CT，又做了深度 CT……结果就查出了肺癌——查出肺癌没几日，他就和薛晓云去民政局领了结婚证。章介生的意思，领了结婚证薛晓云就不听他话了，他要搬回老家去住她不肯配合。我心里想，章介生也许多疑了，薛晓云不是那样的人，她不肯搬回老家去住应该另有缘由。

搬回老家去意味着什么，谁都清楚。章介生领了结婚证次日，就赶赴上海复旦大学下属某医院进行复诊。我想陪同他们夫妇一起去，侧面试探老婆童爱芬，她吞吞吐吐的，不太赞成，便由章介生的侄儿章何俊陪同。上海医院的诊断结果残酷得很，他们带回十二剂中药和一张药方。十二剂中药服完后就没有再去抓了。显而易见，回老家意味着落叶归根，这是余生屈指可数者的自我抉择。

章介生提起老家章家村，还提起章家村老屋后面那个山洞。言谈中，他透露了如何走完人生最后时光的谋划。我心里一紧一紧的，产生哭泣的冲动。

章家村在县城西面山坳里，我去过多次，很熟悉。通常是周末去的，三五人一起，偶尔也多到七八人，沿乡村公路步行，章介生老马识途走在前头，说些乡村见闻轶事。乡村公路从城西巽和塔下草地左旁起始，顺山势斜斜地绕上去。绕了七八公里路程，公路后面丁公尖山腰有座西霞寺，寺里寄居着章家村富人章介奎；公路前下方斜坡上野蘑菇也似散落着二十几所老屋，一派房摇楼晃，残垣断墙间野草萋萋、荆棘密布的景象。章介生的老屋在中段偏下，五间岩墙瓦屋，虽然闲置多年，楼下镬灶间里的镬灶、楼上楼间里的竹榻却好好的。在镬灶间，我吃过麂肉、猪肉，还吃过马兰头、紫云英、猫爪等不少野菜，土灶铁镬农家味，浓郁烟火气。楼上除了三张竹榻，还有一张猩红八仙桌。我在八仙桌上打过扑克，靠在竹榻上玩过手机。做农家饭时，村里单身汉章介琴也参与进来，他提供柴火，帮忙干活，当然也参与吃喝。老屋后面村道高坎上的山洞我也进去过，章介生打着手机灯光引我进去的。山洞里黑咕隆咚，拐来绕去有五六米深，里头产有蛇卵。我原以为山洞是"深挖洞，广积粮，不称霸"时节挖成的，其实不是，要早得多，目的也不是备战，而是贮藏番薯种以及过冬的食物，像北方的地窖，起保质保鲜功效。

章介生说："小时候，我母亲说我是从山洞里爬出来的，就像石猴，从石头里蹦出来一样，印象极其深刻。"他眼神时聚时散，仿佛看见了山洞，眨眼间却消弭。我有些思绪飞扬，平日里所闻所想的某些灵异景象，在脑海里交替闪现。世界充满神秘，苍穹里盘旋着的那只老鹰，也有可能变幻成一架战斗机。戒烟期间，我常常胡思乱想。

章介生接着说："看见了，看见一个山洞，洞口里涌出蓝幽幽的光芒，一团光芒裹挟着一个婴儿，慢慢旋转出来，那个婴儿就是我，七十年了。"我也产生了幻觉，看见洞口闪烁着的却是紫红色光芒，洞内潮湿的地面排列着若干乳白色蛇卵。当时，我没看见蛇卵，章介生发现后说了声"蛇卵"旋即转身，跟随在后头的我也步调一致转过身来，后背冷飕飕的，潜意识里有蛇卵之处便有蛇。也不知是幻觉还是想象，山洞深处有只蛇卵倏忽变大而且升腾，鸵鸟蛋一般于空中旋转三圈，如同莲花绽放，掉下一个婴儿来。

章介生终于稳定了眼神，思绪似乎从远方收了回来。他咳嗽了一声，又连咳了三四声，青筋如同蚯蚓蠕动："既然是从山洞里出来的，就回山洞去吧。"虽然企图以玩笑口吻说话，却掩饰不住眼神的苍凉凄楚，面对死亡终究难以坦然，毕竟死生是两个世界。

我躲闪开他的眼神往城西望去。瓯江畔草地上分明有人在放纸鸢，巽和塔那边丁公尖山腰的西霞寺上头的天际，一些闲云飘忽浮动，邈远而虚空。我发觉眼窝里蓄满泪水，偷偷地抹了一把。

我在朋友圈发上的文字为：其气入口，通体快意，餐后尤佳。久之，火气熏灼，多不适，常咳。远之，缠斗多日，耗毅力，起瞑眩。甚疲，老哈欠，有空寂感。这段文字我用了很多时间琢磨，要不是戒烟则"分分钟搞定"。这是我的真实感受，已与烟瘾缠斗一个月余，确实甚疲，也确实常常打哈欠，老是睡不醒的样子。

我离开章介生的天台，朋友圈点赞的已二十多个，评论的却只有三位，其中有章何俊的：许老师，挺住！章何俊在县文联上班，发表了不少诗歌，我俩是文友。其实，包括章介生，我们仨也可以说是文友，章介生擅长散文，而我则喜好小说。章何俊烟瘾较重，但自从我戒烟后就我俩在一起时他就没抽过一根香烟，着实令人感动。我戒烟的反应委实强烈，除了上述症状，还有就是身体快速发胖，还不到两个月体重就剧增了六公斤，肚腩凸出，蹲下去有呕吐感。这些章何俊都知道的，他担心我坚持不住而放弃。

童爱芬依旧团在七楼客厅沙发上玩抖音。

我裤兜里的南瓜子嗑完了，就在一旁坐下，信手拿起茶几上的南瓜子袋子，倒些在手心上，说："老章要搬章家村去住，薛晓云没同意。"童爱芬玩抖音也就看看、听听而已，没有也不会发视频什么的，可看看、听听也相当入神，似乎没听明白我说些什么。发觉我开口重说，她坐起身来按轻音量，听完后便说："搬乡下去住不好吧，到时候不方便，肯定不方便。"其实，我乍一听要搬回老家去住也觉得很不好，僻野荒村，缺乏生活设施，没有医疗资源，肯定有诸多不便，可听了章介生的看法便改变了意见，觉得还是尊重本人的意愿为好："既然他选择回老家，就应当想方设法满足他的意愿。"我把章介生关于"山洞"的那些话说了说，童爱芬一副脊梁骨发冷的样子，说："讲得太神秘了呀，怪吓人的。"她摇摇头按大音量继续看抖音。

童爱芬看抖音是我引导的，之前她不知有抖音这样有趣的玩意儿，所有的精力集聚于儿子和儿媳身上，不是去他们小家里打扫、洗刷，就是叫他们来我们家吃饭，还在生活上凭老经验该怎么样不该怎么样地指指点点，好为人师，喋喋不休。小两口还没孩子，在事业单位上班也不是很忙，生活上一切皆可自为。儿子说，老妈，不要太辛苦了。儿媳也如是说。听话听音，年轻人的意思是：老妈，请不要给我们当生活指导师了，不要侵入我们的小家庭了。可是，童爱芬根本没听懂，有回闯入他们的三居室，连换下来的内衣内裤都搬出来清洗。儿媳妇说，就像个摄影头，时时刻刻照着人家的隐私……抖音平台上的小视频，比如"父母要明白自己的行为是帮忙还是添乱""母亲一定要学会放手""母爱是一种得体的退出"这样的小视频，讲得很好，适合童爱芬看看。从新华书店退休的童爱芬，年轻时也看了不少书，毕竟是个知书达理的妇人，她从儿子小家庭里退出了不少，现在她的生活状态比较正常，只是痴迷上抖音了。

我嗑完半把南瓜子，便给章何俊打电话。

我和章何俊说了章介生要回老家的事，交代他做薛晓云的思想工作，并同西班牙的章其俊联系，听听他的看法，然后表明自己的观点："应当尊重当事人的意愿，安排老章回章家村为好。"章何俊对我的观点并无异议，也答应同薛晓云聊聊，只觉得没必要和章其俊联系，反正他不管事。我说："还是跟他说一声吧，免得以后埋怨我们什么事儿都没通知他。"章何俊哧了一声说："好，我给他发微信。"

我讲完电话，童爱芬表扬我，说我做得挺好，就应该由章何俊去协调。童爱芬不习惯对我表扬，之所以如此或许和我戒烟有关，她对我的态度比以前确实好了许多。戒烟要坚强的毅力，她也有所耳闻。我戒烟的原因，除"火气熏灼，多不适，常咳"，还有两点：一是我退居二线了，几年前我气管出血不能抽烟，结果满脑子糨糊，连张证明都打不了，而办公室主任离不开写文章，要是仍在位便无法戒烟；二是受章介生肺癌刺激。那天我在天台隔墙接过七包中华牌香烟，童爱芬反应激烈，似乎烟盒子里藏有密密麻麻的肺癌细胞，她翻白眼道，脑不灵清！骂得切齿而低沉，料想递烟者薛晓云没听见。我也有些心理反应，接过来的分明是刀子，章介生倒下去了，我则前赴后继……终于在一个黄昏，我偷偷地把这七包中华和自己吃剩的三包利群拿到天台上，面对如血的夕阳，一包包撕碎烟支，自我感觉有些鬼祟，有些决绝，也有些悲壮。对于香烟，我不但生理上有所依赖，心理上也舍不得离弃，摸一下香烟盒子都觉得怪亲切的。撕完九包香烟，发觉自己已是泪流满面，好像离开香烟就孤独终老的样子。

　　章何俊同章其俊联系上了，他的态度冷漠，对章介生回章家村之事没表态，事不关己的样子。这在我们预料之中，章氏父子好些年都没直接联系了。章介生肺癌晚期以及领结婚证等大事，章其俊都是听国内朋友说的。章其俊似乎有点牵挂章介生的房产，他委婉地向章何俊打探："不知他将会怎么处理？"似乎又不很在乎，"反正我什么都不想要，他爱怎么处理就怎么处理吧。"章何俊什么都回答不了，其实我也不知章介生将如何处理财产，主要是住着的这七、八两层房屋，是文化局集资房，入住二十一年了，当年购房款不到十万元，当下价值三百多万元了。

　　章何俊没做薛晓云的思想工作，倒打电话约我去年月日茶馆一起聊聊。我听完电话问童爱芬去不去，她摆手道："又没叫我，我凑什么热闹！"章介生的事儿，童爱芬知道我不会袖手旁观，她只是希望我不要过多参与。说到底，童爱芬瞧薛晓云不顺眼，腹诽的很不少。童爱芬和诸葛芳关系甚笃，天台上的小木梯是她俩备置的，诸葛芳是章介生前妻。薛晓云颜值颇高，有一些如同烟花女子那样的传说。有回在章家村老屋里吃野猪肉，有人说章介生艳福不浅，大赞薛晓云貌相，几人起哄挑选溢美之词形容之，诸多词语中我以为"柳腰丰臀、皮肤白皙、五官周正"等词语比较贴切。在我们四人中，薛晓云很有年龄优势，她比我小一轮，也属虎，我们两家四人三虎一鼠，童爱芬属鼠，比我大两岁。表面上，童爱芬对薛晓云还过得去，背地里却说："她看上老章什么，年龄相差两轮，哼，都老人臭了！"言外之意很明白，以为薛晓云看上的是章介生的房产，那七、八两层的房屋。有时，童爱芬为章介生和诸葛芳的儿子章其俊愤愤不平。

我和章何俊是一块儿去年月日茶馆的。我俩提早到，薛晓云没几分钟也来了。她戴着口罩，连衣裙外面罩一件外套，线条柔和，施施然走过来，在褐黄色茶桌另一边坐下。她眼圈弥漫紫黑色晕，白皙的脸庞稍带忧伤，摘下口罩言语时眼圈便瞬间转红，里头涌动泪水。薛晓云的想法和童爱芬差不多，以为山头旮旯太不方便，要是病情发作没医生不好办。薛晓云对章家村比我还熟悉，九年前她在那老屋里住了一个多月，平时去的次数比我还多。那时节，薛晓云的身份是保姆，服侍病人诸葛芳，从县医院跟随到章家村，直至诸葛芳病故，她对这个小乡村再熟谙不过。

　　我和章何俊配合得很好。平时，我和章何俊、章介生三人谈论文学时，也探讨些人生意义问题，涉及生老病死。面对死亡，每个人或多或少都有些害怕。著名作家余华说，死亡是走出时间。这话有意思。譬如一个寿命七十岁之人，出生之日即走进时间，死亡之时则走出时间，在无头无尾的时间长河中，存活了七十年。一个人从什么环境走进时间，自己无从选择；从什么环境走出时间，要是本人能够抉择则交由本人来选定，或许可以减轻对死亡的恐惧。章何俊说得头头是道，我喝下一杯浓咖，脑子清醒些，边嗑南瓜子，边强调说："老章提起屋后那个山洞，说他是从那个山洞里爬出来的，要回那个山洞去。这当然是玩笑，不过他是个很有想法的人，从哪儿走出时间，有了自己的选择。既然他选择从老家章家村走出时间，那就应当尊重他的选择。"章何俊接嘴说："也许，叔叔选择从章家村走出时间，是要做一个实验，做一个关于死亡的实验，以减轻对死亡的恐惧、痛苦。以前他说过，人类如何减轻对死亡的恐惧和痛苦是一个重大课题。"

薛晓云不同意搬到章家村去住，还有其他原因，她不好意思说。其实，说出来我们也挺理解的，一个人丁稀少的偏僻小乡村，在一座阴森森的老屋独自陪伴一个人走完人生最后的岁月，即便是我，也有些害怕。以前，薛晓云在章家村老屋里虽然住了一个多月，但那是同章介生一起服侍诸葛芳，境况不可同日而语。况且，那时村里人气比现在要好多了，即便是富人章介奎，也还住村上，现在常居的可坐不满一张八仙桌了，还算年轻的唯有单身汉章介琴一人而已。

经过商量，我和章何俊将轮流去章家村过夜，陪陪他们。薛晓云以为甚好，她将了下头发说，主要就是夜里头害怕呗。

一天下午，我和章何俊去了趟章家村。

平时，我们去章家村都是步行的，不过是在野外活动活动筋骨，做些农家菜吃，体验田园生活，没什么具体事儿。这次坐车去的，章何俊自驾车，车里除了我们两个人，还有一台电视机。初步计划，章介生和薛晓云住楼下，给薛晓云壮胆的我或者章何俊住楼上，老屋子楼下楼上都得摆放一台电视机。

车子在章家村后面的乡村公路停下来。

乡村公路后上方的丁公尖群山簇拥，高大巍峨，像一个非常气派的老大。山腰间的西霞寺周遭蓬蓬松松的，一派苍黄老绿的秋色。章家村的富人章介奎，那件集资案发生不久就从县城搬出来，住进了西霞寺，每天敲钟击鼓。单身汉章介琴在公路左侧山坡上放羊，我们唤他过来，雇他帮忙清理章介生老屋。章介琴乃村上我最为熟稔之人，他吃低保，长得短小黑瘦，外露龅牙，平日养几只白羊。以前周末，我们去章家村做农家菜，章介生站在老屋前道坦右边的老宅基上抬脸喊两嗓子，他便提一畚箕柴爿来，然后做些他人不怎么愿意做的事，比如烧火刷镬洗碗搞卫生。章介生曾经和他开玩笑，说他是章家村的土地爷，掌管这一方小天地，别人不喜欢做的事都得亲力亲为。章介琴那副模样，看上去同影视剧里出现的土地爷形象确有几分相似。

村后公路有狭窄石砌村道盘旋下绕。章介琴捏一柄草刀沿公路走过来，走到离我俩五六米处，将草刀夹在腋下，埋首抹火机点香烟。在空气清新、秋色迷人的乡村，烟虫蠕动得格外起劲，我有口水涌出来。反正章介琴点上香烟了，章何俊望我笑了下，也点上一根。我吞咽着口水，在裤兜里撮十几颗南瓜子递向章介琴，说："帮忙抬下电视机。"他没接南瓜子，却将草刀递给我，然后和章何俊抬起电视机。我跟在他俩后头，有意吸鼻子，一股焦香烟味。章何俊边抬边说："楼下楼上、屋前道坦、屋后水沟都给理一理，不会亏待你的。"章介琴说："屋后水沟积满了污泥，那个费工夫了。"章何俊说："不管费多少工夫，都得清理干净，不会让你吃亏的。"章介琴是老实人，章何俊交代他，清理花费几个工时，自己记牢，到时按工时付钱。确实，屋后水沟淤积很多污泥，差不多和山洞底齐平了。我打着手机电筒认真瞅瞅，拱形洞口铁青色石块上凝结着水珠，黑咕隆咚的山洞里头若有光芒，似有动静。不知是确有还是因幻觉而无中生有。假若确有光芒，也许是电筒光的反射；假若确有动静，也许是老鼠、蛇或者蝙蝠什么的。有说蝙蝠乃某某病毒宿主，我怔怔然转身离开了。

返回途中，章何俊说，轮流陪夜的事感觉很有压力，他已在邻村找到一个妇女，答应夜里出来陪陪。我听他一说心里有些高兴，只是抑制着不至于喜形于色。在年月日茶馆表态后我就有所后悔，没敢和童爱芬说。九年前，章介生和保姆薛晓云在老屋服侍诸葛芳期间，章家村多有传闻，尤其是患病的在楼下木床上痛苦、健康的在楼上竹榻上快活的传言，让人记忆犹新。我要是去章家村陪夜，童爱芬必定要么反对，要么她也跟去，绝无第三种可能。尽管那样的传说不少人不以为真，我也觉得是谣传，但是导致了章氏父子几近互不相认却是事实。章其俊回国帮忙操办完母亲诸葛芳的丧事，出去之后就没有和父亲章介生直接联系了。这事儿存在较大想象空间。

章何俊所说的邻村即行政村王家坪，那妇人叫陈阿珍，是章何俊的小学同学，也是章介生的学生。章介生高中毕业后在村里当过代课教师我是知道的，章何俊说过，章介生既是他的叔父，又是他的启蒙老师。作为启蒙老师，章介生一些事儿给他留有深刻印记。他读小学三年级那年的清明节次日，章介生带他们去丁公尖春游，站在西霞寺山门，不但看见章家村，还能看见瓯江畔一片房。章老师说，那是县城，县城里有新华书店，有电影院，从小用心读书，长大之后可以经常上电影院看电影。在西霞寺里各自吃了个清明馍糍，继续沿着石阶往上登。登到山巅，四周更开阔了，世界变得浩大。章老师说，要是天气晴朗，能看见温州城，从小努力学习，长大后可以去温州工作。可是，那天天气不是很好，章老师所指的那个远方，灰蒙蒙一片。

陈阿珍的陪夜费不知该给多少。章何俊说，每夜三五十元差不多了吧。无论多少，都得由我和章何俊来承担。原本说定由我俩陪夜的，可因有瓜田李下之嫌，我俩就雇人替代了。我和章何俊商量好，到时候要是薛晓云不同意，我们就这样和她说，这个费用一定由我们来拿。当然，"瓜田李下"这个成语是不可直言的。没错，我们说的是薛晓云不同意，没提章介生，交付陪夜费的事与他无关了。章介生对人生多有思考，他好像看得很开。一个人常常在高空上看地球、看自己，往往就会活得开心、洒脱。地球绕着太阳旋转，你出现之前它和你无关，你消失之后它也和你无关。你仅仅是地球上的一个过客，它旋转那么几十上百圈，你也就走了。你来时没带来什么，你走时也没带走什么。章介生有类似于这样的言论，也许我没学到位，与他的原意有所出入。

也是章何俊自驾车护送章介生回章家村的。

童爱芬原本也要去，可物件太多，塞满小车后备箱后还占据了一个座位，她只得站小区门口槐树边相送。也许意识到章介生是有去无回了，童爱芬郑重其事地挥手，眼窝子竟有些发潮，演绎出些生离死别的意思。章介生坐副驾，眼望窗外，流露留恋的神情。章何俊察言观色，车子在街道上缓慢行驶。到了城西巽和塔下草地旁，小车停了下来。章介生喊停的，但他没下车，侧身朝县城回望了好一会儿。从后座看过去，他的喉结更突出了，耳朵似乎变大，灰黄色秃顶干涩涩的，黯然无光。车子启动后，我产生了幻觉，似乎小车脱离现实世界而驶上不为人知的时间隧道，有微弱光芒，一闪一闪的。我望向车窗外面，山间秋阳飘忽不定，很不真实的样子。戒烟期间，有时似乎对世界的感觉与平时不一样。

陈阿珍在村后乡村公路等候了。

　　她看上去是个有些讨喜的中年妇女。也许想象中章介生章老师不至于这般消瘦、变形，她乍一见便脸现惊诧，但瞬间恢复正常，然后晃荡着双手走过来迷花眼笑道，章老师好，章老师好。章介生嘴角里挤出些许笑容，点了点头。薛晓云拎着棕黄色坤包友善地看了眼陈阿珍，然后牵起章介生右手说："我们先到屋里去吧。"我所认识的走路晃荡着双手的妇人多半比较劲壮，也比较热情，陈阿珍亦如此，与内敛沉静、形容憔悴的薛晓云形成了鲜明对比。薛晓云牵着章介生走上石阶村道，陈阿珍快手快脚地提起大包小包，我和章何俊也提了起来，跟在章介生夫妇后面。走到半途，陈阿珍、章何俊两人故意落下一段距离，嘀咕起什么。也许嘀咕他们的老师章介生吧，怎么这么骨瘦如柴了呀，还有多少日子呢，等等。

　　章介生到了道坦桑树下脱开薛晓云自己走了。他走过道坦，上了阶沿头，跨入堂屋，然后打开屋后门。屋前屋后都已清理干净了，水沟的污泥也掏得很到位，离山洞口一尺多深了。那山洞在后门右向两米许，章介生没迈出后门，他左手按着门框侧身望向山洞口，目光发虚，神情迷离，如同晚间梦游之人。陈阿珍似乎被吓着了，她脸上一惊一乍。章何俊拉她一边说："章老师讲过，他从山洞里来的，要到山洞里去了。"陈阿珍蹙眉撇嘴扯他衣角，责怪他胡说八道。

　　不承想，章介生章老师的一些言行确实怪怪的，让人心里发慌。每天下午五点钟，丁公尖的西霞寺响起暮鼓声，章介生便要薛晓云在房间里点起仨香俩蜡烛，打开手机听心经梵音诵唱。薛晓云乖巧听话，任由章介生使唤，一如早年大户人家的丫鬟。有一天，陈阿珍陪夜早些来，她到了老屋后山洞上面茅草丛生的村道，雄浑的暮鼓声如同水波在昏黄的空中荡漾，老屋窗口里随即飘出梵音心经唱诵声。陈阿珍四下里张望，灰扑扑的村子顿时旧下来，高高的西霞寺屋脊上飘忽着一抹夕阳，虚假失实的样子。她惶惶然，便急匆匆走下屋后踏步节，来到老屋。章介生靠床上有些入定的样子，薛晓云坐一旁矮凳上看手机，梵音心经唱诵声到处滑翔。也许发觉床前动静，章介生微启眼目瞅见了陈阿珍，便口中念念道：放下执念，了无挂碍，轻盈愉悦地去吧。陈阿珍浑身起鸡皮疙瘩。

老屋里烛光闪烁、心经诵唱，一些动物也许不适应起来，接连爬出来活动。先是老鼠，薛晓云看见的。当时，清脆的晨钟声从寺庙里传下来，有麻雀从道坦角的墨绿桑树里飞出，桑树枝头在早晨的太阳光中一晃一晃，就这个时候，在阶沿头水槽洗袜子的薛晓云看见了老鼠，它们从村道石坎窟窿里跳下来，跳下一只又跳下一只，有五六只，跳在道坦右边放着一些破旧水泥板的老宅基上，然后列队爬出来，光明正大地爬过道坦，绕过桑树，消失于墙角边。没几天，道坦里出现了一条乌梢蛇。那蛇大秤杆粗，也不知从哪儿爬出来的，章介琴发现时它盘在道坦左角墙边，尿盆盖子大小，残阳映照着，泛着油黑的光芒。胆小如鼠的章介琴在薛晓云面前充好汉，拿竹枝去驱赶，那蛇轮子似的旋开身子，倏忽举起蛇头，越举越高，长颈鹅子也似向外头游去，游到道坦外的高坎沿，形同黑鞭子一下凌空甩起来，在苍黄的阳光中甩出个半弧，落高坎下面水塘里去了。

这些动物的出现和离奇表现，给老屋增添了怪异色彩，薛晓云和陈阿珍两个女人都有些害怕。村上除了章介琴，也就几个老头子老太婆，太阳一下山他们便都上床了。屋后村道上弥漫着白凄凄的月色，章介琴走过去，又走过来，有时还咳嗽一声。薛晓云没招呼他，陈阿珍也没有招呼他，于是慢慢离开。天空挂一弯冷月，小乡村异常安静。

我和章何俊去了几回章家村，但都没有过夜。平时，我睡眠状况并不好，戒烟以来更差，几乎没一个夜晚睡好。要是躺那老屋楼坪的竹榻上压根就睡不着，在年月日茶馆要陪夜的豪言壮语，实乃心血来潮的冲动之言。童爱芬觉得我分寸拿捏得恰如其分，每次去章家村她都到"口口鲜"水果店挑选些时令水果让我带去，她明白我和章介生的深情厚谊不容小觑。不过，我家天台上那架木梯子童爱芬擅自送人了，送什么人她没说，我也没问。

一天下午，章何俊给我打电话说，他要给他叔父章介生送个录音机，问我去不去。上半年我退居二线后，虽然办公室办公桌仍在，但无需干活，上下班自由多，几天不露面，也没人过问。我说我去。章介生要录音机做什么？我想也许录制遗嘱什么的吧，财产如何分配录个遗嘱。其实不是录遗嘱，而是录好梵音心经，搁置在屋后山洞里放唱。

那只录音机在山洞里搁了七天七夜章介生便走了，他走出了时间轨道。此后好长一段时间里，我常常出现幻觉，看见一个山洞。也不一定是幻觉。那个山洞布置得很有仪式感。一张小方桌，铺上红绸缎，烛台放两边，香炉放中间，香炉后面为录音机。这是章介生自己布置的，他由薛晓云搀扶着亲自布置。在这七天七夜里，什么时候放心经，什么时候点香蜡，一切也都听从章介生指挥，他好像是自己走出时间的总导演，精心谋划，忙忙碌碌，看不出恐慌和痛苦。在最后几个时辰，章介生不能指挥人了，他的思绪或者魂魄什么的似乎被山洞里的心经唱诵声拽住了，仿佛拽着他在金碧辉煌、梵音缭绕的境界飘忽游移……章介生双目微阖，神情沉静，心满意足地睡去了。

陈阿珍不肯收受陪夜费。有在国外的学生不知我戒烟了，托人给捎回两条万宝路，我得知陈阿珍爱人是个烟君子，便交由章何俊转交她。章何俊说，两条香烟了，我家里有两瓶古井贡，一起带给她也差不多了。

公墓园在县城巽和塔西边的山坡上，离章家村很近，章介生出殡时我们皆步行。国内疫情防控积极向好，但"外防输入"形势依然严峻，对操办丧事规模有所限制。章介生丧事一切从简，送丧的队伍却还是拉得比较长。

文化局来了不少同事，新任局长李峰也来了。以前，文化局没搞中层退二线，章介生办公室主任一职就干到退休。李峰原是文化部门出身，熟悉文化局情况，觉得有几个临近退休的中层是老油条，馒头比蒸笼大不好办，便仿效县里做法，县里的县管干部女五十、男五十五周岁就都要退二线的。我要不是退二线就下不了戒香烟的决心，戒烟期间注意力无法集中，干不了办公室主任事务。其实，开始戒烟时我也没有十足的把握，在天台撕香烟之所以偷偷摸摸的，是因为不想让童爱芬知道。要是戒不成功不至于让她笑话，要是戒成功了给她一个惊喜。可是，那几日我的反应强烈得要命，最突出的是打瞌睡，吃了晚饭放下筷子就哈欠连连，不到七点钟就躺床上了，躺床上后却又睡不安稳。这种反常现象引起了童爱芬的警惕，她问我有哪儿不舒服没有？我说没有。她觉得这般昏昏沉沉的却没疼没痒倒是个大问题，便要我去看医生。我自然不去，她就唤儿子儿媳来动员我去医院，我只得说出实情来。听说我居然不声不响戒烟了，他们互相看来看去，就都大笑起来，这真是好事一桩。自打童爱芬从儿子的小家庭里逐渐退出来，我们这个大家庭的气氛更为和谐融洽了。

李峰局长知道得比较多，他说起章介生的《仿佛若有光》，说起丁公尖寺庙里的章介奎。章介生的《仿佛若有光》是一部散文集，他由代课教师转为民办教师又转为公办教师之后，凭借散文集《仿佛若有光》改行成为县文化馆创作员，尔后转任文化局办公室副主任；而我恰好由县实验中学语文教师考上了文化局秘书。《仿佛若有光》我看过好多遍，其中对《巽和塔的传说》《西霞寺的钟声》和《老屋后的山洞》等篇什非常熟悉。章介奎我也认识，他是章家村的富人，他儿子是房地产大亨，富得流油。他在章介生家天台上喝过茶，诸葛芳去世后就没有再来过。他给我留下的印象有不好的，也有好的。不好的，据说章介生那个"楼下楼上"的传说是他谣传开的，他吃醋，或者一些别的什么原因，想搞搞章介生。好的，据说在那件非法集资案中他被骗了很多钱，觉得有愧于儿子，便不住儿子给买的县城房屋而寄居寺庙击鼓敲钟，他说他敲的是警钟，天上不会掉馅饼的警钟。

最后离开公墓园的是我和薛晓云、章何俊、童爱芬以及文化局几个老同事。我在上衣口袋里摸出一根香烟，点上，吸了一口，然后把它横放在章介生名字牌前面的小石子上。章介生对香烟很热爱，他并不以为他患上肺癌与抽烟有多大干系。这根香烟是李峰局长分的，他学电视上大领导的作派，一本正经拿手肘和我碰了碰，然后就分香烟。我们的关系有点像隔着衣物碰手肘，彼此比较熟悉，但从未讲过知心话，据说在他心目中我是一号老油条。我挥手不要香烟，他硬给，我接过来说，不好意思，戒烟以来一支都没抽，等会儿送给章介生主任。小石子上那根兀自吐着烟缕的香烟，看上去有些孤寂，我心血来潮要陪章介生抽会儿，便向章何俊要了一根，然后点上抽起来。

章介生给人们留下的悬念是他有没有交代如何处理房产。文化局不少同事问我，童爱芬也问过，但我也全然不知。送走章介生的第三天，我跨进文化局大门时接到章何俊电话，他说章介生给薛晓云写了两份遗书，一份写明属于他的那份房产赠送给薛晓云，另一份写明所有房产归属章其俊，薛晓云有使用权。那份赠送房产的遗书薛晓云给撕了，在微信视频中当着西班牙章其俊的面撕掉的。这事我没有和童爱芬说，要是说了她会以为我拿证据反驳她一向的看法，反正迟早她会知道的。薛晓云一些不好的传言都是很早以前的事，那时她也许确实在男人堆里混过，但跟随章介生之后却很是中规中矩，从未有不良传闻。那天，我去文化局是为薛晓云去了解如何办理遗属生活补助。在文化局三楼的走廊上有老同事给我分烟，我说戒了几个月一支都没抽，他笑着说我撒谎，原来我在章介生墓前抽烟让他看见了。

在章介生墓前抽了那根烟后我就没有再抽。当时，我向章何俊要香烟时瞥眼童爱芬，她眼神里没有制止的意思，于是就点上了。也不知是秋阳的渲染还是别的什么原因，在墓前袅袅升腾的烟雾比往常里白很多。

20. 铁夹子

父亲退休后常常念叨我母亲，说起母亲我就走进那年的夏天。

那年夏天有个周末，我原本不回家的。教室后面黑板上高考倒计时为32天，我已谋划好，高考结束后一身轻松地回家。可母亲摔倒了，她骑摩托去郊区种菜返回途中摔倒的，伤及腿骨。郊区那座山像只大馒头，山腰上那畦菜地是远房亲戚的，依山而绕，窄窄的，却有十数米长，我小学四年级时母亲便开始在那儿种瓜菜，骑摩托往返车程十余公里。许燕说，打着石膏，缠着绷带。许燕是母亲曾经的同事李阿姨的女儿，我俩一起在市里寄读高中。记忆里，那年夏天又热又闷，高考渐近，我越来越烦躁，教室里后背风门穴附近时不时爬着阿拉伯字"倒计时"，逢着"1""8""0"的当天，白衬衫里头仿佛出现形似油条、麻花、鸡蛋或者馒头的实物，油腻蠕动，令我心烦意乱。许燕说，别说是我告诉你的，我妈封了口，不要和你说。这笃定是我母亲的主意，离家在外就读高中将近三年来，母亲对我一向报喜不报忧。高一下学期，父亲急性阑尾炎住院做手术也不和我说。

母亲和李阿姨原是供销系统职工，同在县百货公司上班。百货公司大楼坐落于县城宝幢街口，小时候印象相当深刻。里头空间特别大，布满高高低低的柜台。营业员各就各位，顾客通常很多，有时需要挤着走。有回，我和许燕深陷于柜台森林里找不着大门，急得哭鼻子。其实，我们已在汗腥味浓重的人群中挤到母亲的台子旁边了，她发现我俩泪眼婆娑的，便立刻从台上跳下来，安抚一通然后教导说，不要低头乱挤嘛，抬头看，一抬头就可以看见我啦。林林总总的柜台上面是麻白色天花板，两者之间半空中是横来直去的铁丝，如同蜘蛛网。母亲没得说错，抬起头来就看见了她，她威风凛凛地坐在挨近大门的那架高台上。母亲那架台子的确很高，和它一样高的台子还有两个，这三个高高的台子在偌大的空间里构成大三角。母亲说，看见我，再往我这方向走，就找到大门啦。确实，站在母亲脚下的砖砌地面上不仅能看见大门，还能看见宝幢街，宝幢街那边的电影院前面的露天水泥地上，有些个孩子吃棒冰。

同样令我印象深刻的是母亲坚守着的高台子。它由四根木柱支撑着，形同古时候某些村落村口的哨岗。内置一桌一椅一摇篮。在那竹制小摇篮里，我吃过不少种类的奶粉。也不知什么缘故，我出生后母亲奶水奇少，半月后就索性不下奶了。李阿姨说，是吃了老母鸡的缘故吧。老母鸡是乡下祖母炖好送城里来的，月子里母亲吃了两只老母鸡。母亲颇不以为然，她将不下奶归咎于自己的身体，便内心生出愧疚来，好像犯了错，觉得对不住我，"没母乳的妈妈还算妈妈吗"，母亲便想方设法补偿些什么，想方设法让我在她身边，而且给我买最好的奶粉。台子上的小摇篮也不是轻易放上去的，母亲拿一只玉手镯来打点才得到准许。这不是外祖母传给我母亲的那只玉手镯，外祖母传下来的那只后来传给了我。当时，我躺小摇篮里吃过哪些奶粉已记不得了，只记得有种奶粉袋子上有头黑底白斑荷兰牛。相比之下，印象最深刻的是那些夹着钞票、纸片沿着半空铁丝飞来飞去的铁夹子，以及母亲俯下身来轻轻哼着的童谣——

　　　　小燕子，穿黑衣

　　　　飞过来，飞过去

　　　　一日一日忙不停

　　　　小燕子，穿黑衣

　　　　飞向东，飞向西

　　　　一月一月忙不停

　　　　小燕子，穿黑衣

　　　　飞向南，飞向北

　　　　一年一年忙不停

　　这支童谣是母亲自编自唱的，她把夹着钞票、纸片来回穿梭的铁夹子比作小燕子。在母亲的轻哼中，我迷糊起来。我于迷迷糊糊中，发觉母亲的发梢在我脸上撩来撩去的，舒舒爽爽，我的嘴角涌出笑容来，睡着了。一些小燕子又飞了过来，母亲便直起上身，将小燕子喙里的钞票和纸片摘下来，算盘珠子噼里啪啦一阵响，然后找好钞票让它衔着，举起右手臂一推，小燕子就飞走了——飞到它飞过来的柜台上空，营业员把找回的钞票取下，连同布料或者鞋袜什么的交与顾客。我睁开惺忪的睡眼，就又朦朦胧胧地觑见小燕子飞了过来。

那个离高考 32 天的周末，我是在学校食堂吃过午饭才决定启程回家的。我犹豫了一个上午，许燕早上就和我说了，我吃了午饭才决定回家看望受伤的母亲。实际上，许燕也犹豫了一个夜晚，她是头天晚上在她母亲的电话里得知我母亲摔倒跌伤的。我迄今仍不明白许燕为何犹豫，也不明白为何她犹豫了整整一个夜晚之后又和我说。要不要回家看望摔伤的母亲，我着实矛盾得很，但吃罢午饭到底还是去往汽车站。午后的夏天愈发闷热，中巴的空调已然老化，我坐了两个多小时的车程始终汗津津的。在两个多小时里，母亲骑摩托的身影时不时闪现。母亲早已发福，身上多赘肉，她稍稍前倾上身，双手紧握车子把手，后背有些发圆而落寞。我真心烦闷透顶了。

我打开防盗门，家里就母亲一人。

母亲斜靠在客厅三人沙发里，笨拙的左脚与黄褐色拐杖平行前放于花岗岩地坪上。母亲适才打盹了，我打开防盗门进去后她才惊觉，她慌忙撩了撩蓬乱的头发略显吃惊道，你怎么回来啦？她说着扭动发胖的上身，缓慢地坐直身来，看上去很疲惫，周遭充溢着伤员独守空房的清寂惨淡气息。我佯装道，妈，你怎么了？母亲说，叫你爸骑摩托要小心，自己却粗心大意，摔倒了，真是叫人栽菜自点盐啦。她很歉意的样子，好像犯下了大错。我说，严重不严重呀？母亲说，还好，仅仅骨头裂了，要是断了，一年半载都离不开它了。她拿右手指了下拐杖且顺势按住它，接着说，不是说高考结束才回家的吗？我说，在学校闷得慌，走动走动，散散心。母亲望着我，稍许疑惑的目光在我脸上巡睃，似乎寻觅些什么。我故作轻松道，我爸呢，他去哪儿啦？母亲说，给你奶奶送药，你奶奶中暑了。全是我的错，怎么就摔倒了呢，都三个礼拜了，没去看你奶奶。我祖母仍住在乡下，跟我叔父一起过。平时，要是家里没什么事儿，每个周末我父母都要去乡下走走、看看。我说，这有什么错不错的，谁会故意把自己摔伤呀。母亲说，你爸带毕业班功课紧，又要照顾我，这半个月没一刻得闲。母亲右手拍了拍拐杖，依旧很歉意的样子。

我父亲是小学教师，师范毕业就分配到县城二小，他安分守己，一直待在这所学校，一直教语文。我父母相识是他去百货大楼剪白色的确良做衬衫。当时，小县城流行喇叭裤，男女青年喜欢穿白衬衫、喇叭裤。他们认识之后的一些个夜晚，穿着白衬衫、喇叭裤，穿过窄窄的担水巷，横过灰色的宝幢街，去往电影院看电影。那时，小县城的夜晚不像现在灯红酒绿、流光溢彩，其主色调一派灰色，静静的空气，灰灰的房屋，岁月静好，天清气明。我父亲有些怀古，我家和李阿姨家聚餐时，他和许叔叔喝上几杯后，就那时节小县城怎么怎么的说道起来，说得像个世外桃源。在那个世外桃源里，我父母一起看了几场电影，次年就有了我。有时我想，要不是父亲去剪的确良会有我吗？其实，仅仅去剪的确良他们也未必认识。这里头有只黑色铁夹子，它在两个年轻人之间螃蟹也似爬了出来，要不是那只铁夹子就不可能有我——这些我是后来才知道的，也许某些事果真冥冥中注定。

记得我回家看望母亲那天，父亲是太阳下山时才从乡下回到家的。母亲望了下客厅窗外，说，太阳落山了，把窗门打开吧，换换空气，关了老半天了。我拉开铝合金玻璃窗，望见天际一抹余晖时，父亲恰好打开防盗门，他提着一蛇皮袋瓜菜走了进来。其实，父亲乡下之行，不单是给祖母送药，他还走进了老家的佛殿。乡下老家我也挺熟悉的，每年我们三口都要回去陪祖母过年。那佛殿坐落于村西山崖旁边，三棵老樟树簇拥着，黄墙红瓦，庄严肃穆。父亲是个唯物主义者，只有在现实世界遇上大麻烦，不得已才踏进佛殿，企图在佛殿里寻找些什么、祈求些什么。这是高考结束后我才知道的，当时我的母亲、父亲都没透露些什么，他们显得很正常，让人察觉不到大难已然降临。尤其是母亲，她刻意营造欢快气氛。她拄着拐杖在客厅里吃力地一瘸一拐地行走，说恢复得很快，再过十来天就可以离开拐杖了。这种刻意我也是高考结束后才省悟的。

现在想来，也许高考前夕我患上了焦虑症。记得随着高考逼近，我出现口干、流汗、头晕、心悸、尿频等不良现象。有时，一节课才过三十来分钟，我的注意力就不得不转移至丹田，一下课就急忙跑向卫生间。黑板上的倒计时数字一天一天小下来，小到"12"时又有烦心事撞了过来。也是许燕说的。我们两家的情形很不同，许燕的母亲李阿姨似乎什么事都和她说，而我的母亲就不一样了。大凡牵涉我们两家的事儿总是许燕首先知道的，甚至即便我家的某些事也是许燕先知道。比如我父亲急性阑尾炎、我母亲摔伤腿骨，都是许燕和我说的。也就是说，我家的坏消息，先传给许燕的母亲，许燕母亲再传给许燕，然后再传到我的耳朵，拐来拐去的，我像个局外人。客观说，这次倒不是坏消息，不过我是甚难接受的。许燕说，我母亲和她母亲商量好了，她们要在市区僻静处租下房子，高考期间让我和许燕住进去，而且她俩已做了分工，我母亲负责买菜做饭，她母亲负责驾车接送。这个馊主意是我母亲想出来的。高考那几天学校不开伙，外地考生要么投亲靠友，要么住宾馆。我母亲深受腿脚伤痛煎熬却仍操心我的高考，她担心外面饮食卫生无法保证，弄不好会吃坏肚子。几年前，我有个表兄高考期间就出现这个状况，他在外面吃了几顿就上吐下泻，考数学时是吊着盐水答题的。结果影响了高考成绩，离一本线差 3 分而留下终身遗憾。

我听许燕一说，一下子就尿急起来，额头暴冷汗。许燕说，怎么啦，这样不好吗？我说，不好，我妈来我会压力大很多。许燕说，这有什么压力？我说，你不是我，怎么知道我没压力。确实如此，母亲给我感受到的压力旁人是难以理解的，也无法体会。这种压力不是源于母亲的强势，恰恰相反，母亲一点儿也不强势，而是太过弱势了——也不是强势弱势的问题，是太过自责，许多事情明明不是她的错，她都委过于己。强势给人带来的压力是外向的，让人逆反、抵抗；而母亲太过自责给我带来的压力是内在的，让人难受，甚至想哭。

母亲一贯就太过自责。许多年后，李阿姨和我说了那只铁夹子的故事，我甚至怀疑母亲身上某些东西也许被它夹住了，夹得不正常起来，所以自责得毫无道理，要不然就有些不好解释了。

记得小时候，我有点头疼脑热，母亲就埋怨她自己。在她看来，我的身体羸弱是因为没吃母乳。确实，我三四岁时比同龄孩子虚弱些，常常感冒咳嗽。隐约记得我猫在母亲怀里咳嗽时，她捉起我的小手拍打她的奶子，说，都是你不好，聋子的耳朵尽摆设。更不可思议的是，母亲下岗的事也归咎于己，以为也是她的错，对不起我，对不起我的父亲，甚至对不起乡下的我的祖母。其实，母亲下岗前些年她根本没想到居然会下岗，她以为自己像那只飞来飞去的铁夹子一样，会一年一年忙下来，直至忙到退休。可事实是我小学三年级那年母亲就下岗了。父亲说，这有什么错不错的，单职工，老婆做饭洗衣、教育孩子、照顾老公，日子轻轻松松。父亲是安慰他妻子，却也是事实，供销系统人员下岗是时代潮流，下岗者不存在是非对错。可是，我当时懵懂无知。也许，母亲向来太过自责影响着我，在我少不更事的认知里，以为母亲真是个常犯错的女人，不下奶是她的错，下岗是她的错，饭菜不好吃也是她的错，而且常常和她闹别扭，挑剔，使小性子，甚至刁难。有一回，许燕在学校教室里摸出一张电影票炫耀说，她母亲单位里发的。李阿姨下岗不久就到银行上班了，我想只有犯错的女人才整天待家里。许燕得意扬扬的样子刺激了我，我回到家就给母亲甩脸子。母亲很伤心，也很沮丧，要带我去看电影，我不去。父亲好几天不和我说话，他对我很生气。现在我一想起这些事，心里就一揪一揪地疼痛。其实，我读初中二年级就开始反思自己的言行了，确切地说是读了朱自清先生的《背影》便改变了对母亲的态度。我母亲下岗后身材就发胖起来，精神就低迷下去，软塌塌的模样。有一回，我在书房里，视线透过防盗窗看见弄堂里的母亲。她将柴火间里的摩托车推出来，上车时吃力地骗腿，发动后一颤一颤地跑出弄堂，我望着她落寞的背影以及货座上的破菜篮、短柄锄子，眼窝猛然潮湿起来——也就是从那时开始，母亲对我就产生了压力，她越是说自己错，越是对我好，我的压力就越大，就像一个生命挂在另一个生命身上的那种压力。

母亲摔伤的腿骨尚未完全康复，要是在高考期间一瘸一拐地给我做饭，对我的压力必定巨大。实际上，即便不给我做饭，只要我看见她就会产生压力，这种压力对我焦虑的情绪无疑雪上加霜。我给母亲打了电话。我不记得在电话里说了些什么，只记得母亲又说她错了，不该没和我通气就把事情决定下来。那时，我的脾气比现在坏很多，我肯定毫无商量余地地不许母亲上来做饭。可是套房已经租下了，只能折中办法，做饭、接送全由李阿姨包办了。

套房是许燕的父亲许叔叔托朋友租下的。许叔叔比我父亲小几岁，仍在县发改局副局长任上。他颇有人脉，当年李阿姨下岗后借此得以及时安排到银行上班。那座楼房总共七层，我们租下的在三楼，带阳台三居室。虽然有些老旧，却地处城西偏角，屋后隔一道清凌凌的水渠便是山丘，植被丰茂，鸟语花香。李叔叔的朋友很有眼光，环境相当幽静，适合考试学子居住。

我和许燕两天半的高考期间李阿姨是忙而不乱。她做好早餐吃罢，开小车送我俩去考点，接着去买菜、做中饭，然后再接我们回。下午亦然，很有规律。我母亲肯定交代过，中晚餐都有酸菜炒鸡、韭菜鱿鱼须。这两道菜我非常喜欢，很下饭。当时我确实这样想，只有母亲最懂我口味。现在想起母亲，让我后悔的事情实在太多。小时候，大约小学三年级至初中二年级那个懵懂无知的阶段，我嫌弃母亲做的菜不好吃，种的菜也不好吃。郊区那块菜地，母亲经营得很好。开始，种类不是很多，只种大白菜、卷心菜、茄子、冬瓜、南瓜，后来一样一样多起来，似乎什么种类都有，一年四季蓬蓬勃勃。母亲种菜从不施化肥、打农药，纯天然的瓜菜果蔬。可是，那时我有时不吃母亲种的蔬菜，非要她到菜市场去买。其实，母亲种的蔬菜是好吃的，母亲的厨艺也挺不错，而且千方百计变着花样迎合我的口味。酸菜炒鸡、韭菜鱿鱼须是母亲的拿手好菜，也是我最爱吃的菜。相比之下，李阿姨做得差很多。在高考的压迫下我有些胡思乱想，以为李阿姨没用心去做，我发现许燕并不爱吃这两道菜，既然专为我做的就不怎么上心了。实际上，李阿姨是个很好的人，她的爱人是副局长，在小县城算得上有头有脸的人物，而且家庭各方面条件比我家优越许多，但她并没有对同事兼朋友的母亲低看一眼。许燕也是好人，只是当时也许有点妒忌，我的成绩一直压着她，我们两家聚会时提及成绩，她总是抬不起头来。

　　最后一门考英语。我比许燕早出考场，紧绷的脸部肌肉到了学校大门口才稍稍松弛。学校大门口左拐一百多米处有棵老槐树，树上有蝉鸣，仿佛闪烁着白色光芒，李阿姨的小车就趴在树下。母亲故意蹲在车子后面，我朝李阿姨走过去，她冷不丁从车后探出来，举起右手，前倾上身满脸堆笑冲我"嗨"了一声。我惊讶道，妈，你怎么上来了？李阿姨心不在焉道，上来三天了，都没察觉吧。她目光在学校门口巡睃，牵挂着她女儿许燕。母亲笑着向我走过来说，我是个隐身人呢，谁都看不见。我望着她臃肿的躯体和笨拙的步态，似有所悟，鼻腔顿时一阵酸涩。母亲确实上来三天了。这三天我们的中晚餐都是她做的饭菜，她做好每顿饭菜就躲开，躲到就近的低劣旅馆里兀自发呆。我情不自禁地拥抱住母亲，她低下头来贴在额前的粗粝头发在我下巴蹭来蹭去，我猛然涌起小时候在百货大楼小摇篮里，母亲的头发在我脸蛋上撩来撩去的美妙感觉，却忽然发觉有液体掉落在我的脚背上，是母亲的泪。

在我的记忆里，母亲流下眼泪这是唯一的一次。小时候，我常惹她生气，甚至刁难她，但她从不流泪。她有时沉郁着脸，有时似笑似哭，却从未涌出泪水来。这唯一的母亲泪，它包含着什么，我好长时间琢磨着。母亲肯定意识到什么。在那段椎心泣血的日子里，我眼前老是闪烁着一只临死的母牛饱含泪水在舐犊的情景。其实，我发觉脚背上掉落的泪水，就隐约觉得母亲有些异常——回家的小车里母亲依旧异常，她面无表情地望着窗外，左手却始终没离开我的右手，而且时不时地捏一下，仿佛要捏住什么——回到家父亲也很是反常，他也许以为我们不会这么早就到家的，我们打开防盗门，他恰好从玄关那儿的卫生间里走出来，他分明哭过，右眼袋上似有泪痕。

我什么都不知道！

一个多月前，母亲在县医院查出肿瘤。她是摩托车摔倒后去县医院检查的，原本只是检查腿伤，母亲说，反正要拍片子，就顺带拍了个胸片。母亲拍了胸片，发现肺部有阴影，应医嘱做了CT，又应医嘱做了深度CT，结论是肿瘤，良恶未定。父亲便拿片子去邻近的温州医院看医生。医生说，临床上肺部肿瘤良性的几率比较小，及早手术吧。父亲问，推迟一个来月做手术有没有关系？医生说，这是个不定时炸弹，越早越好。这是母亲交代父亲问医生的，她因骨裂没能一起去。父亲从温州返回就催促母亲动身去省城医院，母亲却硬要等我高考结束后再去。

次日，我和父母一起出发，省城杭州医院事先联系好的。出发前，母亲在一个壁橱里摸出一只红色小木盒交与我，并打开来让我看。我有不祥之感，看得愁肠寸断，偷偷抹泪。小木盒里面有一只玉手镯、一只铁夹子。那只玉手镯是母亲的母亲传给她的。我外祖父母我都不认识，我父亲也没见过他们。母亲说，这只铁夹子，很好看。这是一只在百货大楼柜台上面飞来飞去的，母亲将其比作"小燕子"的庸常黑色铁夹子。何以好看，我没问，含泪点头。若干年后，李阿姨和我说了。这只铁夹子并不庸常。当年，我父亲去百货大楼剪的确良的时候，要不是它的弹力不够用，父亲和母亲就不可能相识。的确良是李阿姨给剪的，原本她将顾客预收的钞票连同写着布料尺寸及单价的纸片让铁夹子夹住，沿着铁丝飞向母亲的收银台的，可这只铁夹子却怎么也夹不牢了，便让我父亲送过去。于是我父母认识了，一年多之后便有了我。

现在，我父亲退休了，一直没有续弦念头。退休后，他常常念叨我母亲，言及那只让他们相识的铁夹子时，便哼起那支久远的童谣来——

> 小燕子，穿黑衣
> 飞过来，飞过去
> 一日一日忙不停
>
> 小燕子，穿黑衣

铁夹子

飞向东，飞向西
一月一月忙不停

小燕子，穿黑衣
飞向南，飞向北
一年一年忙不停

　　这只神奇的铁夹子仍在，黑黑的，油亮亮的，一点也不见旧，有时还弥漫着如同泪水般的晶莹水珠子。

21. 曼陀罗

晚饭后，我去城东老房子看望母亲。母亲说，她要改名字。

这套老房子在城东担水巷尾一幢旧楼房的三楼，原是父亲朱家祝进城时租住的，三年后母亲许荟琼也进城了，便买了下来，除了哥哥，我们三姐妹都出生在这儿。在昏黄的光影里，露天水泥楼梯左近那棵梧桐树显得绿肥浓郁，我闻着馥郁的花香转至三楼门前，恰好李姨开门出来。我说凑巧了，正在摸钥匙呢。李姨说，知道你来，我就赶紧开门迎接了。她手提垃圾袋子，冲我笑了笑，下楼去了。这套带阳台的三居室，父亲去世后主卧一直空着，里头偶尔烟火缭绕。母亲是靠着次卧床头和我说的，现在的名字她不要了，要换个名字。这事奇怪了，不久前我在手机里看到一个故事，有个老太在临终前要改名字。也许，母亲也看过那个故事，受到启发。

父亲去世不久，母亲许荟琼似乎患上了老年痴呆症。她语出惊人，说父亲故意留下那盆曼陀罗是想陷害她、折磨她，让她生不如死。那盆曼陀罗是阳台上几盆花草中的一盆，绿叶里头翘出白色喇叭状花朵，清爽典雅，很是好看。老年人患上痴呆症的不在少数，母亲早已进入老年行列，现年八十又四。不过，母亲清醒时便戴上老花镜，翻看手机文章，俨然正常文化老太。喜好看书是我们家的优良传统。母亲为小学退休教师，父亲更是一辈子跟书籍打交道，在乡下兆田学校教了几年书就改行为县图书馆管理员。他上下班，肩挎一只黄帆布书袋，那些书跟随他从图书馆到家里来，家人看完便回馆子去，到过我家的书汇集一起，足占半个图书馆。这套老房子看书的气氛很好，我们四姊妹是在书香熏陶中长大的。

我说了说手机里的故事，问道，你也看过那个故事吧。母亲说，你真聪明，一猜一个准，看过了，看过之后就想学那老太，也要改名字。

母亲挪动上身拿过手机找出故事来，让我看。木床为二米宽的大床，母亲被她自己搬上去的食物挤在中间，拿手机时把半袋高钙无糖饼干弄到地上了。我摆手道，不看了，知道怎么回事，便欠身捉起饼干袋子。

母亲许荟琼这个大名，据说是早年村小学老师给取的；母亲还有个乳名，叫许阿鹊。我没听过她有乳名，从未听说过。母亲说，你当然没听说过啦，我从来没提，就连你爸也不知道。母亲呱呱坠地时，屋前柚子树上正好有个喜鹊，叽喳叽喳叫。母亲说完她出生时的情景接着说，不是说喜鹊叫、好运到嘛，我爸就给我取个乳名叫阿鹊。

母亲改名的原因和那老太也一个样。老太梦见死后去阴间见父母，父母只认她乳名，不认大名，结果被拒之门外。母亲说，她的梦境也那样，门丁接过她许荟琼的名帖，去禀报她老爸，老爸说他没有叫许荟琼的女儿，死活不让进门。我笑了笑说，外公当大官了呀，都有门丁了。母亲说，梦里就是那样，如果骗你我是小狗。门楼高大威武，门前坐着两个石狮子，是钟鸣鼎食大户人家。

我听着母亲说如果骗你我是小狗，心里柔了下。母亲进入老年，就收敛锋芒，如同一只弄丢了刺的刺猬，有时言语上也喜欢讨好人。但我还是将她的思路往别处引。改名字太麻烦，我可不想干既麻烦又没什么意义的事儿。我说，您是先看了故事还是先做的梦？母亲说，先做梦后看故事。我说这也太稀奇了呀，你梦见的事居然同故事里的一模一样，不大可能吧。母亲想了想说，先看的故事吧，看了故事当晚做的梦。我说这就对了，要不是看了故事，就不会做改名的梦。母亲揉揉太阳穴扯动半脸褶子说，也记不清了，到底是先做梦还是先看故事的呢？她偏头作回忆状，眼神茫然。我说，笃定是先看了故事的，看了故事再做的梦，不作准。

我企图打消母亲改名的念头，却未能如愿，她扭转上身去拿床头左边的包包了。母亲未到中年其苗条修长的身材就粗壮起来，她扭动笨重的躯体把一包扎了封口的桂圆蹭翻了。我看着她斑白干枯的发髻说，您找什么呐，桂圆倒了。我将跑出来的三个桂圆放回去，信手在柜背上拿来书夹子夹住封口。母亲在包包里摸索道，身份证呢，我的身份证呢？我说，您的身份证不是放我哥那里吗？母亲说，你哥把我身份证拿去做什么，他什么时候拿走的？母亲眼神充满警惕，好像哥哥拿她身份证去冒领她的退休工资。五年前，母亲将身份证、退休工资银行卡等交由我保管，我管了两个多月发觉不适当，便转交哥哥。

虽然母亲说话前言不搭后语，但总体意思我是明白的，她找出身份证让我拿去改名，把"许荟琼"改为"许阿鹊"。我摇头说，身份证改名字很麻烦，需要办很多很多手续，走很多很多程序。有时，母亲会装糊涂，弄得我们难以辨别她到底是真糊涂还是假糊涂。母亲似乎听懂了我的意思，她说，你不肯帮我改，叫你哥帮我改。我说，好的，叫我哥去改。母亲说，生你养你，改个名字都不肯帮忙，没良心。母亲耷拉着脑袋不再吭声，她生气了。

李姨回来了。

李姨探进次卧，缩着头说，都快清明了，还这么冷，江边的风冷飕飕的，像冬天。李姨将垃圾丢进梧桐树下的垃圾桶，便走出担水巷，横过老街，穿越城门洞，去江堤逛了一会儿。凡是天气适宜，每天的早饭前、晚饭后，江堤上有拉琴的，有跳舞的，也有打拳舞剑的，很热闹。李姨也备有一套舞蹈行头。有时母亲说，你去江堤跳跳吧。李姨便给母亲盘了发领着她走出来。她上身穿绣花红褂子，下身着纱质白肥裤，手执一把椭圆形绿绢扇子，站在舞队最后面，踩着音乐手舞足蹈起来。母亲则在一旁走过来、走过去，走累了在石凳上坐下，望飘忽着光影的江水东流去。这会儿，母亲听见李姨的说话声便抬起头说，吃了端午粽，寒衣不可送，春分过了还没几天，冷点儿正常。李姨说，许老师老古话真多，柴头教出孝顺子呀，箸头吮出忤逆儿呀，句句在理。母亲受到表扬，就又接连说出三句老古话。李姨竖起拇指说，许老师，真棒！

李姨服侍母亲已十月余，她原在医院做护工，我们请来的。母亲老年痴呆，起初的症状是言行稍许异常，说父亲留下曼陀罗害她，在主卧里把父亲的遗像和他们的结婚照，挂上拿下、拿下挂上，翻来覆去；后来是重复买水果、零食，喜欢把水果、零食往大木床上搬。母亲的病情极不稳定，清醒时谁都感觉不出异常，糊涂起来则连子女也认不出来。但在某些方面却一直清醒，她从未出现从家里出去找不回来的现象；在某些方面却一直糊涂，总是将水果、零食往大木床上搬。母亲让香蕉、麦干、梨子、干荔枝、八宝粥、杨梅干、酸奶等包围着，好像很享受。有时候，我望着坐在水果中的母亲就想起泰国的仙女果。二姐在泰国经商，微信朋友圈里有仙女果图片，模样儿像女人。母亲住院不是因为老年痴呆，自从疑似痴呆之后，母亲怕吃药，怕打针，非到万不得已，不肯去医院。母亲住院是慢性心梗，她心脏也不好。我和我哥、大姐三人轮流陪护了一个礼拜，便请了护工李姨。由于新冠疫情，陪护者进入住院部之前都得做核酸，轮流陪护很不方便。大姐牢骚满腹，鼻孔冒怨气说道，烦死人了，干脆请个护工，我宁愿出钱！李姨和母亲很投缘，出院时便应邀来家接续陪护。母亲说，她和李姨前世就是好姐妹。

我走下露天水泥楼梯，担水巷有浮光于阴暗的鹅卵石路面飘游，棋牌室传出噼啪噼啪的打牌声。这巷子我非常熟稔，上学放学从小学一年级走到小学毕业。一二年级是母亲陪伴走的，偶尔遇见下班的父亲，他挎着书袋跟在后头，甚少言语。彼时，巷子里有两眼古井、一间打铁铺，常见师傅、徒儿喊着号子挥锤打器具，火星四溅。城东小学坐落担水巷口，是县城优质学校。母亲是由乡下学校调配过来的，她在乡下兆田学校由代课教师转为民办教师再转为公办教师——"民转公"翌年在闫校长的帮忙下调至城东小学。那一年，我家喜事多，母亲进城了，三居室买下来了，大姐出生了，寄养在乡下外婆家的哥哥也接了回来。闫校长曾是兆田学校校长，是父母的主婚人。那时，父亲是正式教师，母亲是代课教师。担水巷口有盏路灯，周遭飞舞着灯蛾子，学校围墙上尖锐玻璃泛着蓝光。老街灯火阑珊，我戴好口罩坐在不锈钢长条凳上等候公交。

回到家，我摘下口罩跟哥哥微信语音通话。

哥哥说，老妈提改名时，神志清醒还是糊涂的？我说应该清醒的，不过后来十之八九糊涂了，好像是真糊涂，她问你把她的身份证拿去做什么，还骂我没良心。有时候，母亲出现某些异常言行，我们习惯于琢磨其时是真糊涂还是假糊涂。母亲有时调皮得很，善于装糊涂。大姐曾经说，作，就喜欢作。医生也疑惑，患者某些异常举动，比头部影像学检查结果严重很多。哥哥和我一样，对母亲要改名也不想顺从。哥哥说，改名字没那么简单的，也不知身份证的姓名可不可以改，就是可以改，改过来后其他证件的姓名都得改。哥哥的策略和我也一样，先敷衍母亲，要是敷衍不了再想办法。

我和哥哥通完话，便跟在泰国经商的二姐微信语音聊天。二姐听了我58秒钟语音后说，老妈有个乳名，我怎么都没听说过？我说，老妈说她从未提过，就连老爸也不知她有乳名。二姐说，老妈怎么这么迷信，一个人去世后真会去拜见过世的父母？太迷信了吧。我说，也许上了年纪的人就迷信，再说老妈脑子早就不怎么灵清了，不知她整天想些什么。二姐说，要是真会和亲人相见，那老爸也只认识许荟琼，不认识许阿鹊呀。我说，老妈脑筋混乱了，思维不能由此及彼。二姐说，外公、外婆只认许阿鹊，老爸只认许荟琼，本身就是矛盾的嘛。我文字说，确实顾此失彼，老妈的想法不能以正常人的眼光去看，然后点了个"再见"图像，发了过去。

我和大姐没交流。这也是涉及母亲的事我不喜欢发姊妹群的原因。关于母亲的事，大姐要么置若罔闻，要么大发牢骚，弄得大家都不愉快。那年，要不是母亲从中作梗，那个叫闫泽清的年轻人，大概率会成为我的大姐夫。虽然，母亲为人强势，脾气也不怎么好，但并非蛮不讲理之人。她认真教学，重视家庭，曾被评为县教育系统事业家庭兼顾型好教师。可是，母亲为了拆散大姐的初恋，蛮横得像个悍妇。大姐愤而搬出去租住，次卧里只有我和二姐了。原本，次卧里我和二姐睡大木床，大姐睡钢丝床。大姐搬出去后，我和二姐经由抽签，我睡上大姐留下的由山水、石雕画帘布围出的小空间里的钢丝床，二姐依旧睡大木床。闫泽清却被唬住了，他千方百计躲避大姐。母亲暗地里请人去出租房劝大姐，像闫泽清这样的男人，遇上点挫折就躲避，不值得。母亲排斥闫泽清，是怀疑他有家族遗传病。闫泽清现为某局长，身体好好的，是县城里的体面人物。不过，闫泽清的父亲闫校长确实是患上具有遗传倾向的绝症去世的。没错，闫泽清的父亲就是有恩于母亲的闫校长。要不是闫校长帮忙，母亲不可能从乡下学校调到城东小学，甚至"民转公"也不会那么顺利。

我见到闫校长是在城东小学，就那么一次。那时，他已在县教育局上班了，来城东小学检查。记得在母亲的办公室，他摸了下我的头说，眼睛水汪汪的，像妈妈。母亲含笑说，女儿总像妈

曼陀罗

305

妈呗。印象中，他身材高大，脸黑，讲话时溅吐沫星。闫校长病逝时五十刚出头，大姐就是在他的葬礼上认识闫泽清的。当时，大姐高中刚毕业，被招工到县画帘厂上班，她身材颀长，瓜子脸，吊梢眼，梳着两根乌黑拖肩辫子，酷似母亲年轻时的模样——披麻戴孝的闫泽清瞥了几眼大姐，彼此留下良好印象，应是一见钟情那种，一对视便擦出火花来了。

　　大姐此后的恋爱很不顺遂，三十一岁才结婚，可不到一年便离了，离了之后就单着，连个子女都没有。大姐的身体也不好，离婚不久查出了肠癌。幸好是早期，术后康复还行。大姐将婚姻的不幸归咎于母亲，甚至以为因婚姻不幸而积郁成疾患上了肠癌。大姐现独居，凭每月三千多元退休工资过日子。我们对大姐很理解，也很同情。母亲陪护等费用，我和哥哥、二姐商量过，母亲的退休工资暂且不动，由我们三人来分担，大姐就不用拿了。可大姐不同意，而且犟得很，结果是我们四姊妹平摊。

　　我去城东看望过母亲后到清明节中间的这十来天，哥哥去探望过一次。

　　一个礼拜前，外市邻县发现二例新冠确诊病例，本县有七名密切接触者，防疫形势陡然严峻。母亲心脏不好，还没打疫苗。每逢防疫形势严峻起来，我们就尽量不去看望母亲，借助手机把握她的身体状况。我们，是指我和哥哥。相比之下，哥哥去得频繁些，他已退休，嫂子在杭州帮忙看管孙子，他住在本县照顾老人，其实母亲和他的岳父母也不怎么需要实打实的照顾，他们平时去野外拍拍照片，在家玩玩书法，没什么事儿；而我供职重点高中且一直担任高三班主任，工作非常繁忙。大姐不会单独去看望母亲，只有母亲庆生或者家庭聚会时才去母亲的家，而母亲对此也不会计较。母亲非但不计较，对大姐还很谦让，即便大姐说她"作"，也假装没听见。母亲曾经认不出我，认不出哥哥，唯独没有认不出大姐。有回，我们三姊妹坐一起闲聊，我说其实老妈和大姐最亲了，从未认不出自己的大女儿。大姐鼻子嗤了下，没搭话。

母亲向哥哥也提起改名字。哥哥回绝得很委婉，但母亲还是听出意思来，骂他良心被狗吃掉了，白白培养到大学毕业，连改个名字都不愿帮忙。母亲多少有点重男轻女，对哥哥的培养格外重视，期望也甚高。那时节，小县城的大学本科毕业生凤毛麟角，可哥哥有些自由散漫，在仕途上黯然无光，退休时也是个主任科员。面对母亲的骂，哥哥没丁点儿脾气。他笑着开导说，证件上的名字不过是个符号，自己认什么名字就是什么名字，他人叫什么名字就是什么名字。母亲居然被哥哥说通了，她望着李姨说，从现在起，你不要叫我许老师，叫我许阿鹊。李姨红了脸说，这怎么好意思叫呢，这不行。哥哥慌忙向李姨递眼色说，要么叫阿鹊姐吧，这个亲切。母亲一锤定音地说道，就叫阿鹊姐，我们前世就是好姐妹，姐妹相称，最恰当。李姨笑着说，好，阿鹊姐，就叫阿鹊姐。母亲进而说，以后有人来找我，就说这里没有许荟琼，只有许阿鹊。我今年八十四了，"七十三、八十四"，阎王不叫自己去，不久许阿鹊要去见她爸妈了。哥哥说，别乱说，老妈长命百岁的。

哥哥是在清明节上坟时的小车里说的，他说起探望母亲的情景。祖父母的坟墓清明头天哥哥去祭拜了，我和大姐没去。我们响应政府号召，清明扫墓尽量小规模。清明节这天，我们是去祭拜父亲的坟墓，车上也就我们三姊妹，哥哥开车，我和大姐坐后座。我们去兆田乡祭拜父亲的坟墓。

哥哥转述母亲的"七十三、八十四"，我顿生不祥之感。父亲朱家祝是七十三岁去世的，去世前他也说过"七十三、八十四"。世上总会时不时发生些凑巧事，我担心"七十三、八十四"这个凑巧事在我们家里发生。

在我的记忆里，父亲长相斯文，性情沉静，在家庭里没多少话语权。小时候，我喜欢趴阳台水泥栏杆上目送父亲上班、盼望父亲下班。他身穿青色或灰色布扣对襟衫，头戴黑色鸭舌帽，肩挎黄帆布书袋，面无表情地在担水巷走出去、走进来。父亲发现我，抬脸无声地笑笑，有时还举手挥几下，十分慈祥。去世前那些年，父亲也有些异常，从不养花的他在阳台养了曼陀罗等几盆花草，而且把那些花草搬来搬去，常常挪地儿。父亲的性情也变得有些暴躁，母亲看他把花盆搬来搬去便说他几句，父亲摔了一只碗，有些石破天惊。母亲白了一眼说，疯了！父亲说，没有疯！尾音拉长，多有鼻音，要是再搭一句便起火样子，幸好母亲默然走开。父亲临终前说，他一辈子只留下书房里那些书，阳台上那几盆花草。那几盆花草，不值一提，不知他什么意思。父亲去世后，按照母亲要求，主卧的摆设保持原状，设了副长条桌香案，墙壁上挂上父亲遗像。书房里的书，哥哥挑些去，我也搬了一些，留下的仍不少。阳台上的曼陀罗等花草，母亲说她花草过敏，便给除掉了，在花盆里种上葱、大蒜和芫荽。

父母的坟茔在兆田乡许家村。小车到了兆田乡政府所在地，左拐开三公里多机耕路就到。许家村是母亲的娘家，母亲是村子里走出来的大美女、文化人，墓地是乡亲白送的。墓地在未到许家村的机耕路的后面，双穴墓，三爿石门三圈石块两条压石格局，形同浙南山区家用的竹交椅，结结实实坐在山坡上。当年，母亲要做寿坟，父亲却说过几年再说，母亲便擅自动工了。父亲整日微蹙眉头，一言不发。坟墓建成次年，这般规模的坟墓政府不让建了，防止青山白化。母亲说道，要不是我当机立断，寿坟就做不成了。父亲依旧一言不发。哥哥私下里说，也许，老爸表面上是要推迟做坟，实际上是不愿在许家村做坟。大姐哼了下说，还也许呢，那是铁定的，老爸想把坟做在朱山。朱山是父亲的老家，哥哥也希望父母的坟墓做在老家朱山村，同祖父母的坟茔相近，清明节拜坟不用两头跑。我们这带清明上坟，以男方为主，祖父母的坟年年都得祭拜，外祖父母的则不必，要是父祖的坟墓做在一起确实方便很多。

小车在机耕路边停下来。大地充满生机活力，气清景明的气息扑面而来。抬脸望上去，父母的坟墓掩映于青松翠柏之中；蓬勃的荆棘纠结着芒萁，几乎覆盖住通往墓地的五六十米长的石阶。哥哥手握草刀劈开荆棘、芒萁，我背锄头，大姐提塑料袋子跟在后头。塑料袋里装有香烛纸和"金元宝"。金元宝是大姐备办的，由上好的金箔纸折成，状若马蹄子。相比于母亲，大姐与父亲相投些，也亲一些。父亲不抽烟、不喝酒，就是看了一肚子书，清汤寡水地过了一辈子，没用去多少钱。大姐似乎要给阴间的父亲补偿似的，每年清明都要折很多金元宝，烧在父亲坟头，寄托哀思。大姐说，有没有阴间谁都说不清楚，心到则心安。

一些芒萁侵入墓园，哥哥刈除了芒萁、杂草，便扒墓地两角淤积的泥沙；我和大姐在一旁做帮手。坟墓清理干净后，哥哥拿手机拍山景儿，我在三圈石块两条压石上压坟头纸，大姐则在三爿门前的坟地点香烛、烧纸钱和金元宝。大姐很虔诚，她点上香烛，合掌拜三拜，然后拿石子像孙悟空那样在左穴墓前画个圆圈，在圈内焚烧。在圈内焚烧，是不让孤魂野鬼抢走。按照逝者黄纸、生者红纸的规矩，我在左穴墓压好黄纸、右穴墓压好红纸，大姐才烧了一半。大姐身材瘦长，元气亏虚，蹲下去烧纸吃力。我走过去说，让我来烧吧。大姐起身说，不要急，纸钱一张一张烧，金元宝一个一个来，要不然就不尊敬了。我笑了下说，就你礼数多。

也许清明思生死，返回的车上哥哥又提起母亲所说的"七十三、八十四"，忧心忡忡。对于母亲，老年痴呆症就那样了，一般不会骤然恶化危及生命，危及生命的是心脏病。按照她的病情，务必坚持吃药，天天服用。服用的是阿司匹林和他汀之类，每月去医院开一次。可是，母亲常常不肯吃药，有时李姨侍候她服用，她很抗拒。有一回，她竟把李姨手上的开水杯打翻到地上去了。哥哥说，老妈的心脏病是个不定时炸弹，何时爆炸皆有可能，我们姐妹都要有心理准备。

清明后的某天下午，我戴上医用防护口罩，去医院拿药送过去。

我开门进去有股香火味扑面而来。主卧室灰沉沉的木门关着，我抬眼望了下门上气窗，感觉窗内烛光摇曳。李姨在书房兼卧室里串珠子。串珠子是她的副业，一个月可以挣好几百。李姨起身轻声说，头脑清楚的，一早就叫我点香烛。她接过药袋子接着说，药丸浪费了不少，有时在嘴里衔会儿便吐掉。

次卧的门半掩着。飘进铁杆防盗窗的阳光，被衣架、椅腿子切碎而成的凌乱图案，落在床前浅青色水泥地上。二十来天没见的母亲，看上去状态有些不好，眼窝似乎凹陷许多。我想起手机故事里的老太，她提出改名之后没多久就去世了，心里一阵发慌。

母亲望着我说，你怎么想起我啦，一年半载都没来过了。

也许，母亲认不出我了，或者知道我是谁却忘了什么时候来过。我笑着说，李姨陪你不行吗？这一年半载学校里很忙，走不开。母亲说，许家村的坟墓怎么那么潮湿，我去看过，到处湿淋淋的。我愣了下说，你看错了吧，很干燥，清明拜坟时，我们等候香烛烧完才离开，担心山上着火。母亲说，朱家祝不地道，见我进去就躲开，我说你不要躲，我出去就是，便回来了。我说，我爸躲开干吗，他不想见你？母亲抬手敲敲脑袋说，你爸这儿发昏了，我不和他一般见识。

不知母亲说的是梦中之事，还是头脑糊涂时说的糊涂话。父亲在生时，他们夫妻关系怎么样不好说，不过父亲去世前十来年他们就分房了，一个睡主卧，一个睡次卧。父亲去世后，母亲对他是否怀念也不好说，有时好像很怀念，主卧香案上接连数日烛光闪烁，有时却一两月不开主卧门。同时，父亲遗像旁边有时挂上他俩的结婚照，可没几天却连父亲的遗像都被摘下来，丢在席梦思床上。母亲的异常行为，使主卧显出些神秘来。

不一会儿，母亲的头脑全清醒了。她把李姨支开，言语很有逻辑。

母亲说，李姨叫我阿鹊姐了，我现在是许阿鹊，不是许荟琼。我说，好啊，不怕外公外婆到时候不相认了。母亲说，要改身份证的名字，我也知道麻烦，算了。我说，哥哥说得对，名字不过是一个符号，自己认什么名字就是什么名字，身份证的名字改不改无所谓。母亲说，我去世后，你们不是要供灯念佛的吗，那时候的名字得改，你交代佛事法师，灯是供给许阿鹊的，佛是念给许阿鹊的，而不是许荟琼。母亲真的迷信了。我点头说，知道了，按你的意思办。母亲说，这事你要保密，跟佛事法师悄悄儿说，不要让其他人知道。我说，跟哥哥也不要说？母亲摇头说，不要说。

这是遗嘱的意思了，我觉得有些难办。

我们这儿的风俗，办后事的主打内容是为逝者供灯念佛。佛事法师要写文书、烧文书，文书里写有逝者姓名。母亲办后事，要是文书上写许阿鹊，不写许荟琼，我们四姊妹事先都该知道，可母亲嘱咐即便是哥哥也不与他说。况且，灵堂里悼念横幅上的姓名、讣告上的姓名也不好办，要是写许阿鹊，人们必定狐疑，也必定有不好的议论。这事应该交代哥哥才是，不明白母亲为何交代我来办。也许，我和母亲说话相投些，我们母女俩同为教师，有共同语言。

没几天，母亲感冒了。

李姨电话说，许老师可能感冒了，老咳嗽，喘气吃力，早饭一口都没吃。

我正参与线上教研活动，便跟哥哥微信通话，让他买些感冒药送去看看。心脏病患者，有些感冒药慎用，我们交代过李姨，不要擅自给母亲买药。去年，母亲住院是我接洽李姨陪护的，凡事她首先给我打电话。我要是恰好有事走不开，便微信联系哥哥。有一回，哥哥在野外拍照，便要我微信联系大姐。我说，你跟她说吧。哥哥说，还是你说比较好。大姐和闫泽清恋爱时，哥哥偏向母亲，加上大姐一直单着，性情变得孤僻，有时不大好沟通。这会儿，哥哥听完我的交代说，好吧，我就去。他停顿了下又说，这些天我心里老是怕怕的，要是喘气很吃力，还是去住院吧，反正李姨的陪护费也相差不大。李姨的陪护费，在家包吃包住一个月 3500 元，在医院食宿自理每天 180 元。我说，你去看了再说吧，疫情严重，都得做核酸。再说老妈对住院很抗拒，不一定肯去。

全市高三语文教研活动原通知是线下的，由于本县七名密接者查出一名确诊病例、二例无症状感染者，便由线下改为线上，活动时间也由三天压缩为两天。活动期间，我既要上观摩课，又要给其他教师的观摩课点评，离不开。哥哥知道我忙教研，看了母亲便给我微信发文字消息。母亲咳嗽确实严重，喘气也很吃力，但不肯去医院。同时，母亲变卦了，又提出要改身份证名字，而且催促说，不抓紧就来不及了，过些天她就去那边见爸妈。我问哥哥，老妈还说什么没有？哥哥说就两点：一是不去医院，二是要改身份证名字。看来，供灯念佛时要改名，母亲没和哥哥说。母亲为何要保密，我大惑不解。

母亲服用了感冒药，午饭时吃了一浅碗白米粥。咳嗽有所缓解，喘气也温和了许多。哥哥说，我去公安局打听下，身份证的名字怎么改，便离开母亲回自家了。哥哥是哄骗母亲的，他依旧不想为母亲改身份证名字。哥哥不喜欢长时间待母亲身边，有回和我说，不在老妈跟前便牵挂，在老妈跟前听她东一榔头、西一棒槌的唠叨便有些烦。

哥哥回家当天，县城里他居住的小区、我居住的小区等五个小区升级为管控区了。我立刻担忧起来，要是李姨又来电话怎么办？一天过去了，第二天傍晚教研活动刚刚结束，手机突然响了起来。李姨说，许老师哮喘了，喘气比昨天还吃力，中饭没吃，到现在都没吃。李姨往往把母亲的病况说得严重些，但我挺理解，有陪护对象的子女在，陪护者就没什么心理负担了。我只得微信联系大姐，她所在的小区仍是防范区，做好个人防护则可出入。

大姐毕竟是讲道理的人，她二话没说就去了。

大姐在母亲家住了下来。晚饭后，她在四姊妹微信群里发消息说，这回真的比较严重，商量下，要不要去住院。我们商量的结果是，尽量动员母亲去医院，要是真不肯去，再想想办法。我们都明白，母亲执拗起来，是很难说通的。我争取次日去看望母亲，便跟社区电话联系，有急事出小区手续该怎么办。

次日，我还没办好手续大姐就打来电话了。大姐说，老妈叫你了，她要你过来，好像有什么事。我说我正在办小区出入手续，办好就过来。

听见开门声，大姐从书房里走出来。书房里李姨在串珠子。

大姐说，说天说地，说了大半夜。我说，都说了些什么？大姐答非所问地说，决定去住院吧，你跟哥哥说一声，我看最好去住院。我看着大姐说，老妈不肯去怎么办？问题是她不肯去。大姐说，这由不得她。我说，我再劝劝吧，最好是老妈同意去。大姐说，同意得去，不同意也得去。大姐走了，她说她去做核酸，做好去医院的准备。我望着大姐出门的背影，颇为疑惑。大姐对母亲的事儿一向置身事外，这回却很有担当、很有主见的样子，而且说话的口气也同平时有气无力的状态判若两人。

昨晚，大姐守护在母亲的次卧，防盗窗墙边放了张钢丝床。这张钢丝床我睡了几年。我情窦初开季节，有回躺在钢丝床上睁开惺忪睡眼，透过山水、石雕画帘布忽见窗外一弯新月，顿生旖旎情怀。大姐原本也可以睡客厅的，客厅里有张沙发床。那年二姐从泰国回来，雇人从她家里搬运过来的。

母亲闭目躺床上，身上红毯子起伏紧促，听见哮喘声。床上依旧放有零食、水果。我在床前椅子上坐下来，母亲启开眼皮，要坐起来。我帮忙着让其起身靠稳妥后，她说，供灯念佛时，我的姓名是许阿鹊，不是许荟琼，不要忘记。母亲喘气吃力，说话也很吃力，脑子却似乎异常清醒。我说，不会忘记的，记住了。母亲点点头说，放心了。我说，你和哥哥、大姐有没有说过？母亲摇头说，没和他们说，你也不要和他们说。

母亲说着便咳嗽起来。我慌忙扶她坐起，给她拍背。母亲咳得厉害，额头暴冷汗。她咳嗽了好一阵子才稍许缓和下来，脑子却似乎变糊涂了，说出的话让人莫名其妙。

母亲说，我作孽，对不起你爸，没脸见朱家祝。

我以为是母亲糊涂时的胡说，便劝她不要说话了，说话吃力。糊涂时的糊涂话，我没当回事。母亲却哭了起来。她边哭泣边说，我要改名字是没脸见你爸，你爸只认得许荟琼，不认得许阿鹊。我很惊诧，感觉这不是糊涂话，我惊诧地望着母亲。要改名字不是说担心外公外婆不认吗？怎么是没脸见我爸呢？我眼窝里满是疑惑。

母亲努力地转过身去，在大木床左边的包包里摸出一张纸，抖抖索索地递给我。这是一纸亲子鉴定书！我蹙眉头仔细瞄，这是父亲和大姐的亲子鉴定！我愣怔着问这是——我没问出来。母亲说，你爸瞒着我去鉴定的，临终前拿给我看。我想问大姐的亲生父亲——我没问出来。母亲说，当年拆散你大姐，我有苦难言……母亲哭出了声。

我由惊诧转为纳闷。母亲把这个事和我说，是希望我供灯念佛时千万别忘记给改名字，还是希望我给大姐透露点儿什么以博得她谅解？抑或二者兼而有之？我拿眼神问母亲，母亲哭泣着，并无言语的意思。我回想起大姐适才的异常表现，心想这个秘密母亲也告诉了她？我继续拿眼神问母亲，母亲依旧哭泣着，无言语的意思。

母亲哭泣了一会儿便平静下来。她不哭了，喘气也不怎么吃力了，却目不转睛地盯我。我发觉不对头，便带哭腔喊母亲，母亲依旧目不转睛地盯我……大姐赶到了，哥哥赶到了，救护车也开进了担水巷。可是母亲没救过来，在去医院途中就咽气了。

主卧里其实也没什么，似乎还是以前的摆设，只是母亲和父亲的结婚照找不到了。李姨说，她好久都没看见了。

按照本县新冠疫情防控指挥部规定，白事简办，前往殡仪馆人数、送葬人数均要控制在10人以内。供灯念佛无法举行，灵堂也不搭、讣告也不贴了。母亲的遗嘱不能办理，我心里很忐忑。我总想要做点什么，如大姐所说，心到则心安。一点儿都不做，一颗心就悬着，无所着落。我想来想去，决定代母亲写张道歉书，向父亲道歉，请他原谅，母亲出殡那天烧在父母的坟头。可执笔书写时，我想起父亲留下的那盆曼陀罗，临终时出示的那张鉴定书，便有些犹豫不决。我百度搜索过，曼陀罗别名醉心花，系剧毒植物，其花香有致幻效果。可我绞尽脑汁想不出更好的办法，便简简单单写了一百多字聊以自慰。

清明过后这些天都没下雨，父母坟墓上的坟头纸，红是红，黄是黄，没怎么褪色。

安放好骨灰盒，摆放好花圈，我从包包里摸出一叠夹着"道歉书"的黄草纸说，老妈入住了，给老爸老妈烧点纸钱吧。这个举动事先我没和谁说，也不是安葬过程的规矩。面对三爿门前坟地上跳跃的火苗，哥哥、大姐都感到有些迷惑，但也没说什么。由于疫情，二姐没能从泰国赶回来。

曼
陀
罗

22. 老丁的乡村生活

　　老丁要把屋前的路灯打下来，丁夫人责问道，为什么把路灯打下来？老丁很不屑说道，这还用得着问呐，影响我的睡眠嘛。丁夫人严肃道，不要惹祸了，会挨骂的。可老丁不爱听，开始做弹弓了，在三楼小阳台上摆开做弹弓的阵势，他要用弹弓把路灯打下来。

　　这座小三楼在村子后面的车路边，老丁退休前一年建的，建成还不到两年。这儿原是老丁父母的责任地，村子造车路时占去了大部分，剩了个小三角。老丁在县城第二中学教职工合作建房的套房里过完五十八岁生日，决定退休后搬回老家山村住，就在这儿起了个三角形小三楼，总建筑面积也不过两百平米。老丁把从山上采回的油茶木搬上小阳台，从车路前下方斜坡上的老屋里搬上来一个木墩，然后从村里老木匠家借来小斧子、凿子、锉刀、牵钻等工具，他要做一把油茶木弹弓来打路灯。那盏路灯的灯泡比较大，长在小三楼左前方八九米处的水泥杆上，看上去特别无辜。

　　要把路灯打下来，老丁只同夫人杨爱珍说过，没同别人说。借工具时，老木匠问道，做弹弓干吗，送给哪个孩子玩儿？老丁说，老小人老小人，越老越像个孩子了，小时候玩过的，就想做个玩儿。老木匠笑道，现在呐，村子里人少了，草长了，鸟多了。老丁咧下嘴角说道，错，我不打鸟，打路灯。老丁心里说的，没出声，打路灯悄悄进行，不足为外人道。

老丁开始锯油茶木了。村子周遭皆是山，山上有松树、杉树，更多的是油茶树。以前，油茶籽金贵，现在可不一样，基本上没人摘油茶果，那树也贱得很，随便砍一根两根来没事儿。两个月前砍回的油茶木，精心挑选的，杈子大小匀称，开口适度，是上乘的弹弓木材。很快地，油茶木就被锯成了"丫"字形，弹弓的雏形出来了。

看老丁来真的了，丁夫人就焦急起来，心里想，这事儿不行，不能让老丁胡来。这么一想，丁夫人就想起了我，于是躲开老丁，偷偷地给我发了微信。丁夫人要我劝阻老丁，不要把路灯打下来，不要像个顽劣孩子干坏事儿。丁夫人明白，在县城二中的同事中，老丁跟我最要好。也只有我，可以跟他说上话儿。

我和老丁是同一年从乡下学校考进县城二中的。老丁身材瘦长，有点秃顶，不苟言语，颇具个性，很有些老文人的样子。那年暑假，校长要求组织学生补课，每节课发五元。老丁摇头道，忒低，不补。后来上调至十元，老丁又摇头道，忒高，不补。结果定为七元老丁才接受。老丁是五十岁之后才秃顶的，年轻时头发完好，且养得长长的。一天，有个学生家长来办公室与一教师争吵，爆出粗口。老丁眼目翻白，摇头晃脑地说道，斯文扫地，斯文扫地，一连说了七遍或者八遍，弄得那粗鲁家长以为这瘦长老师发癫痫了，悻悻然退出办公室。我喜欢老丁这脾性，而且彼此都教语文，都爱好鲁迅先生的杂文，而且居住在合作建房的上下楼。我俩的关系确实挺好的。

听完丁夫人的语音微信，我的眼前出现老丁操着弹弓鬼鬼祟祟打路灯的情景，禁不住笑出声来。我边笑边自语道，斯文扫地，斯文扫地，然后对着手机跟丁夫人说，我试试吧，我给老丁打个电话试试。丁夫人听我的语气不够坚决，就强调说，你一定要给老丁打电话，他最听你的劝了，把路灯打下来是作恶，都六十多岁的人了，千万别作恶。我笑道，好，我给老丁打电话，不过老丁听不听劝，可没把握哈。

我没把握自有原因。老丁那村子我去过三回，头两回去是为老丁父母送丧，后一回即不久前老丁夫妇从县城搬回当天去"暖灶"。村子在一个斜坡上，东西摊开来，格局不小，却甚是荒凉，也就村后车路前后一些新房子，散落于前下方斜坡上的大都是些破旧泥墙瓦屋，一派房摇楼晃、残垣断墙、野草萋萋的景象。车路前后的新房子却很有品位，多半是瓷砖外墙，一律铝合金玻璃窗，还有一座颇具分量的别墅。那盏路灯就立在别墅与老丁的小三楼之间。路灯杆子挺高，夜晚的灯光会照进老丁卧室窗口。问题就在这里了。我知道，老丁对夜晚的灯光深恶痛绝，他退休后决然搬离县城的原因之一就是县城是个不夜城。据说是防小偷，县城到处都是强光路灯，老丁套房窗外也有一盏，白亮亮的灯光从窗外戳进来，从太阳落山一直戳到太阳出来，把夜晚连同老丁的睡眠阉割得支离破碎。这是老丁的原话，记得当时他说了这些之后接着说，白昼就是白昼，黑夜就是黑夜，这是自然规律，不昼不夜的县城不把人弄得不人不鬼才怪呢。从不上网发帖的老丁，为此事在当地网站论坛上发了一帖。帖子把夜晚灯光对人的危害写得极其严重，影响人的睡眠质量、抑制人体褪黑素的分泌、削弱人体的免疫力，甚至导致癌症病发之类，统统搬了上去。对帖子，有支持的，也有反对的。反对的说发帖者小题大做，说心里灰暗见不得光明，甚至说也许受小偷之托意欲为其创造良好的作案环境。可老丁仍不罢休，拜托一政协委员朋友就"灯光扰人"之事交了提案，可结果也没能引起重视。因此，老丁假若真要打路灯，会不会听我的劝说确实毫无把握。

不过电话是要打的。

在电话里老丁说，他是跟杨爱珍开玩笑的，是骗她，做弹弓不是打路灯，是打鸟。现在村子里人少了，草长了，鸟多了，他可是个打鸟高手，小时候曾经打了不少麻雀。老丁说，什么时候请我上去喝酒吃鸟肉，鸟肉可是不可多得的美味佳肴。我听完老丁电话，便给丁夫人杨爱珍发微信说，老丁是骗你的，是跟你开玩笑，做弹弓是打鸟的，不是打路灯，到时候他要请我吃鸟肉呢。丁夫人说，但愿如此吧，不过也不知是骗我还是骗你哦。我说，也许真是要打鸟吧，小时候他就是个打鸟的高手，打了很多麻雀。丁夫人说，不但打了很多麻雀，还仗着他老爸是村里的大干部，打下了许多梨子、桃子，打穿了许多嫩南瓜、嫩蒲瓜。少年老丁这般顽劣，打庄稼的事我并不知道，知道的是他老爸确实是村里的大干部。当年，像我和老丁一样的被推荐上大学的年轻人，老爸或者老妈似乎都是村里的干部。村干部都是根正苗红的，其子女自然也根正苗红。那时村里的大干部不叫村长，叫大队长，老丁的老爸就是大队长。我没再说什么，只点了个龇牙的图像给丁夫人发了过去。

接下来几日，丁夫人没给我发微信。老丁果真是骗丁夫人的吧，他操着弹弓去打鸟了——也许老丁年纪大了，老眼昏花双手颤抖打不下鸟儿，他没打电话叫我去喝酒吃鸟肉。老丁夫妇那边都平静着，他们或许过上平静的乡村生活了。

可半个多月后的一天早晨，丁夫人发来微信说，那盏路灯碎在水泥地上了。

当时，我站在客厅里看窗外春色。窗外铁路那边是一排排厂房，更远处的田野上桃花盛开，一些似雾非雾的浑浊之气弥漫着，有些朦胧。吹进窗口的晨风，让人鼻孔痒痒的，有点想打喷嚏。我心血来潮地敲出几句打油诗发至微信朋友圈：朵朵桃花还好看，缕缕春风仍拂面；鼻子感知有异味，重重雾霾迷蒙天。就这时我收到了丁夫人微信。她微信里接着说，不知是老丁打下来的，还是它自己掉下来的。昨晚上下了场春雨，也刮起了风，它自己掉下来不是没有可能。不过这种可能性不大，最有可能的是老丁用弹弓弹下来的。虽然，丁夫人也六十岁了，但手机上打字的速度挺快，她接连发来的文字，让我知道了大致情况。

最早发现路灯碎在水泥地上的是丁老太。

我认识丁老太，她是老丁的邻居，独自住那座别墅，都八十多岁了，仍鹤发童颜，精气神很足。那回我去老丁村子，关注上那座别墅后便关注上了丁老太。老丁悄声笑道，她是个地主婆，早年地主的人种就好，她家现在有十几个大学生、三个小老板。膝下大学生满堂的丁老太有个早起的习惯。这天早晨，她打开大门就发现潮湿的水泥地上闪烁着玻璃碎片，抬脸一望，水泥杆上的路灯不见了。丁老太就叫丁夫人杨爱珍，急急地说，路灯掉下来了，不知怎么搞的，路灯凭空掉下来了。杨爱珍心里咯噔了下，推门出去看了看然后说，昨晚刮风了，也许被风刮下来的吧。杨爱珍和丁老太打扫了玻璃碎片就给我发微信了。她发了一通微信便上楼问老丁，是不是他打下来的。老丁回老家后就改变了早起的习惯。一个月前，老丁跟我吹嘘道，他老家是个天然氧吧，无需起床去露天，只消洞开卧室的窗口，躺在床上就能享受天然氧吧。老丁说，早晨醒来我不马上起床了，躺在床上呼吸吐纳，把体内污浊之气吐干净，换上新鲜空气。老丁说，早晨的天然氧吧补身子的，起床前换上一肚子新鲜空气能保持一天清爽。这会儿，老丁看杨爱珍走进卧室来，便抢先开口了，说，路灯被风刮下来啦？昨晚上刮大风时听见噼里啪啦一阵响，还以为是窗玻璃摔了呢，原来是路灯啊。杨爱珍说，你听见了我和丁老太说话，还是没听见就知道路灯掉下来了？老丁说，没听见我怎么知道？哈，我又不是神仙。杨爱珍说，不知是风还是人。老丁咧下嘴角不吭声，舒展开四肢兀自呼吸吐纳起来。杨爱珍又原话重复了一遍，她觉得路灯八成是老丁打下来的。

也许路灯果真是老丁打下来的，据说他打路灯时村里有人看见了，是他用弹弓打下的路灯。到底是谁看见尚未确定。有说是开小三轮的小牛，有说是游手好闲的丁可，也有说是村里的老木匠。反正有人看见了，是老丁操着弹弓把路灯打了下来。

起先是丁老太话中有话的，说蚊帐里吃柿子也会被人知道的，继而村里悄悄传扬开，说路灯不是被风刮下的，是被人用弹弓弹下来的。虽然村里搬走了很多人，荒凉得很，但村子原本较大，常居的也还有一百多号人，而且大多是老人、妇女，大多是无所事事的闲人。这样就复杂起来，把一些陈年旧事也掏了出来。说老丁看起来斯斯文文的，想不到这么作恶。说老丁从小就是个捣蛋鬼，操着个弹弓打冬瓜、打蒲瓜，推荐上了大学参加工作后才斯文起来。说老丁骨子里就作恶的，血脉里就有作恶的基因，他的老爸原本就作恶，是遗传的。

这些是丁夫人文字微信传递过来的。村里人不是当着丁夫人的面议论，是一些个跟丁夫人关系挺不错的女人听来之后跟丁夫人说的。也许丁夫人做了加工，村里人未必能说出"基因"来，不过大致情况应该就是这么个情况。丁夫人也说起老丁的父亲丁大队长的事儿。这些事儿也是村里那些老人掏出来的，丁夫人以前并不知情，老丁从未提及。现在看来，丁大队长的某些行状确实过分，最过分的是"反面看电影"。那年月每两个月村里才轮上一回电影，在村东老槐树下"太平坦"上放映的。放映之前丁大队长都要做重要讲话。有一回丁大队长说，村里的"地富反坏右""五类分子"是"反面教材"，"反面教材"怎么能跟贫下中农"正面教材"平起平坐看电影呢？他们应该到银幕的反面去看，这样才能让他们时刻记住自己是"反面教材"。丁大队长这么一说，村里的"五类分子"及其家属就统统被撵到银幕后面去，在银幕后面看电影了。丁夫人说，村里人把老丁打路灯和他老爸让人"反面看电影"联系起来了，说老丁血脉里就有作恶的基因。我说，打路灯的事老丁承认了没有？丁夫人说，他打马虎眼呢，有时说是他打下来的，有时却说，他不是个孩子，是个教师，为人师表的，怎么可能打路灯呢？真真假假弄不懂，我看肯定是他打下来的，都被人看见了嘛。

我打电话给老丁，问是不是他打下的路灯。老丁也同样有时说是他打下的，有时说不是他打下的。以玩笑的方式敷衍着。听口气，也许真是老丁打下的路灯，我没给丁夫人发微信。

隔天，丁夫人微信发过来了，说村里人看她的眼神都变了，让她老不舒服，真不该搬乡下去住。我知道，他们搬回乡下老家是老丁的主张。要搬回去就得建房，老屋破败得没法住人了。杨爱珍原本不同意搬乡下去住，要在乡下起屋子，更是一千个不愿意，不想将家里仅有的二十万积蓄扔山头旮旯里去。杨爱珍反对，老丁搬回去就无法进行。杨爱珍从供销系统下岗后，老丁就交出家庭财政大权，以为没了工作的杨爱珍掌管了财政大权心里踏实了些。要是杨爱珍不松手，那二十万积蓄就拿不出来。老丁就放下身段缠住杨爱珍闲吵，且说些离奇古怪的话儿吓唬她。老丁根据父辈的平均寿命综合自己的身体状况、生活质量以及生存环境等因素，将自己的寿命进行了预期。老丁除开血压偏高，其他指标基本正常。老丁跟杨爱珍说，要是退休后继续住县城，他的预期寿命为七十八岁，要是搬回老家乡下居住则提高到八十三岁。老丁说，县城空气质量这么差，对心血管不好的人伤害极大，我不但高血压，心脏也不好。老丁又说，每年我退休工资六万，要是多活五年，就多领三十万，何乐而不为呢？杨爱珍让老丁七说八说，就把那二十万扔给老丁了，在老家起了个三角形小三楼。现在杨爱珍后悔了，当初没能攥紧二十万积蓄。我微信丁夫人说，也许你多疑了吧，心里有了怀疑，就觉得人家的眼神变了。你这样试试看，断定路灯不是老丁打下的，是被风刮下的，你在心里这样子断定，也许就不觉得人家的眼神变了。丁夫人说，我怎么能这样断定呢，路灯本来就是老丁打下来的。我说，不要那么肯定嘛，老丁他还没有承认呢。丁夫人说，承认不承认不重要呐，都被人看见了。

可没几天老丁招认了，路灯确实是他打下的，他一弹弓就把路灯打了下来。

老丁是面对两个警察招认的。招认之后，男警察问老丁为什么要破坏路灯，女警察也这样责问。这是问题的关键所在了。可老丁所说的打路灯的动机让两个年轻警察觉得匪夷所思。老丁说，他破坏路灯是因为路灯破坏了山村的夜晚，山村的夜晚原本是完完整整的，却被路灯阉割得支离破碎了，所以他就把路灯打下来，让夜晚恢复正常。老丁发觉男女警察以审视精神病患者的目光看着他，就进而说，这盏路灯的灯光照进我卧室的窗口让我极不舒服，我不喜欢关上窗门睡觉，更不喜欢拉上窗帘，村子周边的树木多好啊，是个天然氧吧。再说啦，这盏路灯也没什么作用，太阳一落山村里就没什么人走动了，就是浪费电，像聋子的耳朵尽摆设。老丁感觉到女警察听得认真起来，就望着她紧了脸皮道，你知道夜晚的灯光对人体的伤害多么严重吗？夜晚的灯光不但影响人的睡眠，还抑制人体褪黑素的分泌，削弱人体的免疫力，甚至导致癌症病发，说起来够怵人的。女警察起始很严肃，听着听着倒觉得这个秃顶老头儿有些好笑了，便合上笔录本子笑了一下，然后淡淡地说，有什么事再跟您联系。男警察自始至终都紧绷着一张瘦脸，他觉得这老头要是头脑没问题，其打路灯的动机仍旧非常可疑。

丁夫人在警察抵达之前就给我微信了。这天，别墅里的丁老太很是反常，原本有早起习惯的老人，太阳老高了尚未出来。大门虚掩着，别墅里一片静谧。丁夫人和开小三轮的小牛一起走进别墅的，后来游手好闲的丁可也来了。丁老太被五花大绑地绑在床柱上，嘴巴里塞着湿毛巾。他们把丁老太松开后就给丁老太的孙子丁所打电话，丁所得知奶奶没什么事儿，就是被拿了钱，便松了一口气。丁老太被拿走的一万多元都是逢年过节时儿孙给的。丁老太在电话里跟孙子丁所说，千刀万剐的，一万三千多元一分钱也没留下，都拿走了。丁所安慰了奶奶几句就报案了。没多久警车就上来了，走下一男一女两个年轻警察。路灯怎么没了？要是有路灯，女警察欲言又止。丁老太说，路灯几天前被人打了。男女警察没有召唤老丁去别墅，而是去老丁的小三楼问讯的。警察离开后丁夫人又给我发微信，说把盗窃案跟打路灯的事儿联系起来了，老丁可能有大麻烦了。

我觉得这事儿或许真有点麻烦。虽然不能说要是路灯亮着丁老太家就不会被偷盗，但老丁打了路灯客观上给盗窃者创造了作案的有利条件。村里人是知根知底的，议论着就把一些陈年旧事勾连起来。他们根本不相信老丁所说的打路灯的原因。有人说，夜晚也有完完整整的和零零碎碎的？夜里有灯光不好反而黑咕隆咚的好？一派胡言。有人背地里说老丁也许干了"里应外合"的勾当，先偷偷地将路灯打瞎，然后让盗窃犯黑灯瞎火潜入别墅作案。这些人都知道，老丁家和丁老太家是有冤仇的。老丁的父亲丁大队长让丁老太家"反面看电影"期间，有一回丁老太的小儿子也就是丁所的父亲从银幕的反面潜入正面去看，丁大队长便着人将他撵了出去，并扬言要批斗这小子，给他戴高帽打游街。次日，丁老太的小儿子在村里消失了——他回来已是改革开放以后了，那时节大队已改成了村，老丁的父亲不可能是大队长了，他也不是村主任，只是个普通村民。丁老太的小儿子回来后，在村里的"太平坦"放了三夜电影。老丁的父亲去看电影时受到了羞辱，一些以前只能"反面看电影"的年轻人拽着他到银幕后面去看，丁老太的小儿子虽然没有出面拽他，但谁都清楚是他事先谋划好的。这些人就觉得老丁打路灯的事儿不简单，觉得老丁这个人非常可怕。

电话是老丁打过来的。老丁说他心里不好受，想拿出一个月的退休工资给丁老太，减轻她的损失。我说，丁老太家被盗跟你打掉路灯客观上似乎真有些联系。老丁说他也这样想，所以应该有所表示。老丁"表示"过后没多久，丁夫人发来微信说，丁老太不肯收，她说她子孙满堂，钱被盗了，他们会给的，这么多子孙，一个老太婆饿不死。老丁这一举动不但没有产生好的结果，还让村里一些人说他假惺惺地充好人。

老丁被认为是个可怕的人，便被孤立起来。以前跟老丁有些亲近的人也疏远了。有人说老丁好好的县城不住反而搬回这个穷乡僻壤原本就很蹊跷，也许搬回来就是要伺机复仇的。以前被老丁的父亲丁大队长欺侮过的人开始反思丁大队长失势之后自己对他有没有不恭之行为。许多人都觉得自己很有可能得罪过失势之后的丁大队长，于是被列入了老丁的复仇对象之行列。这些人就都躲着老丁，防备着老丁。丁夫人比较要好的那些个女人也跟她冷淡起来，从村里听来的议论也不跟她说了。被人孤立着、防备着的滋味极不好受。

似乎不仅仅被人孤立着、防备着了。有皮鞋踩踏了老丁夫妇的葱地。菜地上的芥菜也被草刀斩了四五蔸。大门前水泥地上盘着一条草绿色的死蛇。丁夫人跟老丁说，这样的日子没法过了，还是搬回县城吧。

这天下午，依旧是丁夫人发来的微信说，丁老太盗窃案侦破了，是些个流窜盗窃犯。我说，案子破了就好了。丁夫人说，好什么呐，作案的总共三个人，其中一个是老丁的学生。我说，哪里的学生？丁老太说，就你们二中的呀，听说警察跟那学生做了笔录，说老丁——丁老师确实是个内应，警察可能要抓老丁了。我说，竟然有这样的事？丁夫人说，肯定是被威胁逼供的，肯定是丁老太的孙子丁所那小子搞的鬼。我说，丁所是什么人，干什么的？丁夫人说，他是毫希镇派出所所长嘛，村里的人都叫他丁所，其实姓名不叫丁所，虽然毫希镇派出所管不着我们这儿，但是都是公安系统的嘛，可能通好了。我说，老丁他什么意思，要不要先给熟人打个招呼？丁夫人说，他什么意思呐，听说有个是他的学生，就躺床上了，气得要命，血压蹿上去了，直说斯文扫地、斯文扫地，这会儿仍躺在床上生闷气。

我拨打老丁的电话，老丁好一会儿才接听。我说要不要给赵明打个招呼？老丁说，不要。我说要是果真做了笔录是有些麻烦的。老丁说，身正不怕影子斜。我说，要是需要打招呼的话跟我说一声。老丁说，好。我所说的赵明是我的学生，是县公安局副局长，老丁也认识的。我跟老丁通完电话没半个小时，却接到丁夫人的电话。她带着哭腔说，老丁脑充血了。丁夫人是叫了救护车之后给我打电话的，她要我早点儿去县医院，到时候接应一下。

附录：作品发表、获奖情况

一、发表情况

小小说（2篇）

1.《蛇医言砚》发表于《小小说选刊》1996年第22期。

2.《红笔记本》发表于《小小说选刊》1997年第13期。

短篇小说（40篇）

1.《章介生的小山村》发表于《文学港》2007年第4期。

2.《夜宿莲州城》发表于《都市小说》2008年第4期。

3.《野草莓　石头　牛》发表于《山东文学》2009年第9期（下半月版）。

4.《霍敏的冬眠生活》发表于《野草》2009年第5期。

5.《唉》发表于《短篇小说》2009年第12期。

6.《蝶群渐行渐远》发表于《江河文学》2009年第5期。

7.《梦梅奶奶的八月廿二》发表于《鸭绿江》2010年第1期（下半月版）。

8.《小山村来了个少妇》发表于《鸭绿江》2010年第3期（下半月版）。

9.《老婆不在家的日子》发表于《短篇小说》2010年第10期。

10.《马小加的暑假》发表于《文学港》2011年第4期。

11.《牙齿》发表于《短篇小说》2011年第7期。

12.《同学李小囡》发表于《短篇小说》2011年第8期。

13.《一张请帖》发表于《短篇小说》2011年第10期。

14.《许氏密室》发表于《山花》2011年第10期（B版）。

15.《茶渣枕》发表于《当代小说》2012年第5期。

16.《墙上的人影》发表于《当代小说》2012年第12期。

17.《母亲的弹弓》发表于《雨花》2013年第8期。

18.《穆红的月里庚》发表于《当代小说》2013年第8期。

19.《去姚庄》发表于《黄河文学》2014年第1期。

20.《狗案》发表于《当代小说》2014年第11期。

21.《雪天空茫》发表于《当代小说》2015第1期。

22.《失联》发表于《延安文学》2015年第3期。

23.《怪男孩舒尔邡》发表于《文学港》2015年第6期。

24.《石英》发表于《山花》2015年第6期（B版）。

25.《神仙草》发表于《当代小说》2015年第9期。

26.《老丁的乡村生活》发表于《当代小说》2016年第1期。

27.《白云悠悠》发表于《当代小说》2016年第4期。

28.《男人的队宴》发表于《当代小说》2017年第1期。

29.《蝶庄的爱情》发表于《雪莲》2017年第10期。

30.《礼让门》发表于《当代小说》2018年第3期。

31.《老式雕花床》发表于《当代小说》2018年第9期。

32.《情人节的钥匙》发表于《都市》2019年第2期。

33.《燕尾镖之光》发表于《长江文艺》2019年第5期

34.《并蒂莲》发表于《当代小说》2019年第6期。

35.《鲁庄有约》发表于《黄河》2021年第1期，选载于《长江文艺·好小说》2021年第4期。

36.《大印》发表于《野草》2021年第6期。

37.《在章介生最后岁月里戒香烟》发表于《长江文艺》2021年第10期。

38.《铁夹子》发表于《太湖》2022年第2期。

39.《婴儿的啼哭声》发表于《短篇小说》2022年第7期。

40.《曼陀罗》发表于《黄河》2023年第5期。

中篇小说（14篇）

1.《买房》发表于《文学港》2008年第4期。

2.《老城晓月》发表于《鸭绿江》2009年第9期（上半月版）。

3.《金融风暴》发表于《安徽文学》2012年第5期。

4.《徐氏家园里的雪人》发表于《草原》2012年第9期。

5.《阴谋》发表于《文学界》2014年第3期。

6.《小野花》发表于《当代小说》2015年第4期。

7.《计策的说》发表于《野草》2016年第5期。

8.《父亲的帽子》发表于《野草》2017年第2期。

9.《石英里的图像》发表于《野草》2018年第2期。

10.《宿命之门》及其创作谈《小说的"种子"》发表于《黄河》2018 年第 4 期，选载于《长江文艺·好小说》2018 年第 10 期、《小说月报·大字版》2018 年第 10 期。

11.《黄昏门》发表于《黄河》2019 年第 6 期。

12.《边界》发表于《野草》2020 年第 1 期。

13.《祖母的扑满》及其创作谈《道具，让小说多些意味》发表于《黄河》2021 年第 6 期。

14.《父祖有意思》及其创作谈《如何把真事衍变成小说》发表于《黄河》2022 年第 6 期。

二、获奖情况

1. 小小说《寡妇车库》获第二届中国（浙江）廉政小小说大奖赛三等奖，小小说《疑似骨质疏松症》《A1 区块》《洪德广效应》获丽水市廉政小小说大赛金奖。

2. 短篇小说《许氏密室》、《家乡群》（发表时改为《鲁庄有约》）和中篇小说《父亲的帽子》获丽水市文学创作大赛金奖。

3. 中篇小说集《宿命之门》及短篇小说集《鲁庄有约》依次获评 2019 年度、2021 年度丽水市文艺精品创作扶持项目。